Die Legende von Blue World

Band 1

Bettina Eylers

neobooks

Impressum

Texte:	© Copyright by Bettina Ehlers
Umschlag:	© Copyright by BlackSwanDesign Designenlassen.de
Verlag:	Bettina Ehlers Burgwedeler Straße 119a 30916 Isernhagen Bettina.Eylers@web.de
Korrektorat	Lektorat Hanke, Wismar
Bildmaterial	Vecteezy.com
Druck:	epubli, ein Service der neopubli GmbH, Berlin

Printed in Germany

Argon hockte auf der Felsklippe wie ein Raubtier, das zum Sprung ansetzt. Sein Blick war auf die untergehende Sonne gerichtet. Gemächlich tauchte der Feuerball in das Wolkenmeer ein und verwandelte es in einen glutroten Teppich. Argon liebte das Zwielicht zwischen Tag und Nacht, das eine Viertelstunde lang die Welt hier oben verzauberte und die Konturen der Berge weichzeichnete. Es wurde Zeit aufzubrechen. Gleich würden die anderen hinter ihm erscheinen. So war es seit seiner Ankunft vor zwei Monaten und so würde es auch heute sein.
Mit einer geschmeidigen Bewegung richtete er sich auf. Er spürte nicht den Passatwind, der durch seine tiefschwarzen Haare fuhr. Seine Augen schweiften über die Wolkenbank, die wie ein glühender Schatten über der kleinen Hawaii-Insel Maui lag. In wenigen Minuten würde das Schauspiel zu Ende sein.
Plötzlich erschien hinter seinem Rücken, wie auf den Felsen gestampft, eine Gruppe von mehr als vierzig Männern. Fremde hätten die Gestalten als eine Bedrohung empfunden, wie sie aufgereiht zu einer Mauer mit versteinerten Gesichtern in die Weite blickten. Die Farbe ihrer Kleidung war bewusst gewählt. Die schwarzen, tief in das Gesicht gezogenen Kutten verbargen ihre Identität, wenn sie nachts durch die Inseln Hawaiis streiften. Ein Mann von Ende fünfzig trat aus der Gruppe heraus und kam zu Argon. Es war Karlef, ihr Anführer. Keiner von ihnen sprach ein Wort, während sie auf die Dunkelheit warteten, die wie Nebelschwaden über die Felsköpfe zu ihnen kroch.

»Es ist soweit«, beendete Karlef das Schweigen. Seine Stimme war tief und kraftvoll wie das Grollen eines Löwen. Argon löste sich aus der starren Haltung und blickte zu seinem Vater.

»Wo seid ihr heute Nacht?«

»An der Westküste. Später ziehen wir nach O'ahu. Bei Tagesanbruch jagen wir in der Bucht von Waikiki.« Karlef umfasste die Schulter seines Sohnes.

»Du weißt, was wir von dir erwarten. Du musst mit dem Experiment beginnen. Suche dafür eine passende Frau und bring sie in das Haus.«

Mit einem tiefen Atemzug sog Argon den erdigen Geruch der umliegenden Gesteinsbrocken ein.

»Ich weiß nicht, ob ich mich auf einen Menschen einlassen kann«, erwiderte er. »Ich verachte sie und ich werde ihnen nie verzeihen, was sie uns antaten.«

»Wir alle empfinden so. Aber wir haben keine Wahl.« Karlefs Adleraugen glitten über das schöne Gesicht seines Sohnes und seine Mundwinkel verzogen sich zu einem Lächeln.

»Du warst schon von Geburt an vollkommen. Keiner von uns wäre für die Aufgabe besser geeignet als du.«

Karlefs Äußerung, die einer Auszeichnung gleichkam, hätte Argon mit Stolz erfüllen müssen, doch sein Herz blieb davon unberührt. Ihn beschäftigten ganz andere Gedanken.

»Wenn ich es tun muss, dann bitte, Vater, gib mir mehr Zeit. Wenigstens noch eine Woche. Ich habe meine Vorbereitungen im Haus noch nicht beendet. «

»Nein, du musst jetzt handeln.« Karlefs Lächeln erlosch. »Wir halten uns hier schon zu lange auf. Bald werden sie auf uns aufmerksam.« Sein Blick bohrte sich in das Gesicht seines Sohnes.

»Der Ausgang des Experiments entscheidet über unser weiteres Schicksal. Versprich mir, dass du es durchführst.«

»Ja, Vater. Ich tue, was du von mir verlangst.« In Argons Stimme lag die ganze Entschlossenheit eines Meeresjägers, als er sagte: »Ich verspreche es.«

»Wir sollten aufbrechen«, sagte jetzt ein anderer aus der Gruppe.

Karlef drehte sich zu ihm. »Du hast Recht, wir sollten keine Zeit verlieren.«

In der Gruppe entstand Bewegung. Argon hörte hinter sich das Knirschen des Gerölls unter ihren Füßen. Dann wurde es plötzlich still. Er musste sich nicht umdrehen. Er wusste, was geschehen war.

***

Auf dem Flughafen von San Francisco wimmelte es von Menschen. Es war Anfang Juli und in langen Warteschlangen vor den Schaltern standen Urlauber aus allen Teilen der Welt. Einige unterhielten sich mit ihren Nachbarn, andere lachten. Kinder hockten auf dem Gepäck und zappelten aufgeregt mit den Beinen. Hin und wieder wurde das Stimmengewirr von Lautsprecheransagen übertönt, um Abflugzeiten oder Flugverspätungen bekannt zu geben.

Eine Angestellte hinter dem Schalter begutachtete mit hochgezogenen Augenbrauen die ausgewaschene Hose der mädchenhaft wirkenden jungen Frau, die vor ihr stand.

»Wissen Sie nicht, dass Sie als Flugbegleiterin mit einem Stand-by-Ticket keine Jeans im Flieger tragen dürfen? Das gilt auch, wenn Sie privat unterwegs sind.« Sie schüttelte missbilligend mit dem Kopf und fügte hinzu: »Ich hoffe, Sie tragen wenigstens geschlossene Schuhe.«

Riona rollte mit den Augen.

»Ich merke es mir für das nächste Mal«, entgegnete sie übertrieben höflich.

»Was ist denn los?« Fragend schaute Marie ihre Tochter an. Marie war nicht geübt in englischer Sprache und etliche Vokabeln hatte sie vergessen. So hatte sie kaum etwas verstanden. An der Mimik der Frau konnte sie jedoch ablesen, dass etwas nicht stimmte. Als Riona ihre Frage ignorierte, verzog sie verärgert die Mundwinkel.

»Können wir nicht weiterfliegen?«, fragte sie.

»Doch, aber lass mich das hier bitte zuerst regeln.« Riona wusste, hinterher würde es ihr leidtun, wie sie ihre Mutter abserviert hatte. Aber zuerst musste sie die Frau hinter dem Schalter beruhigen und an die Flugtickets kommen. Ohnehin zerrten der lange Flug aus Deutschland und das stundenlange Warten auf den nächsten Flieger an ihren Nerven.

Kurze Zeit später wedelte Riona mit den Tickets vor dem Gesicht ihrer Mutter herum.

»Alles okay, wir fliegen nach Maui.« Aus einer inneren Eingebung heraus gab sie ihr einen Kuss auf die Wange. »Bitte entschuldige, dass ich etwas schroff zu dir war. Ich reiß mich jetzt zusammen.«

Sie entfernten sich von dem Schalter und steuerten die Passkontrolle an.

»Was war denn los?«, wiederholte Marie ihre Frage.

»Die Check-in-Agentin machte einen Aufstand, weil ich als Flugbegleiterin mit Jeans in den Flieger steige. Das entspricht nicht den Vorschriften. Dabei ist es doch völlig unwichtig, wie ich unterwegs bin. Schließlich hab ich Urlaub.« Ihre Miene erhellte sich, als sie einen Getränkestand entdeckte. »Trinken wir noch einen Kaffee, bevor wir durch die Kontrolle gehen?«

Marie sah kurz auf ihre Armbanduhr. »Dazu fehlt uns die Zeit. Du kannst ihn nachher im Flieger trinken.«

»Wir haben aber noch neunzig Minuten bis zum Boarding«, wand Riona ein. Sie verstand ihre Mutter nicht. Warum musste sie bei allem so überpünktlich sein? Etwas mehr Lockerheit würde ihr guttun. Doch es machte jetzt keinen Sinn, mit ihr über ein Getränk zu streiten.

Zwei Stunden später hob das Flugzeug von der Landebahn ab. Riona fingerte aus einem Stoffbeutel ein Knäuel Wolle und eine Stricknadel heraus und begann, Maschen aufzunehmen. Sie wollte ein neues Tuch stricken. Es würde ihr fünftes Tuch sein, das sie nach ihren eigenen Vorstellungen gestaltete. Riona liebte es, Accessoires zu stricken oder zu häkeln, und konnte davon nicht genug haben. Die Accessoires, die man kaufen konnte, gefielen ihr oftmals nicht. So war sie eines

Tages auf die Idee gekommen, es selbst zu versuchen. Sie war in ein Geschäft gegangen und hatte sich von der Verkäuferin beraten lassen. Nachdem ihr die erste Mütze gelungen war, hatte sich schnell der Wunsch nach mehr eingestellt. Sie strickte Handschuhe, Schals, Tücher, Mützen, Stulpen. Sogar ihre Freundinnen waren von den Handarbeiten begeistert.

Aus dem Augenwinkel heraus sah sie kurz zu ihrer Mutter, die neben ihr saß. Beim Einsteigen hatte sie ihr einen Stapel Zeitschriften organisiert. Schließlich kannte sie sich in den Flugzeugen aus und wusste genau, in welches Fach sie greifen musste, als sie beim Einsteigen die Businessklasse durchquerten.

»Die Zeitschriften sind alle in englischer Sprache.« Marie schürzte die Lippen.

»Leider gibt es nichts anderes, wir sind in einem amerikanischen Flugzeug unterwegs«, entgegnete Riona, ohne die Handarbeit zu unterbrechen.

Marie stöhnte auf, um zu zeigen, wie wenig ihr die Situation behagte. Als sie begann, lustlos in der Zeitschrift herumzublättern, ließ Riona die Hände auf den Schoß sinken. Einen Augenblick lang betrachtete sie ihre Mutter. Für Mitte vierzig war ihre Mutter noch recht attraktiv, fand sie. Die schulterlangen, blondgefärbten Haare ließen sie jünger erscheinen.

»Wann frischst du endlich dein Englisch auf?« Ohne auf eine Antwort zu warten, fuhr Riona fort: »Ich hab dir doch zu Weihnachten eine CD mit einem Kurs geschenkt. Du hast noch nicht mal reingehört.«

Marie schloss die Zeitschrift und klemmte sie zu den anderen in den Schlitz des vorderen Rücksitzes.

»Ja, ich weiß. Ich hätte schon längst damit beginnen sollen. Aber mir fehlt einfach die Zeit für so etwas. Kontrollier du mal die Schülerarbeiten von drei Klassen in einer Woche. Mein Sport kommt dabei schon zu kurz.«

Riona wollte etwas erwidern, unterließ es jedoch. Sie beobachtete, wie ihre Mutter die Tasche öffnete und einen Reiseführer herauskramte. Riona begann zu schmunzeln.

»Keine Reise ohne Plan, was?«

»Du weißt, ich informiere mich gern vorher.«

»Na, dann viel Spaß dabei.« Riona wusste, ihre Mutter war für die nächsten zwei Stunden beschäftigt. Sie liebte es, jeden Trip akribisch zu planen und alle Stellen im Reiseführer zu markieren, die sie später aufsuchen wollte.

Riona begann wieder zu stricken. Währenddessen schweiften ihre Gedanken zum bevorstehenden Urlaub. Zwei Wochen Hawaii. Sie freute sich riesig. Baden, Ausflüge, Shopping. Es würde ein super Urlaub werden. Ein leichter Schubs vom Ellenbogen ihrer Mutter riss sie aus ihren Gedanken.

»Siehst du die beiden Jungs? Die schauen laufend zu dir rüber.« Marie nickte in Richtung der Sitzplätze neben dem Gang.

Riona warf einen flüchtigen Blick zu den Männern, die es bemerkt hatten und zu grinsen begannen. Sie wandte sich von ihnen ab und sah zu ihrer Mutter.

»Ich denke, du liest deinen Reiseführer.«

»Eine Mutter kann lesen und bekommt trotzdem mit, wenn sich jemand für ihre Tochter interessiert.« Marie fingerte einen Kugelschreiber aus der Tasche und sah wieder zu ihnen rüber. »Der Blonde sieht ziemlich gut aus, findest du nicht auch?«

Inzwischen hatte sich Riona wieder in ihre Arbeit vertieft.

»Keine Ahnung. Die Typen sind mir schnuppe«, sagte sie beiläufig.

Marie schüttelte verständnislos den Kopf. Wie verschieden Mutter und Tochter doch sein können, dachte sie. Zu fast allen Dingen des täglichen Lebens hatten sie unterschiedliche Meinungen, ganz besonders, wenn es um Männer ging. Mit ihren zweiundzwanzig Jahren interessierte sich Riona nur für die Andersgearteten: Lebenskünstler, Weltenbummler, Abenteurer. Als verspürte sie das Bedürfnis, aus der normalen Welt mit ihren Regeln und Beständigkeiten auszubrechen. In Riona war ein ungestillter Hunger nach Leben, den Marie nicht verstand.

Sie blickte zu Riona und betrachtete ihr Seitenprofil. Sie sahen sich kaum ähnlich, als hätte man ihr Kind nach der Geburt vertauscht. Riona entsprach mit ihren langen, dunklen Haaren und der sonnengebräunten Haut voll und ganz den Vorstellungen von einer Südländerin. Einen Kontrast zu ihrem Teint bildeten die Augen, die von einem erstaunlichen Blau waren. Der schwarze Lidstrich über ihren Oberlidern verlieh ihrem Aussehen ein exotisches Flair. Der Mund war etwas zu groß geraten und die Lippen zu voll. Während der ersten Schuljahre wurde sie deshalb von ihren Klassenkameraden verspottet. Kinder konnten erfinderisch sein, wenn es darum ging, einen Mitschüler zu hänseln.

Bei dem Gedanken daran seufzte Marie auf. Riona war damals eine Einzelgängerin gewesen, die sich durchbeißen musste. Das war auch der Grund, warum ihre Worte oftmals zu schroff ausfielen. Aber Marie kannte auch Rionas empfindsame und mitfühlende Seite, die sich zeigte, wenn sie auf Schutzbedürftige und Wehrlose traf. Egal, ob es sich dabei um Menschen oder Tiere handelte, Riona fühlte sich mit ihnen verbunden und wollte ihnen helfen. Marie konnte sich noch gut an die Zeiten erinnern, in denen Riona als Kind jedem Bettler auf der Straße Geld schenken wollte. Erst nach dem Umzug in ein anderes Stadtviertel hatte Riona echte Freundinnen gefunden. Die meisten ihrer jetzigen Freundinnen waren Flugbegleiterinnen wie sie selbst. Es waren nicht viele. Als gebranntes Kind, das das Feuer scheut, wählte sie die Mädchen sorgsam aus. Nicht jedem schenkte sie ihr Vertrauen. Die Freundschaften hatten sie innerlich gefestigt und mittlerweile fiel es ihr leicht, auf andere zuzugehen. Dennoch wusste Marie, die Schulzeit hatte Spuren an ihrer Tochter hinterlassen. Diese Zeit blieb in Rionas Gedächtnis verwurzelt und war mit ihrem heutigen Leben verschmolzen.

Marie fuhr sich mit einer Hand über die Stirn, als wollte sie die Gedanken daran vertreiben. So gut es ging, machte sie es sich auf dem engen Sitz bequem. In vier Stunden landeten sie auf Maui.

»Bald haben wir es geschafft, Rini«, sagte sie. »Das wird bestimmt unser schönster Urlaub.«

»Ja, er wird toll.« Riona reckte den Hals zum Fenster und sah hinaus. Unter ihr lag der Pazifische Ozean wie eine blaue Wüste, die sie bis nach Hawaii begleiten würde.

***

»Verdammte Scheiße!« Eric knallte sein Notizbuch auf den Schreibtisch, Staubkügelchen wirbelten durch die Luft. Schon wieder wurden zwei Urlauber in Waikiki vermisst. Der letzte Fall lag gerade erst eine Woche zurück. Auch an anderen Stränden Hawaiis nahm die Zahl ungeklärter Badeunfälle zu.

Auf Erics Gesicht zeichnete sich Frust ab. Er sah zu seinem Kollegen Ryan, der mit verschränkten Armen am Fenster stand und nur hilflos mit den Achseln zuckte. Eric rieb sich den Schweiß von der Stirn und blickte zur Klimaanlage, die aber zu funktionieren schien.

»Wo sind die Angehörigen?«, fragte er dann.

»Sie warten draußen. Ich hab sie zwar gestern schon verhört, aber ich wusste, du willst selbst mit ihnen reden. Soll ich sie reinholen?«

»Gib mir noch zehn Minuten«, sagte Eric.

Ryan war ein hagerer Mann von Mitte vierzig mit rotblondem Stoppelhaar. Er löste sich von der Fensterbank und durchquerte den Raum. Kurz vor der Tür wandte er sich um und musterte seinen Chef.

»Du siehst schlecht aus. Lange Nacht gehabt?«

»So etwas in der Art.« Nachdem Ryan draußen war, streifte Eric das Jackett ab, hängte es über die Sessellehne und krempelte die Hemdsärmel hoch. Er schwitzte noch immer und seine Augen brannten vor Müdigkeit. Vier Stunden Schlaf waren einfach zu wenig. Gestern war sein freier Tag gewesen und er hatte sich an den Strand gelegt. Zur Fleischbeschauung, wie er es nannte. Trotz seiner fünfundvierzig Jahre kam er beim weiblichen Geschlecht noch immer gut an mit seinem braungebrannten und durchtrainierten Körper. Das wöchentliche Schinden im Fitnessstudio lohnte sich. Seine blondgefärbten Haare vervollständigten seine sportliche Ausstrahlung. Er hatte die bewundernden Blicke der Frauen gespürt, als er aus dem Wasser gekommen war. Dann hatte sich Hannah zu ihm gesellt – jung, schlank, hübsch. Er kannte das bereits: Touristinnen, die nach Hawaii kamen, um etwas zu erleben. Sie hatten sich für den Abend in einer Bar verabredet. Sie war toll und der Abend war toll gewesen. Aber heute fühlte er sich wie ausgebrannt und er brauchte unbedingt einen Kaffee.

Es klopfte an der Tür und gleich darauf trat Emily mit Akten unter dem Arm ein.

»Guten Morgen, Chef«, sagte sie fröhlich. Sie stapelte die Ordner vor Eric auf den Tisch und blickte ihn prüfend an.

»Du siehst schlecht aus. Lange Nacht gehabt?«

Eric winkte ab. Er mochte Emily nicht, sie war nicht sein Typ, Emily mit dem Hausfrauenhaarschnitt.

»Bring mir einen Kaffee und lass die Frauen zu mir rein, die vor meiner Tür sitzen.«

»Okay, aber mit dem Zauberwort ›Bitte‹ geht's noch schneller«, antwortete sie, unbeeindruckt von seinem herrischen Tonfall.

Eric beugte sich auf dem Sessel vor und rang seinem Gesicht ein Lächeln ab.

»Bitte, liebe Emily, wärst du so nett und bringst deinem Chef eine Tasse dampfenden Kaffee?«

»Das hört sich schon besser an«, sagte sie vergnügt. Als sie das brummige Gesicht ihres Vorgesetzten auf sich gerichtet sah, lenkte sie ein: »Okay, okay, ich geh ja schon.« Damit verschwand sie aus dem Raum und ließ die Tür offen. Kurz darauf betraten zwei Frauen von Ende dreißig das Büro. Eric musterte die beiden flüchtig, ehe er aufstand und ihnen die Plätze vor dem Schreibtisch anbot. Sie wirkten auf ihn verstört, waren irgendwie durch den Wind. Kein Wunder, wenn aus heiterem Himmel ihre Männer verschwanden.

Emily kam mit dem Kaffee zurück.

»Möchten Sie auch einen?«, fragte Eric die Frauen, die dankend ablehnten. Eric nahm einen kräftigen Schluck und fühlte sich gleich besser.

»Na, dann erzählen Sie mal schön der Reihe nach«, forderte er die Frauen auf.

Die Dunkelhaarige straffte den Oberkörper und erstattete Bericht. Sie sprach abgehackt, ihre Stimme zitterte. Die andere rutschte nervös auf dem Stuhl hin und her. Ab und zu nickte sie, um die Aussagen zu bestätigen.

Eric rekonstruierte: Gestern gegen acht Uhr morgens waren beide Männer zum Waikiki Beach aufgebrochen. Sie hatten eine Runde schwimmen wollen, um spätestens in einer Stunde wieder im Hotel zu sein. In der Zwischenzeit wollten sich die Frauen auf das Frühstück vorbereiten. Als ihre Männer nach zwei Stunden noch immer nicht zurück waren, hatten sich die Frauen Sorgen gemacht und waren zum Strand gegangen. Dort hatten sie die Handtücher und Kleidungsstücke ihrer Männer entdeckt. Aber von ihnen selbst war weit und breit nichts zu sehen gewesen. Sie hatten andere Leute befragt, aber niemand schien etwas aufgefallen zu sein. Schließlich waren sie zur Strandaufsicht gegangen, die zwei Motorboote rausschickte. Nach zwei Stunden wurde die Suche abgebrochen. Die Aufsicht hatte ihnen geraten, die hiesige Polizei aufzusuchen.

Hilflos sahen die Frauen zu Eric. Einen Augenblick lang herrschte Schweigen. Eric musste das Gesagte auf sich wirken lassen. Seine Müdigkeit war verflogen. Hier ging es um Menschenleben, da musste alles Private zurücktreten. Er sah zu der Blonden, die ihm direkt gegenüber saß.

»In welcher Verfassung waren Ihre Männer, als sie das Hotel verließen?«

»Wie bitte?« Sie wirkte irritiert.

Eric begann, ihr Gesicht zu studieren. Ihre Augen waren noch immer leicht verquollen. Wahrscheinlich hatte sie die halbe Nacht lang durchgeweint.

»Haben Ihre Männer irgendwelche gesundheitlichen Probleme?« Als beide Frauen verneinten, fuhr er fort: »Tranken Ihre Männer in der Nacht davor Alkohol?«

»Ja, aber nicht viel«, sagte die Dunkelhaarige.

»Wie viel?«

»Jeder ein Glas Wein zum Abendessen. Später noch zwei Cocktails in einer Bar.« Die Frauen sahen ihn in einer Art an, als wüssten sie nicht, worauf er hinauswollte.

Davon unberührt, fragte er weiter:

»Wann gingen Sie schlafen?«

»Kurz nach Mitternacht«, sagte die Blonde.

Eric nickte, um zu zeigen, dass er verstanden hatte. Für ihn war damit klar, dass die Männer nicht wegen ihres Alkoholkonsums ertrunken sein konnten. Ohnehin hatte er nicht damit gerechnet, denn es passte nicht in das Gesamtbild der rätselhaften Badeunfälle. Seine Fragen waren reine Routine gewesen. Aber irgendetwas ging auf Hawaii vor, auf das er sich noch keinen Reim machen konnte. Er blickte abwechselnd zu den Frauen.

»Wurden Ihre Personalien aufgenommen?«

Sie bestätigten es und er stand daraufhin auf. »Wir werden alles tun, um Ihre Männer zu finden. Bleiben Sie weiterhin für uns erreichbar. Wir melden uns bei Ihnen.« Diese banalen Sätze hatte er in ähnlicher Form schon oft ausgesprochen. Irgendwie wirkten sie auf die Betroffenen beruhigend und so war es auch dieses Mal. Die Frauen erhoben sich und Eric verabschiedete sie mit einem Händedruck.

Kurze Zeit später erschien Ryan wieder. Er platzierte sich vor dem Fenster und blickte fragend zu Eric, seinem Chef und bestem Freund.

»Was hältst du von der Geschichte? Diese Badeunfälle sind doch nicht normal.«

Eric saß mit übereinandergeschlagenen Beinen hinter dem Schreibtisch und trommelte mit einem Kugelschreiber auf der Tischplatte herum. Die Sache wurde immer mysteriöser. In den letzten zwei Monaten verschwanden immer wieder Menschen am Fuße des Ozeans, aber nicht eine einzige Leiche wurde gefunden.

»Ich weiß nicht, was das alles zu bedeuten hat«, sagte er zerknirscht. »Ich weiß nur, dass sich Menschen nicht auflösen können.« Verärgert schmiss er den Kugelschreiber hin, der über die Platte rollte und mit einem klirrenden Geräusch an der Kaffeetasse landete.

***

Kihei war ein langgestreckter Urlaubsort an der Westküste von Maui. Beim flüchtigen Betrachten schien er nur aus einer Straße zu bestehen. Riona steuerte den Mietwagen die palmenumsäumte Straße entlang, vorbei an Hotels und bunt zusammengewürfelten Holzhäusern. Ihre Mutter hatte sich spendabel gezeigt und für die gesamte Zeit ihres Aufenthaltes einen Jeep gemietet. Riona hatte über die Farbe entschieden und ihre Wahl war auf die schrillste gefallen: Zitronengelb.

Das Hotel stand in einer weitläufigen Anlage mit Palmen, Bananenstauden und farbenprächtig blühenden Büschen. Riona organisierte den Zimmerschlüssel. So war es schon immer gewesen. In ihrem Zwei-Personen-Staat, wie sie ihre Urlaubsgemeinschaft scherzhaft nannten, waren die Ämter eher nach praktischen Gesichtspunkten verteilt: Riona war die Managerin und ihre Mutter der Finanzminister.

»Ich hab auch einen Safeschlüssel für dich«, sagte Riona. Aus Erfahrung wusste sie, welche Heidenangst ihre Mutter vor Einbrechern hatte – ausgelöst durch Fernsehberichte, in denen immer zu Ferienbeginn die trickreichsten Methoden der Diebe gezeigt wurden. Deshalb stopfte Marie alles, angefangen von der Geldbörse, über den Reisepass bis hin zum Modeschmuck, in die schuhkartongroßen Tresore. Während sie ihre Koffer in den viel zu kleinen Fahrstuhl zwängten, keuchten sie vor Anstrengung.

Das Zimmer war groß, hell und geschmackvoll im Südseestil eingerichtet. Riona stöhnte auf, als ihre Mutter mit dem Auspacken begann.

»Muss das jetzt sein? Es wird gleich dunkel und mir knurrt schon seit zwei Stunden der Magen.«

Marie schaute vom Bett hoch, auf dem bereits kleine Stapel Kleidungsstücke fein sortiert nach T-Shirts, Hosen und Unterwäsche lagen. Nur widerwillig unterdrückte sie ihren Ordnungsdrang, doch sie wollte nicht schon am ersten Urlaubstag einen Streit vom Zaun brechen.

»Gut, gehen wir essen«, sagte sie. »Vielleicht finden wir ein nettes Lokal direkt am Wasser.«

Eine halbe Stunde später saßen sie auf der Terrasse eines im Kolonialstil erbauten Restaurants mit Blick auf den Pazifischen Ozean. Das Lokal war nur spärlich besucht, denn Kihei war nicht gerade der bekannteste Urlaubsort auf Maui. Gerade das hatte Riona und Marie bewogen, ein Hotel in dem verträumten Örtchen zu buchen. Sie brauchten beide keinen Trubel und überfüllte Strände. Außerdem gab es den Jeep, mit dem sie, wann immer sie wollten, in die touristischen Hochburgen fahren konnten. Vollgestopfte Straßen und sich drängende Menschen auf den Flaniermeilen entsprachen nicht ihren Vorstellungen von einem paradiesischen Hawaiiurlaub.

Der Kellner kam und nahm die Getränkebestellung auf.

»Wissen Sie schon, was Sie speisen möchten?«, fragte er höflich.

Riona blätterte in der Karte herum und überflog die angepriesenen Gerichte.

»Was möchtest du essen, Ma?«

»Gibt es ein typisch hawaiianisches Fischgericht?«

»Wie wäre es mit Ono?«, schlug Riona vor. »Hier steht, er soll der schmackhafteste Fisch sein. Du kannst ihn gegrillt, gedünstet oder gekocht essen. Dazu gibt es Reis und Gemüse.«

»Klingt gut«, sagte Marie. »Ich nehme ihn gedünstet.«

»Okay, dann nehme ich ihn gegrillt.« Riona leitete die Bestellung an den Kellner weiter, der abschließend eine Verbeugung andeutete und ging.

Riona blickte über das verschnörkelte Holzgeländer hinweg zum Strand. Vor ihnen rauschte die Meeresbrandung. Die Luft war erfüllt vom Duft der exotischen Blumen vereint mit dem Geruch des Ozeans. Marie lehnte sich auf dem Stuhl zurück. »Zufrieden jauchzet Groß und Klein: Hier bin ich Mensch, hier darf ich sein«, zitierte sie Goethes Faust und betonte dabei jedes Wort.

»Typisch Deutschlehrerin«, entgegnete Riona. Plötzlich wurde ihr Blick von einer einsamen Gestalt am Strand gefesselt. Es war ein Mann, hochgewachsen und ganz in Schwarz gekleidet. Eine Hand hatte er tief in der Hosentasche vergraben, die andere fuhr mit einer eleganten Bewegung durch seine Haare. Als hätte er Rionas Anwesenheit gespürt, drehte er sich um. Ihre Blicke trafen sich und hielten einander sekundenlang fest.

Völlig unerwartet für Riona, setzte er sich in Bewegung und kam direkt auf sie zu. Vor der Holzbrüstung blieb er stehen und sah zu ihr hoch. Im Dämmerlicht des angebrochenen Abends konnte sie erkennen, dass er nur wenige Jahre älter war als sie selbst. Doch etwas anderes brachte sie kurzzeitig aus der Fassung: Er war überaus attraktiv. Seine Haare glänzten schwarz wie das Fell eines Panthers. Seine Augen waren mandelförmig. Es waren betörend schöne Augen, deren Schwärze aus der wilden Tiefe des Ozeans zu kommen schienen. Sie blitzten auf, als sich ihre Blicke trafen. Er lächelte siegessicher. Gleich darauf folgte der Rückzug hinter einer undurchschaubaren Miene.

Rionas Atem stockte, ihr Herz begann zu hämmern. Dennoch konnte sie sich seinem Blick nicht entziehen. Die Zeitspanne, in der sie sich in die Augen sahen, schien eine Ewigkeit zu sein. Keiner von beiden machte die kleinste Bewegung.

»Gestatten Sie?«

Riona zuckte zusammen und wandte den Kopf. Der Kellner stand neben ihr und stellte ein Glas Cola mit klirrenden Eisstückchen vor ihr ab. Damit zerbrach die atemlose Stille des Augenblicks.

»Auf einen schönen Urlaub.« Marie hob das Weinglas und prostete ihrer Tochter zu.

»Auf viel Spaß.« Riona stieß mit dem Colaglas an. Bevor sie trank, warf sie einen Blick zum Strand. Der Fremde war verschwunden.

***

Argon stand am Strand von Kihei und sah über die Wellen hinaus zum Horizont. Er konnte das Salz des Ozeans auf den Lippen schmecken. Seine Gedanken kreisten um das Versprechen, das er seinem Vater vor zwei Nächten auf dem Felsen gegeben hatte. Seitdem hatte er nicht mehr an der Jagd teilgenommen. Die bislang wichtigste Aufgabe seines Lebens lag vor ihm: Er musste für das Experiment eine Frau aussuchen. Zwei Abende war er schon in den Touristenorten auf Maui unterwegs gewesen, war die Boulevards entlangspaziert, hatte an Häuserecken gelehnt die Menschen an sich vorüberziehen lassen. Abwartend, lauernd. Er konnte selbst nicht verstehen, warum er noch immer keine passende Frau gefunden hatte. Schließlich war es bedeutungslos, ob sie rothaarig oder blond war, schlank oder pummelig – eine war so gut wie die andere. Er war sich seiner Anziehungskraft auf das weibliche Geschlecht voll und ganz bewusst. Ihm war nicht entgangen, wie sie die Köpfe zusammensteckten und ihn mit neugierigen Blicken anstarrten, wenn er an ihnen vorüberging. Diese Frauen machten es ihm leicht, ebneten ihm den Weg für den letzten Schritt. Aber warum konnte er sich noch immer nicht entscheiden?

Der Wind kam vom Ozean herüber, fuhr durch seine Kleidung und wirbelte durch seine Haare. Mit einer Handbewegung strich er eine Strähne nach hinten. Plötzlich spürte er, er wurde beobachtet. Er hob den Kopf und straffte intuitiv den Oberkörper. Abrupt drehte er sich um. Da sah er sie. Sie hatte einen Arm auf die gewundene Holzbrüstung des Restaurants gestützt und blickte in seine Richtung. Ihre dunklen, glänzenden Haare sprühten förmlich im Schein der umstehenden Fackeln.

Er erkannte sofort, sie war anders als die anderen menschlichen Wesen. Ihre Augen spiegelten eine Sehnsucht nach etwas wider, was sie noch nicht gefunden hatte. Ein trotziger Zug lag um ihren Mund. Als er wenige Minuten später vor ihr stand, weiteten sich ihre Augen.

Ein Glücksgefühl übermannte ihn. Er musste nicht mehr weitersuchen. Er hatte sie gefunden. Das Experiment konnte beginnen.

***

Es war später Vormittag. Die Sonnenstrahlen fielen durch das Fenster und tänzelten auf Rionas nackten Oberschenkeln. Sie hockte im Schneidersitz auf dem Bett und überzog ihre Fingernägel mit einem Nagellack, dessen graue Farbe an Mäusefell erinnerte. Währenddessen war Marie damit beschäftigt, ihre Schuhe im untersten Fach des Kleiderschrankes wie Zinnsoldaten in Reihe und Glied zu ordnen. Rionas Schuhe lagen verstreut im Zimmer herum, doch sie wusste, die waren auch gleich

fällig. Ordnung ist das halbe Leben, das war Maries Motto. Blöder Spruch, fand Riona.
Mit gespreizten Fingern wackelte sie in der Luft herum, um den Nagellack schneller trocknen zu lassen.

»Hast du schon einen Plan, was wir heute machen?«, fragte sie nebenbei.

Marie richtete sich auf und sah zu ihrer Tochter.

»Wenn du deine kreative Arbeit beendet hast, sehen wir uns im Ort etwas um und kaufen Sonnenschutzcreme. Danach gehen wir baden. Und für den Abend hab ich mir etwas ganz Besonderes ausgedacht. Wir fahren zum Haleakala-Gebirge und sehen uns den Sonnenuntergang an. Der Anblick soll traumhaft sein. Stand im Reiseführer.«

»Na, wenn der das so meint, wird es wie immer stimmen.«

Marie ignorierte ganz bewusst die Bemerkung ihrer Tochter und sprach weiter: »Anschließend essen wir in einem netten Restaurant. Davon scheint es hier genügend zu geben.«

Riona nickte zustimmend. Der Plan ihrer Mutter hörte sich gut an: Shoppen, Strand, Gebirge, Restaurant. Das gestrige Abendessen fiel ihr ein und ein leichtes Schmunzeln trat auf ihr Gesicht. Vor ihrem geistigen Auge sah sie den Fremden vor der Holzbrüstung stehen, und sie spürte nochmals seinen durchdringenden Blick. Ein Gedanke schoss ihr durch den Kopf.

»Können wir heute wieder in dem Restaurant von gestern Abend essen?«, fragte sie.

»Warum, wenn es so viele Restaurants gibt? Wir

sollten alle einmal austesten.« Marie verstaute gerade Rionas letzte Sandale im Schrank.

»Das können wir auch, Ma. Ab morgen. Aber heute möchte ich dort essen. Dir hat es doch auch gefallen.«

Als ihre Mutter leicht seufzend ihr Einverständnis bekundete, machte Riona ein zufriedenes Gesicht. Vielleicht kommt der Fremde nochmals an den Strand, dachte sie. Vielleicht wollte er sie auch wiedersehen. Der Abend wird es zeigen.

Sie begutachtete kurz ihre Fingernägel, dann schälte sie sich aus dem Bett.

»Ich bin soweit.«

»Na, dann auf zu unserer ersten Tour«, sagte Marie.

Riona schlüpfte in die Flipflops und hängte sich eine Tasche um. Dann folgte sie ihrer Mutter zur Tür hinaus. In der weitläufigen Hotellobby herrschte reger Betrieb. Urlauber in legerer Bekleidung und bepackt mit Badetaschen durchquerten die Halle. Andere hatten es sich auf einer Sitzgruppe an der Fensterfront bequem gemacht und lasen Zeitung.

Riona warf einen Blick zur Rezeption. Hinter dem langgestreckten Tisch waren zwei Angestellte in dunkelgrünen Hosenanzügen mit den Gästen beschäftigt. Ein Ehepaar hatte die Zimmerschlüssel entgegengenommen. Jetzt hoben sie ihre Koffer vom Boden auf und entfernten sich in Richtung Fahrstuhl. Riona wandte sich zu ihrer Mutter.

»Soll ich an der Rezeption fragen, wo wir am besten shoppen können?«

»Gute Idee, ich warte hier.«

Der Angestellte begrüßte Riona höflich und erkundigte sich, wie er ihr helfen könnte. Riona unterdrückte ein aufkommendes Grinsen. Der Mann sah ziemlich witzig aus, fand sie. Er musste Mitte fünfzig sein, hatte einen kugelrunden Kopf und einen graugelockten Haarschopf, der bei jeder Bewegung hin und her wippte – wie ein Fußball, auf dem ein alternder Pudel hockte. Sie setzte eine freundliche Miene auf.

»Können Sie mir bitte sagen, wo ich am besten shoppen kann?«

»Sie sind wohl erst angereist?« Der Angestellte begann zu lächeln.

»Gestern Abend. Heute ist mein erster Tag auf Maui.«

»Darf ich fragen, woher Sie kommen?«

»Aus Deutschland. Genauer gesagt aus Hamburg.«

»Eine Landsmännin«, rief er aus, wobei seine Augen zu leuchten begannen. Unwillkürlich setzte er das Gespräch in deutscher Sprache fort.

»Ich bin selbst aus Deutschland. Ich habe in einem kleinen Ort in der Nähe von Hamburg gewohnt. In Lauenburg.«

»Ich kenne Lauenburg«, erwiderte Riona.

In einer spontanen Eingebung streckte der Angestellte den rechten Arm über den Rezeptionstisch aus.

»Herzlich willkommen. Ich heiße Gustav. Reden Sie mich ruhig mit meinem Vornamen an. Das ist hier so üblich. Und wie heißen Sie?«

»Ich bin Riona.«

Sie nahm seine Hand, die er kräftig schüttelte.

Gefühlte fünf Minuten später gab er sie wieder frei. Während sie begann, die gequetschten Finger zu massieren, fragte sie: »Wie lange leben Sie schon hier?«

»Seit über dreißig Jahren«, sagte er. »Eigentlich wollte ich nur für ein Jahr auf Hawaii arbeiten. Dann habe ich meine Frau kennengelernt und bin hiergeblieben.«

»Sie mögen also die Insel?«

»Maui ist wundervoll. Jeden Tag scheint die Sonne. Ganz anders als im kalten Deutschland.«

Riona drehte sich zu ihrer Mutter um, die mit verschränkten Armen wartend in der Halle stand.

»Ich muss los«, sagte sie zum Angestellten. »Meine Mutter und ich möchten uns den Ort ansehen.«

Gustav warf einen flüchtigen Blick auf Marie. »Ich verstehe«, sagte er daraufhin. »Aber Kihei ist nur ein sehr kleiner Ort und bietet keine besonderen Einkaufsmöglichkeiten. Sie sollten lieber nach Lahaina fahren. Liegt nicht weit weg.« Er überlegte kurz und korrigierte sich gleich darauf.

»Ich habe eine bessere Idee. Besuchen Sie doch unseren Flohmarkt. Der kommt nur einmal im Monat nach Kihei. Ich kann ihn wirklich empfehlen. Gehen Sie einfach rechts die Straße runter, dann kommen Sie genau darauf zu.«

»Danke für den Tipp«, sagte Riona. »Wir sehen uns bestimmt öfter.«

»Würde mich freuen«, sagte Gustav. »Allerdings habe ich ab morgen Nachtschicht.«

Er wies auf eine übergroße Porzellanschale am Ende des Tisches, in der Äpfel aufgetürmt lagen.

»Sie können sich gern Obst für unterwegs mitnehmen.«

»Vielen Dank. Das hole ich mir später.«

Riona entfernte sich von der Rezeption und ging zu ihrer Mutter.

»Was hast du dem Mann erzählt?«, wollte Marie wissen. »Er sah zum Schluss richtig glücklich aus.«

»Das ist Gustav. Er kommt aus Lauenburg.«

»Ach sieh mal an, wie klein die Welt doch ist«, sagte Marie. »Hat dir dieser Gustav auch gesagt, wo es zum Shoppen geht?«

»Ja, ganz in der Nähe gibt es einen Flohmarkt. Wir können zu Fuß hingehen und uns dabei gleich den Ort ansehen.«

»Na, dann los«, gab Marie das Signal zum Start.

Ein wolkenloser Himmel spannte sich über Kihei. Das Sonnenlicht spiegelte sich auf dem gepflasterten Bürgersteig. Marie und Riona schritten die Straße entlang, an der sich ein Hotel an das nächste reihte. Schon von weitem konnten sie auf der gegenüberliegenden Seite den Platz erkennen, auf dem Zelte und Stände aufgebaut waren. Sie überquerten die Straße und tauchten wenig später in das kunterbunte Treiben ein.

Der Flohmarkt war anscheinend das Highlight des Ortes. Auf den Wegen zwischen den Verkaufsständen drängten sich Urlauber und Einheimische. Es roch nach Gewürzen und blumigen Parfüms. Von den Grillständen zogen Rauschschwaden in die Luft. Bunte Tücher und Hawaiihemden flatterten an aufgespannten Seilen im Wind. Riona blieb vor einem Stand stehen, der eine große

Anzahl an Holz- und Lederschmuck führte. Sie legte sich ein mit Perlen besetztes Lederarmband um das Handgelenk, begutachtete es kurz und drehte sich zu ihrer Mutter.

»Wie findest du es?«

»Es steht dir«, sagte Marie. »Wenn du möchtest, kaufe ich es dir.«

»Toll, vielen Dank. Mein erstes Souvenir aus Hawaii.«

»Bezahl du, ich verstehe den Verkäufer ohnehin nur halb.« Marie fingerte ihre Geldbörse aus der Tasche und gab sie Riona.

»Ich sag doch, du sollst dein Englisch auffrischen.«

»Du hast Recht. Nach dem Urlaub fang ich damit an.«

Sie setzten ihren Weg durch das Gedränge fort, machten ab und zu vor den Ständen halt und bogen schließlich in den nächsten Gang ein. Ein Wohnwagen von der Art, wie ihn früher einmal Zirkusleute benutzten, weckte ihre Aufmerksamkeit. Von den Holzwänden blätterte die weiße Farbe ab. Die Tür war geschlossen und die Gardine vor dem Fenster versperrte die Sicht in das Innere. Der Besitzer legte anscheinend keinen großen Wert auf Sauberkeit, denn die Gardine hatte einen Grauschleier. Rost hatte den Anstrich der Eisentreppe zerstört, die steil hinauf zur Tür führte.

Auf der untersten Stufe stand ein kleiner Junge. Sein Kopf schien etwas zu groß für den schmächtigen Körper geraten zu sein und die Haare waren verzottelt. Aus der kurzen Hose staksten die Beine wie Spargelstangen heraus. Beide Knie waren mit

Schorf verkrustet. Er sprach besänftigend auf ein Katzenjunges ein, das in seinen Armen lag und sein Kinn zerkratzte. Über der Tür hing ein Holzschild mit einer Aufschrift aus Kreide. Regen hatte die Buchstaben verwischt, so dass sie kaum noch zu erkennen waren. Trotzdem hatte sich der Schreiber nicht die Mühe gemacht, es zu erneuern. Riona blieb stehen und studierte die Aufschrift.

»Was steht denn da?«, fragte Marie.

»Hier kannst du dir die Zukunft deuten lassen. Es kostet zehn Dollar.«

Marie winkte ab. »Vielen Dank auch. Für solch einen Quatsch geb ich kein Geld aus.«

»Ich wollte schon immer mal sehen, was da so abgeht«, erwiderte Riona.

»Aber nicht für zehn Dollar.«

»Ich glaube auch nicht daran«, lenkte Riona ein. »Trotzdem interessiert es mich. Es ist irgendwie aufregend.«

»Ich kann dir jetzt schon sagen, was du hören wirst«, sagte Marie. »Du bleibst gesund und glücklich, heiratest und bekommst zwei Kinder. Diese Auskunft bekommst du von mir gratis.«

»Die Wahrsagerin kann mir das persönlich sagen«, entschied Riona. »Das ist mir zehn Dollar wert. Ich geh da mal eben rein. Wartest du hier?«

»Als ob ich eine Wahl hätte«, sagte Marie schulterzuckend.

Riona holte das Geld aus der Tasche und trat an den Jungen heran, der jetzt den Kopf zu ihr hob.

»Ich möchte mir wahrsagen lassen«, erklärte sie, wobei sie den Jungen anlächelte. Die erhoffte Gegenreaktion blieb aus. Stattdessen trat er zur

Seite und deutete mit einer Kopfbewegung an, sie solle hinaufgehen.

Die Stufen vibrierten unter Riona Füßen und gaben ein helles, metallisches Klingen ab. Sie öffnete die Tür und trat ein. Ihr schlug ein beißender Geruch von Tierexkrementen entgegen. Im Inneren des Wohnwagens war es stickig und überall waren Katzen. Sie glichen sich wie ein Ei dem anderen, denn alle hatten ein weißes Fell und rote Augen. Sie tummelten sich auf Schränken, turnten über die Gardinenstange oder räkelten sich auf Kissen, die auf dem Boden verstreut lagen.

Zwischen ihnen saß eine Frau auf einem Stuhl. Sie hatte den Kopf gesenkt und kraulte das Fell eines Katers, der vor ihr auf einem stark abgenutzten Holztisch lag. Ihre schneeweißen Haare fielen lang und glatt über die Schultern und bedeckten das Gesicht. Einen Kontrast dazu bildete das meergrüne Kleid, das an den Ärmeln mit Katzenhaaren besudelt war. Auf dem dunklen Untergrund wirkten sie wie Schneekristalle. Dem Kater schien die Zuwendung der Frau zu gefallen, denn er schnurrte und blinzelte mit den Augen. Als er Rionas Anwesenheit bemerkte, richtete er sich auf, fauchte wütend und machte einen Buckel. Mit einem Satz sprang er auf sie zu, und wenn sie nicht schnell zur Seite gewichen wäre, wäre er wohl in ihrem Gesicht gelandet. So zischte er an ihr vorbei und verschwand gleich darauf durch die Tür.

Die Frau hob den Kopf. Ihr Gesicht war so weiß wie das Fell der Katzen und von Falten zerfurcht. Die Lider hingen ihr halb über die Augen. Jedoch ihr Blick, auf Riona gerichtet, war messerscharf.

»Schließen Sie die Tür, sonst laufen mir die anderen auch noch weg«, schnarrte sie.

Nur widerwillig befolgte Riona die Anweisung, denn der Gestank im Raum war ohne Lüftung kaum zu ertragen. Sie ging zum Tisch, legte den Geldschein vor der Frau ab und setzte sich unaufgefordert ihr gegenüber auf den freien Stuhl.

»Ich möchte mir wahrsagen lassen«, wiederholte sie ihre Worte von vorhin.

»Das wollen sie alle«, murmelte die Frau, während sie das Geld aufhob und in den Ärmel ihres Kleides steckte. Sie legte die Unterarme auf den Tisch.

»Geben Sie mir Ihre Hand.« Ihre Stimme klang brüchig wie ein morscher Baum, der sich im Wind bog. Schneller, als Riona es für möglich gehalten hätte, zog die Frau die dargebotene Hand zu sich heran.

Riona verspürte einen Brechreiz, als die runzeligen Finger mit den vergilbten Nägeln über die Linien ihrer Handinnenfläche fuhren.

»Sie machen hier Urlaub«, schnarrte die Alte.

Riona nickte. Um zu dieser Erkenntnis zu gelangen, brauchte man keine Wahrsagerin zu sein, dachte sie.

Die greisen Finger erkundeten weiter ihre Hand.

»Sie sind noch nicht lange auf Maui.«

»Seit gestern«, sagte Riona im zurückhaltenden Ton. Ihre Mutter hatte Recht gehabt, sie hätte hier nicht reingehen sollen.

Eine Minute verging, ohne dass die Alte etwas sagte. Plötzlich hob sie den Kopf und starrte Riona mit einem seltsamen Blick an.

»Dieser Ort ist nicht gut für Sie. Sie sollten nach Hause fahren.«

»Was?« Unvermittelt zog Riona die Hand zurück. Sie hatte sich innerlich schon auf jedes dumme Geschwätz aus dem Schrumpelmund vor ihr eingestellt. Aber dieser verrückte Vorschlag, sie solle wieder abreisen, übertraf alles. Die Oma tickt nicht ganz richtig, dachte sie. Auf einmal kam ihr die Situation in dem stinkigen Wohnwagen nur noch komisch vor. Am liebsten hätte sie laut losgelacht, doch sie riss sich zusammen.

»Warum soll ich nicht hierbleiben?«, fragte sie, wobei sie eine Unschuldsmiene aufsetzte.

»Verlassen Sie, so schnell es geht, diese Insel.«

»Eigentlich wollte ich hier zwei Wochen Urlaub machen.« Rionas Mundwinkel zuckten belustigt. Die Alte starrte noch immer zu ihr rüber.

»Sie haben jemanden kennengelernt«.

»Meinen Sie den Mann an der Rezeption?«, hakte Riona nach.

»Er hat sie ausgesucht. Er verlangt nach Ihnen.«

Riona schüttelte unwillig den Kopf. Dieser Gustav konnte ihr Vater sein und die Alte ist komplett verrückt.

»Er wartet, bis sie bereit sind«, sagte die Frau.

»Bereit für was?«

»Er will es unbedingt.«

»Wer will was?«

»Sie sollen zu ihm kommen. Aber gehen Sie unter keinen Umständen zu ihm.«

»Du meine Güte«, Riona rollte mit den Augen.

»Glauben Sie mir, ich kenne auf Maui keinen Menschen.«

»Er ist kein Mensch!«, die Stimme der Alten klang wie das Quietschen einer verrosteten Tür.

»Er ist viel mehr als das«, stieß sie aus.

Langsam wurde es Riona unheimlich zumute. Sie glaubte der Frau kein Wort, dennoch lief ihr ein kalter Schauer über den Rücken.

»Was wollen Sie damit sagen?«

Die Frau starrte über Rionas Kopf hinweg ins Leere. Plötzlich weiteten sich ihre Augen, als würde sie etwas Grauenvolles sehen. Jäh erhob sie sich und breitete die Arme aus. Die Augäpfel traten förmlich aus ihren Höhlen und wirkten gespenstisch.

»Er war schon da, aber er kommt wieder«, rief sie aus. Sie sah beschwörend zu Riona. »Fliehen Sie, solange Sie es noch können.«

Riona sprang vom Stuhl hoch, der durch die heftige Reaktion nach hinten kippte. Keine Minute länger wollte sie in dem Gruselzirkus bleiben. Sie hastete zur Tür, stieß sie auf und lief die Treppe herunter. Unten angekommen, blieb sie stehen. Sie atmete tief durch und füllte ihre Lungen mit frischem Sauerstoff. Mit einer Hand fuhr sie sich über die Stirn. Das alles kann doch nicht wahr sein, dachte sie, die Irre sollte man wegsperrten. Sie hörte, wie hinter ihr die Tür zugeschlagen wurde. Allmählich beruhigte sich ihr Pulsschlag. Sie blickte sich nach ihrer Mutter um und entdeckte sie vor einem Souvenirladen stehend. Einen Moment lang überlegte sie, ob sie ihr davon erzählen sollte. Sie entschied sich dagegen.

Marie drehte den Kopf zur Seite, als Riona neben ihr stand. Die Neugier war ihr ins Gesicht geschrieben. »Na, wie war es denn?«

»Du hattest mal wieder Recht. Ich heirate und bekomme zwei Kinder.« Riona bemühte sich um einen gelassenen Gesichtsausdruck.

»Sag ich doch«, entgegnete Marie. »Wahrsagerei ist völliger Quatsch.«

Riona nickte. »Ich hab für heute genug von Flohmärkten. Wollen wir deine Sonnenschutzcreme kaufen und dann baden gehen?«

»Einverstanden, mir reicht es auch.« Marie hakte sich bei Riona unter. »Schließlich haben wir noch einiges vor. Baden, Ausflug ins Gebirge und ein schönes Abendessen.«

Bei dem Gedanken an den bevorstehenden Abend begannen Rionas Augen zu leuchten. Der Tag konnte nur noch besser werden.

***

»Hast du schon mal so viele schwarze Rinder auf einem Haufen gesehen?« Riona steuerte den Jeep vorbei an saftig grünem Weideland, auf dem eine Herde Rinder friedlich graste. Neben ihr auf dem Beifahrersitz saß Marie. Der Reiseführer lag aufgeschlagen auf ihrem Schoß und mit dem Zeigefinger verfolgte sie die eingeschlagene Route.

»Nächste Kreuzung musst du nach rechts abbiegen.« Marie hob den Blick in Richtung der Tiere.

»Ich glaube, die sind typisch amerikanisch. Wie wäre es mit einem Steak zum Abendessen?«

Riona rollte die Augen. »Nimm es mir bitte nicht übel, Ma. Du bist kein bisschen romantisch.«

Die Sonne strebte dem westlichen Horizont zu. Es wurde höchste Zeit, dass sie den Gipfel des Haleakala erreichten. Nach einigen Kilometern wurde die Vegetation immer spärlicher und schien am Eingang des Nationalparks zu enden. Sie durchquerten eine Wüste aus schwarzen und dunkelroten Gesteinsbrocken unterschiedlicher Größe. Allmählich wurde der schotterige Weg immer kurviger und steiler. Schon über eine Viertelstunde lang quälte sich der Jeep leicht röchelnd Kurve um Kurve die Steigung empor.

»Meine Güte, der Weg zieht sich aber. Noch eine Kurve, noch eine und noch eine.« Maries Blick wanderte über das graugefleckte Armaturenbrett, das in seinen besten Zeiten wohl einmal schwarz gewesen war.

»Meinst du, die Klapperkiste schafft das noch?« Mit hochgezogenen Augenbrauen musterte sie den Fußboden. Dann richtete sie ihren Blick auf Riona, die vor sich hin summte.

»Soll ich mal den Boden abtasten, ob er schon heiß ist? Mein weiß ja nie, ob bei solch einer Schrottlaube gleich der Motor versagt.«

Rionas Summen verstummte. »Ma, ich bitte dich. Entspann dich und genieß die Aussicht.«

»Aber warum mussten wir ausgerechnet diese Schrottkarre nehmen? Es standen doch genügend andere Jeeps herum.«

»Weil es der einzige in Gelb war.«

»Du hättest vorher auf den Tachostand sehen müssen. 74.000 Meilen sind zu viel.«

Riona atmete hörbar durch. »Du hast doch selbst vorgeschlagen, dass ich mir den Jeep aussuchen kann. Also musst du dich auch damit abfinden.«

»Jetzt belehrt also die Tochter die Mutter.« Marie zog verärgert die Mundwinkel nach unten, was Riona merkte und gleich darauf einen versöhnlichen Ton anschlug, als sie sagte: »Ach komm, Ma. So war es nicht gemeint. Du bist die Lehrerin und ich bin dein Kind.« Der letzte Satz erzielte die erhoffte Wirkung, ihre Mutter begann zu schmunzeln.

Nach der nächsten Kurve erreichten sie die höchste der Aussichtsplattformen. Die Gegend wirkte unwirtlich und sie waren hier vollkommen allein. Sie parkten den Wagen, stiegen aus und gingen zum Felsenrand. Vor ihnen zogen weiße, dampfende Wolken ihre Bahnen. Die Sonne schob sich in ihrer unendlichen Ruhe hinter die Wolkenbank und versprühte mit den letzten Strahlen ein Meer aus Farben. Der Horizont schien zu glühen.

Auf einmal erklang eine mystische Melodie. Riona und Marie waren von dem Naturschauspiel wie verzaubert, und so war ihnen die Ankunft eines anderen Fahrzeugs entgangen. Neugierig blickten sie in die Richtung, aus der die Musik kam. Ein Mann, ganz in Weiß gekleidet, stieg aus. Ohne von ihnen Notiz zu nehmen, trat er an den Felsenrand. Die Tür seines Geländewagens stand offen. Aus dem Radio ertönte der silbrige Gesang einer Frau.

Der Mann hob die Arme und begann, sich langsam im Kreis zu drehen. Er tanzte. Es war ein Tanz zwischen Himmel und Erde. Fasziniert beobachtete Riona, wie er sich mit geschlossenen Augen zum Takt der Musik bewegte, als wäre er mit ihr verschmolzen. Ihr Blick glitt über ihn hinweg in die raue, unverfälschte Schönheit der Vulkanlandschaft. Plötzlich stutzte sie. Mit unbewegtem Gesicht starrte sie auf etwas, was sie in der Ferne auf einer Felsklippe zu erkennen glaubte: eine hochgewachsene Gestalt, ganz in Schwarz, regungslos über das Wolkenmeer hinwegschauend. Ein Gedanke schoss ihr durch den Kopf. Konnte es der Fremde sein, den sie gestern am Strand gesehen hatte? Sofort verwarf sie es wieder. Kein normaler Mensch konnte sich in dieser verlassenen Gegend aufhalten. Es musste einer von den großen Steinbrocken sein, die hier massenhaft herumlagen.

Riona begann zu frösteln. Erst jetzt spürte sie den Wind, der ihr kalt ins Gesicht blies. Sie warf einen Blick zu ihrer Mutter, die mit verklärtem Gesicht in die Ferne blickte. Einen Moment lang überlegte Riona, ob sie ihr den seltsamen Stein zeigen sollte. Sie entschied sich dagegen und wusste selbst nicht warum.

Der letzte Sonnensplitter tauchte unter, die Musik erstarb. Damit endete das Schauspiel. Marie löste sich aus der starren Haltung und verschränkte bibbernd die Arme vor der Brust.

»Du meine Güte, ist das kalt geworden. Wir hätten Pullover mitnehmen sollen. Wollen wir fahren? Ich bekomme allmählich Hunger.«

»Willkommen in der Realität.« Riona seufzte einmal auf. Bevor sie in den Jeep stieg, warf sie nochmals einen Blick zum Felsen. Hoch aufgerichtet stand die Gestalt in der kalten, grauen Abenddämmerung.

***

Eric saß hinter dem Lenkrad seines Mercedes, als der Anruf kam. Er war gerade auf dem Weg zu Hannah. Es war ihr letzter Abend auf Hawaii und Eric wusste schon im Vorfeld, wie es ablaufen würde: Aneinandergeschmiegt würden sie schwören, den anderen nicht zu vergessen und sich schnellstens zu besuchen. Vielleicht würde Hannah sogar ein paar Tränen vergießen. Dann, wenn sie wieder zuhause in Seattle war, würde sie zuerst jeden Tag anrufen – später noch einmal pro Woche. Der Alltag verlangte viel von einem ab, da blieb letztendlich keine Zeit für eine Urlaubsromanze. So war es immer und so würde es auch heute sein. Eric konnte damit umgehen. Er wollte sich nicht binden. Seine Scheidung lag erst ein Jahr zurück. Heute wollte er jedoch die letzte gemeinsame Nacht genießen. Eine gekühlte Flasche Champagner lag auf dem Beifahrersitz bereit.

Das Klingeln seines Handys riss ihn aus seinen Gedanken. Er betätigte die Tastatur der Freisprechanlage.

»Hier Johnson?«

»Hi, Eric«, hörte er Ryans Stimme. »Entschuldige die späte Störung. Ich dachte mir, die Neuigkeit wird dich interessieren.«

»Was ist?«

»Wir bekamen gerade einen Anruf von ein paar Jugendlichen, die sich am Strand aufhalten. Sie haben einen abgetrennten Arm im Wasser entdeckt.«

Eric hob die Brauen. Schlagartig war der Abend mit Hannah vergessen.

»An welchem Strand?«

»Am Waikiki Beach. Ich mach mich gleich auf den Weg.«

»Okay. Bringt das Fundstück in die Pathologie«, wies Eric an und fügte hinzu: »Bis morgen zehn Uhr möchte ich Einzelheiten wissen: Wie lange liegt der Arm schon im Wasser, wie wurde er vom Körper abgetrennt, zu welchem Geschlecht gehört er?«

»Geht klar.« Ryans Tonfall wechselte von sachlich zu freundschaftlich, als er sagte: »Übrigens, viel Spaß bei deinem Date.«

Das Gespräch war beendet und Eric machte ein zufriedenes Gesicht. In die Sache kam endlich Bewegung. Es müsste mit dem Teufel zugehen, wenn die Kollegen von der Pathologie nichts herausfinden würden. Jeder noch so kleine Hinweis war hilfreich, um den mysteriösen Badeunfällen auf die Spur zu kommen. Er war gespannt, was ihn morgen erwartete.

***

Er hatte sie entdeckt. Unter dem Schutz eines mächtigen Baumstammes verfolgte Argon jede Regung dieser mädchenhaften Frau. Sie saß mit derselben Person in dem Restaurant, in dem er sie letzten Abend gesehen hatte. Sogar den gleichen Platz hatte sie eingenommen. Als sie lachte, blitzte eine Reihe perlenweißer Zähne auf. Ihm schien es, als würde sie sich über etwas amüsieren.

»Warum versteckst du dich hinter dem Baum?«

Argon drehte sich um. Vor ihm stand Narla und

begann zu lächeln, wobei sich ihre schrägen Augen in kleine Schlitze verwandelten. Das schwarze Kleid reichte ihr bis zu den Knien und betonte die schlanke Taille. Um den Hals hatte sie ein schwarzes Tuch geschlungen. Bei ihrem Anblick verfinsterte sich Argons Gesicht.

»Warum bist du nicht bei den anderen?«

»Die brauchen mich nicht. Unter den Menschen zu sein, ist viel spannender. Du machst es doch auch.«

»Bei mir ist es was anderes. Ich habe eine Aufgabe«, sagte er unwillig und wandte sich wieder dem Restaurant zu.

Narla schwieg. Natürlich wusste sie von dem Experiment und wusste auch, wie wichtig es war. Dennoch war sie unzufrieden. Argon hatte nur noch das eine Ziel vor Augen und kaum noch Zeit für sie. Das wäre an sich nichts Schlimmes, wenn sie ihn nicht so abgöttisch liebte. Sie liebte ihn, seit sie denken konnte. Dieses Gefühl war in ihrem Kopf wie eine Krankheit, die man nicht mehr heilen konnte. Bis vor kurzem hatte sie gehofft, es könnte zwischen ihnen wieder so werden wie früher. Trotz allem, was geschehen war.

Ihre Augen folgten Argons Blick. Da saßen Leute in einem Lokal wie jeden Tag. Was war für ihn daran so spannend? Sie musste ihn ablenken. Er sollte sich umdrehen und sie anschauen. Wie ein verliebter Mann seine Liebste anschaute.

»Wie gefällt dir meine neue Frisur? Die ist bei den Menschen gerade modern.«

Nur widerwillig drehte sich Argon um und warf einen flüchtigen Blick auf ihren Kopf, den sie jetzt kokett hin und her schwenkte. Sie hatte ihre langen, schwarzen Haare zu einer Pyramide aufgesteckt. Es sah wie ein kleines Kunstwerk aus. Sein Blick schweifte über ihr Gesicht und blieb an einer Stelle ihres Halses hängen, an dem das Tuch verrutscht war. Die Haut war an einer Stelle von der Größe einer Geldmünze aufgeplatzt und zeigte darunter eine silbrig schillernde Schuppenschicht, die an Fischhaut erinnerte.

»Du solltest besser auf dich achten. Man kann es sehen.«

Narla bedeckte schnell die Stelle mit dem Tuch. Mit leuchtenden Augen betrachtete sie ihn. Wenn ich ihm doch nur sagen könnte, wie sehr ich ihn liebe, dachte sie. Aber sie beherrschte sich und bemühte sich stattdessen um einen gelassenen Gesichtsausdruck.

»Glaubst du, wir gewöhnen uns daran, dass wir uns nicht so zeigen dürfen, wie wir wirklich sind?«

»Ich wünschte, es wäre überhaupt nicht notwendig, dass wir uns an irgendetwas gewöhnen müssen.« Er wandte sich von ihr ab, lehnte sich gegen den Baumstamm und sah wieder zum Restaurant. Plötzlich trat in seine Augen etwas Lauerndes. Wie bei einem Raubtier, das seine Beute gesichtet hatte. Sein Körper spannte sich und die Muskeln unter dem Hemd traten deutlich hervor. Er beobachtete, wie die beiden Frauen aufstanden und durch den Raum schritten. Jäh löste er sich vom Baum. Er musste sich beeilen. Er wollte, dass sie ihn sah.

***

Riona schlenderte an der Seite ihrer Mutter die hellerleuchtete Geschäftsstraße entlang. Ihnen kamen Männer in Hawaiihemden an der Seite ihrer Frauen in bunten Baumwollkleidern entgegen. Rein äußerlich ließ sich Riona ihre Enttäuschung nicht anmerken. Vergebens hatte sie auf den Fremden gewartet. Während des Essens hatte sie immer wieder den Kopf zum Strand gedreht und nach ihm Ausschau gehalten. Doch er war nicht gekommen. Okay, dann eben nicht, dachte sie und wandte sich zu ihrer Mutter.

»Das war ein toller Tag heute. Findest du nicht auch, Ma?«

»Ja, er war schön. Wollen wir morgen einen Ausflug nach Hana machen? Dort soll es die besten Wasserfälle von ganz Maui geben.«

»Ja, gern. Hoffentlich können wir dort auch baden.«

Von der gegenüberliegenden Straßenseite drang Jazzmusik zu ihnen herüber. Riona wandte den Kopf in die Richtung, aus der die Klänge kamen. Die Fenster der oberen Etage eines Holzhauses waren geöffnet. Dahinter standen Menschen in Gruppen zusammen, unterhielten sich und lachten. Es musste sich um einen Jazzclub handeln.

Auf einmal blieb sie stehen, ihr Gesicht drückte Verblüffung aus. Sie hatte ihn sofort erkannt. Ganz in Schwarz gekleidet schritt er die Treppe empor. Als er sich zu ihr drehte, setzte ihr Herz einen Schlag aus. Er lächelte ihr zu – ein unwiderstehliches, faszinierendes Lächeln. Gleich darauf verschwand er durch die Tür.

»Warum bleibst du stehen?«, fragte Marie.

Riona starrte noch immer auf die menschenleere Treppe. Sie schluckte die Überraschung herunter und in einer plötzlichen Eingebung fragte sie: »Kommst du mit in den Club? Die Musik ist ziemlich gut.«

»Tut mir leid, Schatz, ich kann mir den Krach heute nicht mehr antun.«

»Wieso? Ich denke, du magst Jazz.«

»Ja, schon. Aber der Tag war lang genug für mich. Ich geh aufs Zimmer und lese noch etwas.«

Rionas Stimme wurde eindringlicher.

»Ma, ich bitte dich. Du gehst so wenig weg und jetzt bist du im Urlaub. Sei nicht so langweilig und bring etwas Abwechslung in dein Leben.« Riona beobachtete, wie es im Kopf ihrer Mutter arbeitete.

»Was ist nun?«, bohrte sie nach. Auf Maries Gesicht zeichnete sich Bedauern ab.

»Nein, ich bleibe dabei. Aber geh rein, wenn du willst. Du bist doch sonst so mutig.«

»Okay, ich schau da mal rein. Wenn es mir nicht gefällt, komme ich gleich nach.« Sie öffnete ihre Tasche, fingerte einen Lipgloss heraus und umkreiste damit in schwungvollen Bewegungen die Lippen. Dann hob sie das Gesicht zu Marie.

»Wie sehe ich aus?«

»Hübsch wie immer.«

»Okay, dann will ich mal.« Riona beförderte den Stift zurück in die Tasche.

Schmunzelnd sah Marie ihrer Tochter nach, wie sie mit leichtfüßigen Schritten die Straße überquerte. Dann setzte sie den Weg zum Hotel fort. Rionas Worte gingen ihr nicht mehr aus dem Kopf.

Marie wusste, dass sie zu viel arbeitete und zu wenig ausging. Zwar traf sie sich regelmäßig mit ihren Freundinnen, aber meistens nur zum Plaudern in einer ihrer Wohnungen. Die einzigen Highlights in ihrem Leben waren die beiden jährlichen Urlaube mit Riona. Aber das war nicht immer so gewesen. Als sie noch jung war, ging sie jedes Wochenende aus – Tanzen, Kino, Kneipe.

»Als ich noch jung war«, murmelte Marie vor sich hin. So alt war sie nun auch wieder nicht. Außerdem fühlte sie sich viel jünger. Eine Viertelstunde später stand sie in der Hotellobby. Sei nicht so langweilig, wiederholte sie in Gedanken Rionas Worte. Kurz entschlossen steuerte sie die Terrasse des Restaurants an.

***

Als Riona den Jazzclub betrat, spürte sie ihren Herzschlag. Ihr schlug der Geruch von Bier entgegen, der gemischt war mit dem Schweißgeruch der Gäste. Nach wenigen Schritten blieb sie stehen und sah sich um. Ganz am Ende des Raumes spielte eine Band. Die vier Männer trugen anstelle Hemden weiße Achselshirts, die einen Kontrast zu ihren braungebrannten Körpern bildeten. Mit gespreizten Beinen stand der Sänger auf dem Podest und hielt das Mikrofon so dicht an seine Lippen, als wollte er es gleich verschlucken. Seine kraftvolle Stimme übertönte die anderen Geräusche im Raum.

Rionas Blick schweifte zu den besetzten Barhockern vor dem Tresen, immer weiter – bis sie ihn sah. Ganz in Schwarz gekleidet und mit einer Hand in der Hosentasche stand er lässig an einen Holzpfeiler gelehnt. Er sah zu ihr rüber mit einem durchdringenden Blick, der alles sah und alles wahrnahm. Sie beschlich das Gefühl, er beobachtete sie schon die ganze Zeit über. Unwillkürlich begann ihr Herz zu hämmern. Sie riss sich von seinem Blick los und steuerte den Tresen an. Mit einem Mal konnte sie sich selbst nicht mehr begreifen. Wieso brachte seine Anwesenheit sie derart aus der Fassung, ganz gegen ihren Willen? Sie war es doch gewohnt, von anderen Männern angestarrt und mit Sprüchen angemacht zu werden. Und sie war es auch, die cool blieb und die passende Antwort parat hatte. Wieso funktionierte es jetzt nicht? Reiß dich zusammen und werde wieder du selbst, befahl ihre innere Stimme.

Sie straffte die Schultern, hangelte sich durch das Menschengewoge und bestellte beim Barkeeper einen Cocktail mit dem verlockenden Namen Hawaii-Dream, der auf einem Pappschild angepriesen wurde. Der Barkeeper mixte es zusammen, stellte das Glas vor ihr ab und musterte sie kurz.

»Machst du Urlaub?«, fragte er und fügte erklärend hinzu: »Ich sehe dich hier zum ersten Mal.«

Riona nickte wortlos, reichte ihm das Geld und drehte sich um. Eine Frauengruppe entfernte sich gerade von einem Stehtisch an der äußersten Ecke des Tresens. Diese Chance wollte sie sich nicht entgehen lassen. Mit dem Cocktailglas in der Hand schob sie sich an zwei Männern vorbei und gelangte an den freien Platz. Sie stellte das Glas auf den Tisch, ließ die Tasche von der Schulter gleiten und legte sie daneben. Ihr Blick wanderte ziellos durch den Raum und blieb an einem Mann haften, der unweit der Eingangstür stand. In seinem dunkelgrauen Hosenanzug wirkte er ausgesprochen elegant, wenn auch die Kleidung für dieses Lokal völlig unpassend war. Sein glattrasiertes Diplomatengesicht war schneeweiß, als ob ihm sämtliche Pigmente fehlten. Auch seine Haare waren vollkommen weiß.

Das ist ein Albino, dachte Riona.

Seine Augen waren konstant auf einen Punkt gerichtet. Sie musste seinem Blick nicht folgen, um zu wissen, dass er zum Pfeiler sah, wo der Fremde vom Strand stand. Plötzlich wandte der Albino den Kopf und sah ihr direkt ins Gesicht. Seine Stirn runzelte sich, als würde es ihm nicht gefallen, beobachtet zu werden. Er drehte sich um und verschwand nach draußen.

Intuitiv sah Riona wieder zu dem Fremden. Er stand noch immer am selben Platz. Als sich ihre Blicke begegneten, stieß er sich vom Pfeiler ab und ging in den Raum hinein. Rionas Herzschlag erhöhte sich, denn er kam direkt auf sie zu. Seine Schritte waren ohne Eile, als wüsste er, dass ihm nichts entgehen konnte. In seinen Bewegungen lag die Eleganz eines Panthers. Auch das Schwarz seiner Haare und seiner Kleidung trug zu dieser Ähnlichkeit bei.

Als er dicht vor ihr stand, spürte sie eine männlich-sinnliche Aura, die ihn umgab. Seine betörend schönen Augen, sein Kleidungsstil, die Sicherheit in seiner Körperhaltung – alles zusammen sagte ihr, dass er außergewöhnlich war. Ihre Knie wurden weich und ihr Hals war wie zugeschnürt. Sein Kopf neigte sich leicht zu ihr herab, denn sie reichte ihm trotz durchschnittlicher Körpergröße gerade mal bis zu den Schultern.

»Hallo, ich bin Argon Kuro«, sagte er mit einer warmen Stimme.

»Hi, ich bin Riona«, entgegnete sie leicht krächzend, und sie hätte sich am liebsten für ihre fehlende Coolness geohrfeigt.

»Riona«, wiederholte er und betonte dabei jede Silbe.

Sie hatte das Gefühl, ihr Name hätte noch nie schöner geklungen als in dem Augenblick.

»Machst du hier Urlaub?«, wollte er wissen. Er wirkte ruhig und gelassen, war ganz Herr der Lage.

Riona spürte einen Kloß in der Kehle und räusperte sich.

»Ja, ich bin mit meiner Mutter hier. Wir sind erst vor zwei Tagen angekommen.« Irgendetwas musste sie machen, um nicht steif wie ein Bleistift zu wirken. Sie fingerte den Strohhalm aus dem Cocktailglas, legte ihn auf den Tisch und nippte an dem Getränk.

»Du bist keine Amerikanerin«, stellte er fest.

»Merkst du das an meinem Akzent? Ich komme aus Deutschland.«

»Dein Akzent gibt dir eine persönliche Note. Wieso sprichst du so gut Englisch?«

»Vom Studium her, ich wollte einmal Dolmetscherin werden.« Sie verzog das Gesicht.

»Na ja, ich hab nur ein Jahr durchgehalten.« Ihr bewusst lässiger Tonfall war nur ein kläglicher

Versuch, die Nervosität vor ihm zu verbergen.

Er erwiderte nichts. Aber sein direkter, wissender Blick war verwirrend.

Schnell sprach sie weiter:

»Ich hab Englisch und Spanisch studiert. Das war okay. Die anderen Fächer gingen gar nicht. Zum Beispiel Stochastik. Wozu braucht man Stochastik?«

»Stochastik ist die Kunst des Vermutens«, sagte er, ohne zu überlegen. »Damit kannst du die Wahrscheinlichkeit für Lottogewinne berechnen. Und Geld interessiert die Menschen doch immer.«

»Du kennst dich damit aus? Sag jetzt nicht, du studierst trockene Mathematik.«

»Nein, mit Mathe hab ich nichts zu tun.« Seine Augen funkelten belustigt.

»Sondern?«

Er stellte das Wasserglas auf den Stehtisch. Das milchige Licht der Deckenlampen fiel auf sein Haar, und sein schönes Gesicht wirkte unergründlich.

»Ich male. Meistens Landschaften.«

»Ich bin beeindruckt«, versuchte sie zu scherzen, obwohl sie es ehrlich meinte.

Er betrachtete sie nachdenklich, sagte aber nichts.

»Kann man deine Bilder kaufen?«, forschte sie nach.

»Ja.«

»Hier in Kihei?«

»Nein, in einer Galerie in Lahaina.«

Ihr Gesichtsausdruck zeigte, sie war absolut beeindruckt.

»Es muss sich toll anfühlen, Bilder zu malen, die fremde Menschen in ihre Wohnzimmer hängen.« Sie biss sich auf die Lippen, als darauf ein herablassendes Zucken seiner Mundwinkel folgte.

»Die Menschen haben das Bedürfnis, anerkannt und gestreichelt zu werden«, sagte er. »Ich verkaufe meine Bilder nicht, um mein Ego zu befriedigen.«

»Warum sonst?«

»Um ein Projekt zu finanzieren.«

»Ein Projekt«, wiederholte sie. »Dann werfen deine Bilder wohl eine Menge ab.«

»Ich komme ganz gut klar«, erwiderte er in einer Art, die andeutete, er war für weitere Erklärungen nicht bereit.

Es entstand ein Schweigen. Aus dem dringenden Bedürfnis heraus, jetzt irgendetwas zu machen, um nicht wie eine Statue zu wirken, nahm sie wieder den Strohhalm zur Hand. Sie steckte den Halm in das Glas zurück und schubste damit die Eiswürfel im Kreis herum, was ein klirrendes Geräusch verursachte. Er verfolgte jede ihrer Bewegungen. Ein abwartender Ausdruck war auf sein Gesicht getreten.

»Kannst du auch mich malen?«, fragte sie so beiläufig, wie es ihr nur möglich war. Anstelle einer Antwort drehte er sich um und verschwand in der Menge.

Verdutzt zog sie die Augenbrauen zusammen. Noch bevor sie sich fragen konnte, was sie eben falsch gemacht hatte, war er zurück. Mit zwei Stiften und einem weißen Blatt Papier, das er auf den

Tisch legte. Dann sah er sie an und seine Augen beobachteten sie einen Moment lang ganz genau. Nichts entging ihm. Riona hatte das Gefühl, sein Blick würde ihr Gesicht streicheln, was einen faszinierenden Schauer bei ihr auslöste.

In jeder Hand einen Stift haltend begann er, in unglaublicher Geschwindigkeit etwas zu zeichnen. Sein Hemd war an den Ärmeln leicht nach oben gerutscht und gab seine Handgelenke und einen Teil seiner Unterarme frei. Erst jetzt, wo sie sich unbeobachtet fühlte, betrachtete sie seine Hände, seine Arme und sein nach vorn gebeugtes Gesicht. Noch nie zuvor hatte sie eine derart makellose Haut gesehen. Die Haut saß so fest an Argons Körper, als hätte man ihn in flüssiges Porzellan getaucht. Riona konnte ihren Blick nicht davon abwenden.

Sie zuckte zusammen, als er den Kopf hob. Mit unbeweglicher Miene reichte er ihr das Blatt. Ihr Gesicht brannte vor Neugier, als sie es entgegennahm. Sie sah auf die Zeichnung. Ihre Augen weiteten sich voller Erstaunen. Sie sah in ihr eigenes Gesicht wie in einem Spiegel. Es schaute von dem Blatt zu ihr auf, als ob es lebte – als ob es gleich zu sprechen ansetzen wollte. Sie hob den Kopf und starrte Argon fünf Sekunden lang an.

»Das ist … das ist … unglaublich. Es ist … einfach … fantastisch.«

Weder seine Augen noch sein Gesichtsausdruck verriet in dem Moment, was in ihm vorging.

»Ich schenke dir das Bild.« Er neigte den Kopf zur Seite und ein Lächeln umspielte seine Lippen. »Wenn du es möchtest.«

Ihr Gesicht begann zu strahlen, als sie das Bild in den Händen hielt.

»Danke. Ein tolles Geschenk.« Schalkhaft sah sie ihn an. »Erwartest du jetzt eine Gegenleistung? Aber malen kann ich nicht.«

»Hmm«, machte er und schien zu überlegen. »Ich lass mir noch etwas einfallen«, sagte er schließlich.

In dem Moment trat eine Blondine, grell geschminkt und mit ellenlangen Beinen an Argon heran und baute sich aufreizend vor ihm auf.

»Hallo. Ich sitze da drüben und beobachte dich schon eine ganze Weile«, sagte sie mit einem verführerischen Lächeln. »Und mir gefällt, was ich sehe.«

Nur einen Augenaufschlag lang sah er die Frau an. »Nun, dann setz dich wieder hin und beobachte weiter.«

Die Blondine schluckte, als ob sie das eben Gehörte erst verdauen musste. Eine derartige Abfuhr war sie anscheinend nicht gewohnt. Sie taxierte ihn von Kopf bis Fuß, drehte sich um und klackerte in hohen Absatzschuhen davon. Riona war über Argons schroffe Art verblüfft.

»Das war nicht gerade nett von dir«, sagte sie.

»Ich mag keine Frauen, die ihre Gesichter mit Schminke plakatieren«, erwiderte er trocken.

»Wieso? Sie war doch hübsch.«

»Mir ist es wichtiger, was in einem Gesicht ist, als das, was drauf ist.«

Sein Ausspruch traf Riona unangenehm. Unwillkürlich musste sie an ihre schwarzumrandeten Augen denken.

Argons Mundwinkeln zuckten spöttisch, als ob er erriet, was sie gerade dachte. Dann wurde sein Gesicht wieder undurchschaubar. Dennoch, in seinem Blick lag etwas, als könnte er bis in ihr Innerstes vordringen – bis zu ihrer Seele.

»Deine Augen sind wie fließendes Wasser«, sagte er in einer Art, die keinen Zweifel aufkommen ließ: Es war nicht als Kompliment gemeint, sondern eine Feststellung. Dann wandte er sein Gesicht von ihr ab und sah in den Raum hinein.

Riona war bemüht, sich ihre Verwirrung nicht anmerken zu lassen. Sie hatte keine Ahnung, was er damit meinte. Er verhielt sich so ganz anders, als sie es von Männern seines Alters gewohnt war. Er sprach auch anders.

»Was willst du damit sagen?«, forschte sie nach.

»Die Augen sind der Spiegel unserer Seele«, sagte er leichthin. »Du bist auf der Suche nach etwas, was du noch nicht gefunden hast.«

Sie stutzte über seine Bemerkung. »Was suche ich denn?«

Langsam wandte er den Kopf zu ihr. Seine Lider waren gesenkt und sie konnte seine Wimpern sehen, die pechschwarz und außergewöhnlich dicht waren. Dann hob er die Lider in einer berauschend sinnlichen Art. Noch nie zuvor hatte sie einen derartigen Augenaufschlag gesehen. Es war wie der sanfte Flügelschlag eines Nachtfalters. Als er sie ansah, wurden ihre Knie weich.

»Du suchst deine Bestimmung«, sagte er.

»Meine Bestimmung? Glaubst du, jeder Mensch hat seine Bestimmung?«

»Ich bin mir ganz sicher.« Er lächelte wissend.

Sie konnte sich den Grund dafür selbst nicht erklären, aber sie glaubte ihm jedes Wort.

»Und? Finde ich meine Bestimmung?«, fragte sie.

»Ich kann dir helfen, sie zu finden.«

Mit seiner warmen Stimme klang es für Riona regelrecht verführerisch.

»Ach, das kannst du?«, fragte sie, wobei sie sein Lächeln erwiderte. Intuitiv hatte sie das Gefühl, in einem Katz-und-Maus-Spiel zu stecken. Es gefiel ihr sogar und sie war bereit, es zu spielen.

»Ich denke schon«, erwiderte er. »Du brauchst dich nur auf mich einzulassen.«

»Wie interessant«, sagte sie. »Aber meine Mutter brachte mir als kleines Mädchen bei, dass ich bei Fremden vorsichtig sein muss.«

»Deine Mutter ist eine kluge Frau.« Er neigte sich leicht zu ihr vor. »Also sollten wir uns besser kennenlernen, damit ich kein Fremder mehr für dich bin.«

Sein Gesicht so dicht vor ihr löste ein Kribbeln in ihrer Magengrube aus. Sie hielt seinem durchdringenden Blick stand.

»Man lernt sich kennen, indem man etwas über den andern erfährt«, sagte sie.

Er zog sich wieder zurück. »Du möchtest mir Fragen stellen?«

»Nur wenn du kein Fremder für mich sein möchtest.«

»Nun, was möchtest du von mir wissen?« Er biss sich auf die Unterlippe.

»Wohnst du auf Maui?«

Mit einer eleganten Handbewegung strich er eine Haarsträhne nach hinten.

»Ja, ich lebe hier.«

»Du bist also ein typischer Hawaiianer?«

»An mir ist nichts Typisches.«

»Wie meinst du das? Was dagegen, wenn ich frage?«

Seine Augen verengten sich. »Was dagegen, wenn ich nicht antworte?«

Sie schürzte demonstrativ die Lippen, um zu zeigen, wie wenig ihr seine Antwort passte.

Er sah es und ein seltsames Lächeln trat auf sein Gesicht, das sie nicht deuten konnte.

»Wenn ich es dir erzähle, muss ich dich anschließend töten.«

Sie lachte einmal auf. »Du liebst es wohl, den Geheimnisvollen zu spielen.« Dann machte sie mit der Hand eine abwehrende Geste. »Okay, ich verzichte auf eine Antwort.«

»Stell mir als Ausgleich eine andere Frage«, schlug er vor.

Sie dachte kurz nach. »Wie komme ich morgen zum schönsten Wasserfall auf Maui?«

»Einen Tipp kannst du von mir haben, aber du bist mir noch etwas schuldig.« Er deutete ein leichtes Kopfnicken zur Zeichnung hin an. Sie hatte verstanden.

»Schieß los, was verlangst du?«, fragte sie grinsend. Unvermittelt hielt sie den Atem an, als sein Blick über ihren Körper glitt.

»Ein Treffen, morgen Nachmittag«, sagte er. »Und vergiss deine Badesachen nicht«, fügte er hinzu, als ob es das Selbstverständlichste von der

Welt wäre, seine Einladung anzunehmen.

Sie stimmte umgehend zu. Der Abend nahm seinen weiteren Lauf. Gleich zu Beginn des Gesprächs hatte Argon die Führung übernommen und gab sie nicht mehr ab. Er schnitt verschiedene Themen an – nur über sich selbst sagte er nichts mehr. Riona beschlich das Gefühl, er mochte die Menschen nicht besonders. Er erkundigte sich nach den Ländern, die sie bereist hatte. Allerdings legte er keinen Wert auf die Schilderung von Dingen, die von Menschenhand erschaffen wurden. Sie beschrieb ihm den Affenfelsen von Gibraltar, den Sonnenuntergang auf Sylt und ihre Spaziergänge bei Ebbe und Flut an den Nordseestränden.

»Wo bist du so herumgekommen?«, wollte sie jetzt wissen.

Seine Stirn kräuselte sich, als ob ihm die Frage nicht behagte.

»Ich war auf allen Weltmeeren.«

»Bist du gesegelt?«

»So etwas in der Art«, wich er ihr aus.

Nur zu gern hätte sie ihn gefragt, was er damit meinte, doch sie unterließ es. Wäre er zu weiteren Erklärungen bereit gewesen, hätte er es getan. Sie konnte aus ihm nicht schlau werden. Ihn umgab etwas Unnahbares und Geheimnisvolles. Sein meist unbewegliches Gesicht wirkte wie eine Fassade, hinter die niemand blicken durfte. Dennoch fühlte sie sich von ihm magisch angezogen.

Rein zufällig streifte ihr Blick die Zeiger ihrer Armbanduhr. Sie war erstaunt, wie spät es schon war. Seit ihrem Eintreffen waren drei Stunden vergangen.

»Ich muss gehen«, sagte sie zu Argon und ihr Ton drückte leichtes Bedauern aus. Als er darauf nicht reagierte, fügte sie hinzu: »Ich kenne meine Übermutter. Sie macht sich ziemlich schnell Sorgen.«

»Dann bis morgen«, sagte er.

Seine warme Stimme hallte in ihr nach, als sie wenig später die Straße entlangging. Was war das doch für ein außergewöhnlicher Abend gewesen, dachte sie. Und morgen schon würde sie ihn wiedersehen. Der Gedanke daran beflügelte ihre Schritte.

Völlig unerwartet sah sie ihre Mutter auf sich zukommen.

»Hey Ma, was machst du denn hier um diese Zeit?«, rief sie ihr zu.

Marie wirkte erleichtert, als sie ihre Tochter erkannte. Gleich darauf standen sie sich gegenüber.

»Wo bleibst du denn? Es ist schon kurz nach eins.«

Maries Stimme klang vorwurfsvoll, doch Riona blieb gelassen.

»Wieso? Du hast doch gewusst, wo ich stecke.«

»Du wolltest doch in zwei Stunden nachkommen«, sagte Marie.

»Nein, ich habe nur gesagt, ich komme gleich nach, wenn es mir nicht gefällt.«

Marie winkte ab. »Egal, jetzt bist du ja wieder da.« Sie betrachtete ihre Tochter, die aus dem Inneren heraus zu strahlen schien.

»Wie war es denn?«

»Suuuuper toll.«

»Tatsächlich?«

Maries Blick fiel auf das Blatt Papier, das in Rionas Hand im Wind hin und her flatterte.

»Was ist das?«

Riona reichte ihrer Mutter das Porträt und grinste. »Rate mal, wer das ist.«

Staunend betrachtete Marie das Bild. Riona wirkte darauf wie lebendig, der Kopf war etwas zur Seite geneigt, die Augen blickten schelmisch.

»Es ist ziemlich gut«, stellte sie fest.

»Es ist fantastisch«, korrigierte Riona. »Ich hab jemanden kennengelernt.«

»Du hast jemanden kennengelernt, der dir gefällt? Was ist er? Ein Aussteiger oder ein Lebenskünstler?« Maries Gesichtsausdruck drückte Skepsis aus.

»Er ist Künstler.«

»Hab ich's doch gewusst«, sagte Marie.

Riona lachte einmal auf und hakte sich bei ihr unter. Arm in Arm gingen sie den Weg zurück zum Hotel. Riona erzählte in groben Zügen das eben Erlebte. Forschend sah sie zu ihrer Mutter.

»Hast du schon mal gesehen, wie jemand ein Bild mit zwei Händen gleichzeitig malt?«

»Nein. Wieso fragst du?«

»Weil Argon das kann.«

»Ach ja? Wie ungewöhnlich.«

Sie unterbrachen das Gespräch und blieben stehen, als vor ihnen drei Männer aus einer Kneipe stolperten. Der eine begann, ein Lied zu grölen, und die anderen beiden stimmten mit ein. Torkelnd und sich gegenseitig anrempelnd, überquerten sie die Straße. Riona sah ihnen kurz hinterher, dann blickte sie zu ihrer Mutter.

»Müssen wir morgen nach Hana fahren?«

»Müssen? Nein. Wieso?« Marie sah Riona prüfend an.

»Ich bin morgen Nachmittag mit jemanden verabredet, sage Riona.

»Aha«, sagte Marie, »wahrscheinlich mit diesem Künstler.«

»Ja, mit ihm.« Riona musste unwillkürlich lächeln. Marie hingegen machte ein grimmiges Gesicht.

»Wir wollten uns doch die Wasserfälle ansehen.«

»Ich weiß, Ma«, sagte Riona in einem besänftigenden Tonfall und fügte hinzu: »Aber ist es nicht egal, ob wir morgen hinfahren oder einen Tag später? Wir sind noch zwei Wochen hier.«

Maries Blick streifte das frische Gesicht ihrer Tochter. Eine unbändige Lust am Leben spiegelte sich darauf wieder. Irgendwie kannte sie diesen Ausdruck noch von früher. Hatten sie mit Anfang zwanzig nicht auch so gefühlt? Wollte sie damals nicht auch Bäume ausreißen und die ganze Welt umarmen? Mein Gott, sollte sich ihr Kind doch während des Urlaubs amüsieren, dachte sie jetzt, was war schon dabei? Die Zeit verstrich so schnell und bald hatte sie der Alltag mit seinem täglichen Kleinkram wieder eingeholt. Maries Gesicht glättete sich.

»Also gut, dann triff dich morgen mit ihm, und ich verbringe den Nachmittag mit Lesen am Strand.«

Riona atmete erleichtert auf, aber gleich darauf verzog sie das Gesicht. Irgendwie fühlte sie sich bei dem Gedanken nicht wohl, ihre Mutter allein zurückzulassen.

»Wird es dir auch nicht langweilig?«, fragte sie.

»Mach dir darüber keine Gedanken«, lenkte Marie ein. »Ich hab Lore kennengelernt. Weißt du, ich bin nicht sofort aufs Zimmer gegangen. Ich hab mich noch auf die Terrasse unseres Restaurants gesetzt und ein Glas Wein getrunken.«

»Echt? Das hast du gemacht?«

»Du hast doch gesagt, ich soll was aus meinem Leben machen und nicht so langweilig sein. Irgendwie ging mir der Satz nicht mehr aus dem Kopf.«

»Es war nicht böse gemeint«, betonte Riona.

Maries Finger glitten kurz über Rionas Wange. »Ich weiß, Rini. Und du hattest Recht damit. Ich habe mich also an einen Tisch gesetzt und ein Glas Wein bestellt. Am Nebentisch saß eine Frau und wir kamen ins Gespräch. Stell dir mal vor, sie ist auch aus Deutschland.«

»Ist sie ganz allein hier?«, fragte Riona.

»Zwangsläufig«, erwiderte Marie. »Eigentlich wollte sie mit ihrem Mann herkommen. Einen Tag vorher erwischte sie ihn mit seiner Assistentin zuhause im Schlafzimmer. Schlimmer geht's wohl nicht.«

Während sie den Weg fortsetzten, schilderte Marie den weiteren Verlauf des Zusammentreffens mit ihrer neuen Bekannten. Riona hörte nach einer Minute nur noch flüchtig zu. Ihre Gedanken weilten wieder bei Argon. Alles an ihm war außergewöhnlich und irgendwie auch seltsam. Kein einziges Mal hatte er versucht, ihr in irgendeiner

Weise zu imponieren. Er gehörte anscheinend zu der Sorte Menschen, die wissen, wer sie sind und es nicht nötig haben, dies zu beweisen. Bislang kannte sie es anders herum, Argons Art gefiel ihr aber. Der morgige Tag versprach interessant zu werden und sie freute sich darauf. Ungewollt drückte sie den Arm ihrer Mutter. Unter sternenklarem Himmel schritten sie den Boulevard entlang.

***

Als Eric am nächsten Morgen die Bürotür öffnete, wurde er bereits von Ryan erwartet, der wie üblich mit verschränkten Armen vor dem Fenster stand. Eric wusste, wie sehr Ryan diesen Platz mochte. Von dort aus hatte er den besten Überblick. Bei Verhören war er außen vor, konnte sich dezent im Hintergrund halten und das Geschehen verfolgen, um dann, wenn es angebracht war, mit gezielten Fragen einzugreifen. Damit hatte er schon manchen Täter, der vor Erics Schreibtisch saß, aus dem Konzept gebracht. Das war die Taktik, die Ryan liebte.

»Hi«, kam als einziger Morgengruß kaum hörbar von Erics Lippen. Er schleuderte seine Aktentasche in Richtung Schreibtisch, die aber das Ziel verfehlte und mit einem platschenden Geräusch auf dem Boden landete.

»Du hast auch schon besser gezielt«, konnte sich Ryan nicht verkneifen zu kommentieren.

Eric grummelte etwas in sich hinein. Irgendwie ging ihm der Abschied von Hannah doch gegen den Strich. Dabei kannten sie sich kaum. Aber sie hatte ihn umgarnt, ihn mit ihren Verführungskünsten betört. Er wollte nicht, dass sie ging. Wahrscheinlich saß sie bereits im Flugzeug hoch über den Wolken des Pazifischen Ozeans. Er hob die Tasche vom Boden auf und stellte sie auf den Sessel.

Ryan löste sich vom Fensterplatz und ging auf Eric zu.

»Ich hab etwas für dich. Das wird dich interessieren.« Er streckte den Arm mit der Hand aus, die mehrere Papierseiten umklammerte.

Eric heftete den Blick darauf, dann auf seinen Freund. »Von der Pathologie?«, fragte er schnell. Er war jetzt voll bei der Sache und der Abend mit Hannah war für den Moment vergessen.

Ryan nickte. »Ich hab es gleich für dich ausgedruckt. Du wirst nicht glauben, was da steht. Ich konnte es selbst kaum fassen.«

Eric nahm den Stapel und begann zu lesen. Bereits nach den ersten Zeilen zog er die Augenbrauen hoch. Wenig später hob er den Kopf. An seinem Gesichtsausdruck war abzulesen, wie irritiert er war. Das ist unmöglich, dachte er. So etwas gibt es doch gar nicht.

Ryan ging zum Schreibtisch und hob von dort etwas auf, das in Folie eingeschweißt war. Er reichte es Eric.

»Der Ring und die Uhr waren noch am Arm, als wir ihn aus dem Wasser gefischt haben. Anscheinend interessierte sich der Täter nicht für diese Wertgegenstände, sonst hätte er sie mitgenommen.«

Eric begutachtete die Fundstücke und ließ dabei

seinen Gedanken freien Lauf. An dem Sekundenzeiger der Uhr war zu erkennen, dass sie noch immer funktionierte. Es handelte sich um eine Rolex. Ihr Besitzer musste es zu etwas gebracht haben, sonst hätte er sich solch ein schickes Ding nicht leisten können. Der Ring war schon älter, vielleicht ein Erbstück. Auf dem Siegel war der Buchstabe M eingraviert.

Eric sah zu Ryan. »Wir müssen als Erstes herausfinden, wem die Sachen gehören. Ruf die beiden Frauen von gestern an. Vielleicht hat einer der Männer sie getragen.«

»Hab ich schon gemacht.«

»Und?«

»Volltreffer«, sagte Ryan. »Wie willst du jetzt vorgehen?«

Eric überlegte kurz und sagte: »Ich fahre rüber zur Pathologie und sehe mir den Arm an. Wenn tatsächlich stimmt, was in dem Bericht steht, dann haben wir ein ernsthaftes Problem.«

***

Die Sonne stand hoch am Himmel, die Strahlen brachen durch die Schleierwolken und brachten den Straßenasphalt zum Leuchten.

Narla hatte sich hinter einem der vielen kleinen Holzhäuser versteckt, die aufgereiht wie eine Perlenkette den Straßenrand säumten. Hier fühlte sie sich sicher und sie konnte ihn unbemerkt beobachten. Sie drängte sich an die Hauswand und lugte um die Ecke. Er stand vor einem Souvenirladen und ließ seine Blicke nach rechts und links schweifen, als ob er auf jemanden wartete. Argon, ihr Argon. Sie war ihm heimlich gefolgt. Lautlos wie eine Katze war sie ihm hinterhergeschlichen, immer auf Sicherheitsabstand bedacht. Sie hatte sich dabei nicht wohl gefühlt und kam sich sogar hinterhältig vor. Trotzdem, es musste sein, sie brauchte Klarheit.

Narla seufzte auf. Irgendwie benahm er sich schon den ganzen Morgen anders als sonst. Sie hatte mit verschiedenen trickreichen Methoden versucht, seine Aufmerksamkeit auf sie zu lenken. Tief in seinen Gedanken versunken, hatte er sie aber nicht wahrgenommen. Da musste doch etwas nicht stimmen.

Ein gelber Jeep weckte ihre Aufmerksamkeit. Mit einem Hupzeichen hielt er vor Argon am Straßenrand. Die Tür öffnete sich und eine junge Frau in kurzen Jeans und T-Shirt sprang heraus. Sie rief ihm etwas zu, als er in eleganten Schritten zu ihr ging.

Narla runzelte die Stirn. Wer war diese Frau, die Argon regelrecht anhimmelte? Sie spürte die aufkeimende Eifersucht in ihrem Herzen, konnte aber den Blick nicht vom Geschehen abwenden. Tatenlos musste sie zusehen, wie er der Fremden einen Kuss auf die Wange gab und sein Arm ihre Schulter berührte. In plötzlicher Erkenntnis weiteten sich Narlas Augen. Aber natürlich. Vor Argon stand das Opfer, das er für das Experiment ausgesucht hatte. Der Kuss und die Berührung konnten nur einem Zweck dienen: Er verfolgte seinen Plan. Doch die Eifersucht hatte sich bereits in Narla festgebissen. Die Frau war ihr egal und auch das Los, das sie nach Abschluss des Experimentes erwartete. Warum auch nicht, es war doch nur ein Mensch. Aber warum musste sie ausgerechnet so hübsch sein? Das konnte Argon unmöglich übersehen. Sie fragte sich, ob die Schönheit der Frau Argons Verstand beeinflussen konnte. Er hasste die Menschen und wusste, wie wichtig das Experiment für die Meeresjäger war.

Narla drehte sich um und lehnte sich vor Kummer aufstöhnend an die Hauswand. Sie wollte nichts mehr sehen. Es tat einfach zu weh. Unbewusst sendete sie ihm ihre Gedanken: Argon, Argon, nimm nicht diese Frau, nimm eine andere.

»Hey, fang auf«, schallte eine helle Stimme zu ihr herüber.

Schnell wandte sie sich wieder um und erfasste sogleich die Situation. Die Frau hatte den Kofferraum geöffnet und Argon eine Wasserflasche zugeworfen, die er mit einer Hand auffing. Plötzlich erstarrten seine Bewegungen. Sein Kopf drehte sich in Narlas Richtung.

Sie zuckte zusammen, denn seine Stimme in ihrem Kopf klang drohend. »Halt dich aus der Sache raus!«

***

Riona sah ihn schon von weitem am vereinbarten Ort stehen. Das dritte Mal in schwarzer Kleidung, dachte sie und schmunzelte dabei. Irgendwie hatte sie es auch nicht anders erwartet. Dennoch musste sie sich eingestehen, dass ihm die Farbe stand. Mit einem Hupzeichen wollte sie sich bemerkbar machen, doch Argon hatte sie bereits erkannt und hob eine Hand. Sie parkte den Jeep am Straßenrand vor einer Limousine. Sie bemerkte nicht, dass sie von dem Mann mit schneeweißen Haaren genau beobachtet wurde, der in dem Fahrzeug saß.

Sie stellte den Motor ab. Es folgte ein kritischer Blick in den Rückspiegel, der ein kaum geschminktes Gesicht zeigte. Ein feiner Lidstrich und etwas Lipgloss mussten genügen, um Argon zu beeindrucken. Sie öffnete die Tür, stieg aus und lehnte sich an den Kotflügel. Während er die Straße überquerte und auf sie zukam, zeichneten sich bei jeder Armbewegung die Muskeln unter dem Hemd ab. Ihr Puls beschleunigte sich. Er verkörperte genau den Mann, den sie sich in ihren Träumen immer vorgestellt hatte.

Er blieb vor ihr stehen und begrüßte sie mit einem umwerfenden Lächeln. Dann, völlig unerwartet für Riona, beugte er sich zu ihr herunter und seine Lippen berührten ihre Wange – einen kleinen Augenblick zu lang, um als reinen Freundschaftskuss durchzugehen. Sie spürte seinen warmen Atem auf ihrer Haut. Wie zufällig streifte seine Hand ihre unbedeckte Schulter. Als er den Kopf hob und sie mit einem durchdringenden Blick ansah, fühlte sie sich wie elektrisiert. Sie hatte nicht damit gerechnet und war nicht darauf vorbereitet gewesen. Ihr Lächeln geriet zu einer Grimasse. Auf einmal kam sie sich vor wie ein Teenager nach dem ersten Kuss mit einem Jungen.

Peinlich berührt über ihr unoriginelles Verhalten, wandte sie sich von ihm ab, umrundete den Wagen und öffnete die Kofferraumtür. Während sie sinnlos in der Tasche herumkramte, atmete sie durch, um ihren Pulsschlag unter Kontrolle zu bringen. Sie verstand sich selbst nicht mehr. Was war nur in sie gefahren? Heute sollte doch alles anders werden, das hatte sie sich fest vorgenommen. Aber schon bei der ersten Berührung spielte ihr Innerstes verrückt. Sie nahm zwei Wasserflaschen und schloss mit einem kräftigen Schwung die Tür.

»Hey, fang auf. Die ist für dich«, rief sie Argon fröhlich zu.

Gekonnt fing er mit einer Hand die Flasche auf. Forschend sah sie zu ihm. »Du hast mir noch immer nicht gesagt, was du für heute geplant hast.«

»Lass dich überraschen. Es wird dir gefallen«. Seine Mundwinkel zuckten belustigt. Ihm war ihre Gefühlsregung nicht entgangen. Er hatte erreicht, was er wollte. Der Kuss kam nicht spontan, wie es den Anschein hatte. Aber er musste noch einen Schritt weitergehen, um ans Ziel zu kommen.

»Hast du deine Badesachen mitgenommen?«, fragte er. Sein Blick streifte ihre Kleidung.

»Na klar«, erwiderte sie. »Du hast es mir gestern zweimal gesagt. Ich hab den Bikini gleich drunter gezogen.« Sie fingerte einen blauen Träger unter dem Shirt hervor und schnipste ihn mit dem Daumen in die Ausgangslage zurück. Sie wusste, das war total übertrieben. Aber was war an ihr momentan schon normal, seit er sie aus der Fassung gebracht hatte? Es war nur ein kläglicher Versuch zu beweisen, dass sie wieder die fröhliche und coole Riona war, die sich nicht unterkriegen lässt.

»Okay, dann kann es ja losgehen«, gab er das Signal zum Start. Sie stiegen in den Jeep. Der Motor sprang mit einem ungesunden Röcheln an. Riona verzog das Gesicht wie bei Zahnschmerzen und warf einen Seitenblick auf Argon. »Der Jeep hat schon eine Menge Kilometer auf dem Buckel. Ich hoffe, es macht dir nichts aus.«

»Nein. Äußerlichkeiten sind mir nicht wichtig.« Er saß lässig auf dem Sitz und ließ sein Seitenfenster herunter. Der Wind drang hinein und zerzauste seine Haare, was ihn verwegen aussehen ließ. Mit klaren Anweisungen dirigierte er Riona aus dem Ort hinaus. Sie fuhren eine Straße entlang, vorbei an saftigen Wiesen und Ananasplantagen, auf denen Arbeiter in gebückter Haltung das Obst von den Stämmen schnitten. Hin und wieder richtete sich einer von ihnen auf und streckte mit schmerzverzerrtem Gesicht den Rücken.

Riona blickte zu Argon. »Es muss anstrengend sein, den ganzen Tag unter heißer Sonne die Ananas zu schneiden. Die Leute tun mir leid.«

Argon zuckte gleichgültig mit den Schultern. »Irgendwer muss es schließlich machen, wenn du sie im Supermarkt kaufen willst. Oder esst ihr Deutschen keine Ananas?«

»Natürlich, die findest du in jedem Obstregal. In unseren Restaurants kriegst du sie als Toast Hawaii, Pizza Hawaii oder Steak Hawaii.« Sie warf ihm einen schelmischen Blick zu. »Wenn das kein Beweis für unsere Liebe zu Hawaii ist. Sogar unser Essen benennen wir danach.«

»Im Gegenzug verspeisen die Amerikaner die Hamburger«, sagte er trocken.

Sie lachte auf, ließ die Fensterscheibe herunter und legte ihren Arm auf den Rahmen. Die Sonnenstrahlen kitzelten ihre nackte Haut. Sie hatte sich für heute etwas vorgenommen und jetzt war die beste Gelegenheit, ihr Vorhaben in die Tat umzusetzen. Argon hatte den gestrigen Abend kaum etwas über sich preisgegeben – das wollte sie ändern. Mit gezielten Fragen wollte sie ihn aus der Reserve locken. Sie war gespannt, wie viel er zulassen würde. Verstohlen musterte sie ihn.

»Du hast mir noch nicht gesagt, wo du wohnst. Kommen wir daran vorbei?«, fragt sie.

Sein Gesicht war zum Fenster gewandt, sodass sie nicht sehen konnte, was in ihm vorging. Ihre Augen schweiften über seine Kleidung. Trotz betonter Schlichtheit wirkte alles an ihm ausgesprochen elegant. Vielleicht lag es auch an dem weich fließenden Stoff, der ihn wie eine zweite Haut umgab.

»Ich wohne nicht auf diesem Teil der Insel«, sagte er, ohne den Blick von den Geschehnissen auf der Straße abzuwenden.

»Wo dann?«

»In Blue World.«

»In Blue World?«, wiederholte sie erstaunt. »Davon hab ich noch nie gehört. Wo liegt Blue Word?«

Er drehte den Kopf zu ihr. Sie konnte sehen, wie vollkommen entspannt er war.

»Dort, wo sich keine …«, er stockte, überlegte und seine Mundwinkel zuckten wieder. »… Touristen aufhalten«, vervollständigte er den Satz.

»Abseits vom Trubel ist perfekt«, bemerkte sie.

Es herrschte fünf Sekunden lang Schweigen.

»Lebst du bei deiner Familie?«, fragte sie dann.

Er atmete hörbar durch. »Ab und zu. Ich hab eine eigene Wohnung. Die meiste Zeit bin ich aber bei meinem Volk.«

»Bei deinem Volk?«, wiederholte sie verblüfft die Worte. Sie beobachtete, wie er sich mit einer Hand durch die Haare fuhr. Ihr war diese Handbewegung schon mehrfach an ihm aufgefallen. Das erste Mal am Strand, dann gestern Abend. Immer wieder wirkte es auf Riona faszinierend. Wusste er eigentlich, wie unglaublich sinnlich, wie absolut vollkommen diese eine Handbewegung war?

Argon schien ihre Gedanken dieses Mal nicht zu erraten, denn sein Gesicht zeigte keine Regung.

»Unsere Gemeinschaft ist anders, als du es dir jetzt vorstellst. Wir leben weit draußen.«

»Wohnt ihr mitten in der Natur?«, hakte sie nach.

»Ja.«

»Es muss toll sein, so zu leben.«

Sie verdrehte die Augen, als sie an ihre eigene Wohnsituation dachte. »Ich wohne in einem Hochhaus in der vierten Etage. Der Fahrstuhl ist die meiste Zeit über defekt. Aber die Miete ist okay und nur das zählt. Ich würde gern mit dir tauschen.«

»Glaube mir, das würdest du nicht.«

Sein kalter Tonfall irritierte sie. Trotzdem wollte sie nicht locker lassen. »Warum nicht?«

Er wandte sich wieder zum Fenster und schwieg.

Warum antwortete er nicht? Schon gestern war

ihr aufgefallen, wie er Dinge aus seinem Leben nur andeutete, ohne sie zu erklären. Auch jetzt hatte sie den Eindruck, er würde etwas vor ihr verbergen, was sie nicht erfahren durfte.

»Ich würde gern auf Hawaii leben«, fuhr sie fort. »Ich würde mir ein Häuschen am Strand kaufen und jeden Abend würde ich mir den Sonnenuntergang über dem Ozean ansehen. Das muss wunderschön sein und auch romantisch.« Sie seufzte auf. »So hat jeder seine Träume und manchmal gehen sie in Erfüllung. Aber meiner ist unrealistisch.«

Sein Gesicht nahm einen weichen Zug an. »Es ist ein guter Traum«, sagte er zu ihr gewandt. »Du kannst ihn verwirklichen, wenn du daran festhältst. Ich habe übrigens solch ein Haus.«

»Wirklich?«

»Ich gehe dorthin, um zu malen.«

»Cool. Kann ich es mir ansehen?«

»Nicht heute, ein anderes Mal«, erwiderte er und ergänzte: »Es liegt ziemlich einsam in einer Bucht. Nicht leicht zu finden.«

Ihr Herz machte einen Freudensprung. Nur eine halbe Stunde hatten sie sich heute gesehen. Trotzdem wusste er jetzt schon, dass er sie wiedersehen wollte.

»Das macht mir nichts aus«, beeilte sie sich mit der Antwort. »Ich liebe Herausforderungen.«

Auf sein Gesicht trat ein seltsames Lächeln, das ihr schon letzten Abend aufgefallen war. »Bist du dir sicher? Vielleicht erwartet dich eine Herausforderung, von der du noch nichts weißt.«

Sie erwiderte sein Lächeln. »Du spielst wieder

den geheimnisvollen Fremden. Willst du mich damit neugierig auf dich machen?« Es sollte scherzhaft klingen, doch er blieb davon unberührt.

»Das sollte ich bereits geschafft haben, sonst wärst du jetzt nicht hier.«

Sie lachte einmal auf. »Hey, du bist ziemlich von dir überzeugt.«

»Nein, ich denke analytisch.«

»Du hast mich analysiert?«

Er neigte sich kurz zu ihr rüber und sah sie mit einem durchdringenden Blick an.

»Würde es dir gefallen, wenn es so wäre?«

»Nicht, wenn das Ergebnis deiner Analyse für mich negativ ausfällt.«

Seine Mundwinkel zuckten belustigt, doch er erwiderte nichts darauf.

Sie stellte das Radio an. »Wie wäre es mit etwas Musik?«

»Nur zu«, sagte er gelassen.

Die Gruppe 10cc sang gerade den Song:Dreadlock Holiday.

»Ich mag Reggae«, fuhr sie fort. »Nichts passt besser zu Hawaii. Wie wäre es, wenn du mir etwas über deine Heimat erzählst?«

»Was interessiert dich in erster Linie?«, wollte er wissen.

»Einfach alles«, sagte sie. »Die Natur, die Sehenswürdigkeiten, die Menschen.«

Argon begann, die Schönheit jeder Hawaii-Insel anzupreisen mit den zerklüfteten Küsten, rauschenden Wasserfällen und köchelnden Lavaströmen. Er wusste alles, kannte die Pflanzen und die Lebensgewohnheiten der Tiere. Es war kennbar, wie sehr er sich mit der Natur verbunden fühlte. Die Schilderungen zogen Riona derart in den Bann, dass ihr ein wichtiger Aspekt entging: Mit keiner Silbe erwähnte er die Menschen. Während er sprach, hatte ihr Gesicht einen verklärten Zug angenommen.

»Das war sehr schön. Du musst dein Zuhause wirklich lieben«. Gleich darauf stutzte sie, als sie die steile Falte zwischen seinen Brauen bemerkte. Sie konnte förmlich spüren, wie er sich wieder in sich zurückzog. Hatte er eben die Tür zu seinem Inneren einen Spalt geöffnet, schlug er sie jetzt wieder zu.

»Mein Zuhause«, sagte er leise. Es hatte den Anschein, als ob er zu sich selbst sprechen würde. »Erst wenn man das Verlorene vermisst, weiß man, dass man es wirklich liebt.«

Sie war über seine unverständliche Äußerung irritiert. »Was hast du denn verloren? Du lebst noch immer auf Maui.«

Er antwortete nicht darauf. Völlig regungslos saß er neben ihr, starrte durch die Windschutzscheibe und schien sie nicht mehr wahrzunehmen.

Sie fand nicht den Mut, das Schweigen zu unterbrechen. Sie konnte nicht begreifen, was seinen Stimmungswandel verursacht hatte. Gerade noch hatte er sich aufgeschlossen gezeigt. Er hatte eine Brücke zu ihr aufgebaut, um sie kurz darauf wieder einzureißen.

Wenig später erreichten sie die Küstenstraße. Rechts lag der tiefblaue Ozean. Auf der anderen Seite begleiteten Lavafelsen und Dschungelwälder die Straße.

»Du kannst den Weg dort reinfahren und halten«, wies er sie im ruhigen Ton an.

Sie parkte den Jeep und stieg aus. Die Arme in die Hüften gestemmt, schaute sie sich neugierig um. Vor ihr breiteten sich Bananenstauden, Kokospalmen und Eukalyptusbäume zusammen mit weiteren tropischen Pflanzen zu einem märchenhaft anmutenden Dschungel aus. Auch Argon war inzwischen ausgestiegen.

»Wollen wir?«, er wies mit ausgestrecktem Arm auf einen Pfad, der sich durch das Dickicht schlängelte.

»Willst du mir nicht endlich verraten, wohin wir gehen?«, fragte sie.

Er umrundete den Wagen und kam in langsamen Schritten auf sie zu. Auf seinem Gesicht lag wieder das seltsame Lächeln, und seine Augen wirkten unergründlich. Er stand jetzt so dicht vor ihr, sie konnte seinen warmen Atem auf ihrer Stirn spüren.

»Du wirst es gleich erfahren«, sagte er. »So viel steht fest: Dieser Ort wird menschenleer sein.«

Ein Schauer rieselte über ihren Körper, als er so dicht vor ihr stand. Auf einmal wirkte seine Nähe auf sie bedrohlich, zugleich erregte es sie.

»Wir werden dort ganz allein sein?«, fragte sie.

»So ist es. Hast du Angst vor mir, Riona?« Seine Mundwinkel zuckten spöttisch.

»Sollte ich?« Sie blickte ihm voll ins Gesicht.

»Das musst du entscheiden«, sagte er.

Sie lachte gepresst. »Es wird dir nicht gelingen, ich bin kein Weichei. Aber meiner Mutter sollte ich heute Abend nicht erzählen, dass ich mit einem Fremden durch einen menschenleeren Dschungel spaziert bin. Es würde ihr nicht gefallen.«

»Sie muss es ja nicht erfahren.« Er drehte sich um. Kurz darauf tauchte er ins Dickicht ein.

Riona stand wie angewurzelt neben dem Jeep. Ihre Gefühle schwankten zwischen Abenteuerlust und Unbehagen. Einerseits fand sie es furchtbar aufregend, nicht zu wissen, was nun folgte. Schließlich liebte sie Herausforderungen und machte sich selten darüber Gedanken, ob sie dabei Grenzen überschritt. Trotz allem spürte sie ein flaues Gefühl in der Magengegend. Sie kannte Argon kaum. Sie wusste nicht, worauf sie sich jetzt einließ. Verärgert über sich selbst, schüttelte sie den Kopf. Reiß dich zusammen, ermahnte sie sich in Gedanken. Vielleicht solltest du nicht so viele Krimis lesen. Die spuken jetzt alle in deinem Kopf rum. Sie straffte die Schultern und folgte ihm.

Nach wenigen Minuten Fußmarsch traten sie aus dem Dschungel heraus in das gleißende Sonnenlicht. Vor ihnen erstreckte sich eine sonderbare Lichtung umgeben von hohen Bäumen. Nur eine Seite blieb frei, von der ein undefinierbares Rauschen zu hören war. Wie selbstverständlich umfasst er ihre Hand.

»Es ist besser, wenn ich auf dich aufpasse. Du solltest lieber keinen Schritt zu weit gehen«, sagte er als Begründung.

»Okay«, sagte sie, obwohl sie keine Ahnung hatte, was er damit meinte.

Hand in Hand durchquerten sie die Lichtung und standen plötzlich am Rande eines mit tropischen Pflanzen zugewucherten Felsens. Unter ihnen toste ein Wasserfall in die Tiefe hinab, begleitet von einem feinen Sprühnebel. Der Strahl ergoss sich unten in einen kreisrunden Teich. Sonnenstrahlen tänzelten auf der Wasseroberfläche und verwandelten sie in einen glitzernden Teppich. Die Augen vor Erstaunen weit aufgerissen, betrachtete Riona die Gegend um sie herum. Das war es also, schoss es ihr in den Kopf. Deshalb waren sie hergekommen. Mit allem hatte sie gerechnet, aber nicht mit diesem paradiesisch schönen Fleckchen Erde.

»Das ist fantastisch«, rief sie aus.

Mit einem tiefen Atemzug sog sie die schweren tropischen Düfte ein. Sie warf einen Seitenblick auf Argon. War er von dem Naturschauspiel ebenso beeindruckt wie sie? Er hielt noch immer ihre Hand, als wollte er sie nicht wieder hergeben, und sah dabei gelassen in die Tiefe.

Sie folgte seinem Blick und unvermittelt blitzte ein Gedanke in ihr auf. »Ob man in dem Teich da unten baden kann?«

Er hob den Kopf und sah zu ihr.

»Das war mein Plan. Du hast doch gestern gesagt, wie gern du unter einem Wasserfall baden möchtest.«

»Das weißt du noch? Du hast es echt geschafft, mich zu überraschen«, rief sie aus. Ihre Stimme klang kleinlaut, als sie sagte: »Und ich dachte schon …«

»… ich würde dich kidnappen, überfallen, abmurksen?«, vollendete er den Satz. Seine Augen funkelten belustigt.

Sie wirkte erleichtert. »Tut mir leid. Aber du hast manchmal eine Art an dir.« Sie löste ihre Hand aus seiner und schaute ihm voll ins Gesicht.

»Erschreck mich nicht noch mal so.« Es sollte tadelnd klingen, doch es gelang ihr nicht. Dazu war sie einfach zu gut drauf. Er legte seinen linken Arm um ihre Schultern und zog sie leicht zu sich heran. »Versprochen. Ich reiß mich zusammen.«

Für einen kurzen Moment schmiegte sie sich an ihn. Seine Augen blitzten auf. Fast war er geneigt, ihre Haare mit seinen Lippen zu berühren. Nicht, weil es zu seinem Plan passte, sondern weil es ihm danach verlangte. Aber er musste vorsichtig sein. Er musste zuerst ihr Vertrauen gewinnen. Er brauchte nur den richtigen Zeitpunkt abzuwarten – und der würde kommen. Da war er sich sicher.

Riona fühlte sich so wohl, wie schon lange nicht mehr. Ihr Blick schweifte zum Wasserfall und blieb an dem steilen Abhang hängen.

Argon schien ihre Gedanken zu erraten. »Falls du einen Weg nach unten suchst, der ist auf der rechten Seite.« Er fuhr sich mit einer Hand durch die Haare. Seine Stimme klang skeptisch, als er fortfuhr: »Allerdings gibt es ein Problem. Das ist ziemlich steil und wird vom letzten Regen rutschig sein. Nicht für jedermann geeignet.«

Sie befreite sich aus seiner Umarmung und boxte ihn freundschaftlich in die Seite.

»Du hast also Angst, ich könnte mir den Hals brechen?«, neckte sie und schlug vor: »Du kannst ja vorgehen, und wenn ich ausrutsche, fall ich auf dich drauf.«

Nach einigen vorsichtigen Schritten musste sie sich eingestehen, dass Argon nicht übertrieben hatte. Der Abstieg erwies sich in der Tat als schwierig. Ihre Hände umklammerten alles, was ihr irgendwie Halt bot: Büsche, Gräser, Gesteinsbrocken. Mehrfach schaute sich Argon nach ihr um.

»Alles in Ordnung?«, fragte er jedes Mal.

»Ja, ich folge dir auf dem Fuß.« Sie ließ sich das Erstaunen über die Tatsache, wie leicht er den Abstieg bewältigte, nicht anmerken. In gleichmäßigen Atemzügen hoben und senkten sich seine Schultern. Auch die Hitze schien von ihm abzuprallen, während bei ihr schon der Schweiß ausgebrochen war. Sie atmete auf, als sie wieder ebenen Boden unter ihren Füßen spürte.

Argon entging Rionas unterdrücktes Keuchen nicht.

»Natürlich hätte ich einen anderen Wasserfall aussuchen können«, erklärte er. »Aber die sind von den Touristen total übervölkert.«

»Nein, dieser hier ist perfekt«, beeilte sie sich mit der Antwort, die der Wahrheit entsprach. Sie genoss es, hier allein mit ihm zu stehen. Weit weg von anderen Menschen, die mit ihrem Geschwätz und Getrampel den Zauber des Ortes entweiht hätten.

Mit wenigen Schritten erreichten sie den Teich. Wie selbstverständlich begann Argon, sich Hemd und Hose abzustreifen. Verstohlen sah sie zu ihm rüber. Sein Körper war schöner, als sie ihn sich letzte Nacht im Bett ausgemalt hatte.

Argon hob den Kopf und blickte zur Sonne, ohne zu blinzeln. Obwohl ihr bewusst war, dass er ihren Blick spüren musste, konnten sich ihre Augen nicht von ihm lösen. Sie sah ihm hinterher, wie er zum Teich ging und darin eintauchte. Mit kraftvollen Armbewegungen zerteilte er vor sich das Wasser. Geschmeidig glitt sein Körper über die Oberfläche dahin. Es war so anmutig, so perfekt, als ob er nie etwas anderes gemacht hätte. Er drehte sich zu ihr.

»Was ist? Willst du dort Wurzeln schlagen?«

Sie begann, sich die Kleidung abzustreifen. Auf dem Weg zum Wasser spürte sie ihre Befangenheit. Schon oft genug hatte sie zusammen mit anderen Männern gebadet, die sie kaum kannte. Auf den Flugreisen war es ganz normal, mit ihren Kollegen am Hotelpool zu liegen. Aber dieses Mal war es nicht irgendein Mann – es war Argon. Diese Tatsache wühlte ihr Inneres mehr auf, als es in ihrer Fantasie jemals hätte passieren können.

Das Wasser war glasklar, sie konnte bis auf den Grund sehen. Sie tauchte bis zu den Schultern unter und spürte die angenehme Kühle auf ihrem Körper. So schnell wie ihre Befangenheit gekommen war, so schnell wich sie auch wieder. Sie schloss für einen Moment die Augen und fühlte sich frei und losgelöst von allen menschlichen Zwängen. Ihr Arm glitt durch einen Schwarm fingergroßer Fische, die daraufhin in alle Richtungen zerstoben.

»Ich hätte nicht gedacht, wie viele Fische hier rumschwimmen«, sagte sie. »Man muss aufpassen, damit man nicht mit ihnen kollidiert.«

Plötzlich landete etwas Glitschiges auf ihrem Kopf. Sie stieß einen Schrei aus, schüttelte sich angeekelt und riss es mit den Händen runter. Sekundenlang starrte sie auf das struppige Grasbüschel, das sich langsam mit Wasser vollsog und versank. Argons Lachen schaltete vom anderen Ende des Teiches zu ihr rüber und sie begriff.

»Na, warte. Das kriegst du zurück«, rief sie aus.

Es folgte eine Wasserschlacht. Die Geschosse flogen begleitet von ihrem Gelächter hin und her. Argon erwies sich als treffsicherer und wich Rionas Würfe geschickt aus.

»Hör auf, hör auf. Ich gebe mich geschlagen«, rief sie keuchend aus.

»Wie wäre es mit einem Waffenstillstand?«, er deutete zum Ufer.

»Okay. Waffenstillstand angenommen.«

Sie hangelten sich aus dem Wasser und legten sich völlig unbefangen ins Gras, den Blick zum Himmel gerichtet. Ein Windhauch streichelte ihre Körper. Riona schloss die Augen und atmete den moosigen Geruch des Grases ein. Vor ihr rauschte der Wasserfall, sie spürte Argons Nähe und sie lauschte seinem ruhig fließenden Atem. Die Außenwelt war vergessen. Nichts zählte mehr. Nur dieser Augenblick – und der war schön.

Sie drehte den Kopf zur Seite und blinzelte zu ihm. Er hatte die Lider geschlossen. In gleichmäßigen Atemzügen hob und senkte sich sein Brustkorb. Unter den Strahlen der im Zenit stehenden Sonne schimmerte seine weiße Haut wie Perlmutt. Sie wusste, er würde nie schöner aussehen als in diesem Moment. Er hob die Lider und sah zu ihr. Keiner wendete den Blick vom anderen. Seine Augen hatten etwas Magisches. Riona wollte darin versinken, sich in ihnen verlieren. Minutenlang sahen sie sich an und vergaßen die Welt um sich herum.

Völlig unerwartet für Riona setzte er sich auf. Unter seiner Haut spannte sich jeder Muskel. Er hob den Kopf und sah zum Teich. Doch sein Blick ging ins Leere. Er lauschte. Riona verstand nicht, was sein verändertes Verhalten zu bedeuten hatte. Unwillkürlich begann auch sie zu horchen. Das Wasser rauschte vom dunklen Bauch des Felsens hinab in die Tiefe. Sonst war es still. Regungslos verharrte Argon und schien etwas zu hören, was nur für ihn bestimmt war. Die Anspannung, die von ihm ausging, war zum Greifen nah. Sie wollte etwas sagen, wollte ihn um eine Erklärung bitten. Sie brachte keine Silbe hervor. Ohne den Blick von ihm wenden zu können, lag sie wie betäubt im Gras und wartete. Minute um Minute verstrich.

»Ich muss gehen«, zerschnitt er jäh die Stille.

»Was?« Schlagartig fiel die Starre, die Riona eben noch wie ein enges Mieder eingeschnürt hatte, von ihr ab. Sie spürte wieder ihren Körper und das Schlagen ihres Herzens. Jedoch konnte sie nicht begreifen, was diesen wundervollen Moment der Zweisamkeit zerstört hatte. Sie setzte sich auf und sah zu Argon hoch.

Er hatte bereits begonnen, sich die Kleidung überzustreifen. Jetzt stoppte er in seinen Bewegungen, als ob ihm Rionas Anwesenheit wieder bewusst wurde. Ein warmes Lächeln breitete sich auf seinem Gesicht aus.

»Es tut mir leid, ich kann es dir nicht erklären. Aber wir müssen sofort gehen.«

***

Marie hatte es sich auf der schattigen Seite des Balkons gemütlich gemacht. Einen Sessel und eine Tasse Kaffee – mehr brauchte sie nicht, um sich wohl zu fühlen. Gedankenverloren ließ sie den Tag Revue passieren. Sie hatte sich mit Lore getroffen und eine Besichtigungstour der Walfängerstadt Lahaina unternommen. Der Ausflug war interessant gewesen und mit Lore hatte sie sich gut verstanden. Jetzt war sie froh, wieder im Hotel zu sein, um das Alleinsein zu genießen. Bald würde Riona zurückkommen und mit ihrer temperamentvollen Art ohnehin für Abwechslung sorgen. Sie nahm ihre Handarbeit zur Hand und begann zu stricken. Die halbfertigen Socken waren von einer grellbunten Farbe, ergaben von allein ein Muster und waren für Riona bestimmt.

Draußen vom Gang schallten Schritte ins Zimmer. Gleich darauf klopfte jemand ungeduldig an die Tür. Marie stand auf, durchquerte das Zimmer und öffnete die Tür.

»Mann, bin ich kaputt.« Riona schlüpfte an ihr vorbei, ließ die Tasche vor dem Schrank fallen und warf sich aufs Bett.

»Du bist schon zurück«, sagte Marie, ohne Erwartung auf eine Gegenreaktion. Sie schloss die Tür und hob mit einem Seufzer die Tasche auf. Ordnungssinn und ihre Tochter – zwei gegensätzliche Pole, die sich wohl ein Leben lang abstoßen würden.

Sie warf einen Blick zu ihr, die zusammengerollt wie eine Katze auf dem Bett lag, das Gesicht halb in das Kissen gedrückt.

»Ich habe mir gerade eine Tasse Kaffee kommen lassen. Soll ich dir auch eine bestellen?«

»Mmh«, grummelte es aus dem Kissen, was Marie als ein »Bitte gern, Ma« auffasste. Sie griff zum Telefonhörer und gab die Bestellung auf. Zehn Minuten später stand eine freundlich lächelnde Kellnerin mit einem Tablett vor der Tür.

»Thank you«, sagte Marie höflich. Es klang wie »Sänk ju«. Tablett und Trinkgeld wechselten ihre Besitzer.

»Kommst du auf den Balkon?«, fragte Marie ihre Tochter, die sich seit ihrem Eintreffen noch nicht von der Stelle bewegt hatte.

Im Zeitlupentempo rappelte sich Riona aus dem Bett. Es folgte ein kritischer Blick in den Spiegel, und sie griff zum Haargummi. Der Zopf geriet auf dem Hinterkopf etwas zu schief, aber völlig ausreichend für einen Kaffeeplausch mit ihrer Mutter, entschied sie. Die Sonne war inzwischen um die Ecke des Hotelgebäudes gewandert und hatte den letzten Strahl mitgenommen. Die Temperatur auf dem Balkon reduzierte sich zu einer erträglichen Wärme. Riona hockte sich im Schneidersitz auf den zweiten Sessel. Fürsorglich hatte ihre Mutter die Tasse gleich auf Rionas Tischseite gestellt.

»Erzähl mal, wie war es denn.« Die Neugier stand Marie ins Gesicht geschrieben.

»Gut. Wir waren baden.«

»Und wo?«

»Unter einem Wasserfall«, sagte Riona wahrheitsgemäß.

»Aha, hat dir bestimmt gefallen.« Marie beobachtete, wie Riona die Tasse mit beiden

Händen umschlang und in kleinen Schlucken daraus trank.

»Der Kaffee scheint nicht besonders heiß zu sein«, stellte Marie fest. »War es beim Wasserfall voll?«

»Wie meinst du das?«, fragte Riona, ohne den Blick von der Tasse zu wenden.

»Ob viele Touristen da waren. Was sollte ich sonst schon meinen?«

»Äh, nö, nicht so viele.«

»Worüber habt ihr euch unterhalten?«, bohrte Marie weiter.

»Über dies und das. Was man eben so sagt, wenn man sich noch nicht kennt.«

Marie wirkte verstimmt.

»Dir muss man heute wohl jedes Wort aus der Nase ziehen. Dann verrat mir wenigstens, ob ihr euch wiedersehen wollt.«

»Ja, schon. Aber erst in zwei Tagen.«

»Das ist doch in Ordnung«, sagte Marie.

»Zwei Tage bedeutet übermorgen und nicht morgen. Das ist noch so lange hin.« Riona stellte die Tasse auf den Tisch.

»Das ist Ansichtssache.« Marie lächelte vielsagend und fuhr fort: »Außerdem muss er auch mal arbeiten, wenn er Geld verdienen will.«

»Ja, ich weiß«, sagte Riona. »Das ist auch der Grund, warum wir uns morgen nicht sehen. Er bringt seine Bilder zu einer Galerie nach Lahaina.«

Marie hob die Brauen. »Respekt. Vielleicht wird er noch berühmt.«

»Ich glaube nicht, dass ihm daran etwas liegt«, wehrte Riona ab. »Er macht sich nichts daraus, berühmt zu sein. Er ist … er ist …« Sie suchte nach den passenden Worten, fand aber keins wirklich zutreffend. »Und wie war dein Tag, Ma?«, wechselte sie bewusst das Thema.

Marie begann in ausführlichen Worten, den Ausflug mit Lore zu schildern. Riona hörte nur halb zu. In Gedanken spulte sie noch einmal das Zusammentreffen mit Argon ab. Es war schön mit ihm, einfach nur schön. Allerdings hatte sie keine Ahnung, warum er so urplötzlich losmusste. Während der Rückfahrt hatte er nicht mehr gesprochen. Was ging nur in ihm vor? Warum dieser laufende Stimmungswandel? Am Wasserfall hatte er sich ganz natürlich gegeben, als ob er alles um sich herum vergessen hätte. Dagegen wirkte er auf dem Rückweg verschlossen und hatte sie nicht mehr wahrgenommen.

Unwillkürlich seufzte sie. Erst in zwei Tagen sah sie ihn wieder. Ein langweiliger Tag mit ihrer Mutter lag vor ihr, bis sie wieder bei ihm war.

Sie registrierte, wie ihre Mutter mit heftigen Armbewegungen etwas erzählte und lachte. Unwillkürlich bekam sie ein schlechtes Gewissen. Wie konnte sie nur denken, der nächste Tag mit ihrer Mutter würde langweilig werden? Eigentlich war sie doch mit ihr hier und wer konnte im Vorfeld schon ahnen, dass sie sich in jemanden verknallte – nein, dachte sie jetzt, soweit ist es noch nicht, wollen wir mal nicht übertreiben.

»Kommst du also morgen Abend mit?«, fragte Marie.

»Wohin denn?«

»Hörst du mir überhaupt zu? Natürlich mit Lore

und mir in die Disco«, Marie wirkte verärgert. »Ich hab dir doch eben erzählt, dass morgen in unserem Hotel Disco ist.«

Riona begann, mit den Fingern an der Sessellehne zu spielen. »Nee, Ma. Ganz bestimmt nicht. Hast du schon gesehen, wer hier wohnt? Die meisten sind über vierig. Das wird die reinste Rentnerdisco.«

»Gut, dann eben nicht. Gehen Lore und ich allein. Ende, aus und fertig«, sagte Marie ungehalten.

»Ja, macht das. Und viel Spaß dabei.« Riona kicherte. »Vielleicht reißt ihr beiden sogar tolle Typen auf.«

Marie blickte verdutzt zu ihr, dann stimmte sie in das Lachen ein.

***

Argon durchquerte den Strandabschnitt und blieb stehen. Vor ihm lag der Pazifik in einem unendlichen Blau. Der Wind schäumte das Wasser auf und rollte die Wellen wie Schneelawinen auf ihn zu. Argon liebte den Ozean. Für ihn war es der faszinierendste Ort der Welt. Es war sein Zuhause, aus ihm tankte er Kraft und hier fühlte er sich geborgen. Das Wasser benetzte seine Füße wie eine Liebkosung. Er senkte den Kopf und sah zu dem kristallklaren Nass herab. Ein Lächeln trat auf sein Gesicht, als ob er bei dieser Berührung etwas ganz Besonderes empfand.

Er ging hinein – immer weiter, bis das Wasser seine Schultern berührte. Dann tauchte er unter und schwamm in das offene Weltmeer hinaus. Das Wasser war sein Element. Er verschmolz förmlich mit dem Wasser und wurde eins damit. Seine Bewegungen waren anmutiger als die eines Delphins, er war schneller als ein Hai. Noch weiter zog es ihn hinaus, bis die Strände schmal wurden und schließlich ganz verschwanden. Nicht ein einziges Mal musste er nach oben kommen, um Luft zu holen.

Nach zehn Minuten tauchte vor ihm etwas auf, das an einen übergroßen Baumstamm mit zerfurchter Rinde erinnerte. Es war haushoch und so lang wie ein Containerschiff. Vollkommen lautlos ruhte es tief unter der Wasseroberfläche und trotz der ungeheuren Masse schien es förmlich zu schweben. Um den Koloss herum tummelte sich eine Schar bunter Fische. Rastlos durchkämmten sie die Ritzen und Spalten auf der Suche nach Nahrung. Je dichter Argon heran schwamm, desto deutlicher zeichnete sich das Gebilde von der Umgebung ab. Dann gab es sein Geheimnis preis: Es war ein Unterwasserschiff, entstanden aus unendlich vielen Steinkorallen. Es war ein Meisterwerk der Baukunst, prächtig anzusehen. Dort, wo sich das Tageslicht einen Weg bahnte, schillerten die Korallen in den Farben des Meeres.

Argon schwamm zur Mitte des Schiffes und schlängelte sich durch eine Öffnung in das Innere. In einem kreisrunden Becken tauchte er wieder auf. Der darüber liegende Raum hatte die Form einer Kuppel. Decke und Wände waren mit weißen Muschelschalen verziert, und der Steinboden wirkte wie frisch poliert. Argon stieg über eine

Treppe aus dem Becken. Das Wasser lief über sein Gesicht und tropfte aus seinen Haaren. Die Kleidung klebte an seinem Körper wie eine zweite Haut. Er trocknete sich mit einem Handtuch ab und ging aus dem Raum. Der Gang glich einem Tunnel, erbaut aus Steinkorallen. Sie schillerten in einem mystischen Violett, einem sanften Rot oder einem kühlen Blau.

Rechts ging es geradewegs in das Herz des Schiffes zum Steuerraum. Dort traf alles zusammen und dort hielt sich auch sein Vater auf, wenn sie die Ozeane auf der Suche nach der nächsten Insel durchquerten. Ein leichter Zitrusduft lag in der Luft. Er war vermischt mit dem Geruch des Ozeans und frisch und belebend wie eine Brise, die über die Wasseroberfläche strich. Es war der körpereigene Duft der Meeresjäger, ihr Lockmittel, mit dem sie die Fische köderten, um sie zu fangen und zu verspeisen.

Argon durchschritt den Gang, an dem sich beidseitig ein Zimmer an das andere reihte. Anstelle von Türen besaßen sie kreisrunde Öffnungen. Es waren die Privaträume der Meeresjäger, in die sie sich nach Belieben zurückziehen konnten. Achtlos ging Argon daran vorüber. Schon von weitem konnte er den Kuppelsaal sehen, der sich über die gesamte Schiffsbreite erstreckte. Heraus drang ein vielschichtiges Stimmengewirr.

Argon begab sich in sein Zimmer, zog sich um und betrat wenig später den Kuppelsaal. Der Saal war der Mittelpunkt der Meeresjäger in der Unterwasserwelt. Hier versammelten sie sich. Hier wurde beraten und gespeist. Der Saal unterschied sich von allen anderen Räumen durch seine Vollkommenheit. Erbaut wurde er aus Steinkorallen in abgestuften Blautönen. Die wuchtigen Tische und Stühle bestanden aus weißem Sandstein. An den Wänden hingen die Trophäen der Meeresjäger: der Kopf eines Mörderhais, die Schwanzflosse eines Buckelwals, Seesterne und andere Meerestiere. Eine Wand wurde von einem riesigen Bullauge durchbrochen. Hinter dem Panzerglas spielte sich das Leben des Ozeans ab wie in einem Aquarium.

Argon kam zu spät. Die anderen saßen bereits an den Tischen und waren mit Essen beschäftigt. Über vierzig schwarz gekleidete Meeresjäger im Alter von fünfzehn bis achtzig. Unter ihnen befanden sich nur drei Frauen: Narla, ihre Mutter und die junge Meeresjägerin Minja. Obwohl sich die Anwesenden hinsichtlich ihrer Haarfarbe und Gesichtszüge voneinander unterschieden, gab es zwischen ihnen wesentliche Gemeinsamkeiten: Alle waren überdurchschnittlich groß, hatten einen athletischen Körperbau und eine makellose Haut.

Die Tische waren hufeisenförmig zusammengestellt. Den fünf Ältesten gebührte die Stirnseite. Die Luft war erfüllt vom Fischgeruch der Speisen. Das Gemurmel der Meeresjäger mischte sich mit dem Klirren von Gläsern und dem Schaben von Besteck auf den Tellern. Ab und zu hob einer von ihnen den Kopf und nickte Argon zu, als er an ihnen vorbeischritt. Argon blieb vor dem Tisch des Ältestenrates stehen und verbeugte sich zum Gruß und als Zeichen ihrer Wertschätzung.

»Du kommst spät, mein Sohn.« Karlefs Adleraugen waren auf Argons Gesicht geheftet.

»Es tut mir leid, Vater. Ich habe deine Anweisung gehört. Aber ich konnte nicht schneller kommen, sie war bei mir.«

»Du kannst mir später berichten. Komm nachher in mein Zimmer.« Karlef wies auf das untere Ende einer Tischreihe. »Jetzt setz dich und iss mit uns.«

Argon verbeugte sich abermals, wandte sich um und schritt zu den Plätzen, die für die Jüngsten bestimmt waren. Narla und sein Freund Rawen blickten von den Tellern hoch, als er sich zwischen ihnen niederließ. Die Meeresjägerin setzte ihr schönstes Lächeln auf und zupfte an den Haarsträhnen herum, die sie vorher sorgsam vor einem Spiegel zu einer abenteuerlich wirkenden Frisur zusammengesteckt hatte. Sie wollte heute unbedingt Argons Aufmerksamkeit erringen.

»Wie war dein erster Tag mit ihr?«, fragte Rawen. Unwillkürlich machte er sich kleiner, indem er mit dem Rücken an der Stuhllehne nach unten rutschte. Mit seinen neunundzwanzig Jahren war er ein Jahr älter als Argon, trotzdem fühlte er sich seinem Freund unterlegen. Wie alle anderen auch hatte Rawen einen perfekten Körperbau. Das war aber auch das einzig Reizvolle an ihm. Sein Gesicht war langgezogen, die Nase erinnerte an den Schnabel eines Raubvogels. Es war nicht nur das Aussehen, das die beiden Freunde so ungleich erscheinen ließ. Rawen war weder charismatisch noch talentiert. Diese Attribute vereint in einer Person machten Argon so einzigartig.

»Es verläuft alles nach Plan«, sagte Argon. Sein Blick schweifte über den reichlich gedeckten Tisch. Auf Platten lagen meisterhaft angerichtete

Speisen wie bei einem Hochzeitsbankett. Die dünngeschnittenen Scheiben roher Fische waren gerollt, gesteckt und in einer ganz besonderen Weise angeordnet, sodass sie Vögel, Blumen und geometrische Figuren nachbildeten. Aus Karaffen wurde Wasser gereicht, das mit Plankton vermischt war.

Narla beobachtete, wie Argon eine Gabel nahm und seinen Teller mit den verschiedensten Fischstücken zu füllen begann.

»Warum kommst du erst jetzt?«, raunte sie ihm zu. »Du hast unsere Beratung verpasst.«

Argon ließ die Gabel sinken. »Was für eine Beratung?«

Rawen hatte eine Schale mit Dessert gegriffen. Fischaugen waren für die Meeresjäger eine Delikatesse. Er schluckte zwei herunter und leckte sich die Lippen.

»Es ist etwas vorgefallen. Toran ist verschwunden.«

Unwillkürlich sah Argon zu Narla, um zu sehen, wie sie darauf reagierte. Toran war ihr Bruder und sein Verschwinden müsste sie innerlich aufwühlen. Ihr Lächeln war erloschen, dennoch schien sie sich unter Kontrolle zu haben.

»Was ist vorgefallen? Erzähl mir alles, was du weißt«, wies er sie an.

Sie rückte mit dem Stuhl etwas dichter an ihn heran. »Toran war heute Vormittag allein auf Maui unterwegs. Er wollte zu den Lavaklippen gehen. Von dort kam er nicht mehr zurück.«

»Versuchte mein Vater, Kontakt mit ihm aufzunehmen?«

»Natürlich, aber es funktionierte nicht. Er schickte drei von uns los, um ihn zu suchen. Aber sie fanden ihn nicht.«

Argon ließ sich gegen die Stuhllehne fallen. Er brauchte einen Moment, um sich zu sammeln. Torans Verschwinden machte ihm zu schaffen. Es war noch nie vorgekommen, dass jemand von einem Ausflug nicht zurückkam. Irgendetwas stimmte hier nicht.

»Welchen Plan hat mein Vater?« Seine Blicke wechselten zwischen Narla und Rawen hin und her.

»Heute Nacht durchkämmen wir die Insel«, erwiderte Rawen. »Karlef hat uns bereits in Gruppen eingeteilt. Wir sollen auch Kontakt zu den Menschen aufnehmen. Vielleicht hat einer von ihnen etwas gesehen oder gehört.«

»Die Menschen sind doch an allem schuld«, zischelte Narla. »Diese Kreaturen haben ihm etwas angetan.«

»So muss es nicht gewesen sein«, konterte Rawen. Er blickte zu den anderen Meeresjäger, die unweit von ihm saßen. Sie hatten vom Essen abgelassen und lauschten jetzt der Unterhaltung.

Mit fester Stimme erklärte er: »Wahrscheinlich ist Toran nur verletzt. Ganz bestimmt finden wir ihn heute Nacht.«

»Sei nicht so naiv«, fauchte Narla. »Überleg doch mal. Warum meldet er sich nicht bei uns? Doch sicherlich, weil er es nicht mehr kann.« Ihre tiefe, klangvolle Stimme schallte über die Köpfe der anderen hinweg. »Die Menschen sind verdorbene Wesen, die alles Leben auf der Erde töten und sogar sich gegenseitig umbringen. Das ist doch nichts Neues. Denkt daran, was sie uns antaten. Und das haben sie auch mit Toran gemacht. Sie haben ihn …«

»Hör auf damit!« Die Stimme klang drohend.

Narla brach ihren Satz ab und wandte den Kopf zu ihrer Mutter, die zwei Stühle entfernt auf der gegenüberliegenden Tischseite saß. Narlas Stirn zog sich in Falten und sie stemmte die Ellenbogen auf den Tisch. Mit ihrem schmalen Gesicht und den schrägen Augen wirkte sie wie eine Schlange, die zum Angriff bereit war. Jedoch wagte sie es nicht, sich gegenüber ihrer Mutter aufzulehnen. Stattdessen biss sie sich auf die Lippen und schluckte die Zurechtweisung herunter.

Argon hatte die Szene schweigend verfolgt. Jetzt sah er zu Narlas Mutter. Trotz ihres fortgeschrittenen Alters war Maline noch immer attraktiv, was daran lag, dass alles an ihrem Gesicht ebenmäßig war. Im Vergleich zu ihrer Tochter war sie sanftmütig und zurückhaltend. Es kam selten vor, dass sie die Stimme erhob. Jetzt war eine Zornesfalte auf ihre Stirn getreten. Sie schien Argons Blick bemerkt zu haben, denn sie drehte das Gesicht zu ihm. Schweigend sahen sie sich an. Malines Gesichtszüge glätteten sich, in ihren Augen konnte Argon aber noch immer die Sorge um ihren Sohn lesen. Er nickte ihr aufmunternd zu und widmete sich wieder seinen Freunden.

»Jetzt ist nicht der Zeitpunkt für einen Streit«, sagte er. Seine Augen richteten sich auf Narla und seine Stimme gewann an Schärfe, als er fortfuhr: »Also überlege dir genau, was du sagst.«

Sie erwiderte seinen Blick, aber sie wagte es nicht, ihm zu widersprechen.

Mit gedämpfter Stimme sprach Argon weiter: »Wir sollten wieder essen, bevor Karlef auf uns aufmerksam wird. Er mag keinen Streitereien.«

Die anderen nickten zustimmend und es trat Ruhe ein. Argon nahm wieder die Gabel zur Hand und begann zu essen. Dabei blieben seine Gedanken bei der eben stattgefundenen Unterhaltung. Insgeheim musste er Narla beipflichten: Wäre Toran nur verletzt, hätte er sich mit einem von ihnen in Verbindung setzen können. Doch er hatte es nicht getan. Alle Fakten führten zu einer Schlussfolgerung: Etwas Furchtbares musste geschehen sein.

Nach dem Essen kamen zwei Meeresjäger zu Argon und erkundigten sich nach dem Verlauf des Experiments. In groben Zügen berichtete er von dem Ausflug. Danach machte er sich auf den Weg zu Karlef. Kurze Zeit später trat er durch die Türöffnung.

Der Raum seines Vaters erinnerte an eine Bibliothek. Die Wände waren mit Steinregalen zugestellt, die bis unter die Decke reichten. In den Fächern reihte sich eine unzählige Ansammlung von Büchern – verfasst von Menschen und geprägt durch ihren Scharfsinn. Alle waren nach Sachthemen geordnet: Medizin, Mathematik, Physik, Geografie – kein Wissenszweig, zu dem es nicht die entsprechende Lektüre gab. Belletristik hätte man umsonst gesucht. Nichts stand dort, was auf die Gefühle der Menschen schließen könnte. Was hier zählte, war die nüchterne Logik.

Karlef stand hinter dem Schreibtisch und las einen medizinischen Forschungsbericht. In seinen prankenartigen Händen wirkte das Buch wie ein Poesiealbum. Seine Augen glitten über die Zeilen hinweg. Nur wenige Sekunden brauchte er, um den Inhalt einer Seite zu erfassen. Als Argon den Raum betrat, hob er den Kopf und winkte ihn zu sich heran. Gleich darauf standen sich Vater und Sohn gegenüber. Einem Außenstehenden wäre ihre Ähnlichkeit nicht entgangen – die ovale Gesichtsform, das energische Kinn mit der kleinen Einkerbung in der Mitte. Beide waren groß und stattlich, wenngleich Argon nicht mit dem mächtigen Brustkorb seines Vaters aufwarten konnte. Trotz der Übereinstimmungen gab es jedoch einen bedeutsamen Unterschied: Karlef strahlte Macht aus. In seiner gesamten Haltung spiegelten sich über fünfzig Jahre Lebenserfahrung wieder.

»Hat man dich inzwischen über Torans Verschwinden unterrichtet?«, fragte er.

»Ja, Vater. Narla und Rawen erzählten es mir. Sie sagten, wir würden heute Nacht nach Maui gehen, um ihn zu suchen.« Seine Augen folgten Karlefs Bewegungen, der jetzt das Buch zuklappte und es wieder an den dafür vorgesehenen Platz stellte. Im Raum war es totenstill. Nur Karlefs schwere Schritte unterbrachen für einen Moment die Lautlosigkeit. Er wandte sich wieder seinem Sohn zu.

»Wir müssen heute Nacht erfahren, was vorgefallen ist. Sollte es uns nicht gelingen, machen wir morgen weiter.« Seine Stimme klang gebieterisch, jedes seiner Worte war ein Befehl.

»Wie du willst, Vater.« Argon wusste, Karlefs Anweisungen waren Gesetz und mussten strikt befolgt werden. Sein Gesicht drückte Skepsis aus. »Glaubst du, Toran könnte …«, er zögerte kurz und sprach weiter: »… noch am Leben sein? Er nahm keine Verbindung zu dir auf.«

In Karlefs versteinerte Miene kam Regung. Die Sorge um den verschwundenen Meeresjäger spiegelte sich in seiner Mimik wieder.

»Ich fürchte das Schlimmste«, sagte er leise mit betrübter Stimme. Dann streckte er den Oberkörper und wirkte wieder kraftvoll und entschlossen.

»Leider geht es nicht mehr nur um Toran. Die Sicherheit von uns allen steht auf dem Spiel.«

Argon schluckte. Über weitreichende Folgen hatte er sich bislang keine Gedanken gemacht. Sein Vater hatte Recht, wahrscheinlich war Toran nicht mehr am Leben. Argon hatte selbst erfahren, wozu Menschen fähig waren. Sie hatten keine Skrupel, aus niederen Beweggründen zu töten. Vielleicht war Toran zu einem ihrer Opfer geworden. Wenn dem so wäre, könnte seine sterbliche Hülle entdeckt werden. Sie fänden schnell heraus, dass er nur zum Teil menschlich war. Das durfte auf keinen Fall geschehen – die Meeresjäger mussten Toran schnellstens finden, so oder so.

Inzwischen hatte Karlef in einem Sessel hinter dem Schreibtisch Platz genommen und begonnen, mit einem Stift auf einem Blatt sekundenschnell eine Skizze von Maui zu erstellen. Er hob den Kopf zu Argon. »Ich habe euch in verschiedene Gruppen aufgeteilt. Du gehst mit Rawen und Narla hier in den Norden und suchst diese Strecke ab.«

Argon trat an den Tisch heran und betrachtete die Stellen der Zeichnung, auf denen Karlefs Finger entlang glitten. Die ausgewiesene Gegend kannte er gut, denn er war dort bereits gewesen.

»Ist gut, Vater.«

Karlef ließ sich gegen die Rückenlehne des Sessels fallen.

»Haltet euch dort unter den Menschen auf«, sagte er. »Lauscht ihren Worten. Fragt in Restaurants und Geschäften nach, ob sie Kenntnis von einem verunglückten Jungen haben. Die Menschen sind sensationslüsterne Wesen. Ein Unglück verbreitet sich unter ihnen wie ein Lauffeuer.«

»Du kannst dich auf uns verlassen, Vater.« Argon ging zum Sessel am anderen Ende des Schreibtisches und setzte sich. Im Zimmer herrschte Schweigen. Karlef hatte sich wieder über den Schreibtisch gebeugt und unterteilte die skizzierte Insel in kleine Quadrate.

»Ich habe noch etwas mit dir zu klären, Vater«, setzte Argon das Gespräch fort.

Karlef schaute von der Zeichnung auf. »Nur zu«, sagte er.

»Ich wollte morgen meine Bilder zur Galerie nach Lahaina bringen. Aber ich kann den Termin verschieben. Die Sache mit Toran geht vor.«

Karlef dachte über Argons Worte kurz nach und sagte dann: »Es sollte genügen, wenn morgen die andern gehen. Kümmere dich um dein Projekt. Die Zeit dafür ist knapp bemessen.« Er musterte seinen Sohn und sein kühler Gesichtsausdruck wechselte zu freundlich. »Wie kommst du damit voran? Klär mich auf.«

Argon erstattete Bericht. Es war ihm anzumerken, dass es ihm vollkommen gleichgültig war, was die Menschen mit seinen Bildern machten. Es ging ihm weder um Anerkennung noch um Ruhm. Es gab nur einen Grund für den Verkauf: Er brauchte das Geld, um eine Insel zu kaufen. Eine Insel nur für die Meeresjäger. Dann endlich konnten sie sich eine zweite Heimat aufbauen. Sie würden wieder frei sein, wie sie es früher einmal gewesen waren. Kein Mensch durfte es jemals wagen, einen Fuß auf die Insel zu setzen – es würde ihm schlecht bekommen.

Argon malte ausschließlich Landschaften. Niemals würde er auf die Idee kommen, eine dieser menschlichen Kreaturen auf seiner Leinwand abzubilden. Allein der Gedanke, sich mit ihnen auseinandersetzen zu müssen, erfüllte ihn mit Abscheu. Seine Liebe galt der Natur. Er gab sie auf eine Weise wider, wie es noch niemandem zuvor gelungen war. Von seinen Bildern ging ein Zauber aus, sie waren magisch. Es war, als ob er ihnen Leben einhauchen würde. Es schien, als würden die Berge ihre Köpfe recken und weit ins Land schauen. Das Meer konnte flüstern, rufen oder wütend brüllen. In der Galerie fanden seine Werke reißenden Absatz.

Von dem bislang erworbenen Geld hatte er vor einem Monat ein Haus gekauft, einsam in einer Bucht gelegen. Das Haus war ein wichtiger Bestandteil seines Plans. Hier wollte er das Experiment mit einer Frau durchführen. Er würde die Sache durchziehen, es gab keine Alternative. Dann war die Zeit nicht mehr fern, dass sie Hawaii für immer verlassen konnten, um auf der neuen Insel zu leben. Kein Mensch würde je erfahren, wer sie in Wirklichkeit waren.

Argon lachte spöttisch in sich hinein. Die Menschen waren schnell zu beeinflussen und leicht zu durchschauen. Wie alle aus seinem Volk verachtete er sie. Sie waren für ihn nichts weiter als primitive Wesen, beherrscht von Geldgier, Gefallsucht und Neid.

Argon wurde aus seinen Gedanken gerissen, als Karlef sich aus dem Sessel erhob und den Tisch umrundete. Ein unausgesprochenes Signal zum Aufbruch. Argon stand auf.

Karlef kam zu ihm und umfasste seine Schulter. »Wie kommst du mit der Frau voran?«

»Der Fisch hat den Köder geschluckt und hängt an der Angel«, sagte Argon. »Morgen Abend bereite ich in meinem Haus alles vor.«

»Sie schöpfte keinen Verdacht?«

»Nein. Sie lässt sich leicht blenden.«

Karlef klopfte ihm freundschaftlich auf den Rücken. »Gut gemacht, mein Sohn. Ich bin stolz auf dich. Lass uns jetzt zu den anderen gehen und unsere Vorbereitungen für die Nacht treffen.«

***

Eric parkte den Wagen am Straßenrand vor dem Hospital, stieg aus und ging hinein. In dem Gebäude kannte er sich gut aus und wusste, wo sich die pathologische Abteilung befand. Gefühlte hundert Mal war er bereits die Treppe in den Keller hinabgestiegen. Er öffnete eine Schwenktür und betrat den dahinterliegenden Raum. Männer und Frauen in weißen Kitteln verrichteten vor Labortischen ihre Arbeit. Eric brauchte nicht lange zu suchen, Taylor erkannte man sofort. Nur er trug einen blauen Kittel. Im Gegensatz zu seinen Kollegen hasste er Arztkleidung. Obwohl Taylor erst Anfang dreißig war, zeigten sich bei ihm die ersten grauen Haare. Die Männer begrüßten sich mit einem Händedruck.

»Ich habe deinen Bericht gelesen«, sagte Eric. »Er haute mich fast um.«

»Kann ich mir vorstellen.« Taylor machte eine Kopfbewegung zur Tür. »Komm, ich zeig dir den Arm. So etwas hast du bestimmt noch nicht gesehen.«

Eric folgte ihm hinaus auf den Gang zum gegenüberliegenden Raum. Als er ihn betrat, schlug ihm kalte Luft entgegen, die sich auf sein Gesicht legte und durch seine Kleidung drang. Hier herrschte vollkommene Lautlosigkeit. Auf Eric wirkte es wie Grabesstille. Wahrscheinlich lag es daran, weil er genau wusste, wo er sich befand. Diese Tatsache erfüllt ihn mit einer gewissen Ehrfurcht. Auf der linken Seite stand ein Stahlschrank, der sich über die gesamte Wandbreite erstreckte. Die Schubfächer waren so groß, dass ein Mensch hineinpasste. Eric wusste, hier wurden die Leichname aufbewahrt, die noch seziert werden sollten.

Taylor ging zum Schrank, umfasste einen Griff und zog daran. Ein dumpfes metallisches Geräusch unterbrach für einen Moment die Stille. Eine Bahre kam zum Vorschein. Eric konnte von seinem Standort erkennen, dass darauf ein Arm lag.

Taylor versenkte gelassen die Hände in die Kitteltaschen. Eric trat heran und betrachtete das Fundstück. Vor ihm lag ein rechter Männerarm, der so unecht wirkte wie ein Teil einer Schaufensterpuppe. Vermutlich lag es daran, dass der Arm vollkommen ausgeblutet war. Die Innenseite war nach oben gekehrt und die Finger ragten leicht gekrümmt in die Luft. Unwillkürlich musste Eric daran denken, dass die Hand einer Spinne ähnelte, die tot auf dem Rücken lag und die Beine von sich streckte. Jemand hatte die Haut in zwei großen Rechtecken herausgeschnitten. Rohes Fleisch war zu sehen.

Erics Blick wanderte weiter. Er brauchte kein Arzt zu sein, um festzustellen, dass der Arm mit einem sauberen Schnitt von der Schulter abgetrennt wurde.

»Soll ich dir sagen, was ich davon halte?«, fragte Taylor.

Eric sah zu ihm. »Es war kein Hai.«

»Stimmt«, sagte Taylor. Mit ausgestrecktem Zeigefinger wies er auf eine Stelle des Armes. »Sieh dir die Schnittstelle an. Sie ist an den Rändern vollkommen sauber. Der Arm wurde mit einem sehr scharfen Gegenstand abgetrennt.«

»Anschließend wurde er gehäutet«, ergänzte Eric. Nachdenklich kratzte er sich am Kinn. »Warum hat der Täter den Arm nur an der Innenseite gehäutet? Warum nicht auch die Außenseite?«

»Das ist leicht zu erklären«, erwiderte Taylor. »Die Haut der Innenseite ist feinporiger und geschmeidiger. Die Außenseite ist behaart und weist Leberflecke auf.« Sein Gesicht nahm einen bedeutungsvollen Ausdruck an, als er weitersprach: »Der Täter legte auf diese Details Wert. Er ging professionell vor. Die Frage ist, wozu er die Haut braucht.«

Eric zuckte resignierend mit den Schultern. »Ich stehe noch am Anfang meiner Ermittlungen. Bis heute früh habe ich noch geglaubt, das Opfer wäre ertrunken.«

»Wahrscheinlich ist es so gewesen«, sagte Taylor. »Aber jemand half nach. Jedenfalls kann ich mit Gewissheit sagen, dass der Arm über zwanzig Stunden lang im Wasser lag.« Er schob geräuschvoll die Bahre in den Schrank zurück. Eric sah ihm dabei zu.

»Das Opfer ging ins Wasser, um zu baden«, sagte er. »Irgendetwas lauerte dort auf ihn, tötete ihn und trennte ihm danach die Haut ab. Vermutlich erwischte es auch seinen Freund, mit dem er an dem Morgen zusammen war. Wer tut so etwas?«

Taylor drehte sich um und sah Eric fest in die Augen. »Es ist deine Aufgabe, das herauszufinden. Und das solltest du schnellstens, bevor er wieder zuschlägt.«

***

In dieser Nacht hatte Riona zum ersten Mal von Argon geträumt. Hand in Hand gingen sie am Strand im letzten Tageslicht spazieren. Sie lachten auf, als das Meerwasser ihre nackten Füße umspülte. Weit und breit war niemand zu sehen. Plötzlich tauchten vor ihnen vier Fremde auf, als hätte man sie regelrecht auf den Boden gestampft. Die schwarzen Kutten verdeckten ihre Gestalten, die Kapuzen waren tief in die Gesichter gezogen. Verängstigt durch die gespenstisch wirkenden Unbekannten, drängte sich Riona an Argon und blickte zu ihm auf. Ein seltsames Lächeln breitete sich auf seinem Gesicht aus. Er löste sich von ihr und schob sie weg. Verwirrt ließ sie es mit sich geschehen. Die Fremden streckten die Arme nach ihr aus, und bevor sie die Situation erfassen konnte, wurde sie von ihnen gepackt. Sie öffnete den Mund und wollte schreien, doch kein Laut drang heraus. Sie bündelte ihre ganze Kraft, versuchte sich loszureißen und stemmte dabei die Füße in den Sand. Aber sie hatte keine Chance gegen die vielen Hände, die an ihrer Taille, an ihren Schultern und Armen zerrten. Hilfesuchend wandte sie den Kopf zu Argon. Das seltsame Lächeln auf seinem Gesicht wirkte wie eingemeißelt. Dann wurde alles um sie herum dunkel.

Was für ein schrecklicher Traum, dachte Riona, während sie sich vor dem Badspiegel die Haare kämmte. Den gestrigen Ausflug mit Argon durch den menschenleeren Dschungel musste sie gleich in einem Alptraum verarbeiten – denn mehr konnte das wohl nicht bedeuten. Sie war ein zu großer Realist, um an eine Vorhersehung zu glauben. Dabei war der Tag mit ihm doch so schön gewesen – abgesehen von dem Teil am Anfang, als er ihre Nerven kitzeln wollte.

Sie hörte ihre Mutter im angrenzenden Zimmer herumwuseln. »Bist du fertig? Ich will Lore nicht unnötig warten lassen«, rief Marie ihr zu.

»Ja, gleich«, entgegnete Riona und rollte mit den Augen. Natürlich musste ihre Mutter wieder einmal superpünktlich sein. Am liebsten erschien sie überall zehn Minuten früher.

Riona freute sich auf den heutigen Ausflug mit ihrer Mutter und Lore, die sie noch nicht kannte. Geplant war eine Inselrundreise mit Besichtigung eines Parks und anschließendem Baden. Sie flocht sich einen Zopf, umwand ihn mit einem Haargummi und trat heraus. »Ich bin fertig.«

Als sie auf dem Parkplatz eintrafen, entdeckten sie Lore, die bereits vor dem Jeepstehend auf sie wartete. Marie hatte ihrer neuen Bekannten im Vorfeld erklärt, wie sie den Wagen aus der Masse der dort abgestellten Jeeps herausfinden konnte: Halt einfach nach dem Wagen Ausschau, der wie ein Kanarienvogel aussieht.

Lore begrüßte Riona mit einem Händedruck und musterte sie kurz.

»Du bist wirklich hübsch. Kannst dich wohl vor lauter Verehrern kaum retten«, sagte sie mit einem Augenzwinkern.

»So schlimm ist es auch wieder nicht«, wehrte Riona ab.

Sie verstauten das Gepäck im Kofferraum und nahmen ihre Plätze ein: Riona am Steuer, Marie auf dem Beifahrersitz und Lore auf der Rückbank. Bis zum ersten Stopp lag eine einstündige Fahrt vor ihnen. Noch bevor der Jeep die Ortschaft verlassen hatte, waren die beiden Frauen in eine lebhafte Unterhaltung vertieft. Marie hatte sich halb nach hinten gedreht, damit ihr kein Wort aus Lores Mund entgehen konnte. Anscheinend waren sie bei ihrem Lieblingsthema angelangt: Männer. Lore hackte gerade mit ausdrucksstarken Worten ihren untreuen Ehemann in Stücke. Riona verspürte keine Lust, sich das Gespräch anzuhören, und schaltete die Ohren auf Durchzug. Im Rückspiegel nahm sie mit ihren Blicken einen Rundumschlag von Lores Kopf, Hals und Oberkörper vor. Mehr konnte sie nicht sehen, das genügte jedoch, um sich eine Meinung zu bilden. Kein Wunder, dass ihr Mann fremdging, war das Fazit der Betrachtung. Lore brauchte dringend einen Stilberater, denn sie versprühte zu wenig Weiblichkeit. Die Stoppelfrisur passte eher zu einem Jungen aus der ersten Klasse. Zudem würden ein paar blondierte Strähnen ihren straßenköterblonden Haaren mehr Frische geben. Und überhaupt, Lore war viel zu dünn, ein richtiges Klappergestell.

Riona presste die Lippen zusammen. Heute war sie mal wieder so richtig schön negativ. Was war nur in sie gefahren? Sicherlich war Lore nett, und das Äußere eines Menschen sagt noch lange nichts über seinen Charakter aus – das war einer von den vielen Sprüchen ihrer Mutter und diesem stimmte sie uneingeschränkt zu. Sie lächelte Lore aus den Augenwinkeln heraus aufmunternd zu, als sich ihre Blicke im Rückspiegel begegneten.

Allmählich füllte sich die Landstraße mit Autos, Bussen und Lastkraftwagen. Im Schneckentempo tuckerte der Jeep vorbei an verschlafen wirkenden Dörfern, tropischen Wäldern und idyllischen Wasserfällen. Die beiden Frauen kommentierten ihre Beobachtungen mit den Worten: »Oh, guck mal da. Ah, schau mal dort.«

Der Besuch des Gartens Eden stand als Erstes auf dem Plan. Sie stiegen aus und spazierten durch eine üppig blühende Landschaft.

»Den Ort hätte man nicht besser bezeichnen können«, stellte Marie fest und Lore ergänzte: »Als Gott das Paradies erschuf, hat er sich hier so richtig ausgetobt.«

Sie waren an einem Wasserfall angelangt, der sich über drei felsige Stufen in einen Teich ergoss. Rionas Blicke schweiften über eine Horde von Touristen und sie stöhnte auf. Die Leute waren überall. Wie Ameisen wuselten sie herum – über dem Wasserfall, daneben und darunter im Teich.

»Na, toll!«, rutschte es ihr von den Lippen. Unweigerlich musste sie an den gestrigen Tag mit Argon denken. Sie waren ganz allein gewesen, niemand hatte gestört. Wie Kinder hatten sie im Wasser herumgetobt. Danach hatten sie sich ins Gras gelegt. Riona fühlte ein Kribbeln auf der Haut, als ob sie seinen Körper neben sich spüren würde.

Lautes Kindergeschrei beförderte sie wieder in die Realität zurück. Sie schaute zu ihnen und versank schnell wieder in Gedanken. Ein Schmunzeln trat auf ihr Gesicht. Schon bald würde sie Argon wiedersehen. Allerdings hatte sie keine Ahnung, wie das nächste Treffen zustande kommen sollte, da sie weder Uhrzeit noch Ort vereinbart hatten.

»Willst du nicht darin baden?«, fragte Marie.

Riona sah zu ihr. »Ganz bestimmt nicht. Viel zu voll.«

»Und die Kinder pinkeln alle in den Teich rein«, warf Lore ein.

Marie stemmte die Hände in die Hüften und wirkte leicht verstimmt. »Gut, suchen wir uns einen Platz zum Baden, wo wir ganz allein sind. Wird wohl nicht so schwer sein. Es sind ja nur tausend Touristen unterwegs.«

Riona umfasste die Taille ihrer Mutter und drückte sie leicht. »Bitte Ma, sei jetzt nicht eingeschnappt. Wir suchen uns nachher einen Strand, der dir gefällt.«

Nach einer weiteren Stunde Autofahrt, in der sie einem klapprigen Kleintransporter hinterher kurvten, entdeckten sie eine romantisch gelegene Bucht. Sie parkten den Jeep, schulterten das Gepäck und brachen auf. Wenig später erreichten sie den Strand.

»Kein Mensch weiter hier«, stellte Riona voller Befriedigung fest. Sie ließ die Badetasche fallen und blickte sich um.

»Ist doch klar, warum hier niemand ist«, sagte Lore und deutete auf den Boden, der mit einer Vielzahl an großen und kleinen Lavasteinen übersät war. Unwillkürlich musste sie an ihren vor zwei Wochen verbrannten Streuselkuchen denken. Sie fügte hinzu: »Wenn die Leute einen Badeurlaub buchen, dann wollen sie es auch unter dem Hintern weich haben.«

»Ach, die paar Steine«, Riona streifte sich bereits das T-Shirt ab. »Ma und ich sind unten rum gut gepolstert und stehen das durch.« Unvermittelt richtete sie die Augen auf Lores knochiges Becken und biss sich auf die Lippe. Das hätte sie wohl lieber nicht sagen sollen. Die Entscheidung stand nach einer kurzen Diskussion fest: Sie blieben. Aus der anfänglich festgelegten Stunde wurden letztendlich drei. Erst am späten Nachmittag traten sie die Heimfahrt an.

Neunzig Minuten später waren sie zurück. Als Riona das Hotelzimmer betrat, fiel ihr ein rotblinkendes Lämpchen am Telefon auf.

»Da hat wohl jemand auf unseren Anrufbeantworter gesprochen.« Sie warf die Tasche aufs Bett, ging zum Schreibtisch und drückte auf die Tastatur. Eine Frauenstimme sagte im freundlichen Ton etwas in englischer Sprache.

»Worum geht's denn?«, fragte Marie.

Riona drehte sich zu ihr um, ihr Gesicht drückte Verblüffung aus.

»Irgendjemand gab einen Brief für mich an der Rezeption ab«, erwiderte sie.

»Einen Brief?«, wiederholte Marie. »Eigenartig, wer kann dir geschrieben haben? Uns kennt doch hier niemand.«

»Keine Ahnung«, sagte Riona schulterzuckend. »Ich geh runter und hol ihn.«

Die Angestellte legte gerade den Telefonhörer auf, als Riona an den Rezeptionstisch trat.

»Was kann ich für sie tun?«

»Für mich wurde ein Brief abgegeben. Zimmernummer 613.«

Das Gesicht der Frau erhellte sich. »Ach, Sie sind das. Wir hatten etwas Mühe herauszufinden, an wen der Brief gerichtet ist. Auf dem Umschlag stand weder Ihr Nachname noch die Zimmernummer.«

Sie drehte sich um, zog aus einem der Fächer etwas hervor und reichte es Riona. Es war ein

Kuvert, auf den jemand vier Worte geschrieben hatte: für Riona aus Deutschland.

»Wir haben nicht oft Gäste aus Deutschland«, sagte die Angestellte. »Ihr vollständiger Name war in unserem Computer gespeichert. So konnten wir Sie ausfindig machen.«

»Vielen Dank für Ihre Bemühungen. Wer hat den Brief abgegeben?«

»Es tut mir leid, ich weiß es nicht. Meine Kollegin nahm ihn entgegen.«

»Das macht nichts«, lenkte Riona ein. »Das steht wohl alles hier drin.« Sie wedelte mit dem Kuvert. »Nochmals vielen Dank dafür.«

»Jeden Tag eine gute Tat«, erwiderte die Angestellte lächelnd.

Riona entfernte sich von der Rezeption und blieb nach wenigen Schritten stehen. Sie hatte eine Vermutung, wer der Adressat sein könnte, und hoffte, es würde so sein. Sie öffnete den Umschlag und holte zwei zusammengefaltete Blätter heraus. Sie schlug das erste Blatt auf und ihr Blick wanderte über das Papier. Es war eine Skizze mit Straßennamen und Ortschaften. Eine Stelle war mit einem Kreuz markiert. Verdutzt hob sie den Kopf. Bislang verstand sie gar nichts. Aber es gab noch das zweite Blatt, das vielleicht mehr Aufschluss geben würde. Es war ein Brief, bestehend aus fünf Zeilen und mit leichter Hand geschrieben. Sie begann zu lesen: Hallo Riona, möchtest du noch immer mein Haus sehen? Dann komm morgen Abend zu mir. Ich werde dort sein. Gruß Argon.

Sie ließ die Blätter sinken. Ihr Blick irrte durch die Hotellobby. Sie musste sich unbedingt setzen.

***

In der unterirdischen Welt der Meeresjäger herrschte Stille, die Räume und Gänge wirkten wie ausgestorben. Schon längst hatten sich alle auf die erneute Suche nach Toran begeben – außer eine: Narla.

Unter dem Vorwand, sie fühle sich nicht besonders gut, war sie im Schiff geblieben. Sie hatte einfach keinen Sinn mehr darin gesehen, zum dritten Mal nach ihrem Bruder zu suchen. Die letzte Nacht und der heutige Tag waren bereits erfolglos verlaufen. Warum konnten die anderen nicht begreifen, dass Toran längst nicht mehr lebte? Schon den ganzen Tag über war sie verstimmt gewesen. Es lag nicht daran, dass sie sich Sorgen um ihren Bruder machte. Es lag an Argon, den sie heute noch nicht gesehen hatte. Sie wollte nicht wahrhaben, dass er wegen seiner neuen Aufgabe gar keine Zeit für sie aufbringen konnte. Wahrscheinlich war er gerade in seinem Haus und bereitete alles für den morgigen Tag vor. Er hatte diese Frau zu sich eingeladen. Das Experiment nahm seinen Lauf, und das war auch gut so. Dennoch gefiel es Narla nicht, dass Argon zuerst das Vertrauen der Frau gewinnen musste. Nur so war das Experiment überhaupt erst möglich. Unweigerlich würden sich die beiden näher kommen. Näher, als Narla es wollte. Und dann? Hatte sich Argon dann wirklich noch unter Kontrolle?

Gedankenverloren sah Narla durch das Bullauge hinaus zum Ozean. Ein Hai zog vorbei, ohne auf sie zu achten. Es folgte ein Schwarm bunter Fische. Einer von ihnen löste sich von der Gruppe, schwamm zum Schiff und stupste mit dem Maul gegen die Scheibe. Narla legte einen Finger an die Stelle. Es hatte den Anschein, als ob sich Fisch und Meeresjäger berührten. Gleich darauf war der Fisch im unendlichen Blau des Wassers verschwunden.

Narla schloss die Augen. Ihr Gesicht entspannte sich und nahm einen verklärten Zug an. Ihre Gedanken schweiften zurück zu der Zeit, als sie noch auf ihrer Heimatinsel gelebt hatten. Damals waren sie frei gewesen und glücklich. Welch ein wundervolles Leben hatten sie doch geführt. Minutenlang schwelgte sie in ihren Erinnerungen, aber der Schmerz um das Verlorene setzte ein und wurde stärker und stärker. Sie hob die Lider und ihr Gesicht verfinsterte sich. Es war anders gekommen, als sie es jemals für möglich gehalten hätte. Die Liebe zu Argon hatte sie verloren und alles andere auch. Schuld daran waren die Menschen. Diese erbärmlichen Wesen, die nun auch ihrem Bruder etwas angetan hatten.

Ihre Augen verengten sich, ein Gedanke keimte in ihr auf: Rache. Es war nur fair. Der Tod eines Menschen für den Tod ihres Bruders. Sie wandte sich um und ging zum Ausgang. Während sie den Gang durchquerte, schmiedete sie einen Plan. Sie würde nach Kihei gehen. An einem einsamen Strandabschnitt würde sie auf ein Opfer lauern. Ein Mensch auf Maui würde dafür büßen, dass man ihnen erneut ein Leid zugefügt hatte. Und zwar bald, heute Nacht.

Im Zimmer angekommen, griff sie zur Kutte. Sie musste sich beeilen, bevor die anderen zurück waren. Sie schlüpfte hinein und zog sich die Kapuze tief ins Gesicht. Ein heimtückisches Lächeln entstellte ihr Gesicht. Ihre gesamte Erscheinung wirkte bedrohlich. Sie wandte sich zum Gehen.

Sie war soweit. Das Ziel stand fest. Auf nach Kihei. An den Strand.

***

Riona hatte die beiden Sessel auf dem Balkon zu einer Liege zusammengestellt und es sich darauf bequem gemacht. Sie hatte die Deckenlampe eingeschaltet, die den Balkon in ein sanftes Licht tauchte. Auf dem Schoß lag das halbfertige Tuch, das sie während des Fluges gestrickt hatte. Heute Abend wollte sie es beenden. Sie griff zur Wasserflasche mit dem Rest vom Ausflug, nahm einen Schluck und verzog das Gesicht. Das Wasser war lauwarm und schmeckte abgestanden. Ihr Blick schweifte über die liebevoll angelegte Parkanlage, die sich wie eine Oase inmitten von zwei Hotelblöcken erstreckte. Im Dämmerlicht der hereinbrechenden Nacht waren die Bäume und Sträucher nur noch schemenhaft zu erkennen. Zwischen ihnen lugten die hellerleuchteten Fenster der gegenüberliegenden Hotelanlage hervor. Aus einem offenen Fenster erschallte Reggae-Musik. Der Klang verfing sich in den Baumstämmen und Büschen und hüllte alles wie in ein unsichtbares Tuch ein.

Riona hörte, wie ihre Mutter im angrenzenden Zimmer herumwuselte. Marie machte sich für die

Disco startklar. Der halbe Inhalt des Kleiderschrankes lag auf dem Bett verstreut. Sie hatte sich schon dreimal umgezogen und war immer noch unschlüssig, was sie anziehen sollte. Riona sah kurz zu ihr und grinste, das alles kam ihr bekannt vor. Schließlich ging sie oft genug mit ihren Freundinnen weg. Als sie die Beine auf dem Sessel anwinkelte, spürte sie den Druck des Briefumschlages in der Hosentasche. Eine freudige Erregung überkam sie. Argon hatte ihr geschrieben, er wollte sie wiedersehen – morgen Abend. Ihre Augen begannen zu leuchten und sie wusste, ab sofort konnte sie an nichts anderes mehr denken als an dieses Treffen. Wenn er mich morgen küssen will, werde ich es zulassen, schwor sie sich. Unwillkürlich breitete sich ein heftiges Kribbeln in ihrer Magengegend aus. Sie wurde in ihren Gedanken unterbrochen, als Marie auf den Balkon trat.

»Wie sehe ich aus?«, fragte sie und drehte sich dabei einmal im Kreis herum.

Rionas Blick glitt über das Outfit ihrer Mutter. Sie trug ein beigefarbenes Kleid, das ihre schlanke Taille betonte. Ihr Gesicht war dezent geschminkt.

»Du siehst toll aus«, sagte Riona ganz ehrlich.

An Maries Mimik war abzulesen, wie sehr ihr die Antwort gefiel.

»Ich bin schon gespannt, was mich erwartet«, sagte sie. »Hoffentlich haben sie gute Musik. Ich möchte auf jeden Fall tanzen. Ich weiß gar nicht, wann ich das letzte Mal in einer Disco war.«

»Die Musik wird schon passen«, sagte Riona. »Die Leute vom Hotel kennen doch ihre Gäste und legen keine Technoplatten auf.«

Marie nickte zustimmend. »Und was machst du so allein auf dem Zimmer?«

»Ich stricke. Und mal sehen, was das Fernsehprogramm hergibt.«

Marie warf einen prüfenden Blick auf die Handarbeit. »Das Tuch gefällt mir, wirklich süß.« Ihr Gesichtsausdruck veränderte sich und zeichnete jetzt Bedauern ab.

»Schade, dass du nicht mitkommen willst.« Sie sah zu, wie Riona wieder zu stricken begann, und musste unwillkürlich schmunzeln. »Die Mutter geht zur Disco und die Tochter lungert im Hotelzimmer herum und strickt.«

»Ist schon okay«, sagte Riona. »Dafür bin ich morgen Abend unterwegs.«

»Ah ja, deine Verabredung mit dem Künstler.« Das Lächeln in Maries Gesicht vertiefte sich. »Du hast mir noch nicht gesagt, was ihr unternehmen wollt.«

Riona versenkte jetzt förmlich den Kopf in die Handarbeit.

»Also, ich weiß das noch nicht so genau. Das ergibt sich schon irgendwie.«

Marie gab sich mit der ausweichenden Antwort zufrieden. Sie machte einen Schritt auf Riona zu und gab ihr einen Kuss auf den Haarschopf. »Bis später.«

»Viel Spaß«, rief Riona ihrer Mutter hinterher, die in hochhackigen Schuhen durch das Zimmer klackerte.

Die Tür fiel ins Schloss und Riona atmete durch. Ihr Blick fiel auf die Bäume des Parks, ohne etwas wahrzunehmen. Ihre Gedanken kreisten erneut um den Brief. Vorhin hatte sie absichtlich nicht erwähnt, dass sie Argon in seinem Haus besuchen wollte. Sie kannte ihre Mutter, die entschieden dagegen gewesen wäre. Morgen Abend würde sie ihn wiedersehen. In seinem Haus, in einer einsamen Bucht gelegen. Nur sie beide würden dort sein. Sie spürte, wie sich Unruhe in ihr ausbreitete.

Irgendwo wurde lautstark ein Fenster geschlossen. Damit erstarb auch die Musik. Der Park hüllte sich in Schweigen. Die Nacht war hereingebrochen. Riona vertiefte sich wieder in ihre Arbeit. Eine halbe Stunde später war sie damit fertig. Sie hob das Tuch hoch und begutachtete es eingehend. »Perfekt«, sagte sie dann, stand auf, ging ins Zimmer und legte die Tasche aufs Bett. Ihre Gedanken richteten sich wieder auf den morgigen Abend mit Argon. Unwillkürlich begann ihr Magen zu kribbeln. Das Fernsehprogramm konnte sie jetzt vergessen. Sie brauchte unbedingt Bewegung, um später schlafen zu können. Ein Spaziergang am Strand von Kihei würde ihr guttun.

***

Marie ärgerte sich über den vergeudeten Abend. Zwar hatte sie anfänglich in der Disco ausgiebig getanzt, doch dann hatte sie Martin kennengelernt, der nicht mehr von ihrer Seite gewichen war. Wie eine Schnecke hatte er die ganze Zeit über an ihr geklebt. Martin aus Deutschland, Zahnarzt – und verheiratet, wie sich später herausstellte. Er war mit seinem besten Freund da, anscheinend wollten sich die beiden ohne ihre Frauen amüsieren. Lore hatte es herausgefunden und war wie eine Rakete hochgegangen. Die beiden verdatterten Männer boten ihr die beste Gelegenheit, den Frust so richtig rauszulassen. Der Discobesuch hatte sich damit erledigt.

Marie stand vor der Zimmertür und suchte in der Handtasche nach dem Schlüssel. Vom anderen Ende des Ganges drangen Schritte an ihr Ohr, die sich ihr zu nähern schienen. Sie wandte sich um und erkannte Martin, der torkelnd auf sie zukam. Dieser Zahnklempner hat garantiert zu viel getankt, stellte sie fest. Schwankend stand er dann vor ihr und suchte mit einer Hand Halt an der Wand. Seine Augen wirkten glasig.

»Was ist?«, fragte sie, wobei sich ihre Stirn kräuselte.

»Wie wäre es mit einem Abschiedsdrink auf deinem Zimmer?«, nuschelte er.

»Bist du verrückt?«

»Na, komm schon. Was ist schon dabei?«

»Vergiss es.«

»Dann gib mir wenigstens einen Abschiedskuss.«

Marie beugte sich zu ihm vor und hauchte ihm einen Kuss auf die Wange.

»Hat dir das gefallen?«

»Jaaaa.«

»Gut, denn das war eine einmalige Sache. Nun sieh zu, dass du verschwindest!« Endlich hatte sie den Schlüssel gefunden. Kurz darauf betrat sie das Zimmer und schloss hinter sich die Tür. Im Zimmer war es stockdunkel und nichts regte sich.

Anscheinend schläft mein Kind schon, dachte Marie. Auf Zehenspitzen tapste sie ins Bad und schaltete das Licht über dem Waschbecken ein. Sie kam wieder heraus und sah zu den Betten … ein Schreck durchfuhr sie. Rionas Bett war leer.

***

Die Nacht war mild und windstill. Riona stand am Ufer des Meeres und sah zu den Wellen, die gemächlich auf sie zukamen. Ihr Blick wechselte zum sternenklaren Himmel. Es schien, als ob jemand leuchtende Stecknadeln auf einem Tuch verteilt hatte, die den Strand in ein fades Licht tauchten.

Plötzlich hörte sie hinter sich ein Geräusch wie das Flügelschlagen eines Riesenvogels, der sich auf die Erde herabsenkte. Dann wurde es wieder still. Riona zuckte zusammen und drehte sich um. Nicht weit von ihr entfernt stand eine gespenstisch anmutende Gestalt, eingehüllt in eine Kutte. Der Kopf war gesenkt und die Kapuze darüber gestülpt. Obwohl sich die Gestalt nicht regte, ging eine bedrohliche Aura von ihr aus. Jetzt hob sie den Kopf. Die Kapuze war tief in das Gesicht gezogen und machte es unkenntlich. Dennoch ahnte Riona, sie wurde gerade angestarrt.

Der nächtliche Alptraum trat in ihre Erinnerung. Sie blickte sich um von der Hoffnung getrieben, jemand könnte ihr zur Hilfe eilen. Die Erkenntnis war ein Schock. Der Strand war menschenleer. Sie sah wieder zur Gestalt, die noch immer zu ihr starrte und jetzt den Kopf leicht zur Seite neigte.

Riona begann zu zittern. Ihre Knie schlugen zusammen, als hätte sie Schüttelfrost. In Windeseile überlegte sie, wie sie sich verhalten sollte. Sie musste auf der Stelle den Strand verlassen, aber die Gestalt stand direkt auf ihrem Fluchtweg zur Straße. Riona hatte keine andere Wahl, als zuerst am Wasser entlang zu laufen, um dann in einem Bogen die Straße anzusteuern. Die Entscheidung war getroffen, sie rannte los. Die Flipflops, die für einen Lauf völlig ungeeignet waren, fielen ihr von den Füßen und blieben im Sand liegen.

Erneut blickte sie sich um und voller Erschrecken bemerkte sie, dass die Gestalt ihr folgte. Riona änderte die Richtung.

Noch zweihundert Meter bis zur Straße.

Sie lief, so schnell sie konnte. Ihre Augen waren starr auf die beleuchteten Fenster eines Hotels gerichtet. Bald hatte sie es geschafft, sie musste nur durchhalten.

Noch hundertfünfzig Meter bis zur Straße.

Sie übersah einen Ast vor ihren Füßen, stolperte darüber und stürzte der Länge nach in den Sand. Sie spürte keinen Schmerz, denn panische Angst lähmte für Sekunden alle Nerven. Kaum lag sie am Boden, drehte sie sich halb nach dem Wesen um. Ihre Augen weiteten sich voller Entsetzen. Es bewegte sich unheimlich schnell auf sie zu. Es schien förmlich über den Sand zu schweben. Riona rappelte sich auf und rannte weiter. Nur weg von diesem Ort, nur weg. Sie nahm die Umgebung nicht wahr, visierte nur das Licht des Hotels an.

Noch hundert Meter bis zur Straße.

In ihrem Kopf schrie es: Wo ist das Ding? Wo

ist das Ding? Sie drehte sich wieder um, ohne ihren Lauf zu stoppen. Die Gestalt war gefährlich nah an Riona herangeschwebt. Plötzlich prallte etwas Hartes gegen Rionas Rücken. Sie kreischte auf, geriet aus dem Gleichgewicht, torkelte einige Schritte und konnte sich wieder fangen. Mit weit aufgerissenen Augen starrte sie auf einen sichtlich angetrunkenen Mann, der mit ihr ins Schwanken geraten war.

»Hey Kleine, pass doch auf«, kam es undeutlich von Martins Lippen.

Riona öffnete den Mund, wollte dem Fremden etwas zurufen und ihn warnen. Nur ein unartikuliertes Gestammel kam von ihren Lippen. Dann hastete sie weiter. Die Rettung war in greifbare Nähe gerückt. Ein letzter Schritt, sie stand auf dem Fußweg. Sie bog den Oberkörper vor und stützte die Hände auf die Knie. Ihr Herz raste zum Zerspringen, ihr Atem ging stoßweise. Das fröhliche Gelächter einer Gruppe junger Leute, die an ihr vorbeischlenderten, brachte sie in die Realität zurück. Sie raffte sich auf und entdeckte eine Holzbank vor einer Palmengruppe. Barfuß schlurfte sie über die Pflastersteine und ließ sich auf die Bank fallen. Ihr war hundeelend zumute und sie fühlte sich vollkommen kraftlos. Sie schloss die Augen und sackte in sich zusammen.

***

Argon kehrte kurz nach Mitternacht zum Korallenschiff zurück. Es wirkte verlassen, denn kein Laut war zu hören. Nur seine Schritte hallten durch den

Gang. Während er sein Zimmer ansteuerte, kreisten seine Gedanken um die Ereignisse des heutigen Tages. Alles war zu seiner Zufriedenheit verlaufen. Er hatte seine Bilder zur Galerie gebracht und das Geld aus dem Verkauf der vorigen Bilder kassiert. Es war unerwartet viel gewesen, anscheinend liebten die Menschen seine Werke. Argon verzog spöttisch den Mund. Wie würden sie reagieren, wenn sie wüssten, wer der Künstler wirklich war?

Von der Galerie aus hatte er sich direkt zu seinem Haus begeben und dort alles für den nächsten Tag vorbereitet. Die Frau konnte kommen. Er war bereit, sie zu empfangen. Unvermittelt fiel ihm der Ausflug zum Wasserfall ein. Der Tag war schön gewesen, und Riona war schön und verlo ckend. Sie reizte ihn, wie ihn noch nie zuvor eine Frau gereizt hatte. Er wollte sie besitzen, er wollte den Duft ihres Körpers atmen. Völlig unverfälscht war sie ihm vorgekommen. Und er hatte ihre Neugier auf ihn gespürt.

Auf sein Gesicht trat ein finsterer Schatten, denn ihm behagte die Vorstellung nicht, dass er sie mochte. Sie war nicht mehr als ein Mensch, sagte er sich. Ein Mensch wie die anderen, die ihm und seinem Volk so viel Leid zugefügt hatten. Damals, in seiner Heimat, auf der Insel Kuro. Argon wollte Riona besitzen – für eine Nacht. Danach würde er sie von sich stoßen wie Ungeziefer. Er stand kurz vor dem Ziel, das Experiment konnte beginnen. Der Tag war nicht mehr fern, dass die Meeresjäger wieder so frei leben konnten wie damals. Aber das Schreckliche würden sie trotzdem nie vergessen. Der Gedanke daran rief in ihm Erinnerungen an sein früheres Leben wach, Erinnerungen, die er tief im Herzen vergraben hatte. Nun brach alles wieder auf und das Vergangene wurde gegenwärtig. Sein Herz füllte sich mit Trauer. Nach dem schlimmen Ereignis hatte er ganz bewusst nicht mehr daran gedacht. Nur so war es ihm möglich gewesen, das jetzige Leben zu ertragen. Aber jetzt waren die Erinnerungen zurückgekehrt und damit der Schmerz, dessen Intensität ihm fast den Verstand raubte. Mit einer heftigen Bewegung riss er sich aus seinen Gedanken. Er durfte nicht mehr zurückblicken. Vor ihm lag ein neues Leben.

Er war vor seinem Zimmer angelangt. Einen Moment lang verharrte er davor, dann wandte er sich um und setzte seinen einsamen Weg durch das Schiff fort. Der Gang endete vor einem Tor mit einem mächtigen Riegel, den Argon beiseite stieß. Er öffnete das Tor und ein dumpfes Dröhnen hallte durch das Schiff. Die dahinterliegende Treppe war aus Lavastein gehauen und wand sich hinab in den Bauch des Schiffes. Er stieg die schroffen Stufen herunter und gelangte zu einer Gruft, vor deren Eingang er stehen blieb. Er spürte, wie die düstere Aura der Gruft zu ihm drang, ihn gefangen nahm und ihn zögern ließ weiterzugehen. Auch hier war kein Laut zu hören. Aber die Stille war anders. Die Zeit schien vor dem Eingang stehen zu bleiben. Nichts spielte mehr eine Rolle. Argon stand vor der Totenstätte der Meeresjäger.

Sein Blick glitt über ein Meer von Steinsärgen, die nebeneinander aufgereiht den Raum füllten. Er atmete tief durch und betrat diese andere, fremde Welt. Seine Schritte hallten durch die Gruft. Ihr

Schall prallte von der Decke ab und legte sich auf jeden der Särge, an denen er vorbeiging. Ein Sarg glich dem anderen, dennoch fiel einer im hinteren Teil der Gruft schon von weitem auf. Der Sarg thronte auf einem Steinpodest und überragte die anderen. Es war die Ruhestätte seiner Mutter. Daneben stand noch ein kleiner Sarg, wie für ein Kind gemacht. Nach wenigen Schritten war Argon dort angelangt. Regungslos stand er davor, sein Blick wechselte zwischen den beiden Särgen hin und her. Minute um Minute verstrich, ohne dass er sich rührte.

Er streckte den Arm aus, und seine Hand glitt in leichten Bewegungen über den kalten Stein. Es hatte den Anschein, als ob er die beiden Toten zärtlich berühren wollte. Für einen Moment trat ein Lächeln auf sein Gesicht, dann erstarb es wieder. Er senkte den Blick und eine einsame Träne perlte unter seinem Lid hervor.

***

Als Riona und Marie am nächsten Morgen den Frühstücksraum betraten, schlug ihnen ein Stimmengewirr vermischt mit dem Scharren der Stühle und Klirren des Geschirrs entgegen. Es roch nach Kaffee und frisch gebackenen Brötchen. Sie blieben stehen und ihre Blicke schweiften durch den Saal auf der Suche nach einem freien Platz. Sie entdeckten Lore an einem Tisch vor der Fensterfront und gingen zu ihr.

»Guten Morgen«, sagte Marie. Ihr Blick streifte Lores Frühstück: eine Tasse Kaffee und ein Teller mit einem angebissenen Brötchen. Kein Wunder, dass Lore nicht zunahm, dachte sie. Lore zeigte sich über das Auftauchen der beiden erfreut.

»Guten Morgen. Habt ihr gut geschlafen?«

»Es geht soweit«, sagte Riona und wandte sich zu ihrer Mutter. »Ich hole mir einen Kaffee. Soll ich dir einen mitbringen?«

»Ja, sei so lieb.« Marie rückte einen Stuhl vor und setzte sich. Sie blickte Riona hinterher, bis sie außer Hörweite war. Dann drehte sie sich zu Lore, die sich wieder ihrem Brötchen widmete.

»Um deine Frage zu beantworten, ich habe letzte Nacht miserabel geschlafen.«

»Warum?«, fragte Lore mit vollem Mund.

Marie schüttelte den Kopf, als könnte sie das, was sie jetzt zu erzählen gedachte, selbst nicht fassen. »Weil ich nach der nächtlichen Aufregung nicht mehr zur Ruhe gekommen bin.«

»Wieso? Ist noch etwas vorgefallen?«

»Und ob«, erwiderte Marie. »Zuerst war dieser betrunkene Draufgänger Martin hinter mir her. Er hat wohl gedacht, er könnte bei mir landen. Den habe ich so richtig abserviert. Das kannst du mir glauben.«

Aus Lores Mund drang ein gepresstes Zischen.

»Das war nicht alles«, fuhr Marie fort. »Ich schleiche durchs Zimmer, um Riona nicht zu wecken. Und was muss ich feststellen? Ihr Bett war leer und von ihr keine Spur.«

Lore hob die Brauen und legte das Brötchen auf den Teller zurück.

»Was hast du dann gemacht?«

»Was man eben so macht, wenn man in Panik

verfällt und das logische Denkvermögen ausfällt. Ich rannte auf den Balkon und rief über die Brüstung hinweg laut nach ihr.«

»Und dann?«

»Schrie jemand auf Deutsch zurück, ich solle meine Klappe halten.«

Lore konnte ein aufkommendes Grinsen nicht unterdrücken. »Kann ich verstehen. Mich würde es auch nerven, wenn jemand nach Mitternacht draußen herumkrakeelt.«

Marie schnaubte auf und sah wütend zu ihr. Dieser Kommentar war so überflüssig wie ein Pickel im Gesicht. Aber was sollte man auch schon von einer kinderlosen Person erwarten, die sich natürlich nicht in die Lage einer besorgten Mutter versetzen konnte?

»Wie ging es weiter?«, forschte Lore nach, unbeeindruckt von Maries grimmigem Gesichtsausdruck.

»Ich hielt es im Zimmer nicht länger aus und lief auf die Straße«, sagte Marie in einem Tonfall, der zeigte, dass sie Lore wegen ihrer taktlosen Äußerung noch nicht verziehen hatte.

»Auf einer Parkbank entdeckte ich sie. Wie ein Häufchen Elend saß sie da. Sie erschrak sogar, als ich sie ansprach.«

Lore schüttelte verständnislos den Kopf. »Was hatte sie so spät noch draußen zu suchen?«

»Natürlich fragte ich sie danach. Angeblich wollte sie nur frische Luft schnappen.«

»Psst«, zischte Lore, als sie Riona zurückkommen sah. Beide Frauen verstummten.

Riona stellte zwei Tassen mit Kaffee auf den

Tisch und schob eine zu ihrer Mutter rüber.

Marie sah zu ihr hoch. »Kannst du uns noch etwas Schönes zu Essen holen, Schatz? Du weißt doch, was ich so mag.«

»Okay.« Riona drehte sich um und ging wieder in Richtung Büfett. Sie wusste, sie hatte bei ihrer Mutter etwas gutzumachen, nachdem sie ihr letzte Nacht einen gehörigen Schrecken verpasst hatte. Zum Glück hatte sie ihr nichts von der Gruselgestalt am Strand erzählt. Wer weiß, welchen Aufstand sie deswegen gemacht hätte. Davon abgesehen hatte ihr dieses Wesen eine ordentliche Portion Angst eingejagt. Das war der blanke Horror gewesen. Sie durfte gar nicht daran zurückdenken. Allerdings hatte sie auch nicht vor, sich nochmals mit dem nächtlichen Spuk zu beschäftigen und sich den Tag damit zu vermiesen. Denn heute war ein besonderer Tag. Ein wundervoller Tag. Heute sah sie Argon wieder. Der Gedanke daran bewirkte, dass sie in Hochstimmung verfiel. Vor sich hin summend, griff sie zu einer Müslischale und füllte Obststücke hinein.

Unterdessen hatte sich Lore das letzte Stück Brötchen in den Mund geschoben. Ihr Blick ruhte auf Marie, die einen Schluck aus der Kaffeetasse nahm, urplötzlich zusammenzuckte, sich dabei verschluckte und zu husten anfing.

»Herrje, was ist denn mit dir los?«, fragte Lore.

»Achtung! Da kommt einer von unseren nächtlichen Verehrern«, krächzte Marie zwischen zwei Hustenanfällen heraus.

»Wer?« Lore drehte sich in die Richtung, in die Marie mit einem Kopfnicken wies, und erblickte

Martins Freund. Sie sah wieder zu Marie.

»Der will wirklich zu uns. Na, der traut sich was. Anscheinend habe ich ihm gestern Abend noch nicht genug eingeheizt.«

Die beiden Frauen blickten sich fragend an und Marie sagte: »Tun wir, als ob wir in ein Gespräch vertieft sind. Vielleicht geht er an uns vorbei.«

Lore nickte zustimmend, beugte sich halb über den Tisch und startete eine Unterhaltung über das heutige Wetter. Ein untersetzter Mann von Anfang fünfzig trat an den Tisch und blieb stehen.

»Guten Morgen«, sagte er höflich.

Die Frauen sahen mit unbeweglicher Miene zu ihm hoch.

»Was ist?«, fragte Marie bewusst unfreundlich, ohne seinen Gruß zu erwidern. Dabei entging ihr nicht, dass er ziemlich mitgenommen aussah. Das Hemd hing halb aus der Hose, die Haare schlecht frisiert. Kommt davon, wenn man sich vollaufen lässt. Dann ist der Kater vorprogrammiert, dachte sie schadenfroh.

»Habt ihr Martin gesehen?«, fragte er, sich weiterhin um einen höflichen Ton bemühend.

»Was geht uns dein Freund an?«, fuhr Lore ihn an.

Er blieb davon unberührt. »Martin ist verschwunden. Letzte Nacht war er nicht in seinem Zimmer.«

»Ja und?«, sagte Lore. »Sehen wir so aus, als hätten wir ihn aufgegabelt?«

»So meine ich das nicht. Ich dachte, ihr habt ihn vielleicht …« Er brach mitten im Satz ab und richtete den Blick auf Riona, die ihn von der Seite mit einem übervollen Tablett angerempelt hatte.

»Ups, Entschuldigung«, sagte sie lebhaft. Sie stellte das Tablett auf den Tisch, sah zu dem Mann und grüßte höflich. Dabei bemerkte sie, dass er irgendwie von der Rolle war. Sie rückte einen Stuhl zurecht und setzte sich. Der Mann tat, als ob er sie überhört hätte, und blickte abwechselnd zu den beiden Frauen.

Marie begann, das Tablett abzuräumen. »Du hast uns ja was Feines ausgesucht«, lobte sie ihre Tochter und schob ihr den Eierbecher zu.

Sich nicht von der Stelle rührend, beobachtete Martins Freund noch immer das Geschehen.

»Ihr habt ihn also nicht gesehen?«, wiederholte er seine Frage. Es sollte freundlich klingen, doch in seiner Stimme schwang Ungeduld mit.

»Wen sollen wir gesehen haben?«, fragte Riona beiläufig, während sie mit einem Messer das Ei köpfte.

Stirnrunzelnd warf er einen Blick auf Riona. Die Gleichgültigkeit dieser Leute begann ihn zusehends zu nerven. »Misch dich nicht ein und iss dein Eiweiß«, fauchte er sie an.

»Jetzt reicht es aber«, rief Marie aufgebracht. »Hätte dein Freund letzte Nacht nicht so viel gesoffen, dann hätte er auch in sein Bett gefunden. Du solltest unter den Parkbänken suchen, vielleicht schläft er dort seinen Rausch aus.«

Verdutzt schaute Riona zu ihrer Mutter. Schnell reimte sie sich den verpassten Teil zusammen, und aus ihrer Kehle war ein Glucksen zu hören. Dies reichte aus, um den Mann restlos zu verärgern. Er schnaubte wie ein Flusspferd auf, drehte sich auf den Absatz um und stiefelte davon.

»Dem hast du es aber gegeben«, sagte Riona. »Habt ihr ihn in der Disco getroffen?«

Marie winkte ab. »Jeder Satz über ihn und seinen Freund ist vergeudete Energie.« Sie sah zu Lore, die mit verschränkten Armen vor dem leeren Teller saß. »Willst du noch etwas essen? Wir können diesen Berg kaum allein schaffen, und du kannst von deinem Brötchen unmöglich satt sein.«

Lore schielte auf die Schale mit dem Obstsalat. Riona merkte das und schob die Schale zu ihr rüber. Lore griff zum Löffel und schaufelte kleine Ananasstücke. »Was macht ihr heute?«, fragte sie beiläufig.

»Wir haben noch nichts geplant«, sagte Marie, die sich gerade ein Brötchen schmierte.

»Ich bin für Baden«, warf Riona ein.

»Gute Idee«, sagte Marie. »Nach der aufregenden Nacht kann ich heute Entspannung gebrauchen.«

»Wir könnten in den Norden fahren«, schlug Riona vor.

Marie nickte zustimmend. »Und nach dem Baden suchen wir uns dort ein nettes Restaurant.«

»Aber wir dürfen nicht zu spät zurück sein«, betonte Riona.

Marie lächelte wissend. »Wir werden rechtzeitig auf dem Zimmer sein, damit du dich in aller Ruhe fertig machen kannst.«

Riona erwiderte das Lächeln.

***

Aus dem Radio ertönte der Reggae-Song »Close to you« von Maxi Priest. Riona sang lautstark mit und trommelte zum Takt der Musik mit den Fingern auf dem Lenkrad. Sie mochte zwar das Lied, aber das war nicht der eigentliche Grund für ihren inbrünstigen Gesangsausbruch. Sie musste sich ablenken, denn ihr Lampenfieber stieg mit jedem gefahrenen Kilometer, der sie dichter an Argons Haus brachte. In ihre Nervosität mischte sich auch die Freude auf den bevorstehenden Abend und die Neugier darauf, was sie noch erwartete. Hin und wieder warf sie einen kritischen Blick in den Rückspiegel. Das Ergebnis ihrer zweistündigen kreativen Arbeit im Badezimmer konnte sich sehen lassen. Die mit Lidstrich und Mascara geschminkten Augen brachten das Blau der Iris zum Leuchten – dazu passend die Lippen in einem dezenten Rot. Das Gesicht wurde umrahmt von Haaren, die in leichten Wellen über Rionas Schultern glitten. Zufrieden lehnte sie sich an die Rückenlehne.

Schon längst hatte sie mit dem Jeep die verschlafen wirkenden Dörfer hinter sich gelassen. Nur noch selten verirrte sich ein Fahrzeug in diese Gegend. Sie nahm nicht wahr, dass ihr in weiter Entfernung eine Limousine folgte, in der ein Mann mit schneeweißen Haaren saß.

Die Küstenstraße war gesäumt von einem tropischen Wald, der jede Sicht auf den Ozean versperrte. Nach zwei weiteren Kilometern entdeckte sie vor sich einen Weg, der von der Straße abzweigte. Sie trat auf die Bremse und hielt. Ihre Aufmerksamkeit fesselte ein Verkehrsschild, dessen Stange jemand tief in den Boden gerammt hatte. Darauf stand: Privatbesitz. Unbefugtes Betreten verboten. Der Text klang ziemlich unfreundlich, fand sie. Fremde waren hier also unerwünscht. Sie nahm den Zettel mit Argons Wegbeschreibung in die Hand. Ihr Blick wanderte über die skizzierten Straßen und die Pfeile, die rechts in den Weg wiesen. Sie legte den ersten Gang ein und bog in den Pfad ein. Minutenlang schlängelte sich der Weg durch Buschwerk hinunter auf die Küste zu und endete auf einer freien Fläche mit festgetretenem Sandboden. Zur linken Seite erstreckte sich eine kleine Bucht.

Riona stellte den Motor ab, stieg aus und blickte sich um. Die Bucht hatte einen sichelförmigen Strand, eingegrenzt von der Steilküste. Ein zweistöckiges Holzhaus stand so dicht am Felsen, als ob es damit verwachsen wäre. Es sah neu erbaut aus. Das Weiß seines Anstrichs knallte hoch zum Himmel. Eine Treppe im selben Farbton führte zu einer überdachten Veranda. Das Haus wirkte unbewohnt, so still und einsam stand es da. Dennoch schien es Riona, als habe sie noch nie ein Gebäude gesehen, das sich so harmonisch in die Natur einfügte.

In dem Moment öffnete sich die Tür. Argon trat auf die Veranda, als hätte er ihre Ankunft bereits bemerkt. Lässig lehnte er sich gegen die Holzbrüstung und sah zu ihr rüber. Er hob zum Gruß die rechte Hand und ein unwiderstehliches Lächeln breitete sich auf seinem Gesicht aus. Riona spürte das Hämmern ihres Herzens, als sie kurze Zeit später auf die Veranda trat.

»Hallo«, begrüßte sie ihn. Ihre Stimme klang belegt.

Er kam auf sie zu, beugte sich zu ihr runter und gab ihr einen flüchtigen Kuss auf die Wange.

»Schön, dass du gekommen bist«, hörte sie seine weiche Stimme. »Hast du den Weg zu mir gleich gefunden?«

Sie schaute zu ihm hoch, als er so dicht vor ihr stand. Er überragte sie um Kopflänge, schien völlig entspannt zu sein und sah einfach umwerfend gut aus.

»Ja. Deine Skizze war ziemlich gut.« Verlegen strich sie sich über die Haare, dann drehte sie sich zur Bucht. Von hier aus bot sich ein schier endloser Ausblick über den Ozean, der am Horizont mit dem Himmel verschmolz.

»Es ist wunderschön hier«, sagte sie. »Seit wann wohnst du hier?«

Argons Mundwinkel hatten belustigt gezuckt, als er ihre Verlegenheit bemerkt hatte. Aber sofort hatte er sich wieder unter Kontrolle. »Ich kaufte das Haus vor kurzem einem Künstler ab, der nach Kalifornien zog.«

»Hast du das Schild am Straßenrand aufgestellt?«

»Ja. Ich möchte lieber allein sein.« Mit einer ausladenden Handbewegung wies er auf die Verandatür. »Wollen wir hineingehen?«

Sie stimmte ihm zu und folgte ihm durch die Tür, die direkt in das Wohnzimmer führte. Unschlüssig blieb sie in der Raummitte stehen. Ihre Augen weiteten sich voller Staunen. Noch nie zuvor hatte sie eine derartige Einrichtung gesehen.

Sie hatte das Gefühl, im Ozean zu stehen. Alle Wände waren kunstvoll bemalt und erstrahlten in den Farben des Meeres. Darauf waren Wellen über Wellen zu sehen. Sie türmten sich vor Riona auf und schlugen über ihrem Kopf an der Decke zusammen. Die Wellen wirkten so lebensecht, dass Riona für zwei Sekunden glaubte, das Tosen des Wassers zu hören. Ihr Blick wanderte zum hinteren Teil des Raumes. Sie kam aus dem Staunen nicht mehr heraus. Ein türkisfarbenes Korallenriff erstreckte sich über die ganze Wandbreite. Jetzt erkannte sie, dass es sich um eine Küchenzeile handelte. Davor standen ein Tresen und zwei Barhocker, gehauen aus grauem Lavastein. Auch die Couch auf der linken Seite schien aus einem einzigen Gesteinsbrocken gemeißelt zu sein. Der Esstisch davor war ein verwurzelter Baumstamm.

»Das ist unglaublich«, sagte sie beeindruckt. Sie drehte sich um und erblickte einen Schrank, der vor der gegenüberliegenden Wand stand. Der Schrank hatte die Form einer Ellipse. In das Holz hatte jemand in meisterhafter Kleinarbeit Meerestiere geschnitzt. Riona erkannte Delphine, Seepferdchen und Kraken mit langen Armen.

»Ich habe so etwas noch nie zuvor gesehen«, sagte sie zu Argon gewandt.

Inzwischen war er zur Korallenküche gegangen und hantierte dort mit einem Messer an irgendetwas herum. »Ich denke, Menschen möblieren ihre Wohnungen«, sagte er gelassen, ohne seine Arbeit zu unterbrechen.

Zu gern hätte sie gewusst, was er gerade machte. Von ihrem Standort aus konnte sie es nicht sehen.

»Ja schon, aber deine Möbel sind anders.« Sie ging zur Couch und betrachtete sie eingehend.

»Gefallen dir meine Möbel nicht?«

»Natürlich, sie sind fantastisch. Woher hast du sie?«

Er warf das Messer auf den Tresen und begann, einen Teller mit irgendetwas zu füllen, was sie nicht erkennen konnte. »Ich hab sie angefertigt«, entgegnete er in einer Art, als ob es das Normalste von der Welt wäre, derartige Möbelstücke zu erschaffen.

»Wow, hast du Talent«, sagte sie beeindruckt.

Ein Gemälde an der Wand fesselte ihre Aufmerksamkeit. Es war mit Muscheln umrahmt, und sie erkannte darauf Argons Bucht. Alles war naturgetreu nachgebildet, auch das Haus und das tiefblaue Meer. Es hatte den Anschein, als ob man das Rauschen der Brandung hören konnte.

Argon kam zu ihr mit einem Teller in der Hand, auf dem frisch geöffnete Austern und zwei Zitronenscheiben lagen.

»Wie wäre es mit einem Snack?« Er hielt ihr den Teller entgegen.

Noch nie zuvor hatte sie eins dieser glitschigen Dinger gegessen. Sie hatte einmal gehört, dass man sie lebend verzehrte. Schon der Gedanke daran hatte ihr damals den Magen umgedreht. Ihr Blick wechselte vom Teller zu Argon. Er nickte ihr aufmunternd zu und streckte ihr den Teller noch weiter entgegen. Ihr blieb nichts weiter übrig, als eine Auster zu nehmen. Doch sie konnte sich nicht überwinden, sie in den Mund zu stecken. Sie atmete tief durch.

Argon bemerkte es. »Möchtest du vielleicht etwas Zitrone? Angeblich verfeinert man damit den Geschmack. Ich selbst mag es lieber unverfälscht.«

»Okay«, sagte sie, um irgendwie zu reagieren.

Geschickt träufelte er einige Tropfen Zitrone auf ihr Stück. Dann nahm er eine Austernschale und sog das Fleisch in einem Zug in den Mund.

Riona tat es ihm nach und würgte das Ding schnell herunter.

»Möchtest du noch eine?« Wieder streckte er ihr den Teller entgegen.

»Nein, danke. Ich hab schon zu Abend gegessen.«

Während er sich einer zweiten Auster widmete, stand sie tatenlos herum und wusste nicht so richtig, wie sie sich verhalten sollte. Sie drehte sich wieder zum Gemälde und betrachtete es sekundenlang. »Hast du das Bild gemalt?

»Ja. Aber es gefällt mir nicht wirklich. Ich habe die Stimmung nicht intensiv genug eingefangen.«

»Die Stimmung ist perfekt. Ich kann sie jedenfalls spüren.«

»Tatsächlich.« Er stellte den Teller auf den Holztisch und trat neben sie. »Verrätst du mir, was du spürst?«

Sie bemerkte, wie seine Mundwinkel zuckten, und fragte sich, was gerade in ihm vorging. Wieder wandte sie sich zum Bild und musterte es eingehend.

»Also, ich spüre Harmonie, Ruhe und Frieden. Deine Bucht ist für mich eine Art Oase. Wer hier herkommt, möchte alles um sich herum vergessen.

Es muss schön sein, hier zu leben.« Sie sah zu ihm und bemerkte, wie er sie mit neugierigem Interesse musterte. »Liege ich mit meiner Aussage falsch?«

»Nein, du hast es ziemlich gut getroffen«, beteuerte er.

Rein äußerlich ließ sie sich nichts anmerken, aber sie freute sich über das Lob.

»Hast du noch mehr Bilder?«, wollte sie wissen.

»Ja, in meinem Atelier.«

»Kann ich sie mir ansehen?«

Er zögerte, überlegte kurz und sagte dann: »Okay, gehen wir nach oben.«

Sie folgte ihm hinaus auf den Flur. Das Holz der Treppenstufen knarrte unter ihren Füßen. Sie betraten einen langgestreckten Korridor, von dem zu beiden Seiten mehrere geschlossene Türen abgingen. Die Tür auf der Stirnseite stand offen und Argon trat auf sie zu. Riona ging ihm nach und stand wenig später im Atelier.

Zuerst fiel ihr die Fensterfront auf, die sich über die ganze Breite des Raumes erstreckte. Davor stand eine Staffelei mit einem halbfertigen Gemälde. Darauf war eine Felsklippe am Meer zu sehen. Der Tisch neben der Staffelei war überfüllt mit Farbtöpfchen und Gläsern, in denen Pinsel unterschiedlicher Größe steckten. Ringsherum auf dem Boden, angelehnt an den Wänden, stand eine Vielzahl bereits vollendeter Bilder. Im hinteren Teil des Raumes befand sich eine Couch, angefertigt aus Palmenstämmen. Nach dem, was Riona im Wohnzimmer gesehen hatte, traute sie Argon zu, sie auch selbst gebaut zu haben. Die Couch war so gestellt, dass man von dort den Raum überblickte.

Neben der Couch stand eine Steinskulptur, halb Fisch und halb Mensch.

Riona trat an die rechte Wandseite und blieb vor dem ersten Bild stehen. Voller Bewunderung betrachtete sie das Kunstwerk, dann ging sie zum nächsten Bild. Nach und nach schritt sie den gesamten Raum ab. Sie fand die Gemälde einmalig schön, doch es war offensichtlich, dass sich Argon nur für Landschaften interessierte. Auf keinem der Bilder trat ein Mensch in Erscheinung. Er malte Ananasplantagen – aber keine Arbeiter, die dort schnitten. Er malte den Ozean in all seinen Facetten – aber keine Kinder, die darin badeten. Er malte idyllische, menschenleere Buchten und traumhaftschöne, menschenleere Strände. Dennoch wirkte alles auf den Bildern lebendig, und es ging davon eine Faszination aus, der sich Riona nicht entziehen konnte. Sie drehte sich zu Argon.

»Deine Bilder sind toll. So ganz anders. Alles wirkt darauf verlassen, trotzdem scheint es zu leben. Als ob es eine Seele hätte. Du hast eine ganz besondere Art, die Dinge zu sehen. Als ob du selbst ein Teil von allem bist.«

Die Hände tief in die Hosentaschen vergraben, hatte Argon mit unbeweglicher Miene Rionas Rundgang verfolgt. Jetzt, wo sie nur wenige Meter vor ihm stand, musterte er sie mit wachem Blick. Konnte es sein, so fragte er sich, dass diese Frau seine Bilder verstand? Konnte es tatsächlich sein, dass ein Mensch ihn verstand?

»Hast du dein Talent von deinen Eltern?«, hörte er sie sprechen. Er löste sich von den Gedanken. »Nein, sie malen nicht.«

»Malt sonst noch jemand aus deiner Familie? Vielleicht deine Geschwister?«

»Ich bin ein Einzelkind.«

»So wie ich«, erwiderte sie unbeschwert. Sie ging zur Staffelei und betrachtete das Bild. Beiläufig erklärte sie: »Meine Eltern ließen sich scheiden, bevor weiterer Nachwuchs im Anmarsch war. Wie war es bei dir? Ist auch eine Ehetragödie der Grund für dein Dasein als Einzelkind?«

Anstelle einer Antwort ging er zum Fenster und sah hinaus. Als er endlich sprach, hatte sich der Klang seiner Stimme verändert. Ein leichter Anflug von Trauer schwang darin.

»Eine Tragödie. Ja, so könnte man es nennen.«

Riona war noch immer mit dem Bild beschäftigt und bemerkte nicht seinen Stimmungswandel.

»Sind deine Eltern auch geschieden?«, hakte sie nach.

Er atmete hörbar durch. »Nein.«

»Was dann?«

»Meine Mutter ist tot«, sagte er kaum hörbar.

Durch seine Worte fühlte sich Riona wie vom Blitz getroffen. Mit ihrem Geplapper über eine Ehetragödie kam sie sich völlig oberflächlich vor. Sie musste schlucken. Mitleid für Argon keimte in ihr auf. Aus einer inneren Eingebung heraus ging sie zu ihm und berührte seine Schulter.

»Es tut mir leid. Ich hätte nicht gefragt, wenn ich gewusst hätte, dass sie …« Sie beendete den Satz nicht.

Seine Stirn kräuselte sich. Einen Augenblick lang war er gewillt gewesen, ihre Hand wegzustoßen – weil sie nichts weiter war als ein Mensch.

Diese Kreaturen hatten ihn leiden lassen. Dann hört er Riona sprechen, ihre Stimme war warm und mitfühlend. Das verwirrte ihn. Damit hatte er nicht gerechnet. Er ließ es zu, dass sie ihn berührte. Minutenlang sagte keiner von beiden ein Wort.

Er drehte sich zu ihr und erkannte an ihrem Gesichtsausdruck, wie sehr sein Schicksal sie bewegte. Wie konnte das sein? Die Menschen waren doch egoistische Wesen, die zerstörerisch handelten. Menschen töten Menschen ohne triftigen Grund. Er hatte nie versucht, sie zu begreifen, und wollte es auch nicht. Aber diese Frau, die jetzt vor ihm stand und ihn mit traurigen Augen ansah, verhielt sich nicht so, wie er es erwartete. Diese Frau fühlte mit ihm und litt mit ihm. Unbewusst glätteten sich seine Gesichtszüge.

»Es ist schon eine Weile her, als sie starb. Ich kann jetzt damit umgehen.«

»Ich weiß, ich könnte das nicht«, erwiderte sie. Mit ihren großen blauen Augen sah sie zu ihm auf. Diese aufrichtigen Augen taten ihm gut. Diese Frau tat ihm gut. In dem Moment war es wie Balsam für seine gequälte Seele. Er hob seinen rechten Arm und seine Fingerspitzen berührten Rionas Wange.

Ein wohliger Schauer rieselte über ihren Rücken. Ihre Sinne waren nur noch auf seine Finger gerichtet, die langsam an ihrem Gesicht heruntterglitten bis zum Kinn.

Sein Blick ruhte auf ihre Lippen. Dann hob er seine Lider und sah ihr direkt in die Augen. Er umfasste ihr Kinn und zog ihr Gesicht zu sich heran.

Sie spürte seine Lippen auf ihren Mund. Sein Kuss war sanft und behutsam, als wollte er nichts zerbrechen. Sie schloss die Augen. Alle Aufregung des Tages, ihre Nervosität während der Autofahrt, ihre Unruhe beim Eintreffen – alles wurde bedeutungslos. Sie wollte nur noch ihn spüren.

Und zum ersten Mal atmete sie seinen Duft ein, in dem auch etwas Wildes und Ungebändigtes lag. Der Duft erinnerte sie an den Ozean und an den Wind, der über ihn hinwegfegte. Als sie seinen Körper umfasste, fühlte sie seine Muskeln unter ihren Händen.

Völlig unerwartet für sie ließ er plötzlich von ihr ab. Als wäre er zur Besinnung gekommen und würde sein Handeln bereuen. Sie konnte nicht verstehen, was die plötzliche Veränderung zu bedeuten hatte. Auf einmal wirkte er kühl und unnahbar. Sogar seine Stimme klang kalt. »Lass uns runtergehen. Ich habe etwas vorbereitet.«

Wortlos stimmte sie ihm zu und es blieb ihr nichts anderes übrig, als ihm zu folgen. Sie betraten das Wohnzimmer.

»Warte hier.« Damit drehte er sich um und ging auf die Haustür zu.

»Was hast du vor?«, rief sie ihm nach.

»Ich bin gleich zurück«, erwiderte er, ohne sie weiter zu beachten.

»Kann ich inzwischen dein Bad benutzen?«

Er schaute über die Schulter hinweg zu ihr. »Es ist oben, die zweitletzte Tür links.«

Sie fand auf Anhieb das Badezimmer, das eher einem Dschungel glich. Die Wände waren mit Bäumen und Bananenstauden bemalt. Bunt gemalte Vögel, die sie noch nie zuvor gesehen hatte, hockten in den Wipfeln. Sie hatte das Gefühl, sie könnte ein Zwitschern hören. Alle Möbel waren in einem grünen Farbton gehalten. Riona schmunzelte, als ihr Blick auf die Handtücher fiel, die in Schwarz waren.

Wenig später trat sie aus dem Bad heraus und blieb auf dem Korridor stehen. Sie lauschte in das Haus hinein. Alles war ruhig, Argon hielt sich anscheinend noch immer draußen auf. Ihr Blick fiel auf die gegenüberliegende Tür. Die Neugier auf das, was sich dahinter verbarg, keimte in ihr auf. Sie ging darauf zu und drückte auf die Klinke. Die Tür gab nach. Riona öffnete sie einen Spalt breit und lugte hinein. Sie stutzte. Unwillkürlich machte sie die Tür weiter auf, um besser sehen zu können. Der Raum war schmal, die Wände weiß und leer. Nur zwei Möbelstücke standen darin: ein Bett und ein Holzstuhl. Das einzige Fenster befand sich kurz unterhalb der Decke und – Riona konnte es kaum fassen – war wie bei einer Gefängniszelle mit dicken Gitterstäben gesichert.

Sie betrat das Zimmer, dessen unheilverkündende Aura sie frösteln ließ. Ihr Blick fiel auf das Bett, glitt über das blaue Laken hinweg zum blaukarierten Kissen und der Steppdecke. Sie wagte sich noch weiter vor. Mit einer Hand strich sie über die Bettwäsche, die sich anfühlte, als ob sie frisch aufgezogen war.

Plötzlich vernahm sie hinter sich ein dumpfes Geräusch – sie zuckte zusammen. Abrupt drehte sie sich um und erkannte, dass die Tür zugefallen war. Sie eilte darauf zu, um sie zu öffnen. Entsetzt musste sie feststellen, dass die Klinke fehlte. Sie war eingesperrt.

»Oh nein«, stieß sie aus. Jetzt musste sie sich wohl oder übel lautstark bemerkbar machen und Argon würde erfahren, dass sie herumspioniert hatte.

»Verdammt, wie ist das peinlich«, führte sie das Selbstgespräch fort. Sie zögerte kurz, dann holte sie Luft und rief mit gedrosselter Stimmstärke: »Argon. Hallo Argon, hörst du mich?«

Sie horchte in das Haus hinein, aber nichts passierte. Wieder rief sie seinen Namen, dieses Mal etwas lauter. Die erhoffte Wirkung blieb aus. Sie sah in den Raum hinein und ihr Blick fiel auf das vergitterte Fenster. Ihr Herzschlag erhöhte sich. Ein Erlebnis aus der Kindheit, das sie erfolgreich verdrängt hatte, kehrte in ihre Erinnerung zurück. Die Mitschüler hatten sie gehänselt und in eine dunkle Kammer der Schule gesperrt. Alles war wieder da, auch die Angst von damals. Schnell wandte sie sich wieder zur Tür, hob die Arme und ballte die Hände zu Fäusten, um dagegen zu hämmern. Dann der Schock: Die Tür war mit dickem Leder gepolstert und würde jeden Laut dämmen. Aus Angst wurde Panik. Sie versuchte es trotzdem, hieb mit Fäusten auf die Tür ein und schlug mit den Handflächen auf das Leder. Nicht mehr als ein platschendes Geräusch konnte sie damit erzielen.

»Argon, Argon!«, schrie sie, so laut sie konnte. Ihr Herz raste, als würde es gleich zerspringen. Immer und immer wieder schrie sie seinen Namen, warf sich mit dem Körper gegen die Tür und hämmerte mit Fäusten darauf ein. Ohne Erfolg. Als sie fühlte, wie ihre Kräfte schwanden, lehnte sie sich mit dem Rücken gegen die Wand. Ihr Blick eilte rastlos durch den Raum und blieb an dem Stuhl hängen. Einem Impuls folgend, lief sie dorthin und bugsierte den Stuhl unter das Fenster. Sie stellte sich darauf und reckte sich zum Fenster hoch.

»Hilfe, Hilfe!«, schrie sie. »Bitte helft mir! Hallo, hier bin ich! Hilfe, Hilfe!«

Sie bemerkte, dass sich hinter ihr etwas tat. Hastig drehte sie sich zur Tür.

Argon stand auf der Schwelle.

»Argon!« Sie sprang vom Stuhl, eilte zu ihm und warf sich an seine Brust. Die Angst war verschwunden, die Kindheitserinnerung war aus ihrem Gedächtnis gelöscht. Ein Stoß der Erleichterung entrang sich ihren Lippen.

Argons Hände umklammerten ihre Arme wie Zangen, dann schob er sie von sich fort. »Was hast du hier zu suchen?« Seine Stimme war so kalt wie seine Augen.

»Es tut mir leid«, stammelte sie. »Ich war neugierig und hab die Tür geöffnet. Als ich im Zimmer war, fiel sie plötzlich zu.«

»Das wird ein Windzug gewesen sein«, sagte er ungerührt und erklärte: »Ich war draußen am Strand und ließ die Haustür offen.« Er taxierte sie von Kopf bis Fuß. »Lass uns runtergehen. Du solltest dich von dem Schreck erholen.«

Seine frostige Art verwirrte sie. Wortlos nickte sie. Im Wohnzimmer angekommen, ließ sie sich auf die Couch fallen und schloss die Augen. Es dauerte eine Weile, bis sich ihr Pulsschlag wieder normalisiert hatte.

»Was ist das für ein schrecklicher Raum?«, fragte sie, als sie spürte, dass Argon neben ihr saß. Als er nicht darauf antwortete, hob sie die Lider und sah ihn forschend an.

»Ich weiß es nicht«, sagte er im ruhigen Ton. »Das Zimmer war schon da, als ich das Haus kaufte.«

»Aber das Bett ist frisch bezogen«, wandte sie ein.

Er neigte sich zu ihr und strich ihr eine Haarsträhne aus dem Gesicht. »Hast du die Bettwäsche gesehen? Sie ist kariert. Du traust mir doch keine derartige Geschmacksverirrung zu, oder?«

Sie machte ein ungläubiges Gesicht.

»Du hast mit dem Zimmer wirklich nichts zu tun?«

»Nein. Vertrau mir.« Er sah sie an mit einem Blick, der wie eine zärtliche Berührung ihrer Haut war. Umgehend verschwanden ihre Bedenken. Auf einmal kam sie sich mit ihrer Überreaktion völlig dumm und albern vor. Argon hatte sie in sein Haus eingeladen und sie höflich empfangen. Aber sie konnte ihre Neugier nicht bezwingen und hatte letztendlich solch ein peinliches Drama veranstaltet. Was sollte er jetzt von ihr denken? Verstohlen sah sie zu ihm.

Er erwiderte ihren Blick mit einem Lächeln. »Geht es dir schon besser?«

»Ja. Mir geht es gut«, sagte sie. »Es tut mir leid. Ich wollte nur …«

Er unterbrach sie mit einer Handbewegung. »Du brauchst dich nicht zu entschuldigen. Wir vergessen einfach alles, was passiert ist.« Er legte den

Kopf zur Seite und seine Mundwinkel zuckten amüsiert.

»Wir machen einfach an der Stelle weiter, wo wir stehen geblieben sind, bevor du einen Tobsuchtsanfall bekommen hast.«

Er stand auf und ging zur Küchenzeile. Eine Weile hantierte er dort herum und kam mit zwei Getränken zurück – einem Glas mit Wasser und einer Kokosnuss mit Strohhalm, die er ihr überreichte. »Ich hoffe, du magst Kokosmilch.«

»Ja, vielen Dank.« Sie erhob sich. Ihr Blick fiel auf sein Glas. »Und du?«

»Ich trinke grundsätzlich nur Wasser.«

Er stieß mit seinem Glas gegen ihre Kokosnuss. »Cheers.«

»Prost«, antwortete sie auf Deutsch. Sie hatte zu ihrer unbekümmerten Art zurückgefunden und war froh darüber.

Argon trank einen Schluck und fragte: »Kommst du mit mir an den Strand?«

»Ja, sehr gern.«

»Dann lass uns gehen.« Er nahm ihre Hand und zog sie aus dem Haus. In der Abenddämmerung hatte das Meer eine tiefblaue Färbung angenommen. In unmittelbarer Nähe des Wassers flackerte ein Lagerfeuer. Riona war darüber verblüfft, dann begriff sie. Argon war vorhin draußen gewesen, um alles vorzubereiten. In derselben Zeit hatte sie nichts Besseres zu tun gehabt, als im Haus für Unruhe zu stiften und eine peinliche Show abzuziehen.

Während sie an Argons Seite auf die Feuerstelle zuging, konnte sie bereits von weitem das Knistern der Äste hören, wenn sie durch die Flammen gebrochen wurden. Ein Lächeln huschte über ihr Gesicht, als sie die Decke sah, die Argon unweit des Feuers ausgebreitet hatte. Sie setzten sich wenig später und wie selbstverständlich kuschelten sie zusammen. Es war ein windstiller Abend, der erfüllt war von den Düften der Insel. Eine Weile beobachteten sie das Feuer und lauschten seinem Treiben.

Riona sagte: »Es ist wunderschön hier. Kein Straßenlärm, keine Menschen. Nur wir beide.« Prüfend sah sie ihn von der Seite an. »Hast du keine Angst vor Einbrechern?«

Er verzog spöttisch den Mund. Das Letzte, wovor er sich fürchten musste, waren Einbrecher, dachte er. Es war eher umgekehrt. Sie sollten es nur wagen, hier aufzukreuzen. Dieser Ort wäre garantiert ihre Endstation. Das war natürlich nicht die passende Antwort auf Rionas Frage, wenn er nicht riskieren wollte, dass sie schreiend wegrannte. »Ich brauche die Einsamkeit. Sie inspiriert mich bei meiner Arbeit«, wich er ihrer Frage aus.

Sie schmiegte sich an seine Schulter.

»Das verstehe ich. Du kannst tun und lassen, was du willst und niemanden interessiert das. Du kannst deine Staffelei am Strand aufstellen und malen, und keiner erteilt dir irgendwelche dummen Ratschläge.«

Argon nickte einmal, während er in das Feuer starrte.

Sie fuhr fort: »Du könntest sogar dein Radio auf volle Lautstärke regeln und niemand regt sich darüber auf.«

Er sagte noch immer nichts und lauschte ihren Worten.

»Und du kannst …«

»… zusammen mit einer schönen Frau im Ozean baden und niemand schaut zu«, unterbrach er sie schmunzelnd, wobei er ihr voll ins Gesicht sah.

Sie erwiderte seinen Blick und lächelte.

»Ja, auch das.«

Er streckte den rechten Arm zu ihr aus. Seine Finger glitten über ihre Stirn hinweg und schoben sich in den Haaransatz. Er zog ihr Gesicht zu sich heran und küsste ihren Mund. Sein Kuss war dieses Mal leidenschaftlich und fordernd. Eine Welle der Erregung überkam sie. Wieder atmete sie den wilden Duft seiner Haut ein. Seine Nähe und sein Duft versetzten sie wie in einen hypnotischen Rausch. Noch niemals zuvor hatte sie so empfunden. Sie wollte in seinen Armen versinken, sich an seinem Körper verlieren. Alles um sie herum war vergessen.

Ihre Lippen trennten sich und sein Arm glitt über ihren Körper und ruhte an ihrer Taille. Sie schmiegte sich wieder an ihn. Jeden Augenblick des Abends wollte sie an seiner Seite genießen. Lange Zeit sprachen sie nicht. Die Minuten verstrichen wie ein tiefer, ruhiger Fluss.

»Du musst glücklich sein«, unterbrach Riona dann die Stille. Ihr Gesicht wirkte verträumt, als sie weitersprach: »Ich wäre es jedenfalls, wenn ich auf Maui leben würde. In diesem Haus. In dieser Bucht.«

»Findest du, das allein macht glücklich?«, fragte er tonlos.

Sie setzte sich auf und ordnete die Haare. »Das allein nicht«, erwiderte sie. »Aber du hast einen tollen Job. Du entdeckst dein Talent und schon reißen sich alle um deine Bilder. Das ist beeindruckend und auch außergewöhnlich. Ich kenne genug Leute, die gern mit dir tauschen würden, um deinen Weg zu gehen.« Sie wartete darauf, dass er antwortete, aber er hüllte sich in Schweigen. Eine Zeit lang beobachtete er, wie sich die Flammen um die Äste züngelten. Sein Gesichtsausdruck wirkte nachdenklich.

»Jeder muss seinen eigenen Weg gehen«, sagte er. »Auch wenn er nicht immer gerade verläuft. Manchmal ist er steinig. Manchmal muss man Berge überwinden, die einem zuvor unüberbrückbar erschienen. Wichtig ist nur, dass man sein Ziel nicht aus den Augen verliert.«

Riona hatte ihn die ganze Zeit betrachtet. Ihr war sein Stimmungswandel nicht entgangen. In ihr keimte die Vermutung auf, dass irgendetwas auf seiner Seele lastete.

»Hast du dein Ziel nie verloren?«, fragte sie.

»Nein. Nie.«

»Würdest du alles tun, um es zu erreichen?«

»Alles.«

»Auch kämpfen?«

»Auch das.«

Sie zögerte kurz. »Und … töten? Würdest du für dein Ziel töten?«

Er sah ihr fest in die Augen. »Ich würde töten, wenn es keinen anderen Weg gäbe.«

Trotz des wärmespendenden Feuers begann sie zu frösteln. Waren es seine letzten Worte oder der vom Meer hereinkommende Wind? Auf einmal spürte sie das dringende und unaufschiebbare Bedürfnis nach Bewegung. Sie nahm die Kokosnuss zur Hand, sog mit dem Strohhalm den Rest der Milch aus und stand auf. »Kann ich mir ein Messer holen, um die Schale aufzubrechen?«

»Das funktioniert nicht mit einem Messer.« Er erhob sich ebenfalls und streckte ihr die Hand entgegen. »Gib sie mir, ich geh rein und öffne sie.« Ihm wäre es jetzt leicht gefallen, die Kokosnuss mit den Händen zu zerquetschen, aber diese Kraft entsprach nicht der eines Menschen.

Sie sah ihm nach, wie er in eleganten Bewegungen auf das Haus zuging und durch die Tür verschwand. Wieder spürte sie die Kälte des Windes. Sie zog fröstelnd den Oberkörper zusammen. Ihr fiel ein, dass sie vergessen hatte, eine Jacke mitzunehmen. Sie entschloss sich, Argon ins Haus zu folgen und ihn um einen Pullover zu bitten.

Als sie das Wohnzimmer betrat, sah sie ihn vor dem Tresen stehen. Er hatte ihr halb den Rücken zugewandt und hatte ihr Kommen anscheinend nicht bemerkt.

Ihr Gesicht nahm einen verschmitzten Ausdruck an. Sie schlich sich an ihn heran und schlang die Arme um seine Taille. Zu spät bemerkte sie, dass er ein Beil in der Hand hielt. Er zuckte zusammen, während er gerade ausholte. Das Beil sauste herunter und traf seine linke Hand, mit der er die Frucht hielt.

»Verdammt!«, stieß er aus.

Erschrocken zog sie die Arme zurück. Es dauerte nur wenige Sekunden, bis Argon das Beil auf den Küchentisch geschmissen hatte, um mit der rechten Hand die Verletzung zu verdecken. Die kurze Zeit reichte aber aus, um etwas zu sehen, was ihren Atem zum Stocken brachte: Ein großes Stück Haut war von seiner Hand abgeschürft. Die darunter liegende Hautschicht war einen Moment lang zu sehen. Sie schimmerte silbrig und war schuppig wie bei einem Fisch.

Verstört starrte Riona auf die Stelle, die Argon mit der Hand verbarg. Tausend zusammenhanglose Gedanken irrten ihr durch den Kopf, nicht einer ergab einen Sinn. Sie hob den Kopf und sah ihn mit großen Augen an. Wie in Stein gemeißelt stand er da und sagte kein Wort.

»Was war das eben?«, wollte sie wissen.

Als er darauf nicht reagierte, schnellten ihre Arme noch vorn in der Absicht, seine Hand von der Wunde zu reißen. Als ob er ihr Vorhaben erahnen würde, drehte er sich blitzschnell um. Er griff zu einem Handtuch und umwickelte die Wunde.

»Ich will wissen, was das ist«, rief sie aus.

In dem Augenblick konnte er selbst nicht verstehen, warum er zuließ, dass sie zum Handtuch griff und es wegriss. Die Wunde kam zum Vorschein. Kein Blut, nur die schuppige Haut war zu sehen. Mit weit geöffnetem Mund stand sie da. Sie wollte etwas sagen, doch sie brachte keinen Ton heraus.

Schweigsam hob Argon das Handtuch vom Boden auf und umwickelte damit wieder die Wunde. Er umrundete den Tresen und nahm ein leeres Glas aus dem Korallenschrank. Dann nahm er eine Flasche mit Wasser und füllte das Glas. Riona noch immer den Rücken zukehrend, trank er das Wasser in einem Zug aus. Er stellte es ab, drehte sich zu ihr und taxierte sie fünf Sekunden lang.

»Ich bin nicht der, für den du mich hältst.« Seine Stimme klang klar und sachlich. Er schien sich vollkommen unter Kontrolle zu haben.

»Dann sag mir, wer du bist«, stieß sie hervor. Sie spürte die Anspannung, es schien unerträglich zu werden.

»Ich bin ein Meeresjäger.« Nicht einen Augenblick lang ließ er sie aus den Augen.

»Ein was?«

»Für euch sind wir Amphibienmenschen. Wir sind aber viel mehr als das.«

Ungläubiges Erstaunen trat auf ihr Gesicht. »Soll das ein Witz sein?«

»Warum sollte ich Witze machen bei solch einem wichtigen Thema?« Er wich ihrem Blick nicht aus und sie begriff, dass er die Wahrheit sagte. Aber das war zu ungeheuerlich, um es zu verstehen. Fragen über Fragen türmten sich in ihr auf und sie brauchte umgehend Antworten.

»Was wollt ihr hier?«, fragte sie.

»Wir sind auf der Suche nach einem neuen Zuhause.« Seine Stimme klang sachlich.

»Woher kommt ihr?«

»Von einer Insel im Indischen Ozean.« Sein Blick bohrte sich in ihr Gesicht, als wollte er bis zu ihrem Inneren vordringen, um zu sehen, welche Wirkung seine Worte auf sie ausübten. Es schien ihm, als würde sie sich allmählich vom Schreck erholen. Dennoch musste er aufpassen, um nicht zu viel über sich und sein Volk zu verraten. Er deutete auf die Couch. »Möchtest du dich lieber setzen?«

Sie ignorierte die Frage. »Warum habt ihr eure Insel verlassen?«

Er atmete tief durch. »Weil etwas vorgefallen ist.«

»Was ist vorgefallen?«

»Ich kann dir jetzt keine Antwort darauf geben.«

Sofort folgte ihre nächste Frage: »Wie viele seid ihr?«

»Mehr als vierzig.«

»Wo sind die anderen?«

»Auf dem Schiff.«

»Wo ist euer Schiff?«

»Es liegt vor Maui, verborgen im Ozean.«

Sie nickte als Zeichen, dass sie zugehört hatte. In ihrem Kopf überschlugen sich die Gedanken.

»Wieso sprichst du unsere Sprache?«

»Wir lernen schnell.«

Ihr Blick überflog seinen muskulösen Körper, seine makellose Haut war. »Sehen alle so aus wie du?«

Er hob die Augenbrauen. »Wie soll ich die Frage verstehen?«

»Haben alle Meeresjäger eine Fischhaut und eine Menschenhaut?«

Er biss sich auf die Unterlippe. »Ja, aber ich gehe darauf nicht weiter ein.«

»Weil du nicht so viel von euch preisgeben willst?«

»Ja, so ist es.« Er kam auf sie zu und blieb dicht vor ihr stehen. »Du musst mir vertrauen, auch wenn ich dir nicht mehr sagen kann.«

Sie sah zu ihm auf. Seine Augen hatten die perfekte Form einer Mandel. Es waren wunderschöne Augen, die voller Geheimnisse waren. Ihre Stimme wurde zu einem Flüstern. »Wer bist du wirklich?«

Anstelle einer Antwort zog er sie an seine Brust. »Wenn du uns doch nur verstehen könntest …«

Abrupt machte sie sich von ihm los. Sie konnte seine Nähe, die eben noch berauschend gewesen war, nicht mehr ertragen. Das Einzige, was sie im Moment wollte, waren Antworten auf die vielen Fragen, die ihr noch immer im Kopf herumschwirrten. Sie wich einen Schritt zurück.

»Wie soll ich dich verstehen, wenn du mir etwas verschweigst?«, rief sie aus. »Ich spüre doch, dass tief in dir etwas ist, das ich nicht wissen soll. Vor fünf Minuten glaubte ich noch, dich zu kennen. Jetzt bist du mir völlig fremd geworden.«

Sie hob die Arme und ließ sie gleich darauf resigniert sinken. »Anscheinend willst du das auch nicht ändern.« Verständnislos schüttelte sie den Kopf. »So kann ich dir nicht vertrauen.« Sie drehte sich um und ging.

Er sah ihr nach, bis sie durch die Tür trat und seinen Blicken entschwand. Langsam durchquerte er den Raum und ging auf die Veranda hinaus. Er wusste, was zu tun war. Wollte er die Sicherheit seines Volkes nicht gefährden, musste er Riona aufhalten. Es würde ganz leicht sein. Aus zusammengekniffenen Augen beobachtete er, wie sie über den Sand hastete. Gleich würde sie den Jeep erreichen. Er musste handeln – jetzt! Doch er rührte sich nicht von der Stelle.

»Ich werde morgen hier und auf dich warten«, rief er ihr nach.

***

Eric wollte keine Zeit verlieren, dem mysteriösen Fall auf die Spur zu kommen. Er saß am Schreibtisch, den Kopf auf die Handflächen seiner angewinkelten Arme gestützt. Sein Blick wanderte hin und her über den Monitor des Computers.

»Das gibt es doch nicht!«, stieß er aus. Noch einmal begann er, den Bericht des Police Departments der Insel Maui zu lesen. Von einem rätselhaften Attentat am Strand von Kihei wurde hier berichtet. Touristen hatten einen abgetrennten Männerarm auf einem blutbefleckten Sandstück entdeckt. Eine Untersuchung hatte ergeben, dass unter den Fingernägeln Hautfetzen hafteten, die Rätsel aufgab. Darüber hinaus hatte jemand den Arm an zwei Stellen gehäutet.

»Großer Gott, was passiert hier gerade?«, murmelte Eric. Er ließ sich gegen die Sessellehne fallen. Er liebte diesen Sessel, der nicht den Klischeevorstellungen eines Chefsessels entsprach, kobaltblau und mit besonders weichem Leder ausgestattet. Er konnte in ihm versinken wie im Schoß einer Frau. Nur hier konnte er sich auf die Fälle konzentrieren, sie rekonstruieren und Zusammenhänge erfassen. Nur hier kamen ihm die einfallsreichsten Ideen. Hoffentlich würde es heute wieder so sein.

Mit geschlossenen Augen und verschränkten Händen hinter dem Kopf ging er in Gedanken nochmals den Bericht durch. Es musste einen Zusammenhang zwischen seinem Fall und dem auf Maui geben, daran bestand kein Zweifel. Dennoch gab es einen Unterschied. In seinem Fall wurde das Attentat im Wasser verübt, auf Maui passierte es am Strand. Er fragte sich, was es mit dieser mysteriösen Haut auf sich hat, die man unter den Fingernägeln entdeckt hatte.

Eric öffnete die Augen und machte ein frustriertes Gesicht. Irgendein Irrer trieb sich auf den Inseln herum und fand Gefallen daran, Menschen zu häuten. Wenn sich das herumsprechen sollte, wäre es das Aus für den Tourismus über die gesamte Saison. Soweit durfte es nicht kommen. Er musste den Fall lösen, und zwar umgehend. Als Erstes musste er Steeler anrufen und mit ihm sprechen. Eric kannte Steeler seit vielen Jahren. Sie hatten zur gleichen Zeit an der Akademie studiert. Danach war er nach Honolulu gegangen, während Steeler auf Maui eine Stelle gefunden hatte. Zwei Jahre hatten sie sich nicht mehr gesehen. Hin und wieder telefonierten sie, seit den unerklärlichen Badeunfällen auf den Hawaii-Inseln auch öfters.

Eric griff zum Telefonhörer und wählte eine Nummer. Nach zweimal Klingeln meldete sich Steeler am anderen Ende der Leitung. Eric gab sich zu erkennen.

»Guten Morgen«, ertönte Steelers Stimme. »Seit wann stehst du mit den Vögeln auf? Ich dachte, vor neun Uhr bist du nicht ansprechbar.«

»Die Badeunfälle lassen mir keine Ruhe«, erwiderte Eric zerknirscht. »In keiner Saison zuvor hatten wir so viele Vermisste wie in diesem

Sommer. Das ist doch alles nicht normal.«

»Unser letzter Vermisster ist nicht ertrunken«, erwiderte Steeler.

»Ich weiß, ich las eben deinen Bericht«, sagte Eric.

»Liam, unser Biowissenschaftler, machte sich mit seinem Team gleich an die Arbeit. Das Ergebniss ist unglaublich.«

Eric horchte auf. »Was fanden sie heraus?«

»Die Haut ist alles andere als normal«, sagte Steeler, »denn sie besteht aus zwei völlig unterschiedlichen Schichten. «

»Was sagst du da?« Eric machte große Augen.

»Du hast richtig verstanden«, beteuerte Steeler. »Die unterste Haut ist schuppig wie bei einem Fisch. Die andere Hautschicht ähnelt unserer Menschenhaut.«

»Wie bitte?« Eric war jetzt vollkommen verblüfft.

»Das ist noch nicht alles«, sagte Steeler. »Liam geht von der Möglichkeit aus, dass sich das Lebewesen über eine lange Zeit an Land und an Wasser aufhalten könnte. Aber er hat keine Ahnung, um was es sich hierbei handeln könnte. Eine derartige Spezies existierte für uns Menschen bisher nicht.« Steeler machte eine Pause.

Als Eric nach einer Minute noch immer nichts sagte, fragte er: »Hey Eric, bist du noch dran?«

»Ja, bin ich«, sagte Eric tonlos. Er wischte sich mit einer Hand übers Gesicht. »Das alles klingt eher nach einem Fantasiefilm mit mutierenden Fischen als nach der Realität.«

»Ich weiß«, sagte Steeler. »Dennoch spricht

alles dafür, dass es solch eine Spezies geben muss.«

Eric sog scharf die Luft ein und stieß sie wieder aus. »Habt ihr schon rausbekommen, wer das Opfer sein könnte?«

»Ja, haben wir. Es handelt sich um einen deutschen Touristen, Martin Schuster. Wir befragten bereits seinen Freund. Für heute Nachmittag haben wir zwei Frauen vorgeladen, die das Opfer wahrscheinlich zuletzt sahen.«

»Hast du etwas dagegen, wenn ich zu dir komme? Ich würde gern am Verhör teilnehmen.«

»Kein Problem«, sagte Steeler. »Setz dich in den nächsten Flieger und besuch uns. Ich freue mich, dich wiederzusehen. Es muss schon über ein Jahr her sein.«

»Es sind zwei Jahre«, korrigierte Eric.

»Wie die Zeit vergeht. Umso mehr Grund, uns zu sehen.«

»Okay, ich besorge mir ein Flugticket«, sagte Eric. »Meine Assistentin ruft nachher bei euch an und teilt meine Ankunftszeit mit.«

»Geht klar. Ich lasse dich vom Flughafen abholen. Dann bis später.«

Eric legte auf und erhob sich. Die Zeit war knapp bemessen bis zum Abflug nach Maui und er hatte noch einiges zu regeln. Zuerst musste er Emily beauftragen, ihm ein Ticket für den nächsten Flieger zu besorgen.

Als er das Büro verließ, sprühte er förmlich vor Energie. Sein Instinkt als Polizist sagte ihm, dass auf Maui die Lösung des Rätsels lag.

***

In der Nacht hatte Riona kaum geschlafen. Sie hatte sich von einer Seite auf die andere gewälzt und war erst im Morgengrauen in einen traumlosen Schlaf geglitten. Marie war allein zum Frühstück gegangen. Anschließend hatte sie mit Lore einen Spaziergang gemacht und kam gegen Mittag zurück.

»Wach auf, Schatz.« Sie saß neben ihrer Tochter auf dem Bett und strich ihr das verschwitzte Haar aus dem Gesicht.

Riona blinzelte aus verquollenen Augen zu ihr hoch. »Wie spät ist es denn?«

»Es ist schon zwölf Uhr. Ich hab versucht, dich zum Frühstück zu wecken. Du hast nicht reagiert. Ist wohl gestern spät geworden.«

Riona nickte und rieb sich die Augen.

»Wie war es denn?«, fragte Marie.

»Es war okay.« Mühevoll rappelte sie sich aus dem Bett und schlurfte in Richtung Badezimmer. Sie fühlte sich scheußlich und das Letzte, was sie jetzt wollte, war ein Gespräch mit ihrer Mutter über den gestrigen Abend.

»Hast du schon von der schlimmen Geschichte am Strand gehört?«, rief ihr Marie hinterher.

»Von welcher schlimmen Geschichte?«, kam es aus dem Badezimmer zurück.

»Von dem Mord. Vorletzte Nacht.«

»Was?« Riona erschien auf der Türschwelle und sah überrascht ihre Mutter an.

Marie stand auf und öffnete die Balkontür. Der Wind fuhr hinein, bauschte die Vorhänge auf und brachte die schwüle Mittagsluft mit.

»Du weißt doch, dass gestern zum Frühstück ein Mann bei uns aufkreuzte, der seinen Freund vermisste.«

»Ja, ich weiß«, erwiderte Riona. »Und? Hat man ihn unter einer Parkbank gefunden, wie du es vorausgesagt hast?«

»Das nicht. Aber einen Arm von ihm. Am Strand«, erwiderte Marie bedeutungsvoll.

»Du meine Güte. Und wo ist der Rest von ihm?«

»Man hat nichts weiter gefunden. Aber überall soll Blut gewesen sein. Vorletzte Nacht muss sich etwas Furchtbares abgespielt haben. Ich bin nur froh, dass du nicht auf die Idee gekommen bist, an den Strand zu gehen. Du bist doch in der Nacht draußen herumgewandert. Es hätte auch dich erwischen können.«

Bei der schauderhaften Vorstellung zuckte Marie zusammen. Sie verschränkte die Arme vor der Brust, als ob sie frieren würde.

Ein Zittern ging durch Rionas Körper. Sie sah sich wieder am Strand stehen, während sich die finstere Gestalt langsam näherte. Der Zusammenprall mit dem angetrunkenen Mann fiel ihr ein. Das musste der verschwundene Freund gewesen sein. Den hatte es erwischt. Unwillkürlich suchte sie Halt am Türrahmen.

»Was ist mit dir?«, fragte Marie besorgt und machte drei Schritte auf Riona zu.

Riona hob abwehrend eine Hand. »Es ist nichts. Ich bin vorhin nur zu schnell aufgestanden.«

»Willst du dich noch mal hinlegen?«

»Nein, es geht schon wieder.« Riona hatte das Gefühl, als ob ihre Beine schwer wie Blei wären, als sie zum Waschbecken schlurfte. Der Blick in den Spiegel zeigte ihr, dass sie einfach grauenvoll aussah. Sie fuhr sich mit den Händen übers Gesicht, als ob sie damit die Spuren der letzten Nacht verwischen könnte.

Vom anderen Zimmer hörte sie die Stimme ihrer Mutter. »Lore und ich müssen heute Nachmittag zur Polizei. Kannst du uns begleiten und dolmetschen? Wir sind beide nicht so gut in Englisch.«

»Wieso müsst ihr dahin? Ihr habt doch mit der Sache nichts zu tun.« Riona stand noch immer wie angewurzelt vor dem Waschbecken.

»Wir haben diesen Martin als Letztes gesehen. Die Polizei muss jedem Hinweis nachgehen.«

Das Knarren des Kleiderschranks und das Klimpern der Kleiderbügel verrieten Riona, dass ihre Mutter im Zimmer für Ordnung sorgte. Anscheinend waren jetzt ihre am Boden verstreuten Sachen an der Reihe. Letzte Nacht hatte sie einfach alles fallengelassen.

»Das Ganze ist entsetzlich«, rief Marie. »Eine richtige Tragödie. Ich konnte diesen abgehalfterten Martin nicht ausstehen. Um ehrlich zu sein, ich hab ihm sogar gewünscht, dass er mal so richtig eins draufbekommt. Fährt mit seinem Freund in den Urlaub, um sich zu amüsieren. Und seine Frau sitzt zuhause. Aber gleich ein Mord? Das wünscht man seinem ärgsten Feind nicht.«

Riona richtete ihren Blick wieder auf den Spiegel, ohne etwas wahrzunehmen. Was ist das nur für ein konfuser Urlaub, dachte sie. In der vorletzten Nacht war sie knapp einem Mord entgangen. Dann letzte Nacht die unfassbare Wahrheit über Argons

Identität. Argon – schon allein der Gedanke an ihn schmerzte. Vor ihrem geistigen Auge sah sie ihn in seinem Wohnzimmer mit dem Tuch in einer Hand. Sie sah, wie sie aus dem Haus rannte. Seine Worte traten wieder in ihre Erinnerung: Ich werde morgen Abend hier sein und auf dich warten. Sie wischte sich eine Träne aus dem Gesicht. Ihre Entscheidung war gefallen. Sie durfte ihn unter keinen Umständen wiedersehen.

***

In Gruppen verteilt standen die Meeresjäger im Kuppelsaal, während drei von ihnen den Tisch mit Speisen deckten. Argon hatte sich unter die Gruppe der Jüngeren gemischt, jedoch beteiligte er sich nicht an den Gesprächen. Narla musterte ihn verstohlen von der Seite. Ihr war nicht entgangen, wie verändert er heute aussah. Zwischen seinen Augenbrauen hatte sich eine tiefe Kerbe gebildet. Seine ganze Erscheinung wirkte heute unnahbar.

»Stimmt irgendwas nicht?«, sprach sie ihn an.

»Es ist alles in Ordnung«, sagte er, ohne sie anzusehen.

»Du warst gestern Abend nicht hier. Warst du in deinem Haus am Strand?«

Er nickte kaum merklich, wobei sich sein Gesicht noch mehr verfinsterte.

»In letzter Zeit bist du oft dort. Aber dein Zuhause ist noch immer hier bei uns.« Sie bemühte sich um eine besonders sanft klingende Stimme. In der Absicht, sein schönes Gesicht zu streicheln, hob sie die Hand. Argons Arm schnellte nach vorn, seine Finger umklammerten ihr Handgelenk. Sie spürte seinen harten Griff und unterdrückte einen Aufschrei.

»Was soll das, Narla«, sagte er mit scharfer Stimme, während er ihre Hand nach unten drückte. Dann ließ er von ihr ab.

Sie rang um Fassung. »Es hat dir mal gefallen. Erinnerst du dich nicht mehr?« Sie blickte zu ihm auf. Konnte er denn nicht sehen, dass sie ihn noch immer liebte?

»Seitdem hat sich alles verändert, einfach alles. Das solltest du nicht vergessen«, knurrte er. Er hatte keine Lust auf weitere Erklärungen. Natürlich war ihm nicht verborgen geblieben, dass Narla noch immer etwas für ihn empfand. Aber ihre Liebe war verknüpft mit der Vergangenheit. Wollte er nicht dauernd daran denken, dann musste er von Narla Abstand nehmen. Anscheinend wollte sie es nicht begreifen. Demonstrativ drehte er sich zu seinem Freund. Rawen sah zu ihm und sagte: »Heute gibt es Haifisch. Wir haben ihn vor zwei Nächten erlegt. War gar nicht so einfach. Der hat sich vielleicht gewehrt.«

Rawen blickte zu Narla und seine Augen blitzten triumphierend. »Du hättest mal sehen sollen, wie ich ihm den letzten Stoß verpasst habe.«

»Gratuliere«, entgegnete Narla gelangweilt.

»Danke«, sagte Rawen. »Wärst du mit uns gekommen, hätte ich dir den Part womöglich überlassen.«

Narla zuckte gleichgültig mit den Schultern.

»Ich hatte Besseres zu tun, als einem Hai das Leben auszuhauchen.«

»Was hattest du denn Besseres zu tun?«, erkundigte sich Rawen. »Ich denke, du wolltest im Schiff bleiben, weil es dir nicht gut ging.«

»So war es auch«, beeilte sie sich mit der Antwort.

Argon hatte alles mit angehört und zeigte sich überrascht. Jetzt sah er prüfend zu Narla.

»Du warst vorletzte Nacht im Schiff?«, fragte er.

»Ja. Wieso fragst du?«

»Weil ich mir ganz sicher bin, dass ich allein war, als ich zurückkam.«

Narla spürte die auf sie gerichteten fragenden Blicke der beiden Freunde und schluckte. Natürlich durfte niemand wissen, was sich am Strand von Kihei zugetragen hatte und dass sie es war, die sich für den Tod ihres Bruders gerächt hatte. Sie senkte den Kopf, um ein aufkommendes hämisches Grinsen vor ihnen zu verbergen. Es hatte so gutgetan und sie hatte sich selbst nicht mehr erkannt. Sie hatte einem Menschen die Stärke eines Meeresjägers spüren lassen. Noch immer konnte sie seine angsterfüllten Augen sehen, als sie sich zu erkennen gegeben hatte. Viel lieber noch hätte sie sich die Frau geschnappt. Das hatte sie auch anfangs vorgehabt, doch dann hatte sie die Frau erkannt. Es war Argons naives Schäflein gewesen, das er für das Experiment ausgesucht hatte. Sie hatte es nicht gewagt, diesem Ding ein Haar zu krümmen. Aber sie hätte es nur zu gern getan. Narla rang ihrem Gesicht ein unschuldiges Lächeln ab und hob den Kopf zu Argon.

»Du konntest mich gar nicht hören. Ich war in meinem Zimmer und habe geschlafen.«

Abrupt verstummte das Gespräch. Karlef war plötzlich neben Argon erschienen. Freundschaftlich umfasste er die Schulter seines Sohnes.

»Wie kommst du mit dem Experiment voran? Hast du sie schon gefügig gemacht?«

Aus den Augenwinkeln heraus sah Argon, wie die anderen in ehrfürchtiger Haltung zwei Schritte zurücktraten. Nur Narla blieb stehen. Er wusste, sie wollte lauschen.

»Die Frau war gestern Abend bei mir. In meinem Haus.« Er zögerte kurz, dann fuhr er fort: »Sie ist mir gegenüber noch etwas zurückhaltend, doch sie vertraut mir.«

»Wann wirst du das Experiment durchführen?«

Argon überlegte sekundenschnell. Er musste sich jetzt vollständig unter Kontrolle haben, kein Fehler durfte ihm unterlaufen. Sein Vater durfte unter keinen Umständen erraten, was vorgefallen war. Er holte tief Luft und versuchte so, seiner Stimme mehr Kraft zu verleihen. Es gelang ihm.

»Es ist bald soweit.«

Karlefs Gesicht verfinsterte sich. »Wir dürfen keine Zeit verlieren. Du musst jetzt handeln.«

»Ich tue, was ich kann, Vater. Ich werde das Experiment durchführen, ich halte mein Versprechen.« Erleichtert atmete er auf, als sein Vater sich umdrehte und mit schweren Schritten die Gruppe verließ.

Narla hatte alles mit angehört. Argon war demzufolge erst spät nach Haus gekommen, weil er mit der Frau zusammen gewesen war. Sie spürte, wie die Eifersucht in ihr aufflammte. Wie ein giftiges Gespinst setzte sich das Gefühl in ihrem

Herzen fest. Sie hatte sich eingeredet, dass es Argon nur um das Experiment ging – es hatte nicht funktioniert. Warum führte er das Experiment nicht endlich durch? War es wirklich so, dass er mehr Zeit brauchte? Oder gab es womöglich einen anderen Grund? Narlas Mundwinkel verzogen sich nach unten. Sie musste herausfinden, was mit Argon los war.

***

Steeler hatte einen Kollegen gebeten, Eric vom Flughafen abzuholen und hierher nach Wailuku zu bringen. Nun standen sie sich in seinem Büro zum ersten Mal seit langer Zeit gegenüber. Ungehemmt musterte Steeler seinen Kollegen.

»Du hast dich kaum verändert«, sagte er beeindruckt. »Kein graues Haar. Sarah scheint dir gut zu bekommen.«

In dem bewusst kumpelhaften Ton schwang verhohlener Neid mit. Steeler hatte seine einstmals schlanke Figur nicht halten können, dazu kochte seine Frau einfach zu gut. Zwar könnte er dem Übergewicht mit sportlicher Betätigung zu Leibe rücken, doch dazu fehlten ihm die Zeit und auch der Ansporn. Nachdem der Haarausfall eingesetzt hatte und ihm nur noch ein Kranz um den Hinterkopf geblieben war, hatte er es gänzlich aufgegeben, sich über sein Äußeres Gedanken zu machen.

»Sarah und ich ließen uns vor einem Jahr scheiden«, sagte Eric trocken. Er hatte nicht vor, sich mit Steeler auf eine Plauderei über sein Privatleben einzulassen. Deshalb war er bestimmt nicht hier.

Ihn interessierte nur der Vorfall am Strand von Kihei.

»Du hast es nie erwähnt«, sagte Steeler verblüfft. »Bedauerlich, dass eure Ehe nicht hielt. Ihr habt gut zusammengepasst.«

Eric ignorierte den Kommentar und wechselte das Thema. »Gibt es inzwischen etwas Neues über den Mordfall?«

»Ob es ein Mord war, können wir nicht mit Sicherheit sagen«, erwiderte Steeler. »Keine Leiche – kein Mord, wie du weißt. Aber alles deutet darauf hin.« Er hatte nun auch einen sachlichen Ton angeschlagen. Er umrundete den Schreibtisch, griff zu einem Stapel Fotos und breitete sie auf dem Tisch aus.

Mit wachsendem Interesse war Eric herangetreten. Sein Blick schweifte über die Fotos, auf denen mit großer Sorgfalt alle Einzelheiten des Tatorts dokumentiert waren. Er verzog keine Miene. Zu oft hatte er Aufnahmen wie diese gesehen, als dass sie ihn noch erschüttern konnten.

Steeler hatte Eric keinen Moment aus den Augen gelassen. »Soll ich dir sagen, was ich vermute?«

Eric hob den Kopf. »Nur zu.«

Steeler nahm einen Stift zur Hand und tippte damit auf die einzelnen Fotos, die er nach und nach erklärte: »Sieh dir den Arm an. Dass er vom Körper abgerissen wurde, kannst du an der Haut erkennen, die regelrecht zerfetzt wurde. Der Täter muss den Arm anschließend weggeworfen haben. Das würde erklären, warum der Arm über fünf Meter entfernt von der Tatstelle lag. Das Opfer hat zu der Zeit noch gelebt, ist jedoch gefallen und hat dann versucht, vom Täter wegzukriechen. Dies würde die lange Furche im Sand erklären und die Blutspur. Dann versagten ihm die Kräfte. Auf dem Bild hier ist eine größere Blutlache, versickert im Sand. Da ist das Opfer wahrscheinlich liegen geblieben.«

Steelers Gesicht nahm eine bedeutungsvolle Miene an.

»Ich denke, der Täter hat es genossen zu sehen, wie das Opfer langsam verblutete.«

Eric war konzentriert Steelers Ausführungen gefolgt. Für einen Moment herrschte Schweigen.

»Du hast vermutlich Recht«, sagte er. »Eines verstehe ich dennoch nicht. Falls der Täter anschließend das Opfer beseitigte, warum ließ er den gehäuteten Arm liegen?«

Steeler zuckte mit den Achseln. »Möglicherweise fühlte sich der Täter gestört. Vielleicht tauchten andere Leute am Strand auf. Ihm blieb wahrscheinlich keine Zeit, sich um den Arm zu kümmern.«

Eric dachte darüber nach und sagte: »Der Täter hätte niemals mit dem Opfer fliehen können, ohne aufzufallen.«

Er richtete den Blick wieder auf den Tisch. »Ich sehe auf den Fotos keine weiteren Schleifspuren. Das Opfer wurde demzufolge nicht über den Strand gezogen. Und überhaupt: Welcher Mensch ist so stark, dass er einem anderen einen Arm ausreißen kann?«

»Ich weiß es genauso wenig wie du«, erwiderte Steeler. »Dieser Fall gibt uns allen ein Rätsel auf.«

Eric wandte sich vom Tisch ab. »Kann ich mir die Fischhaut ansehen?«

Steeler ging zum Sessel und sackte seinen fettleibigen Körper hinein. Er öffnete eine Schublade, holte etwas heraus und reichte es Eric. In Erics Hand lagen zwei längliche Hautstücke, eingeschlossen zwischen zwei Glasscheiben. Die Leute vom Labor hatten gute Arbeit geleistet, als sie die Hautstreifen voneinander trennten. Die Fischhaut schimmerte in einem kühlen Silber. Die Menschenhaut erinnerte an einen gebleichten Papierschnipsel.

Während Eric die Glasscheiben hin und her drehte, sagte Steeler: »Vermutlich kam es am Anfang zu einem Kampf, bei dem das Opfer den Täter gekratzt hat.« Er wog seinen Kopf hin und her, während er weitersprach: »Wenn ich nicht so ein eingeschweißter Realist wäre, würde ich glauben, dass eine uns unbekannte Kreatur diese Tat beging.« Das Letzte sollte ein Scherz sein, begleitet von einem breiten Grinsen. Es erstarb, als er in Erics angespanntes Gesicht blickte. »Du glaubst doch wohl nicht wirklich …«

»Natürlich nicht«, unterbrach ihn Eric ungehalten. Er sah kurz auf seine Armbanduhr. »Für wann hast du die Frauen herbestellt?«

»Sie sitzen bereits im Verhörzimmer. Ich habe nur noch auf dich gewartet.« Steeler erhob sich schwer keuchend und verstaute die Fotos in einen Ordner. »Lass uns rübergehen.«

Eric folgte ihm hinaus auf den Gang. Beim Gehen weilten seine Gedanken bei der Fischhaut. Ganz bewusst hatte er die Haut mitgenommen. Er hatte in seiner ganzen beruflichen Laufbahn nicht mit einem derart verwirrenden Fall zu tun gehabt. Dennoch hoffte er, ihn zu lösen, wie er bislang die meisten Fälle gelöst hatte. Er nahm es als eine sportliche Herausforderung an, und er hatte oft den Sieg davon getragen. Er wünschte sich, es möge wieder so werden.

Das Verhörzimmer war einfach und schmucklos eingerichtet. Beim Eintreten sah Eric drei Frauen, die mit dem Rücken zu ihm an einem Tisch saßen. Zwei von ihnen drehten die Köpfe zu ihm. Die Dritte saß kerzengerade auf dem Stuhl und starrte auf die Wand, als würde sie das alles nichts angehen. Kaum hörbar erwiderte sie seinen Gruß.

Die beiden Männer nahmen an der gegenüber liegenden Seite des Tisches Platz. Während Steeler begann, den Grund der Vorladung mit klaren Worten zu formulieren, wanderte Erics Blick von einer Frau zur anderen und blieb dann an der Jüngeren hängen. Schnell hatte er sich ein Urteil gebildet. Die Kleine war ziemlich hübsch und schien die Tochter der Frau zu sein, die links neben ihr saß. Die Mutter wirkte nervös, ihre Blicke waren unruhig. Aber irgendetwas stimmte mit der jungen Frau nicht. Kein Mensch war derart unbeteiligt, wenn er bei der Polizei vorgeladen wurde. Anscheinend war sie derart mit einer Sache beschäftigt, dass alles andere nebensächlich wurde. Jetzt rührte sie sich zum ersten Mal, als ob sie erwachte. Sie richtete ihre auffallend blauen Augen zuerst auf Steeler, dann sah sie zu ihm.

»Meine Mutter und Lore sprechen nicht besonders gut Englisch. Ich werde es übersetzen.«

Steeler begann, der Reihe nach die Personalien der Frauen abzufragen. Sie hieß also Riona. Kein schlechter Name für solch ein süßes Ding, dachte Eric.

»Wann sahen Sie Martin Schuster zum letzten Mal?«, begann Steeler das Gespräch.

Erics Augen waren konzentriert auf Riona gerichtet, die sich zu den beiden anderen Frauen drehte und die Frage übersetzte. Er beobachtete, wie sie konzentriert ihren Ausführungen folgte, ab und zu mit dem Kopf nickte, etwas in deutscher Sprache einwarf und wieder zuhörte. Sie nahm wieder ihre korrekte Sitzhaltung ein. In fließendem Englisch begann sie, den Discoabend der beiden Frauen zu schildern. Ihre Stimme war sachlich und zeigte keine Spur von Nervosität. Das halbstündige Verhör ergab letztendlich nichts, was zur Klärung des Falls beitragen könnte. Zwei Touristinnen hatten in der Disco zwei Männer getroffen und sich zwanglos mit ihnen unterhalten. Das war es auch schon. Steeler sah zu Eric und machte ein resignierendes Gesicht.

Eric wollte jedoch so schnell nicht aufgeben. Obwohl ihm klar war, dass die Frauen nichts mit der Fischhaut anfangen konnten, schob er dennoch das Glas zu ihnen rüber. Steeler räusperte sich einmal, um zu zeigen, wie wenig ihm Erics unabgesprochenes Handeln behagte. Davon unbeirrt, richtete Eric die Augen auf Riona.

»Bitte erklären Sie den Damen, sie mögen es sich ansehen und mir sagen, was sie erkennen.«

Die Glasscheiben wanderten von Lore über Marie zu Riona, begleitet von Getuschel.

»Das sieht aus wie Fischhaut, an der Menschenhaut klebt«, erwiderte Riona.

»Die Haut befand sich unter den Fingernägeln des Opfers«, sagte Eric und handelte sich damit ein weiteres Räuspern von Steeler ein. Sein Blick war noch immer auf Riona geheftet, als er fortfuhr: »Mister Schuster muss jemanden gekratzt haben, der eine Fischhaut und eine Menschenhaut besitzt, bevor man ihm den Arm abtrennte. Finden Sie das nicht auch seltsam?«

Er registrierte, dass sich Rionas Augen weiteten. Sie antwortete nicht auf seine Frage, sondern starrte ihn nur über den Tisch hinweg an. Seine jahrelange Arbeit mit Tätern und Opfern hatten seine Beobachtungsgabe geschult. Er hatte gelernt, ihre Blicke und Gesten zu deuten. Und die blauen Augen vor ihm waren ganz bestimmt nicht vor Erstaunen so weit aufgerissen. Es gab dafür nur einen Grund: Die Kleine war zu einer unerwarteten Erkenntnis gekommen. Ganz gleich, was es sein könnte, sie wusste etwas. Der plötzliche Adrenalinschub erhöhte seinen Pulsschlag. Das Gespräch hatte sich unverhofft zu seiner eigenen sportlichen Herausforderung entwickelt. Jetzt war er in seinem Element. Ihm fiel auch schon die nächste Frage ein, die ihn auf dem Weg zum Sieg voranbringen würde.

»Wo waren Sie eigentlich in der Mordnacht?« Er kam nicht umhin, die Frage mit einem charmanten Lächeln zu begleiten. Zufrieden stellte er fest, dass er damit ins Schwarze getroffen hatte. Er bemerkte das kurze Flackern in Rionas Augen. Bislang hatte sie sich auf dem Stuhl kaum bewegt.

Jetzt rutschte sie zurück und suchte mit dem Rücken an der Lehne Halt.

»Ich war im Zimmer«, sagte sie.

Eric bemerkte, wie sie den Blick von ihm abwendete und auf die Tischplatte richtete.

»Den ganzen Abend?«, bohrte er weiter.

»Ja.«

»Was haben Sie gemacht?«

»Gestrickt.«

Eric registrierte, wie sie ihren Mund zusammenpresste, als wollte sie verhindern, dass ein unbeabsichtigtes Wort herauskam. Sie log, das stand für ihn fest.

»Das ist ungewöhnlich«, sagte er. »Eine junge Frau wie Sie fliegt in den Urlaub und verbringt dann den ganzen Abend im Hotelzimmer. Hatten Sie keine Lust auszugehen?«

Sein Blick hing förmlich an ihrem Gesicht und ließ es nicht mehr los. Aus den Augenwinkeln bemerkte er Steelers erstaunten Gesichtsausdruck, der anscheinend nicht begriff, warum er die Kleine attackierte.

Jetzt hob sie den Kopf und sah ihn mit einem trotzigen Zug um den Mund an.

»Mach ich mich strafbar, wenn ich abends im Hotelzimmer stricke?«

Eric versuchte es mit einem Schmunzeln. »Nein, natürlich nicht. Sie haben also von dem Vorfall am Strand nichts mitbekommen?«

»Das war beim Stricken kaum möglich.«

Steelers Stuhl schabte über den Boden. Er stand auf und blickte mit finsterem Gesichtsausdruck zu Eric, dann sichtbar freundlicher zu den Frauen.

»Vielen Dank, dass Sie gekommen sind. Falls wir noch Fragen haben, würden wir uns nochmals bei Ihnen melden.« Das Verhör war für ihn damit beendet. Gedankenverloren sah Eric Riona hinterher, wie sie den beiden anderen Frauen aus dem Raum folgte.

Steller drehte sich zu Eric. »Was sollte das eben? Die junge Frau weiß gar nichts.«

Eric bewegte leicht abwägend den Kopf hin und her. »Ich bin mir da nicht so sicher.«

»Die Frauen sind harmlose Touristinnen, die rein zufällig das Opfer kennengelernt haben. Das liegt doch auf der Hand.«

»Schon möglich«, erwiderte Eric. »Was die Kleine betrifft, da steckt noch mehr dahinter.« Dabei beließ er es auch. Seine Vermutungen waren zu vage, als dass er mit Steeler darüber reden wollte.

»Was wirst du jetzt machen?«, fragte Eric.

»Ich muss darüber nachdenken. Ich bin genauso schlau wie vor einer Stunde.« Er ging zur Tür. Eric folgte ihm.

»Kannst du mich bei dem Fall auf dem Laufenden halten?«

»Klar«, sagte Steller. »Ich ruf dich an, wann immer es was Neues gibt.«

Mit einer Hand auf der Klinke drehte er sich zu Eric um. »Bleibst du über Nacht auf Maui? Wir könnten zusammen etwas trinken gehen.«

»Ja. Ich fliege erst morgen zurück.« Ein Gedanke schoss ihm durch den Kopf. »Ich brauche noch ein Hotelzimmer. Haben die Frauen gesagt, sie wohnen im Sunset Hotel?«

»Korrekt. Aber sag jetzt nicht, du willst sie heute noch beschatten.« Auf seinem Gesicht zeigte sich ein Anflug von Belustigung. »Oder brauchst du für die Nacht einen Bettwärmer? Jetzt, wo du geschieden bist?«

»Ich habe nicht vor, irgendjemand zu beschatten«, sagte Eric. Seine Antwort entsprach der Wahrheit. Jedoch verschwieg er, dass er sich bei den Angestellten an der Rezeption erkundigen wollte, ob sie in der Mordnacht die junge Frau gesehen hatten. Er wusste, in den Hotels herrschte nachts kaum Betrieb. Die süße Riona wäre ihnen mit Sicherheit aufgefallen, wenn sie es verlassen hätte. Wenn dem so wäre, stände eines fest: Die Kleine wusste mehr, als sie zugeben wollte.

***

»Ich hätte nicht gedacht, dass ich für diesen Martin einmal Mitleid empfinde«, sagte Lore, als sie zusammen mit Marie und Riona das Police Department verließ. »Aber eine Tragödie von diesem Ausmaß verändert wohl die Sichtweise auf einen Menschen.«

Sie gingen zum Jeep, den sie vor dem Gebäude abgestellt hatten. Hinter ihm parkte eine Limousine, in der ein Mann mit schneeweißen Haaren saß. Rein zufällig sah Riona zu ihm herüber. Ihre Blicke trafen sich und trennten sich wieder. Riona machte sich darüber keine Gedanken, öffnete die Fahrertür und stieg ein.

»Ja. Das ist eine schlimme Geschichte«, sagte Marie. »Für einen Moment wirft sie uns aus der

Bahn. Dann kehrt man zu seinem Alltagsleben zurück.«

»Du hast Recht«, stimmte Lore zu. »Wir lassen uns davon nicht den Tag verderben.« Sie schaute kurz auf ihre Armbanduhr. »Es ist fünf Uhr. Was machen wir jetzt? Zum Baden ist es zu spät und zum Abendessen zu früh.«

»Ich könnte einen starken Kaffee gebrauchen«, sagte Marie. »Lasst uns zum Hotel zurückfahren und uns auf die Terrasse setzen.« Sie stieg in den Jeep. Lore öffnete die Hintertür und huschte auf den Rücksitz. Marie sah zu Riona, die bereits vor dem Lenkrad Platz genommen hatte.

»Was ist mit dir? Nach dem Verhör hast du noch kein Wort gesagt.«

Riona startete den Motor und steuerte den Jeep auf die Fahrbahn. »Es geht mir gut«, sagte sie und kam sich unaufrichtig vor. Sie warf einen flüchtigen Blick zu ihrer Mutter und versuchte ein Lächeln. Marie strich ihr liebevoll über den Kopf.

»Du bist zu jung, um mit einem Mord konfrontiert zu werden. Wir sollten jetzt nicht mehr daran denken.« Sie begann zu grinsen. »Hast du gesehen, wie dich der eine angesehen hat? Du hast ihm wohl gefallen.«

»Wem?«, fragte Riona, ohne sich dafür wirklich zu interessieren.

»Na, der Polizist, der dir gegenüber saß. Er hat dich mit seinen Blicken regelrecht verschlungen.«

»Er hätte lieber dich verschlingen sollen«, sagte Lore. »Schließlich passt du besser zu ihm als deine Riona. Typisch Mann. Kaum taucht ein junges Ding auf, schon gafft er es an. Am liebsten hätte er sie gleich auf der Stelle vernascht. Und zu Hause bügelt ihm seine Frau die Hemden.«

Marie verdrehte die Augen. Das Letzte, was sie jetzt hören wollte, war Lores Kommentar über die vermeintliche Lasterhaftigkeit der Männer. Sie drehte sich halb im Sitzen um.

»Nimm es mir bitte nicht krumm, Lore. Nur weil du eine schlechte Erfahrung mit deinem treulosen Ehemann gemacht hast, bedeutet das noch lange nicht, dass alle anderen Männer ebenso ticken.«

Lore war bei Maries scharfer Äußerung zusammengezuckt, sie wagte keine Erwiderung. Voller Genugtuung räkelte sich Marie auf dem Sitz. Das hatte gesessen, dachte sie, Lore wird sich zukünftig überlegen, ob sie nochmals mit dem Thema anfangen sollte.

Riona hatte von der Meinungsverschiedenheit der beiden Frauen nichts mitbekommen. Zu sehr war sie in ihrer Gedankenwelt gefangen. Mit mechanischen Handbewegungen lenkte sie den Jeep raus aus dem Ort. Die Häuser, die Menschen auf den Bürgersteigen, den Straßenverkehr – alles nahm sie wie in Trance wahr. Ihre Gedanken richteten sich allein auf eine Person und auf ein Ereignis: Argon und der gestrige Vorfall in seinem Haus. Den ganzen Tag über konnte sie die Gedanken nicht unter Kontrolle halten. Immer wieder waren sie zu ihm abgedriftet. Und immer wieder hatte sie verständnislos mit dem Kopf geschüttelt. Argon – ein Meeresjäger, ein Amphibienmensch?

Vor ihrem geistigen Auge sah sie ihn neben sich am Lagerfeuer sitzen, seinen Arm um ihre Taille geschlungen. Warum ließ er sie so einfach gehen, nachdem sie die Wahrheit über seine Identität erfuhr? War er sich so sicher, dass sie ihn nicht verraten würde? Sie musste krampfhaft schlucken, um nicht in Tränen auszubrechen. Der Hautfetzen unter der Glasscheibe fiel ihr wieder ein. Sie fragte sich, ob sie zu den Meeresjägern gehörten. Was für eine schreckliche Vorstellung. Und die Gestalt am Strand? Hatte sie in dieser Nacht einen von ihnen gesehen?

Ihr Herz verkrampfte sich. Plötzlich überkam sie das Gefühl, in einem Alptraum gefangen zu sein, dem sie nicht mehr entrinnen konnte. Argon hatte ihr etwas verheimlicht, was sie nicht wissen durfte. War sie rein zufällig seinem Geheimnis auf die Spur gekommen? War sie jetzt in Gefahr? Nein, das konnte nicht sein. Es musste für alles eine plausible Erklärung geben.

Marie bemerkte, wie Riona zusammenzuckte. »Was ist mir dir?« Eingehend musterte sie ihre Tochter, die jetzt steif vor dem Lenkrad saß und mit versteinerter Miene auf die Fahrbahn starrte.

»Du gefällst mir gar nicht«, sprach Marie weiter. »Ich merke doch, dass etwas nicht stimmt.«

Maries fürsorgliche Stimme holte Riona in die Gegenwart zurück. Sie wandte den Kopf zu ihr. Es tat gut, dass ihre Mutter jetzt bei ihr war. »Ich bin okay – nur etwas müde. Letzte Nacht hab ich schlecht geschlafen.«

Marie streichelte den Arm ihrer Tochter. »Dann ruh dich nach dem Abendessen aus. Wir können lesen und früh schlafen gehen. Du wirst sehen, morgen sieht die Welt wieder besser aus.«

Riona bemühte sich um ein Lächeln. Wenn es doch so einfach wäre, dachte sie. Eine Nacht darüber schlafen und alles wäre wie früher – aber so funktionierte es nicht. Nichts würde sich von selbst klären. Etwas Unbegreifliches stand zwischen Argon und ihr. Noch fehlten die Antworten auf ihre vielen Fragen. Ohne ein klärendes Gespräch konnte sie nicht einfach ihr gewohntes Leben fortführen, als wäre nichts geschehen.

»Ich bin mit Argon verabredet«, sagte sie in einer plötzlichen Eingebung und war gleichsam über sich selbst erschrocken. Gleich darauf spürte sie, wie erleichtert sie sich fühlte, als würde eine Last von ihr abfallen. Sie wusste, sie hatte die richtige Entscheidung getroffen. Heute Abend würde sie zu ihm fahren. Er musste ihr die Wahrheit sagen.

***

Nach dem Verhör hatte Eric im Sunset Hotel in Kihei ein Zimmer für die Nacht gebucht und sich mit Steeler zum Abendessen getroffen. Nun stand er an der Rezeption und ließ sich den Zimmerschlüssel aushändigen. Es war zehn Uhr. Er würde sich eine Flasche Wein kommen lassen und dann ein langes Telefonat mit Hannah führen. In den letzten Tagen hatte er kaum Zeit gefunden, an sie zu denken. Es hatte nur für ein paar Nachrichten über Whatsapp gereicht, in denen banale Dinge ausgetauscht wurden. Umso mehr freute er sich darauf, endlich ihre Stimme zu hören. Erst jetzt wurde ihm bewusst, wie sehr sie ihm fehlte. Wie schön wäre es, wenn sie jetzt in seinen Armen läge.

Ein freundlich lächelnder Mann mit einem kugelrunden Gesicht und grauen Haaren reichte ihm den Schlüssel.

»Kann ich Ihnen das Gepäck auf Ihr Zimmer bringen lassen?«, fragte er höflich.

»Nein, das ist nicht notwendig.« Eric taxierte den Angestellten. »Hatten Sie die ganze Woche Nachtschicht?«

Der Angesprochene schien über die Frage verwundert zu sein. »Nicht die ganze Woche, aber seit ein paar Tagen. Wie soll ich die Frage verstehen?«

»Dann hatten Sie auch während des Vorfalls am Strand Dienst?«

»Sie meinen in der Nacht, als der Mord passierte? Ja, da habe ich gearbeitet.« Das Gesicht des Angestellten verlor an Höflichkeit.

Eric konnte ihm ansehen, dass er zu keiner weiteren Aussage bereit war. Jedoch wusste er, wie er ihn zum Reden bringen konnte. Er griff in seine Jackentasche und fingerte ein Lederetui heraus. »Detective Johnson vom Police Department in Honolulu.« Er hielt dem sichtlich verblüfften Mann seine Dienstmarke vor die Nase. »Ich möchte nur wissen, ob Sie in der Mordnacht einen bestimmten Gast gesehen haben. Eine junge Frau aus Deutschland, Mitte zwanzig, lange braune Haare. Ziemlich hübsch.«

Ohne den Blick von dem Angestellten zu lassen, steckte Eric seinen Ausweis zurück in die Jackentasche. Zufrieden registrierte er, dass sein Handeln Wirkung zeigte.

Schlagartig wurde der Mann eifrig und zuvorkommend. »Oh ja, ich hab sie gesehen. Sie ging kurz nach Mitternacht aus dem Hotel. Ich kenne sie, ich hab mich schon öfter mir ihr unterhalten. Sie ist ziemlich nett. Ich wünschte ihr viel Spaß, weil ich dachte, sie wollte vielleicht ausgehen.«

»Wissen Sie auch, wann sie zurückkam?«

»Etwa zwei Stunden später, zusammen mit ihrer Mutter. Ich rief ihr noch etwas zu, aber sie reagierte nicht. Sie sah irgendwie fertig aus, als ob ihr etwas zugestoßen wäre.« Der Angestellte stutzte, als wäre er gerade zu einer Erkenntnis gekommen. Verstohlen sah er sich um, dann beugte er sich über den Tisch und sagte mit gesenkter Stimme: »Meinen Sie, die Frau hat etwas mit dem Mord zu tun?«

»Selbstverständlich nicht«, sagte Eric bestimmt. »Und ich erwarte von Ihnen, dass dieses Gespräch unter uns bleibt. Ich werde Sie zur Verantwortung ziehen, falls irgendwelche Gerüchte in Umlauf kommen.« Er sah flüchtig auf das Namensschild am Dienstjackett des Mannes und ergänzte: »Haben Sie mich verstanden, Gustav?«

»Vollkommen. Von mir erfährt niemand etwas«, beteuerte Gustav schnell.

Eric hob seine Tasche vom Boden auf und warf nochmals einen Blick auf den Mann, der eingeschüchtert wirkte. Eric wurde wieder zugänglicher. »Danke für das Gespräch. Sie können übrigens doch etwas für mich tun. Lassen Sie mir eine Flasche Burgunder aufs Zimmer bringen.«

»Selbstverständlich. Ich werde ihren Wunsch gleich weiterleiten«, sagte Gustav diensteifrig.

Mit einem zufriedenen Gesichtsausdruck durchquerte Eric die Lobby. Das Gespräch war ganz nach seinen Vorstellungen verlaufen und hatte den erhofften Erfolg gebracht. Die süße, unschuldige Riona hatte während des Verhörs gelogen. Er fragt sich, was sie zu verbergen hatte. Jäh stoppte er. Riona hatte eben den Fahrstuhl verlassen und kam in eiligen Schritten auf ihn zu. Da sie zum Boden schaute, blieb abzuwarten, ob sie ihn überhaupt bemerkte. Ehe er sich entschieden hatte, ob er sie ansprechen sollte, war sie auch schon an ihm vorbeigehuscht.

***

Unschlüssig stand Riona neben dem Jeep, den sie am Rande der Bucht an der gleichen Stelle wie am Vortag geparkt hatte. Die halbstündige Autofahrt war ihr heute unendlich lang erschienen. Sie hatte sich vorgestellt, wie die Begegnung mit Argon verlaufen könnte. Sie hatte sich Fragen ausgedacht, die sie ihm stellen würde. Aber nach kurzer Zeit hatte sie resigniert aufgegeben. Es hatte keinen Sinn gemacht, in ihrem Kopf schien ein Chaos zu herrschen. Sie hatte das Gefühl, von Kopf bis Fuß unter Strom zu stehen. Erst spät hatte sie sich von Lore und ihrer Mutter nach dem gemeinsamen Abendessen loseisen können. Dennoch wollte sie fahren. Sie wusste, ohne ein klärendes Gespräch würde sie keinen inneren Frieden finden.

Die Nacht lag wie ein schwarzer Schleier über der Bucht. Ein kalter Windhauch ließ Riona frösteln. Sie war mit einem grauen Pulli und Jeans bekleidet. Ihre Haare hingen, von einer Spange gehalten, glatt auf dem Rücken herab. Zum ersten Mal, seit sie Argon begegnet war, spielte ihr Aussehen für sie keine Rolle mehr.

Ihre Augen waren konstant auf das Holzhaus gerichtet, das in der Dunkelheit nur noch schemenhaft zu erkennen war. Die hellerleuchteten Fenster verkündeten Argons Anwesenheit. Die Tür stand offen, als wolle er Gäste willkommen heißen. Das Klimpern eines Windspiels an der Außenpforte der Veranda versprühte eine friedliche Atmosphäre. Kein Mensch würde auf die Idee kommen, dass hier etwas Ungewöhnliches vor sich gehen könnte.

Als sie kurze Zeit später die Verandatreppe hinaufging und durch die Wohnungstür trat, raste ihr Herz gegen ihren Willen. Zögernd blieb sie am Eingang stehen und sah sich um. Die Spuren des letzten Abends waren verwischt, alles stand am vorgesehenen Platz. Nur Argon war nicht da. Leise Musik erfüllte das Haus und schien von der oberen Etage zu kommen.

Sie atmete mehrere Male tief durch, als wolle sie aus jedem Atemzug Kraft für das nun Kommende, Unvorhersehbare schöpfen. Dann ging sie durch den Raum, den Flur entlang, die Treppe hoch.

Argon stand vor der Staffelei und war gerade damit beschäftigt, ein Gemälde mit den letzten Pinselstrichen zu vollenden. Als er so regungslos davor stand – groß, schwarz, schön –, hätte er selbst ein faszinierendes Kunstwerk sein können.

Sie spürte die ungeheure Anziehungskraft, die von ihm ausging, die sie fast aus dem Gleichgewicht riss. In dem Augenblick war sie außerstande, etwas zu sagen oder sich zu bewegen. Sie stand einfach nur da, voller Bewunderung für ihn, den Amphibienmenschen, der ihr seltsam vertraut und doch so fremd erschien.

Er drehte sich um. Als sich ihre Blicke trafen, blitzten seine Augen auf. In jeder Hand einen Pinsel haltend, machte er zwei Schritte auf sie zu und hob die Arme, als wollte er gleich ihren Körper an sich drücken. Instinktiv stoppte er und ließ die Arme sinken. Ein feines Lächeln umspielte seine Lippen.

»Du bist hier. Ich habe gehofft, du kommst zu mir zurück.«

Sein Lächeln und seine warme Stimme verfehlten ihre Wirkung nicht. Am liebsten hätte sie sich jetzt in seine Arme geworfen. Sie wünschte, er würde ihr sagen, alles wäre nur ein Irrtum gewesen und er sei ein Mensch wie jeder andere. Sie wünschte, er könnte den Vorfall am Strand von Kihei aufklären und ihre Vermutungen wären falsch.

Schweigend sah sie ihn an und ihr wurde bewusst, dass sie die Augen nicht vor der Wirklichkeit verschließen konnte. Ihr Blick löste sich von ihm, wanderte durch den Raum und blieb an der Statue hängen, die sie gestern flüchtig betrachtet hatte. Mit gespielter Gleichgültigkeit ging sie darauf zu und blieb davor stehen. Die Skulptur war aus Lavastein gehauen. Der obere Teil erinnerte an eine griechische Gottheit. Von der Hüfte abwärts verkörperte sie einen Fisch.

»Wer ist das?«, fragte sie, ganz bewusst einen ungerührten Ton anschlagend.

»Ariches.« Argons Augen verfolgten jede ihrer Bewegungen.

Ihre Finger glitten über den Stein. »Habt ihr noch mehr Götter?«

»Ariches ist kein Gott. Er ist der Schutzengel von uns Meeresbewohnern.« Seine Stimme klang ruhig und freundlich.

Sie zog ihre Hand zurück. Ihr Blick wanderte ziellos über die Statue.

»Ich war heute bei der Polizei«, sagte sie dabei.

Argon horchte auf. »Du hast von uns erzählt?«

»Nein.«

Einen Moment lang wartete sie auf eine Reaktion von ihm. Als keine kam, fuhr sie fort: »Ich hab mir unter einer Glasscheibe eine Fischhaut angesehen. Eine Fischhaut, die mit einer Menschenhaut verwachsen ist.«

Wieder lauschte sie in den Raum hinein, doch er sagte noch immer nichts.

»Ich bin mir sicher, die Haut passt zu euch Meeresjägern«, fuhr sie fort, während sie so tat, als ob sie die Statue betrachtete.

Hinter ihrem Rücken war es so still, dass sie sich fragte, ob er überhaupt noch da war. Sie drehte sich um. Er stand noch immer neben der Staffelei. In seinen Augen lag etwas Lauerndes. Jeder normale Mensch hätte sie jetzt mit Fragen bombardiert, wenn seine Sicherheit auf dem Spiel stände, dachte sie. Argon jedoch verhielt sich still und abwartend.

»Die Polizei entdeckte eure Haut unter den Fingernägeln eines Mannes«, fuhr sie fort. »Er ist übrigens verschwunden. Nur ein Arm von ihm lag im Sand.« Sie forschte in seinem Gesicht nach einer Regung.

»Und du denkst, wir haben damit etwas zu tun?« Seine Augen waren wie hypnotisch auf sie gerichtet. Sie hätte sich jetzt vollkommen darin verlieren können. Es bereitete ihr eine gewisse Anstrengung, sich davon loszureißen. Sie wandte den Kopf zum Fenster, doch schnell fand ihr Blick wieder zu ihm zurück.

»Habt ihr?« Unvermittelt stockte ihr der Atem.

»Wir töten keine Menschen auf irgendwelchen Inseln.«

»Bist du dir sicher?«

»Vollkommen. Wer weiß, von welcher Fischart die Haut stammt. Von uns Meeresjägern jedenfalls nicht.«

Eine ungeheure Last fiel von ihr ab. Ihr bislang versteinertes Gesicht entkrampfte sich und sie lächelte ihn etwas unbeholfen an.

»Bitte entschuldige, dass ich euch verdächtigt habe. Es tut mir leid.«

Er drehte sich zum Tisch und steckte die Pinsel in ein Wasserglas. »Die Menschen entschuldigen sich laufend für ihr Handeln«, sagte er nebenbei. Seine Stimme klang sachlich, als würde er über eine Tatsache sprechen, die man ohnehin nicht ändern konnte.

»Ich weiß«, gab sie kleinlaut zu. »Ich glaube, es war mein drittes Mal. Es tut mir wirklich leid.«

»Eben war es dein viertes Mal«, erwiderte er im scherzhaften Tonfall. Er wandte sich um, lächelte und breitete die Arme aus. »Komm zu mir.«

Seine Stimme klang wie ein Lockruf. Nur allzu

gern schlüpfte Riona in seine Arme, die sich gleich darauf um ihre Taille schlossen. Sie schmiegte sich an seine Brust. Stundenlang hätte sie jetzt so dastehen können, eingehüllt von seinem Körper und seinem Ozeanduft.

Nach einer Weile löste er seine Arme von ihr und schob sie sanft von sich. Er umfasste ihr Kinn und hob ihr Gesicht zu sich an.

»Was soll ich nur mit jemandem anfangen, dass so misstrauisch ist?«, fragte er scherzhaft.

»Zum Beispiel meine Fragen beantworten.«

»Kann ich dir vertrauen, Riona?« Seine Augen wurden schmal.

»Ich verrate euch nicht. Versprochen.« Sie erwiderte seinen Blick gerade und aufrecht.

Er nagte an der Unterlippe, während sein Blick nicht von ihr abließ.

»Nun gut«, sagte er dann. »Ich beantworte deine Fragen, soweit es möglich ist.« Er drehte sich wieder zur Staffelei, hob ein Bild an und trug es zur gegenüberliegenden Wand. »Was möchtest du von mir wissen?«, fragte er nebenbei.

»Ich möchte wissen, wie eine Haut, die euerer gleicht, unter die Fingernägel eines Menschen gelangen kann. Das ist doch unmöglich, wenn ihr mit der Sache am Strand nichts zu tun habt.« Sie sah ihm hinterher.

Argon stellte das Bild vor der Wand ab und begutachtete es eingehend. »Ich weiß es nicht.«.

»Weißt du es wirklich nicht?«, fragte sie etwas ungläubig.

»Das sagte ich doch. Aber wenn dir das so wichtig ist, werde ich herausfinden, von welchem Tier es stammt.« Er hob eine leere Leinwand vom Boden auf und kam zurück. Einen Moment lang fiel das Licht der Deckenlampe auf sein Gesicht, als er hindurchging. In dem kurzen Moment erschien es Riona, als ob seine Haut in Perlmutt getaucht wäre.

»Ist es normal, dass Amphibienmenschen zwei verschiedene Hautschichten haben?«, fragte sie.

»Ob etwas normal ist oder nicht, liegt im Auge des Betrachters«, erwiderte er, während er die Leinwand auf die Staffel stellte.

»Du weichst mir aus«, sagte sie leicht gereizt.

»Wie hartnäckig du doch sein kannst.« Wieder hatte er einen scherzhaften Ton angeschlagen, aber dieses Mal ging sie nicht darauf ein. Er wandte den Kopf zu ihr und sah sie prüfend an. Ihr verkniffenes Gesicht bewirkte, dass er von seinem Treiben abließ und zu ihr kam. Er umfasste ihre Hand und zog sie zur Couch. Sie setzten sich einander zugewandt, sodass sie sich in die Augen sehen konnten. Riona war gespannt, ob er endlich bereit wäre, sein Geheimnis vor ihr zu lüften.

Argon begann zu erzählen: »Ursprünglich hatten wir nur unsere Fischhaut, denn unser Element ist das Wasser. Wir lieben das Wasser, wir jagen im Wasser. Wir sind stärker und schneller als alle anderen Meeresbewohner. Wir sind Kämpfer und im Ozean unbesiegbar.«

Er stoppte und auf sein Gesicht trat ein Schatten. Wenige Minuten später sprach er weiter: »Wie andere Lebewesen auch mussten wir uns den veränderten Bedingungen anpassen. Ihr Menschen nennt das Evolution.«

Riona hatte interessiert zugehört. »Wie könnt ihr im Wasser jagen, ohne dass euch die Luft ausgeht?«

»Wie atmen durch die Haut.« Er lächelte, als sie ihn mit großen Augen ansah und sprach weiter: »Wir sind in der Lage, im Wasser und auf dem Land zu leben. Aber spätestens nach vier Stunden müssen wir wenigstens für einen Moment ins Wasser zurück, sonst trocknet unsere Haut aus.«

Mit einer sinnlichen Bewegung fuhr er sich durch die Haare. »Das war auch der Grund, warum wir am ersten Tag zum Wasserfall fuhren. Ich musste zwischendurch schwimmen gehen.« Seine Hand streifte ihre Wange. »Aber ich habe dir sehr gern den schönsten Platz auf Maui gezeigt.«

Riona fühlte ein leichtes Kribbeln, wo seine Finger ihre Haut berührten. »Wie war es gestern Abend? Bist du aus dem Haus gegangen, weil du schwimmen musstest?«

»Ich zündete das Lagerfeuer an und ich war auch im Wasser. Ich hab aufgepasst, dass meine Haare nicht nass wurden, damit du mich nicht danach fragst.«

Ihr Blick wanderte über seine Kleidung. »Gibt es einen Grund, warum du immer Schwarz trägst?«

Urplötzlich veränderte sich sein Gesichtsausdruck. Ein schmerzverzerrter Zug trat um seinen Mund. Er schnellte von der Couch hoch und ging zum Fenster. Da er ihr den Rücken zukehrte, konnte sie nicht erkennen, was in ihm vorging. Sein Verhalten verwirrte sie. Sie fragte sich, was ihn so aufgewühlt hatte, fand aber nicht den Mut, ihn anzusprechen. Minute um Minute verstrich, ohne dass einer von beiden etwas sagte. Die Stille wirkte auf Riona beklemmend.

Als er endlich wieder zu sprechen ansetzte, hatte sich der Klang seine Stimme verändert, Trauer schwang darin mit. »Das war nicht immer so. Es gab eine Zeit, da trugen wir Kleider in den Farben des Meeres und der Sonne … auf unserer Insel … Damals, als unsere Kinder, unsere Frauen …« Er ließ den Satz unvollendet.

Seine Worte verwirrten sie noch mehr. Irgendetwas Schreckliches musste in seinem Leben passiert sein, mutmaßte sie. Aber er schien noch nicht bereit zu sein, darüber zu sprechen. Sie hatte auch nicht vor, ihn deswegen zu bedrängen.

Schnell dachte sie sich die nächste Frage aus. »Du hast mal gesagt, dein Zuhause ist in Blue World. Damit meinst du das Wasser, nicht wahr?«

»Ich meine damit alle sieben Weltmeere«, erwiderte er.

»In welchem Weltmeer liegt eure Insel?«

»Im Indischen Ozean.«

»Wie konntet ihr dort leben, ohne entdeckt zu werden?« In Erwartung seiner Antwort begann ihr Herz zu hämmern.

Es dauerte eine Weile, bis er sich vom Fensterplatz löste und wieder zu ihr kam. Anstatt sich zu setzen, blieb er vor der Couch stehen. Aus seinem Gesicht war alles Schmerzliche gewichen. Es wirkte so undurchdringlich wie die meiste Zeit über.

»Unsere Insel ist klein und felsig, für Menschen schwer zugänglich. Darum habt ihr sie auch nicht weiter beachtet.« Seine Augen blitzten auf. »Hinter den Felsen liegt ein wunderschönes Tal mit Palmen und dem Fluss Samir. Der Name unserer Insel ist Kuro.«

Daher kommt also sein Nachname, dachte Riona. Vor ihrem geistigen Auge sah sie hinter hohen Felsen eine blühende Landschaft. Unvermittelt fiel ihr die nächste Frage ein. »Du sagst, die Insel hat Felsen. Konntet ihr da so einfach rüberklettern?«

Er zuckte gelassen mit den Achseln. »Es gibt Amphibien, die springen können. Wir springen nur etwas höher als andere. Und wir sind sehr geübte Kletterer.«

»Wie hoch könnt ihr springen?«

»Mehr als du dir vorstellst.«

Seine Antwort versetzte sie in Erstaunen. Nur allzu gern hätte sie jetzt gefragt, warum die Meeresjäger ihre Insel verlassen mussten. Sie spürte aber, dass jetzt nicht der richtige Zeitpunkt dafür war. Stattdessen fragte sie: »Nachdem ihr eure Insel verlassen musstet, warum habt ihr nicht Kontakt zu uns Menschen aufgenommen? Wir hätten euch helfen können.«

Argon zog die Mundwinkel verächtlich nach unten.

»Du hast keine Vorstellung von dem, was passierte. Glaubst du wirklich, dass Ihr Menschen uns helfen würdet?«

»Ja, natürlich.«

Er sah sie an, als ob er an ihrem gesunden Verstand zweifelte. »Denk doch mal nach, Riona. Wir Amphibienmenschen wären für euch die idealen Versuchsobjekte. Wir würden entweder in euren Labors landen oder als Attraktion im Tierpark.«

Seine Worte erhitzten sie, ihre Wangen begannen zu glühen. Sie erhob sich. »Nein. So wäre es nicht gekommen. Du siehst alles negativ, und das macht dir anscheinend auch noch Spaß.«

Nicht ein einziges Zucken in seinem Gesicht verriet, was in ihm vorging.

»Du bist eine Idealistin und du kennst deine Artgenossen anscheinend nicht sehr gut. Ein dauerhaftes Leben unter euch ist für uns undenkbar. Wir würden nie zur Ruhe kommen. Es würde immer Menschen geben, die alles tun würden, um uns zu fangen. Wir Meeresjäger haben Fähigkeiten, welche die euren weit übersteigen. Schon das allein macht uns für euch interessant.«

Seine Worte machten sie sprachlos. In Gedanken suchte sie nach einer passenden Erwiderung, ihr fiel nichts ein.

Er machte einen Schritt auf sie zu und sah fest in ihre Augen. »Wenn du dir vollkommen sicher bist, dass ich Unrecht habe, dann gehe ich jetzt mit dir zu den Menschen und gebe mich zu erkennen. Kannst du das wirklich verantworten, Riona?«

Sie erwiderte nichts, denn sie wusste, dass sie es nicht konnte. Alles, was er eben gesagt hatte, könnte so eintreffen. Hochaufgerichtet stand er vor ihr. Sie sah seinen athletischen Körper und die stolze Haltung seines Kopfes. Sie spürte seine geheimnisvolle Aura, die wie ein Atemhauch zu ihr schwebte und ihre Sinne berührte. Er war etwas ganz Besonderes, dachte sie, und dafür würden ihn einige Menschen jagen.

Argon spürte ihre Blicke über seinen Körper wandern, aber hatte keine Lust darauf, sich von ihr weiter anstarren zu lassen. Er ging zur Wand mit den Bildern, kniete sich dort nieder und begann, die Gemälde zu ordnen. Eine Weile blieb Riona unschlüssig sitzen, dann ging sie zu ihm.

»Was machst du?«

»Ich sortiere Bilder für die Galerie aus«, erwiderte er, ohne seine Arbeit zu unterbrechen.

»Wolltest du das nicht gestern erledigen?«

»Hab ich auch. Das sind neue Bilder.«

Sie machte ein erstauntes Gesicht. »Die hast du alle in so kurzer Zeit gemalt?«

»Du kannst mich nicht mit euch vergleichen«, sagte er schlicht.

Schweigend beobachtete sie sein Tun.

»Wie widersprüchlich du bist«, sagte sie etwas später.

Er wandte ihr sein Gesicht zu. »Wie soll ich das verstehen?«

»Na ja, du verkaufst deine Bilder an Menschen, obwohl du sie verachtest.« Sie wusste, dass sie ihn damit verärgern konnte. Trotzdem, sie wollte es wissen. Mit einer gewissen Erleichterung bemerkte sie, dass er gelassen blieb.

Er erhob sich und strich sich mit einer eleganten Bewegung durchs Haar.

»Ich gebe zu, das ist verwirrend. Aber ich verfolge damit mein Ziel.«

»Wieso?«

»Ich möchte eine Insel kaufen, auf der wir Meeresjäger ungestört leben können. Du bekommst keine Insel für zehn Dollar.«

»Ich verstehe, du benutzt uns also nur«, sagte sie leicht deprimiert.

Er musterte sie von oben bis unten. »Soll ich dir morgen zeigen, wer ich wirklich bin, Riona?«

Ihr Gesicht erhellte sich, Neugier auf das Unbekannte war zu erkennen.

»Was hast du vor?«

Wieder trat das seltsame Lächeln auf seine Lippen, das sie schon kannte.

»Lass dich überraschen und komm morgen Nachmittag zu mir.«

***

Am gleichen Abend kam es, während sich Riona zum zweiten Mal in Argons Haus aufhielt, an der Westküste von Big Island zu einem Vorkommnis, das der Polizei ein schier unlösbares Rätsel aufgeben sollte. Vier Studenten aus Indianapolis waren am Nachmittag auf der größten der fünf Inseln eingetroffen, um hier die Semesterferien zu verleben. Sie hatten die Zeit bis zum Sonnenuntergang im Wasser herumgetollt und keinen Gedanken daran verschwendet, sich für die kommende Nacht eine Unterkunft zu suchen. Schon längst hatten die anderen Urlauber den Strand verlassen, waren in ihre Mietwagen gestiegen und hatten sich in die Hotels begeben.

Nach einer kurzen Beratung hatten die vier jungen Männer beschlossen, die erste Nacht am Strand zu verbringen, was ihnen wie ein Abenteuer erschien. Sie hatten trockene Äste gesammelt, zu einem Haufen übereinandergeschichtet und ein Lagerfeuer entfacht. Der Inhalt der Rucksäcke, in erster Linie Bierdosen und in Folie eingeschweißte

Sandwichs, lag verstreut auf dem Sandboden. Die Nacht brach herein. Mächtige Wolken zogen auf und schoben sich vor den Sternenhimmel – zu träge, um weiterzuziehen. Somit erhellte nur das Lagerfeuer in einem kleinen Umkreis den verlassen wirkenden Strand. Das Städtchen Kailua-Kona war zu weit entfernt, als dass seine Geräusche zu den jungen Männern gelangen konnten.

Weit weg von der Außenwelt und völlig zufrieden lagen sie um das Feuer. Sie tranken Bier, grölten und erzählten sich Geschichten aus dem Studentenleben. Der Älteste von ihnen erhob sich auf Drängen der anderen. Erst nach mehreren Anläufen gelang es ihm, seine Gitarre vom Boden aufzuheben und zu spielen, was in Anbetracht seines Alkoholpegels eher einem Verprügeln der Saiten gleichkam. Die anderen prusteten laut los vor Lachen, klatschten in die Hände und feuerten ihn zum Weiterspielen an.

Plötzlich kam der Schock, der schlagartig allen Anwesenden die Ernüchterung brachte. Über dem Kopf des Gitarrenspielers erschien ein gewaltiger Schatten, etwas Vogelartiges, das ihn packte und ihn hinaufzog. Er zischte, wehrlos wie eine Marionette, zusammen mit der Gitarre durch die Luft und verschwand in der Dunkelheit. Panische Schreie erschütterten die Stille des Strandes. Alle sprangen auf, rannten ziellos um das Feuer und starrten mit aufgerissenen Augen in die Finsternis hinein.

»Zum Teufel, was war das?«, rief einer. Schutzsuchend klammerte er sich an seinen Freund, der sich wiederum an ihn drängte. Als urplötzlich die

Gitarre vom Himmel fiel und krachend vor ihren Füßen landete, schrien beide auf und machten einen Satz rückwärts zum Feuer.

»Lasst uns hier abhauen«, rief der Dritte. Er rannte zum Ende des Lichtscheins, der vom Lagerfeuer ausging. Dort stoppte er abrupt. Er traute sich nicht in die Dunkelheit hinein, die sich wie eine unheilverkündende Wand um ihn herum aufbaute. Mit irrem Blick starrte er in die Nacht hinein, seine Knie schlotterten und Angst schnürte ihn den Magen zu.

Plötzlich zischte eine schwarze Gestalt an ihm vorbei, streifte ihn und der Platz, an dem er eben noch stand, war leer. Die beiden anderen brüllten vor Entsetzen auf. Dicht an dicht gedrängt standen sie mit dem Rücken zum Feuer, ihr einziger Schutz vor dem Unbekannten.

»Was ist das für ein Ding?«, schrie der eine.

»Wo ist es hin? Wo ist es hin?«, kreischte sein Freund. Ihre Köpfe schnellten von einer Seite zur anderen, ihre Gesichter waren von Todesangst entstellt.

Vor der nachtschwarzen Wand zeichnete sich eine Gestalt ab, die Kapuze war tief in das Gesicht gezogen. Noch bevor die beiden Männer einen erneuten Schrei ausstoßen konnten, war die Gestalt und mit ihr die beiden Männer verschwunden, als hätte sie der Erdboden verschluckt. Kurze Zeit später brachen die Wolken auf und Regen entlud sich. Er prasselte auf den Strand herunter, prasselte auf die umgekippten und halb ausgelaufenen Bierdosen, auf die kaputte Gitarre und die Glut des Lagerfeuers, die zischte, bis sie erlosch.

***

Zufrieden räkelte sich Eric auf der Rückbank des Taxis, das ihn am frühen Morgen zum Flughafen brachte. Die halbe Nacht lang hatte er mit Hannah telefoniert. Sie hatte ihm versprochen, im November wieder nach Hawaii zu kommen. Eine Woche mit Hannah. Er würde sich einiges einfallen lassen, um die gemeinsame Zeit für beide unvergesslich zu machen. Bis dahin dürften auch die mysteriösen Badeunfälle abgehakt sein. Er hatte bereits einen Plan geschmiedet, wie er weiter vorgehen wollte. Heute war Donnerstag und nächstes Wochenende wollte er nach Maui zurückkommen und sich zwei Tage lang die Kleine aus Deutschland aufs Korn nehmen. Mal sehen, was die süße Riona den ganzen Tag lang so trieb und mit wem sie sich traf, wenn sie abends ohne ihre Mutter unterwegs war. An der Hotelrezeption hatte er gleich ein Zimmer für Samstag gebucht.

Eric warf einen Blick auf seine Armbanduhr. Es war höchste Zeit zum Flughafen zu kommen.

»Fährt das Ding auch schneller?«, rief er ungehalten dem Taxifahrer zu. Der Fahrer brummelte etwas von wegen Geschwindigkeitsbeschränkung und behielt das Tempo bei. Eric wirkte verärgert. Das fehlte noch, dass er wegen dieser Schnecke seinen Flieger verpasste. Im Police Department in Honolulu musste er einige Vorkehrungen treffen und Ryan dazu überreden, seinen Wochenenddienst zu übernehmen. Seine Recherchen auf Maui konnte er nur als Privatperson durchführen, denn ihm fehlte dazu die Befugnis. Allerdings konnte ihm niemand zwei

Urlaubstage verwehren, ganz gleich, an welchem Ort er sie verbrachte. Er war gespannt, welche Überraschung ihm das Wochenende bescherte. Sein Polizistenherz konnte förmlich spüren, dass etwas Außergewöhnliches im Anmarsch war.

***

Nach dem Frühstück fuhren Riona und Marie zur historischen Walfängerstadt Lahaina, um Mitbringsel für die daheimgebliebenen Freunde zu kaufen. Riona verließ frustriert einen Souvenirladen, nachdem sie ihn erfolglos nach einer Ukulele, dem typisch hawaiischen Zupfinstrument, durchstöbert hatte. Es sollte ein Geschenk für Hagen werden, mit dem sie sich seit zwei Jahren eine Wohnung in Hamburg teilte. Eigentlich war Hagen nicht nur ein guter Freund, für Riona gehörte er zur Familie. Er war ihr Ratgeber, Seelsorger und kurzzeitig auch mal ihr Lover. Letzteres lag schon zwei Jahre zurück. Es hatte nicht funktioniert, obwohl keiner von beiden den Grund dafür benennen konnte. Aus Liebe hatte sich schnell Freundschaft entwickelt, die im Laufe der Zeit immer mehr an Tiefe gewonnen hatte.

Hagen verdankte seinen Namen der Heldenfigur aus der Nibelungensage. Seine Mutter hatte die Sage so oft gelesen, dass sie alles in- und auswendig kannte. Auch sein Bruder musste mit dem eigenwilligen Namen Siegfried klarkommen. In der Sage war Hagen von Tronje der Gegenspieler Siegfried dem Drachentöter. Im wahren Leben kamen die beiden Brüder gut miteinander zurecht.

»Kann Hagen überhaupt darauf spielen?«, fragte Marie. »Vielleicht sollten wir uns nach einem anderen Geschenk umsehen.«

»Das ist schnuppe. Ich weiß, er steht auf so etwas.« Riona kannte Hagens vollgestopftes Zimmer, an dem jeder Messie seine Freude hätte. Es wirkte wie ein Museum für Kitsch und Krempel. Seine neueste Errungenschaft war ein Plastikeiffelturm aus Paris, der seinen Platz neben einem holzgeschnitzten Kamel aus Marokko gefunden hatte. Das gewöhnungsbedürftige Stillleben wurde abgerundet durch eine Pfauenfeder an der Wand, die er aus irgendeinem Zoo ergattert hatte.

Marie blickte die Geschäftsstraße entlang. Die milde Morgenluft hatte zahlreiche Urlauber aus den Hotels gelockt. Bunte Holzhäuser, Restaurants und Ladengeschäfte reihten sich nebeneinander und versprühten einen nostalgischen Charme.

»Wir sollten es in dem ABC-Store da vorn versuchen«, schlug Marie vor. »Die findet man an jeder Straßenecke.«

Das Geschäft erwies sich als ein Supermarkt in Miniausführung, der offenbar alles führte: von Sandwichs über Haarspangen bis zu Ukulelen in Pappschachteln. Riona zog einen Karton aus dem Regal heraus und riss ihn an der Seite auf.

»Du kannst ihn doch nicht einfach aufreißen«, mahnte Marie.

»Wie soll ich sonst wissen, ob der Inhalt in Ordnung ist?«, erwiderte Riona. Sie zerrte das Instrument aus der Schachtel und musterte es von allen Seiten. »Okay, die nehme ich.« Sie ging zur Kasse und zahlte. Auf der Straße hakte sie sich bei ihrer

Mutter unter. »Klappte doch alles bestens. Was machen wir jetzt?«

»Mir ist nach einem Eis«, sagte Marie. »Vielleicht finden wir ein nettes Lokal im Freien.«

»Aha, Straßenvoyeurismus«, sagte Riona.

»Straßen was?«

»Hab ich aus dem Fernsehen. Man setzt sich draußen irgendwo hin, um die vorübergehenden Leute anzustarren.«

Marie schmunzelte. »Guter Begriff, den merke ich mir.«

Sie schlenderten an den Geschäften vorbei, blieben ab und zu vor einem Schaufenster stehen und musterten die Auslagen. Riona zeigte auf eine Schaufensterpuppe.

»Cooles T-Shirt, es würde dir bestimmt stehen.«

»Schon möglich. Lass uns reingehen und nachsehen, ob sie es in meiner Größe haben.«

Zwanzig Minuten später kamen sie mit einer Einkaufstasche wieder heraus und setzten den Weg fort.

Schon von weitem konnte Riona auf der gegenüberliegenden Straßenseite ein Geschäft erkennen, das jetzt ihre ganze Aufmerksamkeit in Anspruch nahm. Sie hoffte, es würde sich um das handeln, was sie vermutete. Je näher sie ihre Schritte heranführten, desto mehr bestätigte sich ihre Vermutung. Oberhalb der Tür prangte ein Schild, auf dem die Goldbuchstaben im Sonnenlicht glänzten. Darauf war »Galerie Daniel Durikoff« zu lesen. Freudestrahlend wandte sie sich zu ihrer Mutter.

»Sieh mal, Ma. Das muss die Galerie sein, die Argons Bilder verkauft.«

»Wollen wir reingehen?«, fragte Marie.

»Unbedingt.«

Sie überquerten die Straße und blieben vor der Fensterfront stehen, die einen ungehinderten Blick auf das Ladeninnere gewährte. Der Raum war über achtzig Quadratmeter groß und wirkte trotz der vielen Bilder an den Wänden steril. Der Eindruck mochte vom hellgrauen Granitfußboden kommen, der so blank war, als ob man ihn frisch gewischt hätte. Auch der elegant geschwungene Verkaufstresen trug dazu bei. Ein älterer Herr, den Riona nach kurzer Musterung als Kunstliebhaber einstufte, schritt die Bilderreihe an einer Wand ab. Er hatte die Hände hinter dem Rücken verschränkt und blieb stehen, um ein Gemälde etwas näher in Augenschein zu nehmen. Ein Ehepaar stand vor dem Kassentisch und sah der Verkäuferin zu, wie sie das eben erstandene Bild in einen Pappkarton bugsierte.

Riona und Marie betraten das Geschäft. Die Verkäuferin, eine gertenschlanke Frau von Mitte zwanzig, sah zu ihnen rüber. Sie grüßte mit einem freundlichen Lächeln und fuhr mit ihrer Arbeit fort.

»Du meine Güte, so viele Bilder«, sagte Marie. »Wie willst du darunter eines von deinem Künstler finden? Wir sollten die Verkäuferin fragen.«

»Ich erkenne Argons Bilder sofort«, sagte Riona voller Überzeugung. Sie ging auf die rechte Wand zu und schritt sie ab, während ihr Blick die Ausstellungsstücke streifte: Aquarelle, Aktbilder, farbenprächtige Landschaften in Öl gemalt und abstrakte Werke. Alle mochten einen individuellen

Reiz haben, dennoch kamen keines denen gleich, die Riona in Argons Haus gesehen hatte. Abrupt blieb sie vor einem Bild stehen. Sie hatte gefunden, wonach sie suchte.

Auf dem Bild war eine Palmengruppe auf einer Felsklippe zu sehen. Stolz aufgerichtet ragten die Stämme in den azurblauen Himmel. Die Blätter erinnerten an riesige Federn, die im Wind auf und ab wogen, als wollten sie sich gegenseitig Kühlung spenden. Der Regen hatte ihren Durst gestillt und die letzten Wassertropfen, die auf den Blättern wie durchsichtige Perlen im Tageslicht schimmerten, sogen die Sonnenstrahlen auf. Die Gewächse waren nicht einfach Palmen, auf Riona wirkten sie wie überirdische Wesen, die genau an dieser Stelle ihre Heimat gefunden hatten und im Einklang mit der Natur ein glückliches Dasein führten. Es war, als ob sie eine Seele hätten, die zu ihr sprach: Schau her, es ist so einfach, zufrieden und glücklich zu sein.

»Wie gefällt Ihnen das Bild?«

Riona bemerkte neben sich einen Mann von Ende dreißig, der ihr freundlich zulächelte. Die blonden Haare hatte er über der Stirn nach hinten gekämmt, was seinem Gesicht eine sportliche Note verlieh. Attraktiver Typ, stellte sie fest. Eine Hand hatte er in die Hosentasche gesteckt, die andere spielte mit einem Knopf seines Leinenhemdes.

»Es ist wunderschön«, sagte sie.

»Haben Sie auch das Gefühl, es würde leben?«

»Ja«, sagte sie in einem bedeutungsvollen Tonfall.

»Als ob es zu Ihnen sprechen würde?«

Sie nickte. Das Lächeln des Fremden vertiefte sich. »Das Bild richtet an jeden Betrachter seine individuellen Worte. Was sagte es zu Ihnen?«

»Dass man nicht viel braucht, um glücklich zu sein.«

»Und, stimmen Sie dem zu?«

»Ich glaube schon. Jedenfalls werde ich darüber nachdenken.« Sie sah zu ihrer Mutter, die auf der anderen Seite des Raumes vor einem abstrakten Bild stand und es in einer Art betrachtete, als wollte sie es am liebsten um neunzig Grad drehen. Riona wandte sich wieder dem Mann zu. »Arbeiten Sie hier?«

Er zog die Hand aus der Hosentasche und wirkte jetzt geschäftstüchtig.

»So ist es. Was kann ich für Sie tun?«

»Haben Sie noch andere Bilder von diesem Künstler?«

»Leider nein, obwohl wir erst vor einigen Tagen seine neuesten Werke erworben haben. Es ist unglaublich, wie sich die Touristen darum reißen. Auch dieses ist bereits verkauft. In meinem achtjährigen Berufsleben als Galerist habe ich so etwas noch nicht erlebt.«

»Sind Sie Daniel Durikoff?«, fragte Riona.

Er lächelte. »Sie lasen draußen mein Schild.«

Sie bestätigte es und er fuhr fort: »Der Künstler heißt übrigens Argon Kuro und wohnt auf Maui. Regelmäßig versorgt er uns mit seinen Kunstwerken. Wenn Sie möchten, dann kommen Sie in zwei Tagen bei uns vorbei. Vielleicht haben Sie Glück und können seine Bilder bewundern.«

»Das ist nicht notwendig, denn ich kenne sie

schon«, sagte sie. »Glauben Sie mir, die sind wirklich gut.«

Daniel hob erstaunt die Brauen. »Sie kennen Argon Kuro?«

»Ja, das heißt nein, oder vielleicht ein wenig.«

Er stieß einen herzhaften Lacher aus und betrachtete sie belustigt. »Ich wusste gar nicht, welche Verwirrung ich bei einer attraktiven jungen Frau mit einer einfachen Frage stiften kann.«

»Ich bin ganz und gar nicht verwirrt«, protestierte sie. »Es ist nur, weil kein Mensch Argon wirklich kennt.« Ihre blauen Augen blickten ihn herausfordernd an.

»Ich verstehe Sie nur zu gut«, lenkte er ein. »Meine Angestellte Rita sagte so etwas Ähnliches.«

»Ihre Angestellte?«, Riona horchte auf. »Was erzählte sie über Argon?«

»Dass er einsilbig ist, schwer zu durchschauen. Er bringt die Bilder, kassiert das Geld und verschwindet wieder. Er will noch nicht einmal wissen, wie die Gemälde bei unseren Kunden ankommen.«

»Ist das alles?«

Daniel zuckte mit den Schultern. »Rita ist jedes Mal ganz aus dem Häuschen, wenn er in der Galerie auftaucht. Sie kann es kaum abwarten, die neuen Werke zu sehen. Anfangs bestürmte sie ihn mit Fragen und wollte alles über ihn wissen. Aber sie erhielt von ihm keine oder nur ausweichende Antworten. Mittlerweile hat sie es aufgegeben, ein normales Gespräch mit ihm zu führen. Ihre Bewunderung für ihn ist jedoch ungebrochen.«

Daniel brach seine Ausführungen ab und taxierte Riona.

»Woher kennen Sie eigentlich Argon Kuro?«, wollte er wissen.

In Windeseile überlegte sie, welche Antwort sie ihm geben konnte, ohne zu viel über Argon zu verraten.

»Das war reiner Zufall.« Mit gespielt gleichgültigen Miene betrachtete sie die Ausstellungsstücke an der Wand.

»Wissen Sie, wo er wohnt?«

»Das kann ich Ihnen nicht sagen.«

»Schade.«

Sie sah wieder zu ihm. »Warum interessiert Sie das überhaupt?«

»Richtig, ich sollte Sie aufklären«, sagte er. »Vielleicht können Sie mir doch helfen, ihn zu finden, nachdem ich Ihnen alles erzählt habe.« Er deutete auf den hinteren Teil des Raumes. »Darf ich Sie in meinem Büro zu einer Tasse Kaffee einladen? Dort spricht es sich besser.«

Riona drehte sich wieder zu ihrer Mutter, die inzwischen auf einem Sessel in der äußersten Ecke Platz genommen hatte. Ihre Handtasche lag auf dem Schoß und ihr Blick ruhte auf dem giftgrünen Kleid einer Blondine, die sich mit der Verkäuferin unterhielt.

»Da drüben sitzt meine Mutter«, sagte sie zu Daniel. »Ich muss ihr sagen, wo ich bin.«

»Sie kann sich uns gern anschließen«, erwiderte er. »In meinem Büro habe ich es mehr als zwei Tassen.«

Riona ging zu ihrer Mutter. »Ich hab eben

Daniel, den Galeristen, kennengelernt. Er lädt uns in sein Büro zu einem Kaffee ein.«

»Geh ruhig, ich bleibe hier sitzen«, sagte Marie.

»Du kannst doch mitkommen.«

»Wozu? Ich verstehe doch nichts.«

»Es kann dauern. Wird es dir nicht zu langweilig?«

Marie rückte die Handtasche zurecht, die gerade von ihrem Schoß gleiten wollte. »Ganz und gar nicht. Laufend gehen hier Leute ein und aus. Von diesem Sessel aus habe ich den besten Platz, um Galerievoyeurismus zu betreiben.« Sie wies mit einem Kopfnicken auf die Blondine, die sich gerade ein Bild erklären ließ. »Hast du schon mal so eine Kleiderfarbe gesehen? Die hat sich rausgeputzt wie eine Leuchtstoffröhre. Auffälliger geht es nicht mehr.«

Riona überging den Kommentar. »Dann gehe ich jetzt.«

Marie machte eine abweisende Handbewegung. »Ja, ja, geh nur!«

Riona durchquerte den Raum und betrat das Büro. In der Luft lag ein Geruch von Papier, der den zahlreichen Ordnern entströmte, gemischt mit dem würzigen Duft von Kaffee.

Daniel stand vor einem Regal und war gerade damit beschäftigt, drei Tassen mit Kaffee zu füllen. Er hatte ihr den Rücken zugekehrt. Bei ihrem Eintreffen wandte er sich um. Unwillkürlich weiteten sich ihre Augen. Sie starrte ihn voller Entsetzen an. Sein Gesicht war auf der rechten Seite durch eine senkrechte Narbe völlig entstellt. Der Mund war leicht nach unten verzogen und das Lid hing halb auf dem Auge. Vorhin hatte er sich nur mit seiner unbeschadeten Gesichtshälfte zu ihr gedreht, sodass ihr der missgestaltete Teil entgangen war.

Sie riss den Blick davon los und heftete ihn auf das Bücherregal. »Toll, der Kaffee ist schon fertig.« Etwas Besseres fiel ihr in dem Moment nicht ein.

Daniel nahm zwei Tassen, ging damit zum Tisch und stellte sie ab. Er wirkte gelassen, als ob er ihr kurzzeitiges Entsetzen nicht bemerkt hätte. Wahrscheinlich hatte er sich bereits an die Reaktionen der anderen gewöhnt, vermutete sie.

»Wo ist Ihre Mutter?«, erkundigte er sich.

»Sie zieht es vor, Ihre Kunden zu beobachten.«

Er begann zu schmunzeln. »Bitte nehmen Sie Platz.« Er wies auf einen Stuhl, der eher elegant als bequem aussah, und schob eine Tasse zu ihr rüber. Sie setzte sich.

»Trinken Sie mit Milch und Zucker?«, fragte er.

»Nur Milch bitte.«

Er ging zum Regal und holte ein chromfarbenes Kännchen. Als er sich Riona gegenübersetzte, fiel ihr Blick unwillkürlich auf die Narbe, die auf der gebräunten Wange in erschreckender Weise hervorstach.

»Die stammt von einem Motorradunfall«, sagte er trocken.

Sie fühlte sich ertappt, war unangenehm berührt und senkte die Lider. »Es tut mir leid.«

»Das muss Ihnen nicht leidtun«, sagte er unbekümmert. »Ich bin selbst schuld. Ich bin viel zu rasant gefahren. Früher konnte es mir nicht schnell genug gehen.«

Er schob ihr das Milchkännchen zu. »Ich war lange Zeit in verschiedenen Krankenhäusern. Der Unfall brachte mich zur Besinnung und lehrte mich, Demut vor dem Leben zu haben.«

Sie wusste nichts Passendes zu erwidern. Auf keinen Fall wollte sie jetzt irgendeinen banalen Spruch aufsagen. Sie griff zum Kännchen, goss Milch in die Tasse und trank einen Schluck.

Daniel sagte: »Wir beide sitzen nicht zusammen, um über meine Jugendsünden zu reden. Wie schmeckt der Kaffee?« Durch seine lockere Art entspannte er die Situation.

»Anders als deutscher Kaffee, aber gut.« Damit erntete sie ein Lächeln von ihm. Sie sagte: »Wir sitzen hier, weil wir beide Argon kennen.«

»Stimmt«, sagte Daniel. »Das heißt, es stimmt nur zum Teil. Ich habe bislang nur einiges über ihn gehört.«

»Sie kennen ihn nicht?« Sie war verblüfft. »Er kommt doch jede Woche zu Ihnen.«

»Das schon«, sagte Daniel. »Seit fünf Wochen taucht er in unregelmäßigen Abständen hier auf und keiner weiß, wann er das nächste Mal erscheint. Ich lebe mit meiner Familie in Los Angeles, wo ich eine international bekannte Galerie habe. Ich bin nur selten auf Maui. Das Geschäft hier in Lahaina war bis vor kurzem nur eine Spielerei, weil ich die Insel mag und hier einen Teil meines Urlaubs verbringe.«

Rionas Augen waren konzentriert auf sein Gesicht gerichtet, das inzwischen für sie trotz der Entstellung den Schrecken verloren hatte.

»Sie waren nie hier, wenn er kam?«, fragte sie.

»Ich war seit zwei Monaten nicht auf Maui. Mir fehlte dafür einfach die Zeit«, sagte er. »Eines Abends rief mich Rita an und erzählte mir von einem jungen Mann. Er war am Nachmittag bei ihr aufgekreuzt und hatte drei Bilder an die Wand gestellt. ›Verkaufen Sie die Bilder‹, hatte er sie angewiesen und war wieder verschwunden. Sie hatte ihn als einen durchgeknallten Irren eingestuft und wollte seine Werke vor die Tür stellen.« Daniel griff zu seiner Tasse und nahm einen Schluck.

Die Geschichte hatte Riona inzwischen gefesselt.

»Und? Hat sie es getan?«

Daniel schüttelte den Kopf. »Sie kam gar nicht dazu. Ein Kunde hatte die Bilder inzwischen gemustert und sich sofort entschlossen, alle drei zu kaufen. Die angebotene Summe war so hoch, dass Rita fast nach hinten gekippt wäre.« Er machte ein Gesicht, als ob er es selbst noch immer nicht glauben konnte.

»Wie ging es weiter?«, fragte Riona.

»Seit diesem denkwürdigen Tag verkaufen wir alle Bilder, die er uns bringt. Und Sie können mir glauben, es waren viele.«

Er machte eine kurze Pause und blickte gedankenverloren über Rionas Kopf hinweg. Mit leiser Stimme fuhr er fort: »Haben Sie sich noch nicht gewundert, wie ein Mensch in so kurzer Zeit derart viele Bilder malen kann?«

»Er ist eben talentiert«, sagte sie.

Als Daniel sie ansah, konnte sie sehen, wie seine Augen vor Begeisterung leuchteten.

»Er ist viel mehr als das«, sagte er. »Er ist ein Ausnahmetalent.«

Sie erwiderte nichts darauf, sondern schmunzelte nur in sich hinein. Mehr als du denkst, dachte sie.

»Er ist ein Jahrhundertgenie«, ereiferte er sich. Seine gesunde Wangenhälfte fing an zu glühen.

»Mit seiner Begabung könnte er die ganze Welt für sich einnehmen.«

Für einen Moment herrschte andächtiges Schweigen. Daniels Worte bewirkten, dass sich Riona erst so richtig der Tragweite von Argons Kunst bewusst wurde.

»Was haben Sie jetzt vor?«, wollte sie wissen.

Er beugte sich halb über den Tisch und blickte sie fest an. »Ich möchte mich mit ihm treffen.«

»Was werden Sie ihm sagen?«

»Ich denke, ihm ist das Ausmaß seiner Begabung nicht bewusst. Ich werde ihm vorschlagen, sein Talent in vollem Umfang zu fördern. Ich kenne in L.A. die entsprechenden Leute. Ich könnte das Bindeglied zwischen ihm und der Welt da draußen sein.« Er lehnte sich an die Rückenlehne seines Stuhls, ohne sie aus den Augen zu lassen. »Können Sie mir dabei helfen?«

Sie griff wieder zur Tasse und trank mehrmals, um Zeit zu gewinnen. Unter keinen Umständen würde sie Argons Aufenthalt in der Bucht preisgeben. Doch sie erkannte auch die einmalige Chance für ihn.

»Vielleicht sehe ich ihn heute Nachmittag«, erwiderte sie dann.

Daniel atmete tief durch. »In zwei Tagen muss

ich zurück nach L.A. Bitte richten Sie ihm aus, ich möchte ihn vorher sehen.«

»Ich werde es ihm sagen.«

»Nein, ich habe eine bessere Idee.« Er überlegte kurz. »Ich lade ihn morgen Abend zum Essen ein. Ich wohne im Hotel Atlantis. Wir könnten uns im Foyer treffen. Um acht.«

»Okay«, sagte sie.

»Er muss unbedingt kommen.« Daniel ballte die Hände zu Fäusten. »Das Treffen ist von entscheidender Bedeutung. Bitte versuchen Sie, ihn dahingehend zu beeinflussen.«

»Kein Mensch kann Argon beeinflussen.« Sie erhob sich.

Daniel stand ebenfalls auf und kam zu ihr. »Vielen Dank für Ihre Hilfe. Ich freue mich, dass wir uns kennengelernt haben.« Daraufhin streckte er ihr seine Hand entgegen.

Riona nahm seine Hand und sagte: »Weiterhin viel Erfolg mit Ihren Bildern.«

Als sie auf die Tür zuging, rief er ihr hinterher: »Verraten Sie mir Ihren Namen?«

Sie sah über die Schulter hinweg zu ihm. »Ich bin Riona.«

»Alles Gute für Sie, Riona«, sagte er.

***

Riona kam zurück, wie Argon es sich erhofft hatte. Jetzt stand sie vor ihm in seinem Wohnzimmer und schilderte die Unterhaltung mit dem Galeristen, dem sie am Vormittag begegnet war. Argon fand Riona heute besonders anziehend, wie sie sich in etwas hineinsteigern konnte und die blauen Augen dabei vor Erregung sprühten.

»Du solltest zu dem Treffen gehen«, beschwor sie ihn. »Mit Daniel erhältst du die Chance, deine Bilder über Hawaii hinaus zu verkaufen.«

Regungslos hatte er ihren Ausführungen gelauscht. Er hielt die Arme über der Brust verschränkt. Sein Blick wanderte über ihren Körper und blieb an ihrem Gesicht hängen.

»Warum tust du das für mich?«, fragte er und merkte, wie sie stutzte.

»Weil ich dir helfen möchte.«

In seinen Augen lag ein Anflug von Verwunderung. »Warum willst du mir helfen?« Er bemerkte, wie seine Frage sie irritierte.

»Weil ich natürlich möchte, dass es dir gut geht«, erwiderte sie.

»Warum ist dir das wichtig?«

»Mein Gott, Argon«, brauste sie auf. »Worauf willst du mit deiner Fragerei eigentlich hinaus? Kannst du denn nicht verstehen, dass ich dir einfach nur helfen möchte, und zwar ohne Hintergedanken?« Sie sah ihn wütend an und drehte sich demonstrativ um.

»Verzeih mir, Riona«, lenkte er ein. »Ich habe nicht erwartet, dass mir ein Mensch helfen möchte. Es ist für mich neu, und ich war darauf nicht vorbereitet.«

»Du steckst voller Vorurteile uns gegenüber.« Sie schüttelte verständnislos den Kopf.

Seine Finger begannen, mit einer ihrer Haarlocken zu spielen.

»Ich habe so meine Erfahrungen.«

»Und deine Erfahrungen sagen dir, dass jeder Mensch egoistisch ist?« Sie spürte seine Finger an ihrem Nacken und ein wohliger Schauer rieselte durch ihren Körper.

»Die Menschen sind egoistisch, denn sie haben keine Moral mehr«, sagte er und fügte hinzu: »Abgesehen von dir.«

Seine Finger schoben sich in ihren Haaransatz, sodass sie sich kaum noch auf das Gespräch konzentrieren konnte. Ein weiterer Schauer lief ihr über den Rücken.

»Natürlich haben wir eine Moral«, sagte er. »Wir hatten sie schon immer.« Argons Finger umkreisten ihr Ohr und fanden zurück zu ihrem Nacken.

»Vielleicht hattet ihr eine Moral, als ihr noch Affen ward«, sagte er. »Aber als ihr euer Fell abgestreift habt, habt ihr auch eure Moral abgelegt.«

Urplötzlich erlosch in ihr der Zauber seiner Berührungen. Zornesröte schoss ihr in die Wangen. Mit einer heftigen Bewegung drehte sie sich zu ihm.

»Jetzt wirst du zynisch«, rief sie aus.

»Ich sage nur die Wahrheit«, entgegnete er ruhig.

»Das ist nicht die Wahrheit«, protestierte sie. »Wir Menschen sind nicht so, wie du dir uns in deinem Dickschädel vorstellst.«

Er lachte belustigt auf. Gegen ihren Willen zog er sie zu sich heran. »Du bist wirklich süß, wenn du dich ärgerst.«

Sie kämpfte gegen seine Arme an, die sie wie Zangen umklammerten. Sie keuchte und wand sich, hatte jedoch gegenüber seiner enormen Kraft keine Chance. Schließlich gab sie auf.

Seine Lippen kamen dicht an ihr Ohr und er flüsterte: »Du hast recht. Ich habe einen Dickschädel.« Sein Griff lockerte sich. Mühelos hätte sie sich von ihm losreißen können, wenn sie es gewollt hätte. So schnell wie ihre Wut aufgeflammt war, so schnell legte sie sich auch wieder.

»Ich muss noch viel über euch Menschen lernen«, sagte er im versöhnlichen Tonfall. »Willst du mir dabei helfen?«

»Ja. Wenn du mir versprichst, dich mit Daniel zu treffen.« Als er nichts darauf erwiderte, bohrte sie nach: »Denk wenigstens darüber nach!«

Er zögerte kurz und sagte: »Okay, das werde ich.«

Sanft schob er sie von sich fort. Sein Blick streifte ihr T-Shirt und er wechselte ganz bewusst das Thema: »Trägst du da drunter einen Bikini?«

»Na klar«, sagte sie, »ich weiß ja nun, dass du ein Meeresjäger bist. Also hab ich mich gleich auf Wasser eingestellt.«

»Kluges Mädchen«, sagte er mit einem belustigten Zwinkern in den Augen. »Es wird Zeit für deine Überraschung.« Er ging zum Schrank und holte daraus ein Seil mit Verschlüssen und eine Decke, dann nahm er vom Küchentisch ein Messer. Als er wieder neben ihr stand, umfasste er ihre Hand und führte sie hinaus auf die Veranda.

»Wozu brauchst du das ganze Zeug?«, fragte sie, während sie an Argons Seite auf das Wasser zuging.

»Mit dem Seil fessele ich dich«, sagte er.

Sie lachte einmal auf. »Das ist nicht dein Ernst.«

»Das ist mein voller Ernst.«

»Ich lass mich nicht von jemandem fesseln.«

Als er den Kopf zu ihr drehte, lag wieder dieses seltsame Lächeln auf seinen Lippen, das sie schon mehrfach an ihm gesehen hatte.

»Du kannst es auch allein machen«, schlug er vor.

»Warum sollte ich?«

»Weil du Herausforderungen magst.«

Sie antwortete nicht darauf, doch ihr Herzschlag erhöhte sich unweigerlich. Wenig später standen sie am Ufer des Ozeans. Es war ein perfekter Sommertag, warm und fast windstill. Vor ihnen lag das Wasser wie ein sich wiegender Teppich. Die Sonnenstrahlen malten darauf glitzernde Ornamente. Über allem schwebte der Himmel wie eine blaue Kuppel. Die Wolkenbällchen wirkten wie angeklebte Zuckerwatte. Weit und breit war kein Mensch zu sehen.

Argon ließ Rionas Hand los, breitete die Decke aus und warf das Messer darauf. Dann begann er, Hemd und Hose abzustreifen. Riona tat es ihm nach, obwohl sie noch immer nicht verstand, wozu man zum Baden ein Seil brauchte. Er wartete geduldig, bis sie soweit war, dann deute er auf den Ozean.

»Ich geh jetzt rein und leg mich aufs Wasser. Danach setzt du dich auf meinen Rücken.« Er streckte die Hand mit dem Seil zu ihr aus. »Du musst dich an mir festbinden, damit du später nicht runterfällst. Winde das Seil um meinen Körper, danach um deinen. Zum Schluss lässt du die Verschlüsse einrasten und du bist gesichert.« Seine Stimme nahm einen bedeutungsvollen Unterton an, als er fortfuhr: »Heute ist der Tag, an dem du auf Wellen reiten kannst. Hast du Lust, es auszuprobieren?«

»Wahnsinnig gern.« Am liebsten hätte sie laut losgejubelt. Sie nahm das Seil und sah Argon hinterher, wie er den Ozean betrat. Seine Muskeln begannen unter der Haut zu spielen, als er mit den Armen das Wasser vor sich zerteilte. Er drehte sich zu ihr und winkte sie heran. Sie folgte ihm. Mit einem eleganten Schwung ließ er sich auf das Wasser fallen. Nur eine Sekunde lang tauchte er unter, dann kam er wieder hoch. Lang ausgestreckt lag er auf dem Wasserteppich und wartete.

Mit hämmerndem Herzen glitt sie auf seinen Rücken und setzte sich darauf. Es dauerte eine Weile, bis sie sich mit dem Seil gesichert hatte. Sie hielt sich mit beiden Händen an seinem Rücken fest. Kaum war sie damit fertig, schwamm er auch schon in die Weiten des Ozeans hinaus.

Plötzlich schoss er los. Zu beiden Seiten seines Körpers spritzte das Wasser auf und sprühte in Rionas Gesicht. Ihre Haare wirbelten durch die Luft. Sie war schon mehrfach mit einem Motorboot über das Meer gefahren. Aber das hier war die Fahrt ihres Lebens. Sie hatte das Gefühl, auf einem Delphin sitzend in die Welt hinauszurasen. Nie zuvor hatte sie sich so frei gefühlt wie in diesem Moment. Sie setzte sich kerzengerade auf, breitete die Arme aus. »Ich bin die Nixe von Blue World!«, rief sie aus. Der Wind nahm ihren Ruf und wehte ihn über den Ozean hinweg. Immer weiter ging es dem Horizont entgegen. Vor sich sah sie mächtige Wellen auf sich zurollen. Ihr Herz begann zu trommeln, denn gleich mussten sie die Wasserwand durchbrechen. Instinktiv klammerte sie sich fest an Argons Rücken.

Dann geschah es. Plötzlich sprang er hoch in die Luft. Wie ein Akrobat drehte er sich seinen Körper. Riona kreischte, ihre Haare flogen auf. Es blieb ihr keine Zeit zur Besinnung, denn schon sausten sie wieder herunter. Das Wasser schoss einer Fontäne gleich neben ihr hoch in den Himmel. Bei jeder ankommenden Welle sprang Argon hoch und vollführte in der Luft kleine Kunststücke. Und jedes Mal kreischte Riona vor Vergnügen. Es war für sie, als ob sie mit einer lebenden Achterbahn über die Wellenberge raste.

Nach einer halben Stunde drosselte er die Geschwindigkeit und machte eine Kehrtwendung zurück zum Festland. Erst jetzt merkte Riona, wie weit sie sich von der Insel entfernt hatten. Argons Holzhaus war nur noch als weißer Punkt zu erkennen. Während sie sich der Bucht näherten, beruhigte sich ihr Herzschlag. Die Sonnenstrahlen kitzelten ihre nackte Haut. Ihre Haare klebten an den Schultern und von den Spitzen perlte das Wasser über ihren Körper. Sie drehte den Kopf in beide Richtungen und genoss die Aussicht. Jede noch verbleibende Minute auf Argons Rücken wollte sie auskosten.

Als sie wieder den Grund der Bucht sehen konnte, stoppte er und lag regungslos im Wasser. Sie löste das Seil und glitt von seinem Rücken. Argon erhob sich und strich die Haarsträhnen aus seinem Gesicht. Zu Rionas Erstaunen zeigte sich bei ihm nicht die geringste körperliche Anstrengung. Sein Brustkörper hob und senkte sich in ruhiger Folge, als wäre er nur kurz untergetaucht. Alles an ihm zeigte ihr, wie er mit dem Wasser verbunden war – das Wasser war sein Element. Seine Augen leuchteten vor Lebenskraft.

»Hat es dir gefallen?«, wollte er wissen.

»Es war unglaublich«, sagte sie. »Ich hätte nie damit gerechnet, dass ich mal so etwas Tolles erlebe.«

»Und? War es für dich eine Herausforderung?«

»Die größte, die ich bis jetzt hatte.«

»Hattest du Angst?«

»Es war ein Nervenkitzel, aber Angst hatte ich nicht. Ich wusste, mir würde nichts passieren.«

»Glaubst du wirklich, dir könnte an meiner Seite nichts passieren?«

»Ja«, sagte sie mit Nachdruck.

»Wieso denkst du das?«

»Ich weiß nicht. Das ist nur so ein Gefühl.«

Wieder trat das seltsame Lächeln auf seine Lippen. »Gefühle können täuschen.«

»Bei dir nicht.« Sie legte den Kopf schief. »Was sind das überhaupt für merkwürdige Fragen?«

»Es ist nicht weiter wichtig«, erwiderte er und sprach sofort weiter: »Bitte warte am Strand auf mich, ich bin gleich zurück.«

»Was hast du vor?«

»Ich hole etwas aus Blue World.«

Bevor sie etwas erwidern konnte, war er bereits im Wasser verschwunden. Dort, wo er untergetaucht war, bildete sich Schaum. Der Schaum wurde zu Wellen, die sich im Meer verloren. Einen Moment lang hoffte sie, Argon dort draußen irgendwo zu sehen – es gelang ihr aber nicht. Sie ging zum Strand und setzte sich auf die Decke. Während ihre Finger Kreise in den Sand malten, beobachtete sie den Ozean. Er war tiefblau, ein Blau, das in die Augen stach und schwindlig machte. Sie musste daran denken, dass der Name Blue World absolut passend war.

Wenig später tauchte vor ihr ein schwarzer Haarschopf aus dem Wasser und gleich darauf streckte sich Argon zur vollen Größe aus. In geschmeidigen Bewegungen entstieg er dem Ozean und ging lautlos über den Sand. Voller Bewunderung glitt ihr Blick über seinen makellosen Körper, den das Sonnenlicht umflutete. Er setzte sich neben sie und streckte den rechten Arm zu ihr aus. Auf seiner Handfläche lag eine Auster. Ihre geriffelte Schale schillerte in der Sonne. Er nahm das Messer, öffnete die Auster und zauberte eine Perle hervor.

»Sie ist für dich«, sagte er und reichte sie ihr. »Mein Geschenk aus Blue World.«

Rionas Augen begannen zu leuchten, während sie die Perle zwischen ihren Fingern drehte, um sie von allen Seiten zu betrachten.

»Sie ist wunderschön. Vielen Dank, Argon! Etwas Schöneres hättest du mir nicht schenken können.« Sie neigte sich vor und küsste seine Wange.

Argon blickte gedankenverloren zum Ozean. Dann wandte er sich zu Riona.

»Ich kenne eine Legende von Blue World.

Unsere Eltern erzählen sie ihren Kindern, und so geben wir sie seit Generationen an unsere Nachfahren weiter.«

»Erzählst du mir diese Legende?« Riona schaute gespannt zu ihm.

Argon machte es sich auf den Strand bequem. Er begann zu erzählen: »Unsere Ahnen sagen, Gott erschuf die Welt mit einem einzigen Handschlag. Daraufhin verwandelte er seinen ungehorsamen Engel Ariches in Wasser und verbannte ihn auf die Erde. Sechs Tage und Nächte kroch Ariches über die Gebirge hinweg und versuchte zu entkommen. Dabei füllte er Täler und Schluchten mit Wasser. So entstanden die sieben Weltmeere. Am siebten Tag ergab er sich seinem Schicksal. Er bereute seine Vergehen und fühlte sich einsam. Da kam ihm die Idee, sich Gefährten zu erschaffen, die ihm Gesellschaft leisteten. Schon bald füllten über tausend Fischarten seinen Wasserbauch. Ariches Fantasie kannte keine Grenzen. Er erschuf den Regenbogenfisch mit Schuppen wie Perlmutt, den Seeigel und den Gespensterfisch mit Augen so groß wie Tassen. Farbenprächtige Korallenbänke schmückten das Wasser, Seegras wog sich im Takt der Meeresströmung. Eine einzigartige Welt war entstanden. Eine Welt von kristallener Schönheit, in deren Tiefe die immerwährende Nacht herrschte. Blue World. Die Krönung von Ariches Schaffen waren die Meeresjäger, die intelligentesten seiner Geschöpfe. Aber der Tag wird kommen, an dem sie zum ersten Mal auf Menschen stoßen. Diese Begegnung wird für alle folgenschwer sein.«

Argon sah zu Riona. »Eine Legende, die mit

einer Prophezeiung endet.« Er atmete tief durch, wandte sich von ihr ab und blickte aufs Meer hinaus.

Riona war über das dramatische Ende dieser Legende, die so wundervoll begonnen hatte, betroffen. Sie wusste nicht, wie sie darauf reagieren sollte. Jeder banale Satz wäre falsch gewesen. Vielleicht würde sie zu einem späteren Zeitpunkt ihn darauf ansprechen. Aber nicht heute und nicht hier. Sie warf einen Seitenblick auf ihn, räusperte sich und begann, mit der Perle in ihrer Hand zu spielen.

»Die Perle wird mich immer daran erinnern, wie wundervoll der Tag bis jetzt war.«

Er sah zu ihr und ein Lächeln umspielte seine Lippen. »Der Tag ist noch nicht zu Ende. Oder willst du schon gehen?«

»Nein.« Sie ließ sich rückwärts auf die Decke gleiten und streckte die Beine aus. Der Wind strich warm über ihre Brüste und Schenkel. Das Rauschen des Meeres klang wie Musik in ihren Ohren. Ihre Stimme war verträumt, als sie sagte: »Am liebsten würde ich immer hier bleiben und dieser Tag dürfte nie enden.«

Er beugte sich über sie und bedeckte sie mit seinem Schatten. Sie sah ihm tief in die Augen und wandte den Blick nicht von ihm ab, während seine Finger über ihre Stirn glitten, den Nasenrücken entlang wanderten und ihre Lippen berührten. Dann küsste er sie. Sie schlang die Arme um seinen Hals und vergaß alles um sich herum, hingerissen von seinen Berührungen, von seinen Küssen. Sie atmete seinen Zitrusduft ein, der verschmolzen war mit dem Duft des Ozeans. Alles erschien ihr wie ein Traum und Argon war das Meer, in dem er lebte.

Später lagen sie aneinandergeschmiegt auf dem Rücken und beobachteten, wie die Wolken über ihre Köpfe hinwegzogen. An diesem Nachmittag fühlte sich Riona so glücklich wie nie zuvor. Losgelöst von der Außenwelt empfand sie das Leben so leicht wie eine Feder.

Sie wandte den Kopf zu ihm. »Sag: Ich spüre die Sonne auf meiner Haut!«

»Ich spüre die Sonne auf meiner Haut«, wiederholte er mit seiner warmen Stimme.

»Sag: Ich spüre die Wärme in mir!«

»Ich spüre die Wärme in mir« , wiederholte er.

»Und jetzt sag: Hawaii ist wundervoll!«

Er wiederholte es.

»Na siehst du? Es geht doch«, sagte sie.

»Ich habe nie daran gezweifelt, dass Hawaii wundervoll ist.« Er beugte sich über sie. »Du bist wundervoll.« Dann küsste er ihre Lippen, ihre Wangen, ihren Hals.

Später stand er auf. »Ich geh ins Haus und hole uns etwas zu trinken.«

Sie musste zu ihm aufblinzeln, als er vor ihr im gleißenden Sonnenlicht stand. Mit einer Hand schirmte sie die Augen ab.

»Bitte für mich kein Meerwasser«, witzelte sie.

Er tat so, als ob er darüber ernsthaft nachdenken würde. »Hm, du möchtest gutes, hawaiianisches Mineralwasser?«, und nickte dann. »Ich glaube, das kann ich auftreiben.« Sein Körper spannte sich. Völlig unerwartet für Riona sprang er mit wenigen

Sätzen zum Haus. Hastig setzte sie sich auf und sah ihm hinterher. Er stand bereits auf der Veranda und verschwand im Haus. Eine Minute später trat er durch die Tür. Das außergewöhnliche Schauspiel begann von vorn. Mit drei Riesensprüngen stand er wieder neben ihr.

»Bitte«, sagte er und überreichte ihr eine Flasche.

»Das war sensationell«, begeisterte sie sich. »Einfach unglaublich! Das würde mir niemand glauben.« Sie sah ihn mit großen Augen an. »Zum Glück hat dich keiner gesehen. Das hätte sonst morgen in der Zeitung gestanden. Du wärst die Attraktion von ganz Hawaii.«

»Ich weiß«, sagte er. »Genau aus diesem Grund halten wir uns von den Menschen fern.«

»Ja, denn du würdest wie ein Magnet die Urlauber anziehen und sie würden aufhören, ihre Reisen zu stornieren.«

»Tun sie das gerade?«, fragte er leichthin. »Gefällt den Menschen Hawaii nicht mehr?«

»Nein, das ist es nicht. Ich hatte vorhin im Auto das Radio an. Der Moderator sprach über diese merkwürdigen Badeunfälle. Die Urlauber bleiben wohl deshalb weg.«

Argon wurde hellhörig. »So? Was sagte er noch?«

Sie hob den Kopf zum Himmel und ließ sich mit geschlossenen Augen die Sonne aufs Gesicht scheinen.

»Er sagte, dass alle fünf Inseln davon betroffen sind. Die Menschen gehen ins Wasser und kommen nicht mehr zurück.«

Sie blinzelte kurz zu ihm. »Schon rätselhaft, findest du nicht auch?«

»Ja, das ist unnatürlich«, erwiderte er tonlos.

Sie nahm nicht wahr, dass sich seine Stimme leicht verändert hatte, und berichtete weiter: »Das Ganze wird noch rätselhafter, denn seit kurzem verschwinden die Menschen nicht nur im Wasser.«

Seine Augen verengten sich zu kleinen Schlitzen. »Sondern?«

»Seit einigen Tagen geschieht etwas Seltsames an den Stränden. Zuerst traf es diesen Martin aus Deutschland. Jetzt werden auch vier Studenten auf O'ahu vermisst. Man hat ihr Gepäck am Strand gefunden. Alles war noch da, auch Ausweise und Geld.«

Argon hatte konzentriert zugehört. »Wann hat man die Sachen gefunden?«

»Heute Vormittag. Letzte Nacht muss sich etwas Furchtbares am Strand abgespielt haben.«

Er fasste sich an die Stirn, als wäre er zu einer Erkenntnis gekommen.

»Verdammt«, stieß er kaum hörbar aus.

Sie hielt noch immer die Augen geschlossen und hatte davon nichts mitbekommen. »Na ja, du musst wissen, dass die Medien alles ausschlachten. Wahrscheinlich stimmt noch nicht mal die Hälfte.«

Als sie zu ihm sah, bemerkte sie seinen veränderten Gesichtsausdruck. Es wirkte finster.

»Was ist?«, fragte sie.

»Es ist nichts«, log er.

Sie stand auf und stupste ihn spielerisch in die Seite. »Warum machst du dann so ein Gesicht, wenn nichts ist?«

»Mir ist eingefallen, dass ich etwas klären muss.« Er sah zum Ozean hinaus. »Ich muss gehen.«

Riona war verwirrt. »Wohin willst du?«

»Zurück nach Blue World.«

»Warum so plötzlich?«

»Ich kann es dir nicht erklären.«

Sie forschte in seinem Gesicht nach einer Regung, an der sie erkennen könnte, was in ihm vorging. Es gelang ihr wieder einmal nicht.

»Kannst du es mir nicht erklären oder willst du es nicht?« Als er darauf nicht antwortete, stöhnte sie auf und sagte: »Du und deine Geheimnisse. Lerne ich dich jemals wirklich kennen?«

Auf sein Gesicht trat ein warmes Lächeln. »Komm morgen Nachmittag zu mir, dann lernst du eine neue Seite an mir kennen. Dafür brauchst du auch keinen Bikini.«

»Und welche Seite kann das wohl sein?«, begann sie ihn zu necken.

»Lass dich überraschen«, erwiderte er bedeutungsvoll.

***

Die Meeresjäger hatten sich im Kuppelsaal versammelt, saßen an den Tischen und lauschten Argons Ausführungen. Er sprach über das, was Riona ihm über den Vorfall am Strand von Kihei erzählt hatte. Er äußerte die Vermutung, dass Narla die Tat begangen hatte. Sie war die Einzige, die in jener Nacht nicht mit den anderen unterwegs war. Außerdem berichtete er über das Verschwinden der vier Menschen auf O'ahu. Er sagte, es müsste geklärt werden, ob Narla auch dahinter steckte.

Im Saal herrschte eine gedrückte Atmosphäre, denn zu ungeheuerlich waren die Anschuldigungen, die er in klaren Worten gegen Narla vorbrachte. Argon schloss seine Ausführungen mit einem verächtlichen Blick auf Narla, die mit gesenktem Kopf neben ihm stand. Dann verbeugte er sich vor dem Ältestenrat und ging zu seinem Platz.

Karlefs Adleraugen bohrten sich in das Gesicht der am ganzen Körper zitternden Meeresjägerin.

»Was hast du zu deiner Verteidigung zu sagen?«

Sie hob den Kopf und wandte ihm ihr tränennasses Gesicht zu »Verzeiht mir. Bitte verzeiht mir«, schluchzte sie.

»Du weißt, es ist strengstens verboten, Menschen zu töten«, sagte Karlef scharf. »Wir sind nicht wie sie.«

Narla wurde von einem erneuten Weinkrampf befallen. »Bitte vergebt mir. Es geschah nur aus Liebe zu meinem Kind, zu meinem Bruder.«

»Wir alle trauern um unsere Verstorbenen. Aber Rache ist eine feige Form der Trauer«, donnerte Karlefs Stimme durch den Raum. »Es ist einer Meeresjägerin unwürdig.«

Neben Karlef saß der Älteste von allen, den sie wegen seines Äußeren nur den Grauhaarigen nannten. Er hob jetzt die Stimme:

»Dein Verhalten brachte uns in Gefahr mit noch unabsehbaren Folgen. Du wirst dafür eine angemessene Bestrafung erhalten.« Sein Blick machte die Runde unter den Meeresjägern. Einer von ihnen sagte: »Ja, sie muss bestraft werden.« Unter ihnen entstand Bewegung, immer mehr Stimmen wurden laut. Jeder äußerte sich auf seine Weise, dennoch waren sie sich in einem Punkt einig: Narla hatte eine Strafe verdient.

»Wir sollten Ariches darüber entscheiden lassen«, rief jemand aus.

»So soll es sein«, stimmten ihm andere zu. »Lasst Ariches entscheiden.«

Narlas Oberkörper war nach vorn gekrümmt, als ob ihr die Kraft fehlte, länger aufrecht zu stehen. Ihr Blick irrte über die aufgeregte Menge hinweg bis zu ihrer Mutter. Sie sahen sich an. In ihren Augen lag der Schmerz über das Vorgefallene und die Verzweiflung darüber, was nun folgen würde.

Inzwischen waren die fünf Ältesten damit beschäftigt, das Urteil über Narla fällen. Sie waren dicht zusammengerückt und murmelten unverständliche Worte. Kurze Zeit später erhob sich Karlef und legte seine prankenartigen Hände auf den Tisch. Es klang wie ein Paukenschlag. Umgehend trat Ruhe ein, und alle Gesichter wandten sich ihm zu. Die Spannung war zum Greifen nah.

Auch Narla hatte sich wieder zum Ältestenrat gedreht. Ihr Blick eilte von einem zum anderen, als ob sie hoffte, aus der Mimik ihrer Gesichter das kommende Urteil bereits erraten zu können.

Dann richtete sie die Augen auf Karlef, der jetzt mit kraftvoller Stimme zu sprechen begann: »Du hast eines unserer obersten Gesetze gebrochen. Kein Meeresjäger missachtet die Anweisungen des Ältestenrates. Noch nie zuvor hatte es einer von euch gewagt, ein Gesetz zu ignorieren. Durch dein verwerfliches Handeln hast du uns in große Gefahr gebracht.« Er schwieg sekundenlang, um das Gesagte auf die Anwesenden wirken zu lassen, und sprach dann weiter: »Die Strafe dafür kann nur der Kampf mit einem Tigerhai sein. Ariches allein wird entscheiden, wer als Sieger daraus hervorgeht.« Alle im Saal signalisierten ihre volle Zustimmung.

Narla schluchzte auf. »Wann soll es geschehen?«, fragte sie mit zitternder Stimme.

»Noch in dieser Stunde«, erwiderte Karlef. Ein Raunen ging durch den Saal, das sofort verebbte, als er die Hand hob. Er sah zum angrenzenden Tisch und gab einem Meeresjäger namens Mangolf ein kaum sichtbares Zeichen. Mangolf stand auf und stampfte auf Narla zu. Seine hünenhafte Gestalt ließ ihn schwerfällig erscheinen, jedoch konnte er schneller schwimmen als die meisten von ihnen. Willenlos und mit gesenktem Kopf ließ sie sich von ihm abführen. Als sie an ihrer Mutter vorbeikam, hob sie den Blick zu ihr, als wollte sie daraus Kraft schöpfen für das nun Kommende. Mangolf stieß sie weiter. Sie drehte den Kopf, um das Gesicht ihrer Mutter nicht zu verlieren, und hielt daran fest, bis sie den Gang betrat.

Im Saal wurde es laut. Stühle wurden geschoben und alle erhoben sich von den Plätzen. Sie fanden sich in kleinen Gruppen zusammen und begannen, über den Vorfall zu diskutieren und Vermutungen zu äußern, ob Narla den Kampf überstehen könnte. Jeder hatte schon mehrfach mit einem Tigerhai gekämpft. Schließlich war sein Fleisch für sie eine absolute Delikatesse. Allerdings machten sie auf ihn nur in Gruppen Jagd. Auch dann noch stellten die messerscharfen Zähne eine Gefahr für sie dar. Immer wieder kam es vor, dass einer von ihnen eine Verletzung davontrug. Aus diesem Grund galt für sie der Kampf mit einem Tigerhai als die Königsdisziplin der Jagd.

Die zehn Jüngsten hatten einen Kreis gebildet, auch sie beschäftigte nur ein Thema.

»Ich gebe es zu, Narla tut mir trotzdem leid«, sagte die neunzehnjährige Minja. »Sie handelte doch nur aus Liebe zu ihrem getöteten Kind.«

»Das ist keine Entschuldigung«, ereiferte sich Rawen. »Wir töten nicht aus Rache. Außerdem brachte sie uns alle in Gefahr, die Strafe ist gerechtfertigt.«

Ein anderer warf ein: »Ariches soll entscheiden, wie der Kampf ausgeht.«

»Ja, wir sollten seinem Urteil vertrauen«, stimmte ihm Rawen zu.

Argon stand schweigsam neben seinem Freund, ihn beschäftigten ganz andere Gedanken. Einerseits machte er sich Vorwürfe, weil er es war, der Narla in diese schlimme Situation gebracht hatte. Andererseits wusste er auch, er hatte richtig gehandelt. Der Vorfall musste aufgeklärt werden, denn nur so war es möglich, die Wachsamkeit aller Meeresjäger zu wecken.

Er sah zu Minja, die wieder das Wort ergriffen hatte. Sie wird immer hübscher, stellte er fest. Ihre zierliche Gestalt und die braunen Locken, die das runde Gesicht umrahmten, ließen sie wie eine Spielzeugpuppe wirken. Sie war bei allen beliebt, denn keiner war gutmütiger und mitfühlender als sie.

Ein Meeresjäger trat an Argon heran und berührte ihn an der Schulter. »Karlef möchte dich sprechen.«

Argon wandte den Kopf in Richtung der Tischreihe des Ältestenrates. Sein Vater stand dort und war in ein Gespräch mit dem Grauhaarigen vertieft.

»Ist gut. Ich gehe zu ihm.«

Rawen hatte das Gespräch mitverfolgt. »Siehst du dir nachher den Kampf an?«

»Bestimmt nicht«, sagte Argon. Er löste sich von der Gruppe und durchquerte den Saal.

Der Grauhaarige hatte sich inzwischen von Karlef verabschiedet und nickte ihm freundlich zu, als sie sich begegneten.

Argon trat an Karlef heran.»Du möchtest mich sprechen, Vater?«

Karlef baute seinen mächtigen Körper vor ihm auf.

»Ich habe dich vorhin beobachtet. Ich weiß, wie sehr dich der Gedanke quält, du könntest Narla verraten haben.«

Argon verzog das Gesicht. »Ich möchte kein Verräter sein.«

»Das bist du nicht und das wirst du auch niemals sein.« Karlef legte eine Hand auf Argons Schulter. »Du hast richtig gehandelt. Wir mussten von dem Vorfall erfahren. Es geht um unsere Sicherheit.«

»Narlas Handeln hat schon Wellen geschlagen«, sagte Argon. »Sie berichten darüber in ihren Medien.«

Aus Karlefs Mund ertönte ein Zischen wie bei einer Kobra. »Dann haben wir keine andere Wahl. Wir werden Hawaii verlassen. Morgen starten wir in Richtung Alaska.«

Karlefs Worte ließen Argons Herz verkrampfen. Vor seinem geistigen Auge sah er sich mit Riona auf den Ozean hinausschwimmen und er hörte nochmals ihre Worte, die ihn so glücklich gemacht hatten: Ich bin die Nixe von Blue World. Wenn sie morgen abreisten, würde er sie niemals wiedersehen. Aber er wollte sie nicht verlassen. Nicht jetzt! In dem Moment wurde ihm bewusst, dass sie ihm nicht mehr gleichgültig war. Die Erkenntnis versetzte ihn in Erstaunen. Noch vor wenigen Tagen hätte er es für vollkommen ausgeschlossen gehalten. Mit dem Handrücken wischte er sich über die Stirn, als wollte er die Gedanken daran verscheuchen.

»Was wird aus unserem Experiment?«, fragte er dann.

»Wir brechen es ab«, erwiderte Karlef.

Argon biss sich auf die Unterlippe. »Die Frau ist jetzt soweit.«

»Es gibt viele Frauen. In Alaska suchst du dir eine andere.«

»Aber keine ist so wie sie«, schlüpfte es ungewollt von Argons Lippen.

»Was soll das heißen?« Karlef sah ihn scharf an.

Argon überlegte blitzschnell, wie er darauf antworten sollte. Innerlich ärgerte er sich über sich selbst, weil er sich einen Augenblick lang nicht unter Kontrolle hatte. Er räusperte sich. »Das Experiment ist für uns zu wichtig, wir sollten es nicht aufschieben.« Sein Gesicht wurde jetzt so regungslos, als wäre es in Stein gehauen. »Ich gab dir ein Versprechen, Vater. Gib du mir jetzt noch Zeit und ich werde es einlösen. Wenigstens bis nach dem Wochenende.«

Karlefs Augen waren starr auf seinen Sohn gerichtet, während er über den Vorschlag nachdachte.

»Nun gut, wir sollten nicht vorschnell handeln. Führe das Experiment durch. Danach bringst du die Frau zu uns.«

Eine Sekunde lang weiteten sich Argons Augen schreckerfüllt, dann hatte er sich wieder unter Kontrolle.

»Riona soll mit uns kommen?« Ungewollt hatte er ihren Namen erwähnt. Er war erleichtert, als sein Vater nicht weiter darauf einging.

»Sie muss mitkommen«, sagte Karlef nachdrücklich. »Sollte uns das Experiment gelingen, brauchen wir sie – und das weißt du.«

»Aber es wäre viel einfacher, wenn sie in meinem Haus bliebe«, sagte Argon. »Sie wird mir nicht entkommen. Ich habe ein spezielles Zimmer vorbereitet.« Er zögerte, schluckte und fuhr fort: »Ich bleibe auch hier. Wenn es soweit ist, setze ich mich mit dir in Verbindung.«

»Nein, wir gehen kein weiteres Risiko ein«, sagte Karlef. »Nach dem Experiment bringst du sie her, dann ziehen wir weiter.«

Die Worte waren für Argon ein Befehl. Ihm blieb keine Wahl, als sich Karlefs Anweisungen zu fügen.

»Ich tue, was du von mir verlangst, Vater.«

»Gut, mein Sohn.« Karlefs Blick schwenkte zum Bullauge, vor dem sich bereits die anderen Meeresjäger eingefunden hatten, um den bevorstehenden Kampf zu beobachten.

»Gehen wir zu den anderen«, sage er. »Es ist gleich so weit.«

Das Letzte, was Argon jetzt sehen wollte, war Narlas verzweifelter Kampf mit einem Hai. Es hätte ihm den Magen umgedreht. Zwar hatte sie eine Strafe verdient, dennoch wollte er sie nicht leiden sehen.

»Ich möchte noch einmal in mein Haus gehen, um einiges zu regeln«, wand er sich heraus.

Karlef musterte ihn aus stählernen Augen.»Ist das der wahre Grund? Oder ist es, weil du nicht sehen möchtest, wie Narla leiden könnte?«

»Es ist eine Mischung aus beidem«, sagte Argon wahrheitsgemäß.

»Dann geh in dein Haus und triff deine Vorkehrungen.«

Sie trennten sich. Während Karlef zu den anderen ging, durchquerte Argon den Saal in Richtung Ausgang. Noch bevor er auf den Gang trat, hörte er hinter sich einen Aufschrei. Er wusste, Narlas Kampf hatte begonnen.

***

Am nächsten Morgen hatte das schöne Wetter viele Urlauber an den Strand gezogen. Riona, Marie und Lore hatten es sich auf zwei Badelaken gemütlich gemacht.

»Ich verstehe nicht, warum du am Samstag nicht

mitkommen willst«, rief Marie aufgebracht aus. »Jetzt fliegen wir um den halben Erdball, um uns Hawaii anzusehen, und du sperrst dich dagegen.« Sie saß kerzengerade auf der Decke. Über ihr flatterte ein überdimensional großer Sonnenschirm, den sie sich gleich am ersten Tag zugelegt hatte. Das Letzte, was sie aus dem Urlaub mit nach Haus bringen wollte, waren Knitterfalten am Dekolleté. Wütend blickte sie zu ihrer Tochter, die lang ausgestreckt in der Sonne brutzelte. Riona setzte sich auf und wischte sich den Schweiß von der Stirn.

»Ma, ich finde es auch toll, dass wir nach Hawaii geflogen sind«, sagte sie in besänftigendem Tonfall. »Ich muss nur keine andere Insel sehen. Alles, was ich brauche, ist hier.«

»Alles, was du zur Zeit anscheinend brauchst, ist dieser Künstler«, rief Marie. »Der hat dir wohl einen Floh ins Ohr gesetzt, damit du nicht verreist.«

»Hat er nicht«, entgegnete Riona, sich weiterhin um einen ruhigen Ton bemühend. »Mir gefällt es hier nun mal. Warum soll ich zu einer anderen Insel fliegen?«

»Weil Hawaii noch mehr zu bieten hat als Maui«, sagte Marie, noch immer verärgert.

Riona fingerte die Wasserflasche aus der Badetasche heraus und nahm einen Schluck. »Flieg du am Samstag mit Lore für zwei Tage nach O’ahu, und ich halte hier die Stellung. Ich bring euch auch zum Flughafen und hol euch wieder ab.«

Lore, die auf ihrer Decke liegend den Streit mitverfolgte, setzte sich auf. »Wenn Riona unbedingt hierbleiben will, dann lass sie doch. Hauptsache ist doch, dass sie glücklich ist.« Mit innerer Genugtuung quittierte sie Rionas dankbaren Blick.

Marie hob eine Hand und wollte etwas erwidern, ließ sie aber resignierend wieder sinken. »Zwei gegen einen. Ich muss mich wohl geschlagen geben.« Ein Gedanke schoss ihr durch den Kopf. »Unter einer Bedingung. Ich möchte mir vorher deinen Künstler ansehen. Schließlich muss ich wissen, in wen mein Kind derartig verschossen ist, dass der ganze Urlaub darunter leidet.«

Riona verdrehte die Augen. »Ich bin in niemanden verschossen und der Urlaub ist schön, so wie er ist.«

»Trotzdem. Morgen stellst du ihn mir vor. Du triffst dich doch ohnehin mit ihm. Dann kann er dich auch vom Hotel abholen und mich gleich begrüßen.«

»Hahaha«, lachte Riona auf. »Wie soll er dich begrüßen, wenn du kaum Englisch verstehst? Wollt ihr euch mit Händen und Füßen unterhalten?«

»Mach dich ruhig über mich lustig«, bemerkte Marie bissig. »Mir reicht es schon, wenn ich ihn mir anschaue, um mir ein Urteil über ihn zu bilden. Und es bleibt dabei. Morgen holt er dich ab und ich werfe ein Auge auf ihn.«

Mit einem bezaubernden Hab-mich-lieb-Grinsen krabbelte Riona zu ihrer Mutter und legte den Kopf in ihren Schoss.

»Entschuldige bitte. Ich wollte dich nicht verletzten. Wenn es dir so wichtig ist, dann machen wir es so. Und für die beiden Tage auf O'ahu wünsche ich euch viel Spaß.« Sie war erleichtert, als sie dafür einen Kuss auf die Stirn erhielt. Sie robbte wieder auf ihren Platz zurück, griff zur Sonnenmilch und begann, ihre Arme einzucremen.

Marie beobachte das Treiben ihrer Tochter. »Als ob das noch etwas nützen würde. Verbrannt ist verbrannt.« Sie reckte die Nase in die Luft und schnüffelte. »Riecht es hier nicht irgendwie nach Steak Medium?«

»Wirklich witzig.« Riona kleckste die Sonnenmilch auf den geröteten Bauch und fragte, während sie die Masse verrieb: »Was machen wir eigentlich heute Abend?«

»Du triffst dich nicht mit dem Künstler?«, fragte Marie.

»Wieso? Willst du mich loswerden?«

»Das nicht, aber wundern tut mich das schon. Muss er arbeiten?«

»Nein, er trifft sich mit dem Galeristen. Jedenfalls hoffe ich das. Bei ihm bin ich mir nicht so sicher.« Sie warf einen Seitenblick auf ihre Mutter. »Dafür wollte ich nachher zu ihm fahren. Hast du was dagegen?«

»Nein, fahr ruhig und amüsier dich.«

Riona hatte die Eincremeaktion beendet und legte sich wieder auf den Rücken. Mit sich und der Welt zufrieden, schloss sie die Augen. Sie wollte jetzt nur noch an Argon denken. In ein paar Stunden würde sie wieder bei ihm sein. Er hatte versprochen, ihr etwas Neues zu zeigen. Aber den gestrigen Tag konnte er unmöglich toppen. Dennoch war sie gespannt, was sie erwartete.

Am frühen Nachmittag ging sie aufs Zimmer. Eine Stunde später fuhr sie zu Argon. Der Moderator im Radio berichtete über einen weiteren

Badeunfall. Es folgten Interviews mit Menschen, die man auf der Straße angesprochen hatte. Jemand äußerte seine Vermutung, dass ein bisher unbekanntes Monster im Wasser sein Unwesen trieb. Riona wechselte zu einem anderen Sender, denn sie wollte sich nicht von schlechten Nachrichten den Tag verderben lassen.

Nach einer halben Stunde bog sie in die Abzweigung ein und parkte den Jeep. Sie stieg aus und sah zur Bucht. Argon stand mit seiner Staffelei so dicht am Wasser, das es hin und wieder seine nackten Füße benetzte. Sein Rücken war ihr zugekehrt, sie konnte aber dennoch sehen, dass er malte. Sie schlich sich an ihn heran und war dabei bemüht, ihr Kommen nicht durch Kichern zu verraten.

»Ich weiß, dass du da bist«, rief Argon ihr zu, ohne seine Arbeit zu unterbrechen.

Sie lächelte und beschleunigte die Schritte. Gleich darauf stand sie neben ihm.

Er legte die Pinsel auf das Tischchen neben der Staffelei, wandte sich zu ihr und küsste ihre Lippen. »Warte hier, ich bringe nur meine Sachen ins Haus.« Er begann, seine Utensilien zusammenzupacken.

Staunend schweifte ihr Blick über das Bild, auf dem eine blühende Landschaft zu sehen war. Sie hatte das Gefühl, den Duft der Blumen atmen zu können.

»Das Bild ist traumhaft«, sagte sie.

»Es gefällt dir also?«

»Natürlich. Du bist ein großartiger Künstler.«

»Danke für das Kompliment.«

»Es ist kein Kompliment, sondern Tatsache«, betonte sie.

Er griff zur Staffelei und sprang mit drei Sätzen zum Haus. Obwohl sie es gestern bereits gesehen hatte, staunte sie wieder über seine außergewöhnliche Fähigkeit. Sie hob das Tischchen auf und wollte es zum Haus tragen. Fast hätte sie es fallengelassen, als Argon unerwartet neben ihr stand. Er nahm ihr das Möbelstück aus den Händen.

»Mein Gott, hast du mich erschreckt«, gab sie zu.

»Tatsächlich?« Seine Augen flackerten belustigt. »Dann muss ich dich wohl das nächste Mal vorwarnen. Ich kann einen Schrei ausstoßen, wenn du möchtest.«

»Wenn du so schreist, wie du springst, dann hört man das bis nach Honolulu.« Sie warf den Kopf in den Nacken und sah zur Felswand hinauf, die sich hinter Argons Haus erstreckte.

»Könntest du mit mir da oben raufspringen?«

»Ja, das könnte ich. Aber versteh bitte, dass ich vor dir keine Kunststücke vorführen möchte, nur weil ich anders bin.« Bevor sie etwas erwidern konnte, war er mit dem Tisch verschwunden.

Sie presste die Lippen aufeinander. Insgeheim musste sie ihm Recht geben. Wieso sollte er auch ihre Sensationslust befriedigen?

Dieses Mal erschrak sie nicht, als er sich wieder einstellte. Spitzbübisch lächelnd hob er eine Hand, die einen stark abgenutzten Leinensack umklammerte.

»Was hältst du von einer Rettungsaktion?«, fragte er.

»Eine Rettungsaktion mit dem Sack?« Ihr Gesicht geriet zu einer ungläubigen Grimasse. »Okay, ich bin dabei. Aber wen können wir damit schon retten?«

Er schmunzelte. »Deine Mimik ist echt süß. Lass dich überraschen. Nur soviel, es geht in den Wald. Fährst du uns?«

»Wir könnten auch hinspringen«, schlug sie vor.

»Ganz bestimmt nicht«, sagte er trocken. Hand in Hand durchquerten sie den Strandabschnitt und bestiegen den Jeep. Nach einer kurzen Fahrstrecke hielten sie am Rand eines tropischen Waldes.

»Sei ganz leise«, sagte Argon. »Wir wollen die Tiere in ihrem Lebensraum nicht stören.«

Sie tauchten in das Gehölz ein und Argon erklärte ihr, dass hier vom Aussterben bedrohte Vögel lebten. Sogar ihren Namen wusste er: Es waren Kleidervögel.

»Bleib zu deiner Sicherheit dicht hinter mir«, sagte er, »du wirst den Grund dafür gleich sehen.«

Der Wald hatte für Riona etwas Anmutendes. Die tropischen Bäume, die hoch über ihrem Kopf ein Dach bildeten, und die Düfte versetzten sie in eine märchenhafte Welt. Plötzlich stoppte Argon, hob einen Ast auf und warf ihn vor sich auf den Boden. Es folgte ein klackendes Geräusch. Blitzartig schoss etwas hoch in die Luft und knallte Sekunden später auf den Blätterboden. Argon ging darauf zu und hob es auf.

»Was ist das?« Riona war neben ihn getreten und musterte das Gerüst in seiner Hand, dessen Eisenstangen den Ast eingequetscht hatten.

»Eine Falle«, sagte er verächtlich. »Sie werden

von Menschen aufgestellt, um Mungos zu töten.«

»Um sie zu töten?«, wiederholte sie seine Worte, als könnte sie es nicht fassen. Sie hatte die wendigen Tiere während des Ausflugs mit Lore und ihrer Mutter am Straßenrand entdeckt und sich an ihrem possierlichen Äußeren erfreut. Als sie Argons ermahnenden Blick auf sich gerichtet sah, dämmte sie die Stimme.

»Warum tun sie so etwas Schreckliches?«

Er öffnete den Sack und schmiss die Falle hinein.

»Weil ihr Menschen Gott spielt. Ihr greift in die Natur ein, ohne euch über die Konsequenzen Gedanken zu machen.«

»Wie meinst du das?«, hakte sie nach.

»Auf Hawaii gibt es schon seit längerer Zeit eine Rattenplage. Darum führten die Plantagenbesitzer Mungos aus Indien ein, sozusagen als biologisches Schädlingsbekämpfungsmittel. Allerdings dachten sie nicht daran, dass die Ratten nachtaktiv und die Mungos tagaktiv sind. Sie begegnen sich praktisch nicht. Die Mungos haben sich aber rasend schnell vermehrt, und nun gibt es neben der Rattenplage noch die Überzahl an Mungos. Den Menschen fällt keine bessere Lösung ein, als die Tiere zu töten. Das konnten sie bekanntlich schon immer gut.«

»Ist das offiziell erlaubt?«, fragte sie ungläubig.

»Wen interessiert das schon.« Seine Stimme klang kalt, auch sein Gesicht wirkte jetzt abweisend. Als er weitersprach, nahm seine Stimme sogar einen drohenden Unterton an. »Den Menschen sollte eines klar werden. Sie können Kriege und Terror bekämpfen, die andere Menschen ausgelöst haben. Aber die Natur ist unbesiegbar.«

Seine Worte machten Riona nachdenklich. Es waren kraftvolle Worte, die klug und voller Tiefe waren. Sie zeugten davon, wie sehr er sich mit der Natur verbunden fühlte. Es war erstaunlich, dass er so viel über die Mungos auf Maui wusste, obwohl er hier nicht lebte.

»Woher weißt du das alles?«, fragte sie.

Argon schloss den Sack und warf ihn über die Schulter.

»Vor einigen Wochen entdeckte ich hier zwei Fallen und zog Erkundigungen ein. Seitdem komme ich immer wieder her und sammle alles ein.« Er setzte den Weg durch den Dschungel fort und Riona folgte ihm. Mehrfach stoppte er und jedes Mal wiederholte er die Prozedur. Nach einer Stunde war der Sack gefüllt.

»Gehen wir zurück zum Jeep«, sagte er. Er schulterte den sperrigen Sack mit einer Leichtigkeit, als wäre es nur ein Wattebausch. Dann umfasste er ihre Hand und sie traten den Rückweg an.

Plötzlich stoppte er, hob den Kopf und seine schwarzen Augen spähten durch das Dickicht. Abrupt ließ er den Sack fallen und bevor Riona reagieren konnte, war er auch schon mit einem Sprung im Dickicht verschwunden. Es dauerte nur eine Minute, bis er wieder neben ihr stand. In seinen Armen lag ein Mungo, eingewickelt in ein Bananenblatt. Nur das Fellköpfchen lugte hervor. Die Augen des Mungos waren geschlossen und er regte sich nicht.

»Eine Falle hat den kleinen Kerl erwischt«, sagte Argon. »Er hing mit einem Vorderbein fest. Ist wahrscheinlich gebrochen.«

Der Anblick des kleinen Mungos versetzte Riona einen Stich im Herzen.

»Lebt er noch?«, fragte sie.

»Er muss fürchterlich gekämpft haben, um sich loszustrampeln«, sagte Argon. »Vermutlich ist er jetzt am Ende seiner Kräfte, aber er lebt.«

Mit dem Zeigefinger tupfte sie auf das Köpfchen. »Was machen wir jetzt mit ihm?«

»Wir nehmen ihn mit und ich sehe mir später die Verletzung an.«

»Ich kann ihn tragen«, schlug sie vor.

Er übergab ihr das Paket. Wie ein Baby lag der Mungo in ihren Armen, eingehüllt im Bananenblatt. Mütterlich wiegte sie ihn hin und her. Argon beobachtete die Szene und ein warmes Lächeln breitete sich auf seinem Gesicht aus. Er hob den Sack vom Boden auf und sie gingen weiter. Eine halbe Stunde später lag das Bananenblatt ausgebreitet auf Argons Tisch. Der kleine Mungo hielt noch immer die Augen geschlossen, sein Atem ging flach. Ganz still lag er da und wirkte auf Riona wie ein Häufchen Elend. Mit besorgtem Blick betrachtete sie den Körper, dessen Bäuchlein sich in schneller Abfolge hob und senkte. Währenddessen kramte Argon im Schrank herum und holte Verbandszeug und eine hauchdünne Stahlplatte hervor. Er trat an den Tisch.

»Wie geht es unserem Patienten?«

»Er rührt sich noch immer nicht«, sagte Riona. »Vielleicht ist er bewusstlos.« Ihr Gesicht wirkte sorgenvoll. Vorsichtig drehte Argon den Mungo auf die andere Seite und begutachtete das verletzte Bein.

»Es sieht übel aus. Der Knochen ist durchtrennt und wird nur noch vom Fell gehalten.«

Riona hatte Argons Handeln genau verfolgt. »Was machen wir jetzt?«

»Ich werde das Bein schienen.« Er nahm die Stahlplatte zur Hand und riss etwas davon ab. Das Stück Stahl wirkte in seinen Händen wie Knetgummi, als er daraus fast spielerisch eine Schiene formte.

Staunend stand sie daneben, irritiert und zugleich beeindruckt von seiner unfassbaren Kraft.

»Wenn du soviel Kraft hast, warum hast du damals meine Kokosnuss nicht mit den Händen geöffnet? Ohne das Messer wäre das Unglück nie passiert. Ich hätte noch immer geglaubt, du wärst ein Mensch wie jeder andere.«

»Ich musste damit rechnen, dass du plötzlich zur Tür reinkommst und alles aufgeflogen wäre.« Er hob den Kopf und lächelte sie an. »Wie du weißt, half die Vorsichtsmaßnahme nicht.«

Sie schwieg und sah zu, wie er das Stück Metall an den defekten Knochen legte und beides mit einem Verband umwickelte. Wenig später lag der Mungo mit geschientem und verpacktem Bein in ihren Armen. Argon nahm eine Decke und breitete sie unter dem Schrank aus. Ganz behutsam legte Riona den kleinen Mungo ab. Sie erhob sich und sah freudestrahlend zu Argon.

Er erwiderte ihren Blick mit einem Lächeln. »Unsere Aktion war erfolgreich, nicht wahr?«

»Ja, zum Glück ist alles gutgegangen.«

»Wie fühlst du dich jetzt?« Er sagte es bewusst beiläufig, doch sein Blick wurde durchdringend, während er sie betrachtete. Riona bemerkte es nicht.

»Es ist schön, einem anderen zu helfen«, sagte sie spontan.

Er umfasste ihre Hand und zog sie zur Couch. Sie setzten sich und Riona kuschelte sich an ihn. Das heutige Erlebnis hatte ihr Mitgefühl für ein schutzloses Tier geweckt und sie gleichzeitig staunen lassen – so, wie sie bislang fast alles an Argon in Erstaunen versetzt hatte. Jedes ihrer Treffen war unvorhersehbar gewesen und hatte ihn immer wieder neu erscheinen lassen: Argon, der Künstler. Argon, der Meeresjäger. Argon, der Mungoretter.

Voller Bewunderung sah sie zu ihm. »Ich finde es toll, wie du dich für die Tiere einsetzt. Du hast ein gutes Herz.«

Verblüfft stellte sie fest, dass ein Schatten auf sein Gesicht getreten war.

»Du würdest anders von mir denken, würdest du mich wirklich kennen«, sagte er.

Das verwirrte sie, denn sie wusste nicht, was er damit andeuten wollte. Mit leerem Blick starrte er auf den Boden. Minuten verstrichen, bis er wieder zu ihr sah.

»Du magst die Natur, nicht wahr?«, fragt er dann.

»Ja, sehr sogar.«

»Wir Meeresjäger lieben sie auch. Ariches machte sie uns zum Geschenk. Darum achten und schützen wir sie mit unserer ganzen Kraft.«

»Ich verstehe«, sagte sie. »Ihr achtet die Natur, aber die Menschen achtet ihr nicht.« Ganz spontan war es von ihren Lippen gekommen. Erst jetzt wurde ihr bewusst, dass sie ihn damit provozieren musste.

Und so kam es auch. Sein Gesicht verfinsterte sich.

»Warum sollen wir die Menschen achten, wenn sie noch nicht einmal sich selbst achten können?«

Unvermittelt hatte er einen härteren Ton angeschlagen, als er wollte. Er bemerkte, wie sie ihre Lippen schürzte. Er legte seinen Arm um ihre Taille. »In deinem besonderen Fall mache ich eine Ausnahme.«

»Oh, wie nett von dir«, erwiderte sie leicht gereizt.

Doch Argon war nicht gewillt, sich auf ihre Stimmung weiter einzulassen. »Wie willst du es denn sonst sehen, wenn ihr euch gegenseitig die Köpfe einschießt?«

»So kannst du es nicht sehen!«, rief sie gereizt. Mit einer heftigen Bewegung löste sie sich aus seiner Umarmung. Ihre Augen funkelten ihn erregt an. »Nicht alle Menschen sind so. Es stimmt, es gibt unter uns Kriege und Terror und Leid. Aber es gibt auch die andere Seite, die hilfsbereite und warmherzige Seite. Ihr habt euch ein falsches Bild von uns gemacht. Es ist einseitig und nur auf das Schlechte ausgerichtet. Das verstehe ich einfach nicht.« Die Worte waren aus ihr nur so herausgesprudelt. Kopfschüttelnd stand sie auf und ging zum Fenster. Einen Moment lang schloss sie die Augen, um ihr aufgewühltes Inneres zur Ruhe zu zwingen. Argon saß noch immer auf der Couch. Sein Blick wanderte über Rionas Körper.

»Dein Temperament ist beeindruckend.«

»Das ist jetzt wirklich nicht wichtig.«

»Dann sag mir, was für dich wichtig ist.«

Sie drehte sich zu ihm. »Dass du versuchst, uns Menschen kennenzulernen – so, wie wir wirklich sind.«

Sie ging zu ihm und blieb vor der Couch stehen. Auf ihren Wangen hatten sich rote Flecken gebildet, die zeigten, wie erregt sie war.

»Ich verstehe nicht, warum du so schlecht über uns denkst. Bitte glaub mir, ich möchte dich verstehen.«

Sie sah ihn forschend an und wartete auf eine Antwort. Als diese ausblieb, setzte sie sich wieder neben ihn und umfasste seine rechte Hand. Ihre Stimme gewann an Wärme, als sie weitersprach: »Bitte Argon. Sag mir, was in dir vorgeht. Ich spüre doch, dass dich etwas beschäftigt. Gibt es einen bestimmten Grund, warum du die Menschen nicht magst?«

Er antwortete nicht sofort, sondern hing seinen Gedanken nach. Nach einer Weile setzte er zum Sprechen an: »Wie du willst. Du sollst alles erfahren. Aber meine Geschichte wird dir nicht gefallen.«

»Das ist mir egal, ich möchte es hören.«

Er atmete tief durch und begann zu erzählen: »Noch vor einem Jahr war die Welt für uns in Ordnung. Wir lebten abgeschirmt von euch auf unserer Insel. Kuro war einmalig schön und so war auch unser Leben. Die Frauen spielten mit den Kindern am Strand. Die Männer schwammen ins Meer hinaus und jagten Fische. Abends saßen wir alle zusammen am Feuer, um zu essen, zu singen und uns Geschichten zu erzählen. Damals waren wir frei und glücklich …« Seine Stimme erstarb, er starrte in den Raum hinein.

Riona schien es, als hätte er sie vollkommen vergessen. Geduldig wartete sie darauf, dass er in seiner Erzählung fortfuhr. Als er nach einer weiteren Minute noch immer nicht sprach, berührte sie seinen Arm. »Argon, was geschah dann?«

Er straffte den Oberkörper. »Es geschah am Geburtstag meiner Mutter. Es war früh am Morgen. Wir Männer bereiteten auf der anderen Seite der Insel eine Feier für sie vor. Unsere Frauen und Kinder blieben zu Haus am Strand, bis wir sie holen würden.«

Auf seinem Gesicht zeichnete sich Schmerz ab. Riona spürte, dass es ihm schwerfiel, die Vergangenheit wieder aufleben zu lassen. Dennoch hatte die Geschichte sie in ihren Bann gezogen, sie musste einfach den Rest hören.

»Und weiter?«, drängelte sie.

»Wir können nur vermuten, was dann geschah«, sagte er. »Ein Schiff tauchte vor der Insel auf und ein Boot wurde ausgeschickt. Männer kamen an den Strandabschnitt, wo sich die Frauen und Kinder aufhielten. Zum ersten Mal begegneten sich Menschen und Meeresjäger.

»Das hätte niemals passieren dürfen!«, stieß Riona aus.

»Aber es ist passiert. Wir anderen richteten gerade den Festplatz her, als wir lautes Knallen hörten. Immer wieder, in schneller Abfolge. Noch nie zuvor hatten wir solche Geräusche gehört.«

»Das waren Schüsse«, sagte Riona mit halb erstickter Stimme.

»Wir ließen alles fallen und eilten nach Haus. Aber wir kamen zu spät. Nur drei Frauen überlebten schwerverletzt.«

Riona spürte einen Kloß in der Kehle und musste schlucken. »Und die Kinder?«

Argons richtete seinen Blick auf den Boden. Riona hatte verstanden. Minutenlang herrschte Schweigen.

»Was passierte mit den Menschen?«, fragte Riona dann.

»Sie schossen auf uns, letztendlich versuchten sie zu fliehen. Aber das schafften sie nicht mehr.« Jäh erhob er sich und ging bis zur Raummitte. Dort blieb er stehen und wischte sich mit der Handfläche übers Gesicht.

Riona lief ein kalter Schauer über den Rücken, Tränen rannten ihr über die Wangen. Ihr Herz füllte sich mit großem, warmem Mitleid für Argon, für alle Meeresjäger. Unfähig zu sprechen, ging sie zu ihm und schmiegte sich an ihn. Sie konnte ihm nicht helfen. Was geschehen war, war geschehen. Doch er sollte wissen, dass sie mit ihm fühlte.

Minutenlang standen sie zusammen, ohne zu sprechen. Argon brauchte den Moment der Stille, in dem er den Schmerz zuließ. Rionas Nähe und ihr Körper an seinen geschmiegt taten ihm gut. Er hatte ihre Tränen gesehen, die ihm zeigten, wie sehr sein Schicksal sie bewegte. Zum ersten Mal fühlte er sich mit Riona auf eine Art verbunden, die ihn erstaunte und zugleich berührte. Sie sollte alles von ihm wissen, dachte er, sie würde ihn verstehen. Auch das letzte Geheimnis wollte er noch vor ihr lüften. Er senkte den Kopf und sah zu ihr herab.

»Weißt du, was mich so fertig macht, Riona?«

»Sag es mir.«

»Ich hatte einen kleinen Sohn. Ich kann noch immer die Schüsse auf ihn hören. Als ob sie in mir drin wären. Nachts wache ich davon auf. Sie gehen mir nicht mehr aus dem Kopf.«

Ihre rechte Hand berührte seine Wange. »Sie sind fort, Argon. Die Schüsse sind nicht mehr da.«

»Ich werde mir nie verzeihen, dass ich meinen Sohn zurückgelassen habe«, sagte er. »Er lief mir nach und wollte, dass ich ihn mitnehme. Aber ich sagte, er solle zu Haus bleiben, ich würde gleich wiederkommen.«

»Bitte, Argon, denk nicht so. Dich trifft keine Schuld. Du konntest nicht ahnen, dass so etwas Schreckliches passieren würde.«

Er nahm ihre Hand und küsste sie. »Danke, dass du mir helfen willst. Verstehst du jetzt, warum ich schlecht über die Menschen denke?«

»Ja, ich verstehe dich«, erwiderte sie. »Aber glaub mir, wir sind nicht alle so. Du musst nur bereit sein, es herauszufinden.«

Die eigene freudlose Kindheit trat in ihre Erinnerung. Zwei Sekunden lang zögerte sie, um dann zu sagen: »Normalerweise erzähle ich das niemandem. Aber bei dir mach ich eine Ausnahme.« Sie atmete tief durch. »Früher, in der Schule, wurde ich von meinen Mitschülern oft gehänselt. Einmal sperrten sie mich in eine dunkle Kammer, und es dauerte über eine Stunde, bis mich jemand befreite. Ich hatte keine Freunde und mir ging es in dieser Zeit nicht besonders gut. Ich hasste die Schule und auch mein ganzes Leben.« Sie senkte den Kopf.

»Warum erzählst du mir das?« Er hob ihr Gesicht an, so dass er in ihre Augen sehen konnte.

»Weil ich damals eine Außenseiterin war und mir nicht die Mühe machte, echte Freunde zu finden«, sagte sie. »Meine Erfahrungen hatten bei mir Spuren hinterlassen und hielten mich davon ab. Erst nachdem wir in eine größere Wohnung zogen und ich eine neue Schule besuchte, war ich dazu bereit.«

Ihre Augen begannen zu leuchten. »Seitdem ist alles anders geworden. Ich habe gute Freunde. Sie sind mir wichtig und ich kann mich auf sie verlassen.«

Ihr Blick wanderte über Argons Gesicht und blieb an seinen Augen haften.

»Was ich dir damit sagen will, ist, dass ich meine schlechten Erfahrungen mit guten überlagerte. Jetzt weiß ich, dass nicht alle Menschen schrecklich sind, wie ich es mir immer eingeredet hatte. Und ich bin froh, dass ich es erkannte.«

Mit gespannter Aufmerksamkeit hatte Argon ihren Worten gelauscht.

»Du möchtest, dass ich es so mache wie du«, sagte er.

»Ja, das möchte ich. Lern andere Menschen kennen und du wirst deine Meinung über uns ändern.«

Er studierte ihr Gesicht, als sähe er sie jetzt zum ersten Mal. Ihm war klar, dass es ihr nicht leicht gefallen sein konnte, ihr Seelenleben so vor ihm auszubreiten. Umso mehr erstaunte ihm ihre Offenheit.

»Warum hat man dich in der Schule so behandelt?«, wollte er wissen.

Sie tippte auf ihre Lippen, die voller waren, als bei anderen. »Deshalb. Ich musste mir echt schlimme Ausdrücke anhören. Glaub mir, ich musste einiges einstecken.« Schnell fügte sie hinzu: »Aber es ist nicht mehr wichtig. Kinder wissen oft nicht, was sie anrichten können.«

»Du hast die schönsten Lippen der Welt.« Er zog sie an sich und küsste ihren Mund.

Ein Geräusch von der anderen Seite des Raumes drang zu ihnen. Sie lösten sich voneinander und sahen zum Schrank, unter dem der Mungo aufgewacht war.

»Endlich«, rief Riona aus. Sie ging zum Schrank und hockte sich davor auf die Knie.

»Hey, kleiner Mungo«, sagte sie mit zärtlicher Stimme, während sie die Hand nach ihm ausstreckte.

»Vorsicht, er könnte beißen«, sagte Argon, der neben sie getreten war.

Der Mungo streckte sich, als wollte er seine verspannten Muskeln lockern. Als ihm die Anwesenheit der beiden bewusst wurde, stieß er ein warnendes Geräusch aus und verkroch sich in der hintersten Ecke des Schrankes.

Riona lachte auf. »Den sehen wir so schnell nicht wieder.« Sie erhob sich und sah zu Argon.

»Gibt es für ihn auch was zu futtern?«

»Ich gebe ihm Früchte. Ratten besorge ich ihm nicht. Bei mir mutiert er zum Vegetarier.«

»Mag er überhaupt Früchte?«

»Und wie er das mag«, sagte Argon. »Ich rette nicht zum ersten Mal einen Mungo, und die anderen haben es auch überstanden.«

Sie warf nochmals einen Blick zum Schrank, unter dem sich nichts mehr rührte.

»Wie lange wird er bei dir bleiben?«

Argon strich mit den Fingern durch sein Haar, um Zeit für eine Antwort zu gewinnen. Das Gespräch mit seinem Vater war in seine Erinnerung getreten. In wenigen Tagen würde er Hawaii für immer verlassen.

»Die Schiene kommt bald wieder ab«, entgegnete er ausweichend. Er umschlang ihre Taille und zog sie zu sich heran.

»Du wirst doch jeden Tag nach ihm sehen, ob es ihm gut geht?«

»Klar. Ich werde schon aufpassen, dass er nicht verhungert«, erwiderte sie forsch.

»Dann kommst du morgen wieder?«

Sie nickte wortlos. Er erkannte an ihrem Gesichtsausdruck, dass etwas nicht stimmte. »Was ist los?«

»Ja, weißt du, meine Mutter.« Sie räusperte sich. »Meine Mutter fliegt mit ihrer Bekannten am Samstag für zwei Tage nach O'ahu. Und weil ich nicht mitfliegen will, also weil ich quasi hierbleibe, möchte sie, dass du mich morgen vom Hotel abholst, damit sie sehen kann, mit wem ich mich so treffe.« Nur stockend kam es von ihren Lippen.

»Kein Problem«, sagte er ungerührt. »Wann soll ich am Hotel sein?«

»Gegen fünfzehn Uhr?«

»Gut, ich bin da.«

Sie atmete erleichtert auf. Diese Peinlichkeit wäre überstanden, dachte sie.

Er musterte sie mit seinem seltsamen Blick, der so typisch für ihn war. Seine Finger zeichneten die Konturen ihres Gesichtes nach.

»Wenn du zwei Tage allein bist«, sagte er mit seiner warmen Stimme. »Dann könntest du doch zu mir kommen und über Nacht bleiben.«

»Zu dir? Beide Tage?« Sie schluckte. Unvermittelt spürte sie ein Kribbeln in der Magengegend.

Seine Finger glitten über ihr Kinn und den Hals entlang. »Nur wegen des Mungos, versteht sich. Damit er in der Nacht nicht so einsam ist.« Er lächelte sein faszinierendes Lächeln.

»Okay«, sagte sie und spürte, wie sich das Kribbeln auf dem gesamten Körper ausbreitete. Ein Gedanke blitze in ihr auf. »Unter einer Bedingung.«

»Welche Bedingung?«

»Du triffst dich heute Abend mit Daniel.«

»Das nennt man Erpressung.«

»Nein, das nennt man Taktik«, konterte sie.

Seine Mundwinkel zuckten belustigt. »Du erreichst wohl immer, was du dir in den Kopf gesetzt hast.«

»Dann gehst du zu ihm?«, fragte sie schnell.

»Ja, ich erweise dir den Gefallen.«

***

Das First-Class-Hotel lag direkt am Strand. Die beleuchteten Fenster warfen ihren Schein weit in die Abenddämmerung hinein. Den Eingang schmückten vier Pfeiler und Palmenkübel.

Argon ging darauf zu und stand wenig später in einer eleganten Halle, die von sandfarbenen Säulen getragen wurde. Weiße Bodenvasen mit Blumenbuketts zierten die Halle. Auf der linken Seite luden Sitzgruppen zum Verweilen ein. Gegenüber dem Eingang befand sich die Rezeption. Hinter den Mahagonitischen waren zwei Frauen in dunkelroten Kostümen damit beschäftigt, einer Gruppe von Touristen die Zimmerschlüssel auszuhändigen.

Gerade als sich Argon entschlossen hatte, sich an der Rezeption nach Daniel zu erkundigen, bemerkte er einen Mann, der mit großen Schritten auf ihn zueilte und schon von weitem freudestrahlend die Hände nach ihm ausstreckte. Argon ließ es zu, dass der Fremde wenig später seine Hand umfasste und sie kräftig schüttelte.

»Hallo. Ich bin Daniel Durikoff. Ich freue mich, Sie endlich persönlich kennenzulernen, nachdem ich bereits Ihre außerordentlichen Bilder bewundern konnte.«

Argon war erstaunt, ließ es sich jedoch nicht anmerken »Woher wussten Sie, dass ich es bin? Ich glaube nicht, dass ich Ihnen ein Selbstporträt geliefert habe.«

Daniel bog den Kopf nach hinten und lachte herzhaft. »Nein, mein Freund. Das haben Sie nicht. Meine Angestellte Rita meinte, Sie seien ein

Mensch mit einem unverwechselbaren Äußeren. Außerdem würden Sie immer schwarze Kleidung tragen.« Er neigte den Kopf zur Seite und breitete die Arme aus, als ob er etwas präsentierte. »Ritas Beschreibung passte nur auf Sie.«

Trotz Daniels übersprudelnder Herzlichkeit zeigte Argon keine Regung. Er konnte nicht ahnen, welch bedeutsame Rolle der Galerist noch einmal in seinem Leben spielen würde.

Einen Moment lang wartete Daniel auf Argons Reaktion. Als es ausblieb, ergriff er wieder das Wort: »Ich habe uns einen Tisch im Restaurant reservieren lassen.« Er wies auf das andere Ende der Lobby. »Hier entlang, bitte.«

Sie durchquerten die Halle vorbei an einer Traube von Hotelgästen, die mit ihrem Gepäck vor dem Fahrstuhl warteten. Das Restaurant war zu dieser Tageszeit gut besucht. Vornehm gekleidete Gäste saßen an den Tischen mit frisch gebügelten Tischdecken, aßen mit Silberbesteck von Designertellern und wurden von Kellnern in schwarzen Hosen und weißen Hemden mit Fliege bedient. Ein Kellner kam auf sie zu, erkundigte sich nach ihren Wünschen und begleitete sie zu einem Tisch vor einer breiten Fensterfront mit Blick auf den Ozean. Sie setzen sich einander zugewandt.

»Haben Sie sich bereits für ein Getränk entschieden?«, fragte der Kellner.

»Für mich bitte eine Cola, und bringen Sie uns die Speisekarte«, sagte Daniel.

»Ich nehme ein Glas Wasser ohne Kohlensäure«, ergänzte Argon.

Der Kellner deutete eine Verbeugung an und

ging. Argon warf einen flüchtigen Blick auf sein Gegenüber. Der Bruchteil einer Sekunde reichte ihm aus, um sich ein umfassendes Bild von ihm zu machen: Ende dreißig, gut gebaut. Die perfekt gefeilten Fingernägel wiesen darauf hin, dass er trotz der Entstellung im Gesicht Wert auf ein gepflegtes Äußeres legte. Seine Haut war fest und gut durchblutet. Argons Mundwinkel zuckten spöttisch. Die Menschen waren so leicht zu blenden. Wie würde dieser Galerist reagieren, wenn er wüsste, wer gerade vor ihm saß?

Der Kellner erschien mit den Speisekarten und servierte die Getränke.

»Darf ich Sie einladen?« Daniel lächelte Argon zu, doch der erwiderte sein Lächeln nicht.

»Warum wollten Sie mich sehen?«

Verblüfft hob Daniel die Brauen. »Sie kommen unumwunden zur Sache.« Er griff zum Gas, nahm einen Schluck Cola und schielte dabei zu Argon rüber. Rita hat Recht, dachte er, aus ihm konnte niemand schlau werden. Ein wortkarger Mensch ohne eine Spur von Emotion. Er schien sich vollkommen unter Kontrolle zu haben. Das kannte Daniel bislang nicht, denn er war es gewohnt, von Künstlern hofiert zu werden – vor allem, wenn sie Neulinge waren und sich erst noch einen Namen erarbeiten mussten. Sie überrannten ihn förmlich, riefen zu jeder Tageszeit bei ihm an, schleimten sich bei ihm ein. Und Daniel war es, der sie zum Erfolg führen konnte oder abblitzen ließ.

Seine Stirn kräuselte sich. Wusste dieser Sonderling überhaupt, mit wem er es zu tun hatte? Ließ ihn das alles wirklich so kalt oder war seine

Gleichgültigkeit nur gespielt? Daniel musste daran denken, dass er auf solch einen talentierten Menschen nicht verzichten konnte. Die Bilder waren sensationell und sie würden ihm Geld einbringen – viel Geld. Der Gedanke daran erfüllte ihn mit einer gewissen Vorfreude.

»Nun gut«, sagte er zu Argon. »Sprechen wir zuerst über das Geschäft.« In klaren Sätzen begann er, über seine Arbeit zu berichten, und er führte Künstler an, denen er zu Ruhm verholfen hatte. Er wollte Argons Bilder in Los Angeles vermarkten, sagte er. Sie seien einzigartig in ihrer Art und er garantiere bei einer fruchtenden Zusammenarbeit Argons internationalen Erfolg.

Argon lauschte den Ausführungen mit verschränkten Armen. An seinem undurchdringlichen Gesicht war nicht zu erkennen, was in ihm vorging.

»Was halten Sie von meinem Angebot?«, fragte er abschließend.

Argons Augen waren starr auf ihn gerichtet. »Warum ist Ihnen der Erfolg so wichtig?«, fragt er gelassen und füge hinzu: »Denken Sie, Erfolg macht aus Ihnen einen besseren Menschen?« Seine Stimme hatte einen leicht ironischen Unterton angenommen.

»Wie bitte?« Daniel glaubte, sich verhört zu haben. »Soll das heißen, Sie sind gar nicht an einem Erfolg interessiert?«

»Ich kenne keinen plausiblen Grund. Klären Sie mich auf.« Argons Mundwinkel zuckten spöttisch.

Für einen Moment überlegte Daniel, ob Argon ihn veralbern wollte. Jeder Mensch, der ihm bislang über den Weg gelaufen war, interessierte sich für Geld und Erfolg. Der junge Mann, der so gelassen vor ihm saß, gab ihm ein Rätsel auf. Er war anders und seine Sprache war untypisch für jemanden seines Alters. Eine harte Nuss, die allerdings mit den richtigen Argumenten geknackt werden konnte.

»Erfolg bedeutet, eine gewisse Stellung in der Gesellschaft zu erhalten. Ansehen, Anerkennung, Bewunderung – all das kann ich Ihnen bieten.«

Argon lauschte und schwieg, was Daniel dazu bewegte, seine Augen fest auf ihn zu richten. Kaum merklich schüttelte er mit dem Kopf. Die Starre schien dem jungen Mann förmlich ins Gesicht gemeißelt zu sein. Anscheinend ließen ihn die Argumente völlig kalt. Das fehlte ihm noch, dass dieser undurchsichtige Mensch nicht an einer Zusammenarbeit mit ihm interessiert war. Im Geiste sah er ihn bereits vom Stuhl aufspringen und aus dem Raum gehen. Das traute er ihm absolut zu. Unwillkürlich fing er an zu schwitzen. Auf seiner Stirn bildeten sich kleine Schweißperlen, die er mit einer kurzen Handbewegung wegwischte. Er musste irgendwie versuchen, diesen Ausnahmekünstler von seinem Angebot zu überzeugen. Aber wie?

Von Argons Gesicht fiel die Starre ab. Kalter Spott trat an ihrer Stelle.

»Bemühen Sie sich nicht weiter, mir die Vorzüge von Erfolg zu erklären. Es wird Ihnen nicht gelingen.«

Daniel fühlte sich durch Argons Bemerkung verunsichert.

»Was muss ich tun, damit Sie . . .«

»Ich möchte ein Projekt finanzieren«, unterbrach ihn Argon. »Sie erhalten meine Bilder. Das heißt vorläufig. Der Rest wird sich zeigen.«

Daniels Augen begannen zu leuchten. »Dann sind Sie zu einer Zusammenarbeit mit mir bereit?« Als Argon ein Nicken andeutete, fuhr er eilig fort: »Ich lasse schnellstens den Vertrag aufsetzen. Gleich morgen liegt er in meiner Galerie für Sie bereit.«

Argon saß völlig entspannt auf dem Stuhl. Sein durchdringender Blick war auf Daniel gerichtet.

»Warum müssen die Menschen jede Vereinbarung schriftlich festhalten?«, fragte er. »Gelten Worte bei Ihnen nichts? Sie haben meine Zusicherung, dass ich Ihnen meine Bilder liefere. Das sollte Ihnen doch genügen.«

Daniel war verblüfft und starrte Argon fünf Sekunden lang an, ehe er die Sprache wiederfand. »Ganz so, wie Sie möchten. Ein Vertrag ist in Ihrem Fall unnötig. Selbstverständlich genügt mir Ihr Wort.«

Mit einem kräftigen Schluck Cola spülte er seine Anspannung herunter. Er hatte es geschafft, sein Ziel war erreicht. Die Erleichterung war ihm anzusehen. Unwillkürlich geriet er in Plauderstimmung.

»Meine Frau sieht es nicht gern, wenn ich Cola trinke. Wegen des hohen Zuckergehaltes«, sagte er, während er das Glas abstellte. »Ich habe übrigens meine Familie immer bei mir. Im Portemonnaie. Möchten Sie mal sehen?«

Ohne eine Antwort abzuwarten, mit der er ohnehin nicht rechnete, zog er die Geldbörse aus der

Innenseite des Jacketts hervor. Er fingerte ein Foto heraus und schob es über den Tisch. So wie es jetzt lag, blieb es auch. Nur widerwillig streifte Argons Blick das Foto, das eine Heile-Welt-Stimmung verbreitete: Daniel zusammengekuschelt mit seiner Frau und den beiden Kindern.

»Nettes Foto. Sie sind sicher stolz auf Ihre Familie.« Argons rechter Arm glitt über den Tisch. Mit dem Zeigefinger schob er das Bild zu seinem Gegenüber zurück.

Daniel fühlte sich geschmeichelt. Einen Moment lang betrachtete er das Foto mit einem liebevollen Blick, ehe er es sorgfältig in die Geldbörse steckte.

»Ich liebe sie alle drei über alles. Sie sind das Wichtigste in meinem Leben.« Seine Stimme hatte sich verändert, sie wurde wärmer und hatte den geschäftlichen Ton abgelegt. »Wenn ich nach einem harten Arbeitstag nach Haus komme und Anna und die Kinder um mich habe, dann fällt der Stress von mir ab. Wir unternehmen viel zusammen. Abends gehen wir oft an den Strand von Venice und spielen Ball.« Sein Blick wanderte forschend über Argons Gesicht. »Kennen Sie Los Angeles?«

»Nein.«

»Das macht nichts«, beteuerte Daniel. »Nächsten Monat lernen Sie die Stadt ohnehin kennen, wenn Sie zur Vernissage kommen.« Er stutzte und fragte: »Sie kommen doch, oder?« Eine Idee schoss ihm in den Kopf. »Sie können bei uns wohnen. Unser Haus ist groß genug, und meine Frau wird sich über Ihren Besuch freuen. Anna wird Sie mit ihren Kochkünsten verwöhnen.

Anschließend gehen wir ins Museum of Contemporary Art und atmen Kunst. Sie werden sehen, es wird Ihnen bei uns gefallen.«

Daniels fröhliche Art und die Zuversicht in seiner Stimme verfehlten ihre Wirkung nicht. In Argons versteinertes Gesicht kam Bewegung. Zum zweiten Mal in seinem Leben schenkte er einem Menschen ein Lächeln.

***

Es war Freitag, die Sonne schien auf die Insel Maui herab und Eric saß schon seit zwei Stunden im Auto und schwitzte. Er war schon einen Tag früher als zunächst geplant zurückgekehrt. Er hatte den ersten Flieger genommen, sich nach der Ankunft einen Mietwagen besorgt und war damit zum Hotel gefahren. Am Straßenrand hatte er an einer Stelle geparkt, von der aus er den Hoteleingang ungehindert beobachten konnte.

Gegen elf Uhr war die Kleine zusammen mit ihrer Mutter erschienen. Sie trugen Badetaschen, also wollten sie an den Strand. Er war ihnen gefolgt. Nach zwei Stunden hatten sie den Rückweg angetreten. Seitdem wartete er darauf, dass sie wieder rauskamen.

Die Sonne prallte auf das Autodach und heizte den Innenraum auf. Obwohl Eric alle Fensterscheiben runtergelassen hatte, brachte das keine Abkühlung.

»Verdammte Scheiße«, fluchte er. Auf Maui gab es tausende schattenspendende Bäume. Aber ausgerechnet dort, wo er einen brauchte, stand keiner.

Im Rückspiegel musterte er eine schwarze Limousine. Hinter dem Steuer saß ein Mann mit schneeweißen Haaren und schwarzer Sonnenbrille. Sein Gesicht war konstant dem Hotel zugewandt. Warum trug der Typ ein Jackett? Der Kerl musste hitzeresistent sein. Erics Kehle brannte vor Durst, doch er konnte sich nicht entschließen, die zweite Wasserflasche zu öffnen. Schon jetzt machte sich der Inhalt der ersten Flasche in seiner Blase bemerkbar. Das fehlte ihm noch. Während er sich auf der Toilette entleerte, marschierte die Frau aus dem Hotel heraus. Heute Abend werde ich auf meinem Zimmer den Wasserhahn leer trinken, schwor er sich.

Unter der goldumrandeten Pilotenbrille kam es zum Hitzestau. Schweißperlen bildeten sich an den Augenrändern und beschlugen die Gläser. Er nahm die Brille ab und polierte sie mit dem Zipfel des Baumwollhemdes. Als er sie wieder aufsetzte und den Kopf hob, waren sie da, alle drei: Riona, ihre Mutter Marie und die knochige Person, deren Namen er vergessen hatte.

Eric straffte den Oberkörper und legte die Hände aufs Lenkrad. Seine Augen waren konstant auf die Frauen gerichtet, die sich neben dem Hoteleingang postiert hatten und anscheinend auf irgendetwas warteten. Riona sah auf die Armbanduhr, was auch Eric zu einem kurzen Check der Uhrzeit veranlasste. Es war zehn vor drei. Etwas wird gleich passieren, da war er sich sicher.

Von seiner Beobachtungsstation aus musterte er ungeniert die Frauen. Marie und die andere – er erinnerte sich jetzt, dass sie Lotte hieß – hatten sich in Schale geworfen. In der Montur wollten sie sicherlich nicht mehr an den Strand. Sein Blick schweifte zu Riona. Tolle Figur, aber das war ihm schon nach dem Verhör aufgefallen. Sie hatte einen knackigen Hintern und lange, gerade Beine – gute Voraussetzungen, um in der Männerwelt Unruhe zu stiften. Allerdings war sie mit ihren Jahren noch etwas grün hinter den Ohren. Seine Hannah war von einem ganz anderen Kaliber. Bei dem Gedanken spürte er die aufkommende Freude darüber, dass sie ihn im Herbst besuchen würde.

Jetzt weckte ein junger Mann seine Aufmerksamkeit. Groß, schlank, ganz in Schwarz gekleidet, kam er zu den Frauen und begann mit ihnen eine Unterhaltung. Rionas Blicke, auf den Mann gerichtet, sprachen Bände.

»Zwischen den beiden läuft doch was«, murmelte Eric vor sich hin.

Einige Minuten später verabschiedeten sich die jungen Leute von den Frauen und gingen in Richtung des angrenzenden Hotelparkplatzes.

»Die holen ihr Auto«, führte Eric sein Selbstgespräch fort und lobte sich gleichzeitig für die Umsicht, einen Mietwagen genommen zu haben.

Nach einer Weile kamen sie auf ihn zugefahren, in einem Jeep in einem fürchterlich schrillen Gelb. Er registrierte, dass sie die Gesichter einander zugewandt hatten und lachten. Dann waren sie auch schon an ihm vorbei.

Eric startete den Motor.

***

»Wie wäre es, wenn ich dir heute etwas von Maui zeige?«, schlug Argon vor. Sie hatten die Fensterscheiben heruntergelassen. Der Wind fuhr durch ihre Haare und zerzauste sie.

Rionas Augen lachten Argon an. »Eine Sightseeingtour mit dir als Reiseführer? Das klingt vielversprechend. Aber zuerst möchte ich Tenzing besuchen.«

»Tenzing?«, wiederholte er den Namen. »Sollte ich wissen, wer das ist?«

Sie strich eine vor dem Gesicht herumflatternde Haarsträhne nach hinten.

»So hab ich den kleinen Mungo getauft«, sagte sie. »Nach dem Bergsteiger aus Nepal, der als erster Mensch den Gipfel des Mount Everest bestieg. Vor kurzem stand in der Zeitung ein Bericht über ihn. Dieser Tenzing Norgay war sehr mutig und trotzte allen Gefahren. Kurz vor dem Gipfel musste er fast aufgeben. Aber er kämpfte und kämpfte und am Ende erreichte er sein Ziel.« Sie warf einen Seitenblick auf Argon. »Findest du nicht, dass es unserem Mungo ebenso erging? Er musste eingeklemmt in der Falle um sein Leben strampeln. Trotzdem hat er es geschafft. Darum braucht er einen würdevollen Namen.«

Argon verzog keine Miene, in seinem Inneren sah es jedoch anders aus. Riona erstaunte ihn immer wieder aufs Neue.

»Wie geht es ihm denn?«, unterbrach sie seine Gedanken.

»Er entwickelt sich. Wird langsam frech. Über Nacht nagte er an einem Schrankbein herum.«

Riona lachte einmal auf. »Der scheint sich ja schnell zu erholen.« Bewusst wechselte sie das Thema: »Wie war es gestern Abend?«

»Nett«, sagte er trocken.

Riona stöhnte auf. »Nett ist die kleine Schwester von Scheiße.« Diesen Spruch hatte sie im Fernsehen von einem Entertainer aufgeschnappt.

Argons Augen flackerten belustigt. »Ich wusste gar nicht, dass du Kraftwörter verwendest.«

»Ich bin keine Heilige«, erwiderte sie. »Also sei ehrlich, wie war es gestern?«

»Es war in Ordnung.«

Sie hob die Augenbrauen. »Und?«

»Dein Galerist bekommt das, wonach er giert.«

Sie verzog das Gesicht. »Wonach er giert. Das klingt nicht gerade freundlich. Ich jedenfalls mag Daniel.«

»Ja, er ist ganz okay«, sagte er gelassen.

»Du magst ihn also nicht.«

»So hab ich das nicht gemeint«, erwiderte er. »Mir gefällt nur nicht, dass er so geldorientiert denkt. Meine Bilder bringen ihm viel ein, und das machte er mir unmissverständlich klar.«

»Verstehe«, sagte Riona. »Arbeitest du trotzdem mit ihm zusammen?«

Unwillkürlich musste Argon wieder an die bevorstehende Abreise denken.

»Morgen bringe ich ihm neue Bilder«, wich er ihrer Frage aus.

Eine halbe Stunde später betraten sie das Haus. Sie entdeckten den Mungo auf den Hinterbeinen sitzend auf der Couch. Das Tier bemerkte sie und zischte blitzartig unter den Schrank.

Riona lachte auf. »Hast du gesehen, wie er auf dem Sofa thronte? Wie ein kleiner König.«

»Er war ziemlich schnell«, sagte Argon. »Die Beinschiene scheint ihn nicht zu stören.«

»Kein Wunder bei dem Arzt«, scherzte sie. Sie stellte die Tasche auf den Tisch und fingerte ein Stück Zellstoff daraus hervor. Als sie es ausbreitete, kamen rohe Fleischstückchen zum Vorschein.

»Das ist Futter für unseren Tenzing«, erklärte sie. »Ich ließ es vom Büfett im Hotel mitgehen. Der Koch hätte es mir bestimmt gebraten. Aber ich glaube, Tenzing verzichtet lieber darauf.«

Sie ging zum Schrank, unter dem sich der Mungo in der hintersten Ecke verkrochen hatte und sich nicht mehr rührte. Auf Knien sitzend streute sie das Fleisch auf der Decke aus.

»Guten Appetit«, sagte sie fröhlich. Als sie sich wieder erhob, stand Argon neben ihr.

»Das war sehr lieb von dir.« Er schlang seine Arme um sie. Minuten lang blieben sie stehen, bevor sie sich voneinander lösten.

»Ich gehe kurz ins Wasser«, sagte er. »Dann können wir starten.«

»Trocknen sonst deine Haut aus?«

»Ja, heute ist ein besonders heißer Tag.«

Er streifte das Hemd ab, ging zur Couch und warf es über die Lehne. Sonnenstrahlen tänzelten auf dem Boden und Argon stand mitten im Licht. Rionas Blick wanderte über seinen nackten Rücken und blieb an einer Stelle zwischen seinen Schulterblättern hängen. Ein Stück Menschenhaut von der Größe einer Handfläche hatte sich abgelöst und die darunter liegende Fischhaut war sichtbar. Die Haut schillerte silbern und bei jeder seiner Bewegungen changierte sie in den abgestuften Blautönen des Ozeans. Ein Sonnenstrahl verfing sich in der Fischhaut, die wie geschliffenes Kristall schillerte. Argons Fischhaut war betörend schön, Riona konnte nicht den Blick davon abwenden.

Als er sich zu ihr drehte, bemerkte er ihren veränderten Gesichtsausdruck.

»Was ist los?«

Sie schluckte das Erstaunen über das Gesehene herunter und sagte: »Deine Haut am Rücken.«

»Was ist damit?«

»Na ja, sie ist an einer Stelle gerissen.«

»Das macht nichts. Sie reproduziert sich gerade. Morgen ist sie wie neu«, erklärte er.

»Ach, jetzt verstehe ich es«, sagte Riona.

»Was verstehst du?«

»Warum deine Haut so makellos ist. Weil sie sich laufend erneuert.«

Er setzte zum Sprechen an und wollte etwas erwidern. Doch plötzlich schnellte sein Blick zum Fenster, als hätte er dort jemanden entdeckt.

***

Eric war den beiden gefolgt, immer auf Sicherheitsabstand bedacht. Jetzt bog der Jeep in einen Seitenweg ein und verschwand aus seinem Blickfeld. Eric hielt am Straßenschild und las die Worte: Privatbesitz. Betreten verboten. Klingt ziemlich unfreundlich, fand er und fuhr wieder an. Minutenlang schlängelte sich der Pfad durch dichtes Buschwerk. Eric bog um eine Kurve und entdeckte unmittelbar vor ihm sein Observationsziel auf einer Sandfläche parkend und mit leerem Innenraum. Er stoppte, überlegte kurz und entschloss sich, den Wagen hier zu parken und zu Fuß weiterzugehen. In gebückter Haltung schlich er zum Jeep und hockte sich hinter ein Rad. Von hier aus wollte er die Bucht abchecken. Er stützte sich mit einer Hand am Rad ab, beugte den Oberkörper vor und sichtete den Strand, die Felswand, das Holzhaus.

»Die können nur in dem Haus stecken«, murmelte er vor sich hin. Er zog sich in das Versteck zurück, setzte sich auf den Boden und winkelte die Beine an. Vermutlich gehört dem jungen Mann das Haus. Dann könnte er hier Wurzeln schlagen, bis sie wieder herauskamen. Allerdings hatte er sich heute schon genug mit der Sonne herumgeschlagen, er brauchte endlich Fakten. Wieder sah er zum Holzhaus und überlegte, wie er dorthin gelangen konnte, ohne entdeckt zu werden. Keine Chance, stellte er frustriert fest. Okay, dann sollten sie ihn sehen. Die Frau würde ihn bestimmt wiedererkennen, aber ihm würde schon eine Ausrede einfallen. Und überhaupt: Sie waren gerade angekommen und würden dort vorerst auch bleiben. Wer weiß, was sie gerade trieben. Er stand auf, umrundete den Jeep und schlenderte wie ein Urlauber mit viel Freizeit zum Haus. Jetzt bloß nicht durch eine hektische Handlung auffallen, ermahnte er sich selbst.

Wenig später hatte er das Gebäude erreicht. Stufe um Stufe schlich er die Verandatreppe hoch und schlüpfte zur Seitenfront. Mit dem Rücken lehnte er sich an die Hauswand und atmete auf. Die erste Etappe wäre geschafft. Es war alles so verlaufen, wie er es sich erhofft hatte. Jetzt musste er zusehen, wie er unbemerkt zum Fenster gelangte. Das gestaltete sich als schwierig, denn das Fenster lag direkt hinter der Tür, die jeden Moment aufgehen konnte. Vorsichtig lugte er hinter der Hausfront hervor, schlich dann zur Tür und stand neben dem Fenster. Er neigte sich zur Seite, bis er einen Spalt breit durch die Scheibe ins Innere des Hauses sehen konnte. Sein Blick fiel auf Riona. Sie stand an einem Tisch, hatte sich über eine Tasche gebeugt und kramte darin herum. Der junge Mann stand neben ihr und schaute ihr zu. Sonnenstrahlen fielen durch das Fenster bis in die Raummitte. Riona hatte anscheinend gefunden, wonach sie suchte. Sie zeigte ihrem Begleiter etwas, was Eric nicht erkennen konnte. Es musste irgendetwas sein, was den jungen Mann zum Schmunzeln brachte. Nun ging sie damit zum Schrank und hockte sich auf den Boden. Wenig später sah Eric, wie der junge Mann sein Hemd auszog und zur Couch ging.

Fassungslos starrte Eric auf den nackten Rücken. Die Erkenntnis haute ihn fast um. Das war es. Die Lösung des Rätsels stand in Fleisch und Blut vor ihm. Der Fremde hatte diese Fischhaut, wie er sie bei Steeler gesehen hatte. Daran bestand kein Zweifel.

»Oh mein Gott«, stieß er hervor. Sofort verfluchte er sich im Stillen für die Unvorsichtigkeit, laut geredet zu haben. Er schob sich mit dem Oberkörper weiter zur Fenstermitte. Sein Blick wanderte zwischen den beiden jungen Menschen hin und her, als könnte er etwas Wichtiges verpassen.

Plötzlich und völlig unerwartet schnellte der Kopf des Fremden zur Seite und seine Augen starrten zu ihm rüber. Jäh zog sich Eric vom Fenster zurück. Wurde er entdeckt? Auf keinen Fall konnte er länger hierbleiben, er hatte genug gesehen. So schnell es ging schlich Eric zur Verandatreppe, er stolperte dann fast die Stufen herunter und lief durch den Sand den Weg hinauf zum Wagen. Er startete den Motor und fuhr mit enormem Tempo rückwärts den Weg hoch, bis er eine geeignete Stelle zum Wenden gefunden hatte. Er manövrierte den Wagen in die richtige Richtung und raste weiter. Erst vor der nächsten Ortschaft reduzierte er die Geschwindigkeit und hielt in einer unbelebten Seitenstraße.

Regungslos saß er vor dem Lenkrad und starrte mit leerem Blick durch die Windschutzscheibe auf die Straße. Er konnte weder Freude noch Erleichterung über die Tatsache empfinden, dass er der Lösung des Rätsels um die mysteriöse Fischhaut ein Stück näher gekommen war. Das Gefühl, das stattdessen in ihm aufkeimte und ihn nach und nach völlig übermannte, war viel stärker und durchdringender, als es reine Freude je hätte sein können. Er hatte dieses Gefühl noch nie zuvor in dieser Intensität gespürt: blankes Entsetzen. Bis dahin war seine Vermutung, dass es jemanden mit der außergewöhnlichen Hautbeschaffenheit geben könnte, nur Theorie und irreal gewesen. Er hatte es sich einfach nicht vorstellen können. Nun war aus der Theorie grausige Realität geworden. Da lief irgendetwas auf Maui herum – wenn Eric an den

Mord am Strand von Kihei dachte, bezweifelte er, das es menschlich sein könnte – von dem eine unfassbare Gefahr ausging. Wer war das Wesen, das auf den ersten Blick wie ein attraktiver junger Mann aussah? Und welche Rolle spielte Riona? Wusste sie überhaupt, worauf sie sich da eingelassen hatte?

Urplötzlich erfasste ihn ein weiterer Gedanke, der für Sekunden seinen Atem zum Stocken brachte. Was war, wenn es von der Art noch mehr gab? Eric schüttelte den Kopf. Nein, das war absolut unmöglich, man hätte sie schon längst entdeckt. Sofort folgten die Zweifel. Was wäre, wenn sie ein todsicheres Versteck hätten? Oder wenn sie erst vor kurzem auf Hawaii eingetroffen wären?

Die Sonne knallte auf das Autodach und verwandelte den Innenraum in einen Backofen. Die Hitze brachte Eric in die Wirklichkeit zurück. Er schaltete mit schnellen Handgriffen den Motor ein und fuhr an. Er hatte eine Entscheidung getroffen. Er würde umgehend zum Hotel fahren und von seinem Zimmer aus das FBI kontaktieren. Mit überhöhter Geschwindigkeit raste er die Straße entlang. Er überholte alle Fahrzeuge, die ihm in die Quere kamen, und hielt zwanzig Minuten später auf dem Hotelparkplatz. Ich muss unbedingt zur Ruhe kommen, ermahnte er sich, während er aus dem Wagen stieg. An der Hotelrezeption nahm er den Schlüssel in Empfang, fuhr mit dem Fahrstuhl in die vierte Etage und stand gleich darauf im Zimmer.

Als er seine Reisetasche vor dem Schiebeschrank zu Boden fallen ließ, spürte er einen mächtigen Harndrang. Es wurde höchste Zeit, dass er endlich sein Geschäft erledigte, nachdem er es stundenlang verdrängt hatte. Danach fühlte er sich schon etwas besser. Während des Händewaschens begutachtete er sich im Spiegel und stellte fest, dass er ziemlich fertig aussah. Er schaufelte Wasser in die Handflächen, schlürfte es und wiederholte den Vorgang mehrere Male. Zum Schluss bespritzte er sein Gesicht mit dem kalten Nass – das wirkte wie ein erfrischendes Bad. Er trocknete sich ab und betrat das angrenzende Zimmer. Mit einem tiefen Atemzug ließ er sich in einen Sessel fallen und streckte die Beine aus. Er wollte sich kurz sammeln und seine Gedanken ordnen, bevor er den nächsten Schritt unternahm. Entsprechend seiner Angewohnheit verschränkte er die Arme hinter dem Kopf und schloss die Augen. Wie ein Film zogen die Ereignisse der letzten Stunde an seinem geistigen Auge vorbei. Er musste heute noch handeln, das stand für ihn fest. Die Frage war, ob er nicht zuerst Steeler einweihen sollte. Genau genommen war es sein Fall und Maui war sein Zuständigkeitsbereich. Es wäre unfair, ihn so einfach zu übergehen.

Es klopfte an der Zimmertür.

Eric öffnete die Augen und lauschte in den Raum hinein. Draußen auf dem Gang war es still. Er glaubte, sich verhört zu haben, denn er erwartete keinen Besuch. Schließlich wusste niemand, wo er sich gerade befand.

Es klopfte wieder.

Dieses Mal war es offensichtlich, dass jemand zu ihm wollte, dachte er. Das konnte nur das

Zimmermädchen sein. Mit einem Stöhnen erhob er sich und durchquerte das Zimmer.

»Wie wäre es mit ein bisschen Privatsphäre?«, schimpfte er vor sich hin.

Er öffnete die Tür und war verblüfft. Vor ihm stand ein fremder Mann in einem dunkelgrauen Anzug. Mit einem schnellen Blick checkte Eric den Fremden von Kopf bis Fuß, und seine Verblüffung steigerte sich in Erstaunen. Der Mann war groß, gut gebaut und wirkte gepflegt. Dennoch entsprach sein Erscheinungsbild nicht unbedingt des eines normalen Menschen. Seine Haut war milchig weiß, als ob alle Pigmente fehlten. Auch sein Haarschopf war schneeweiß. Der Typ ist ein Albino, schoss es Eric durch den Kopf.

»Sie wünschen?«, fragte Eric. Jetzt fielen ihm die eisblauen Augen des Mannes auf, die von dichten weißen Wimpern umrahmt wurden.

Der Fremde antwortete nicht, stand regungslos vor ihm und starrte ihn an.

»Kann ich etwas für Sie tun?«, hakte Eric nach.

Anstelle einer Antwort schob der Albino den rechten Arm unter das Jackett und zog einen Revolver hervor, ohne sein Gegenüber einen Moment aus den Augen zu lassen.

»Was soll das?«, stieß Eric aus. Er starrte auf die Waffe, dann auf den Fremden. Intuitiv machte er einige Schritte rückwärts und hob beide Hände, als könnte er damit die drohende Gefahr abwenden. Seine Stimme glich einem Krächzen. »Was wollen Sie?«

Der Albino richtete den Revolver mit unbeweglichem Gesichtsausdruck auf Eric und setzte sich in Bewegung. Er kam direkt auf ihn zu, was Eric seinerseits veranlasste, weitere Schritte rückwärts ins Zimmer zu gehen. Er stieß gegen den abgestellten Koffer, geriet ins Straucheln und fiel über das Gepäckstück auf den Boden. Er spürte nicht den pochenden Schmerz am Hinterkopf, denn eine panische Angst hatte ihn erfasst und lähmte die Nervenbahnen.

Mit geweiteten Augen starrte er in die Revolvermündung vor seinem Gesicht. Seltsamerweise musste er gerade jetzt an Hannah denken. Im Herbst würde sie zu ihm kommen. Er hob den Blick und lächelte unwillkürlich auf zum Albino.

***

»Was war das eben?« Riona glaubte, ein Poltern auf der Verandatreppe zu hören.

Argon drehte den Kopf zum Fenster und lauschte. Nur das Klimpern des Windspiels am Außenpfosten der Veranda war zu hören.

»Es ist nichts.« Er ging zur Tür und wandte sich auf der Schwelle zu Riona. »Ich bin gleich zurück.« Damit verschwand er aus ihrem Blickfeld.

Sie sah zum Schrank, unter dem sich der Mungo am Fleisch zu schaffen machte. Eine Zeit lang beobachtete sie ihn, dann schwenkte ihr Blick zur nächstgelegenen Wand. Darauf waren die Wellen so lebensecht dargestellt, dass sie dachte, das Wasser müsste gleich zu ihr herüberspritzen.

Mit einem Sprung auf die Veranda kam Argon zurück und betrat den Raum. Aus seinen Haaren tropfte Wasser und fiel ihm auf die Schultern. Sein Oberkörper glänzte nass, was ihn umso erotischer machte. Die Hose war fast trocken, also musste er sie zum Baden ausgezogen haben. Er zwinkerte Riona mit einem Auge zu, ging zur Couch und streifte sich sein Hemd über, ohne sich vorher abzutrocknen.

»Ich bin soweit«, sagte er dann.

Sie lächelte ihn schelmisch an. »Wohin geht es eigentlich? Wird es wieder eine von deinen Überraschungen?«

»Nein, du darfst es schon jetzt erfahren.«

»Und?«

»Ich zeige dir meinen zweitliebsten Platz auf Maui.«

Riona beobachtete, wie er in langsamen Schritten auf sie zukam. Unwillkürlich musste sie daran denken, dass seine Bewegungen die Eleganz eines Panthers hatten.

»Und was ist dein zweitliebster Platz?«, fragte sie.

»Lass dich überraschen.« Er umfasste ihre Hand und führte sie aus dem Haus.

»Wusste ich doch«, Riona kicherte. »Du liebst es, den Geheimnisvollen zu spielen. Aber ich bin dabei. Hauptsache, du verpasst mir keinen Schock.«

Er blieb auf der Veranda stehen. Seine Mundwinkel zuckten belustigt. »Mal sehen, ob mir das gelingt.« Blitzschnell umschlang er ihren Körper und schon lag sie in seinen Armen. Sie kreischte auf und schmiegte sich dann an seine Brust. Er trug sie die Treppe herunter, durch den Strandabschnitt bis zum Jeep. Wenig später fuhren sie auf der Straße Richtung Kihei. Links lag der tintenblaue Ozean. Auf der anderen Seite erstreckte sich eine Geröllwüste, die zum Haleakala-Nationalpark gehörte.

Riona konnte die Neugier über das unbekannte Ziel nicht länger unterdrücken.

»Geht es ins Gebirge?«

»Nein.«

»Dann zeigst du mir euer Schiff.«

»Ganz sicher nicht.«

Sie musterte ihn aus den Augenwinkeln heraus. Er saß lässig auf dem Sitz und hatte das Gesicht der Straße zugewandt. Seine schwarzen Haare waren noch immer feucht vom Baden. In der Sonne glänzten sie wie die Federn eines Raben.

Als ob er ihren Blick spürte, sah er jetzt zu ihr.

»Was ist los?«

»Nichts, ich musste nur an etwas denken«, erwiderte sie und sprach gleich weiter: »Du hast mir noch immer nicht gesagt, wie es bei euch so aussieht.«

»Du hast nicht mehr gefragt.«

»Okay, jetzt frag ich dich. Wohnt ihr in einem U-Boot?«

Er begann zu schmunzeln. »Wir leben in einem Korallenschiff. Natürlich hat es einen langen Hauptgang wie ein U-Boot und verschiedene Räume.«

»Was für Räume?«

»Nun, zum Beispiel einen Saal. Dort treffen wir alle zusammen, um zu essen und zu reden. Jeder von uns hat ein eigenes Zimmer. Aber wir schlafen zusammen in der Kristallgrotte. Und wir haben ein Labor.«

Auf Rionas Gesicht zeigte sich ein Anflug von Erstaunen. »Wozu braucht ihr ein Labor?«

Anstelle einer Antwort biss er sich auf die Unterlippe und wandte sich wieder der Straße zu.

»Was ist mit dem Labor?«, hakte sie nach.

»Es gibt Dinge, die solltest du lieber nicht wissen«, sagte er, ohne den Blick von der Straße abzuwenden.

Sie stöhnte auf. »Du und deine Geheimnisse. Ich dachte, wir wären über den Punkt hinaus und du würdest mir alles sagen.«

»Nein, nicht alles. Manches könnte dich erschrecken.«

»Das sollte ich selbst entscheiden.« Sie streckte ihren rechten Arm zu ihm aus und berührte seine Schulter. »Verstehst du es denn nicht? Ich möchte alles von dir wissen.«

Er wandte ihr das Gesicht zu. »Warum ist dir das so wichtig?«

»Weil du mir wichtig bist.«

Er nahm ihre Hand von seiner Schulter, küsste die Innenfläche und legte sie auf seinen Oberschenkel. Seine Stimme war gedämmt und wirkte nachdenklich, als ob er zu sich selbst sprechen würde. »Du bist mir auch wichtig. Mehr als du vielleicht denkst.«

»Wirklich?«

»Ja, glaub es mir.«

Minutenlang sprach keiner von beiden ein Wort, jeder hing seinen Gedanken nach. Vor Rionas geistigem Auge sah sie sich in Argons Schiff stehen.

Um sie herum breitete sich eine wundervolle Korallenwelt aus. Ein Gedanke schoss ihr in den Kopf. »Habt ihr da unten auch Licht?«

»Wir brauchen kein Licht, um zu sehen.«

»Ihr könnt im Dunkeln sehen?« Riona war erstaunt.

»Ob hell oder dunkel, das macht für uns keinen Unterschied«, erwiderte er gelassen, als ob es das Normalste von der Welt wäre.

Sie starrte ihn mit großen Augen an.

»Du solltest besser auf den Verkehr achten«, ermahnte er sie.

Rasch wandte sie den Kopf nach vorn und zog die Hand von ihm zurück – gerade noch rechtzeitig, um abzubremsen. Fast wäre sie auf einen verrosteten, vor sich hintuckernden Lastwagen voll beladen mit Ananas aufgefahren.

»Das hätte einen schönen Obstsalat gegeben, wenn die alle auf die Straße gekullert wären«, sagte sie vergnügt.

Inzwischen schien sich die Vegetation von diesem Teil der Insel verabschiedet zu haben. Nur noch vereinzelt ragten knorrige Bäume aus dem Gestrüpp heraus.

»Ist das Verhör beendet?« Argon räkelte sich auf dem Sitz und breitete die Arme aus.

»Nur noch eine letzte Frage.«

»Und die wäre?«

»Weißt du inzwischen, warum eure Haut unter den Fingernägeln von diesem verschwundenen Martin klebte?«

Kaum hatte sie es ausgesprochen, spannte sich auch schon sein Körper.

»Ich kann es dir nicht sagen«, wich er ihr aus.

»Also weißt du es auch nicht.«

»Eure Polizei wird es herausfinden«, erwiderte er, obwohl ihm klar war, dass das nicht mehr eintreffen konnte. Die Polizei würde keinen Meeresjäger mehr vorfinden.

Der Gedanke an das bevorstehende Wochenende mit Riona bereitete ihm Unbehagen. War es ihm anfänglich nur um die Durchführung des Experiments gegangen, hatte sich schnell Neugier auf Riona eingestellt. Allmählich war aus Neugier Interesse geworden. Nun war er an einem Punkt angelangt, an dem er seine Gefühle nicht mehr unter Kontrolle hatte. Er wusste, sie durfte ihm nichts bedeuten. Eine Liebe ohne Zukunft würde ihn nur unglücklich machen. Zwischen ihnen stand ein unüberbrückbares Hindernis: das Versprechen, das er seinem Vater auf dem Felsen gegeben hatte. Das Experiment war von existenzieller Bedeutung. Zwang ihn das Schicksal, zwischen der Zuneigung zu einem Menschen und der Freiheit seines Volkes zu wählen? Letztendlich war es egal, wie er sich entschied. Es würde immer Verlierer geben.

Rionas Blick glitt über sein Gesicht, das verschlossen wirkte. »Was ist mit dir?«

»Es ist alles in Ordnung.« Er bemühte sich um ein Lächeln. »Wir sind gleich da. Du kannst da vorn auf dem freien Platz halten.«

Sie steuerte den Jeep darauf zu, parkte sogleich und sie stiegen aus. Nach wenigen Schritten standen sie auf einer Klippe, von der sie über das Meer schauen konnten. Von hier bot sich ein gewaltiges Panorama. In der Ferne ragte die Insel Lana’i aus dem Wasser heraus. Helle Sprühwolken lagen über dem Ozean. Das Wasser glitzerte silbrig. Schweigend standen sie nebeneinander und genossen den Anblick.

»Zu einer ganz bestimmten Zeit kann man von hier aus die Buckelwale beobachten«, erklärte er. »Ich habe sie auf allen Ozeanen gesehen und ihren Gesängen gelauscht. Es ist einzigartig. Wenn sie an die Oberfläche kommen, kann man ihre Flossen sehen – riesige Flossen, sie könnten glatt ein Boot umhauen.«

»Hoffentlich sehen wir heute einen von ihnen.«

»Das ist leider nicht möglich«, sagte er. »Die Wale sind nur im Winter hier, um sich zu paaren und ihre Jungen zur Welt zu bringen. In den Sommermonaten halten sie sich vor Alaska auf.«

»Es wäre schön, im nächsten Winter zusammen mit dir hier zu stehen und die Wale zu beobachten.«

Er umschlang ihre Taille und drückte sie an sich. Riona lächelte. Schon längst war ihr klar geworden, in Argon steckte nicht nur der menschenverachtende Meeresjäger. Er hatte auch eine sensible und gefühlvolle Seite, die sie beeindruckte und – ihr wurde das immer stärker bewusst – die sie an ihm liebte. Sie schmiegte sich an ihn.

»Lass nicht zu, dass etwas zwischen uns steht«, sagte sie.

***

Die Sonne stand hoch am Himmel und die Insel Maui war erwacht. Auf den Straßen rollte der Verkehr, die Ladenbesitzer öffneten ihre Geschäfte und die sonnenhungrigen Urlauber trieb es an die Strände.

Im Korallenschiff war es still. Die Amphibienmenschen schliefen. Sie waren erst bei Anbruch der Morgendämmerung zurückgekehrt. Gemeinsam hatten sie gejagt, gegessen und gemeinsam ruhten sie jetzt in einem Saal, den sie Kristallgrotte nannten. Der Saal ähnelte in keiner Weise einem menschlichen Schlafzimmer, denn es fehlte das typische Mobiliar. Stattdessen sprudelten in über vierzig Korallenbecken kristallklare Bläschen in die Höhe. Lang ausgestreckt lagen die Amphibienmenschen in den Becken, während das Wasser ihre Körper erfrischte. Anstelle der schwarzen Kleidung trugen sie sandfarbene Overalls, die sich wie eine zweite Haut an sie schmiegten.

Argon war zurückgekehrt und schritt den Gang entlang. Vor der Öffnung, die zur Kristallgrotte führte, blieb er stehen und lauschte. Als alles ruhig blieb, drehte er sich um und ging weiter.

Narla hatte ihn gehört und öffnete ihr einziges noch verbliebenes Auge. Den Kampf mit dem Hai hatte sie letztendlich gewonnen, doch der Preis dafür war hoch gewesen. Ariches hatte sie bestraft, neben diversen Hautabschürfungen und Prellungen hatte sie ihr linkes Auge verloren.

Vorsichtig, damit niemand aufwachte, glitt sie aus dem Becken und schlich aus dem Saal. Sie eilte in ihr Zimmer, tauschte den Overall mit einem schwarzen Kleid, ordnete ihre Haare und huschte wieder heraus.

Argon stand in seinem Zimmer und war gerade damit beschäftigt, eine Tasche für die kommenden Tage zu packen, als Narla bei ihm eintraf. Er hatte ihr den Rücken zugekehrt, dennoch spürte er ihre Anwesenheit. Sie lehnte sich aufreizend mit dem Rücken gegen eine Wand. Jede der vier Wände war einzigartig, denn Argon hatte sie alle bemalt. Zu beiden Seiten erstreckte sich ein Dschungel, die Bäume schienen sich im Wind zu wiegen und Vögel kreisten am Himmel. Auf der gegenüberliegenden Wand hatte er den Ozean dargestellt. Narla konnte förmlich das Klatschen der Wellen hören. Sie wusste, was es mit den Kunstwerken auf sich hatte. Es war Argons Traum von einer eigenen Insel, einem zweiten Zuhause.

»Du hast meinen Kampf mit dem Hai verpasst«, sagte sie und war dabei bemüht, ihrer Stimme eine sinnliche Färbung zu geben.

»Ich wollte es nicht sehen«, sagte er im ruhigen Ton, ohne sich umzudrehen.

Schweigend beobachtete sie, wie er die Kleidungsstücke in die Tasche legte. Sie zählte zwei Hemden und zwei Hosen.

»Du bleibst zwei Tage weg?« Als er nichts sagte, sprach sie weiter: »Du solltest aufpassen, dass du dich nicht zu sehr von uns isolierst.«

»Ich erfülle nur meine Aufgabe«, sagte er. Er ging zu einer Holztruhe, holte ein dickes Bündel Geldscheine heraus und steckte es sich in die Hosentasche. Narla verfolgte jede seiner Bewegungen. Sie liebte dieses Prachtexemplar von Truhe.

Argon hatte sie gebaut und mit allen Arten von Kleidervögeln bemalt, die einmal auf Hawaii gelebt hatten, vierunddreißig an der Zahl. Er hatte ihr erklärt, dass davon bereits dreizehn Arten ausgestorben waren, elf weitere Arten waren unmittelbar vom Aussterben bedroht.

Sie ergriff wieder das Wort: »Das Experiment. Ich habe gehört, es ist soweit. Wirst du es heute durchführen?«

»Heute oder morgen. Wie es sich ergibt.«

»Ich wünsche dir viel Spaß dabei.« Es sollte unbeschwert klingen, aber ihre Mundwinkel zitterten dabei. Ihre Stimme wurde eindringlicher, als sie sagte: »Und den wirst du doch haben, deinen Spaß mit dieser Frau, oder?«

Abrupt wandte er sich zu ihr. Zwischen seinen Brauen hatte sich eine steile Falte gebildet.

»Was soll die Frage, Narla? Du weißt, wie wichtig das Experiment für uns alle ist.«

Sie nickte stumm und versuchte zu lächeln. Es geriet zu einer Grimasse. Sie liebte Argon noch immer, obwohl sie ihm die Schuld an der Verletzung zuschrieb. Trotzdem, sie wollte ihn nicht aufgeben. Sie wollte ihn haben und war bereit, alles dafür zu geben.

Er schulterte die Tasche und kam zu ihr. Sein Blick ruhte kurz auf ihrer Augenklappe, dann streifte seine Hand ihre Wange. »Es tut mir leid, was passiert ist. Das hab ich nicht gewollt.« Seine Stimme klang weich und mitfühlend.

»Ich weiß«, flüsterte sie.

»Wir sehen uns nach dem Wochenende.« Er wandte sich von ihr ab und betrat den Gang.

Narla bedeckte die Wange, die Argon eben noch berührt hatte, mit der Hand, als ob sie etwas Kostbares schützen wollte. Sie drehte sich um und sah ihm hinterher, bis er ihren Blicken entschwand. Eine Zeit lang verharrte sie in der Position in der Hoffnung, er würde zu ihr zurückkommen. Aber der Gang blieb leer. Argons Schritte waren verhallt und ließen eine bleierne Stille zurück.

Seufzend lehnte sie sich an die Wand. Ihre Gedanken kreisten nur noch um Argon und das Wochenende. Er würde zu ihr gehen, zu einer anderen. Zwei Tage und zwei lange Nächte würde er mit ihr zusammen sein. Mit dieser Frau. Mit ihrer Rivalin. Was wäre, wenn er sich in sie verlieben würde? Wenn er dann das Experiment gar nicht mehr durchführen wollte? Er hatte sich in letzter Zeit immer mehr von den Meeresjägern isoliert. War das nicht Beweis genug? In dem Moment reifte in ihr ein Entschluss: Sie musste wissen, was sich an dem Wochenende in Argons Haus abspielte. Sie würde da sein.

***

Eric war tot. Das Zimmermädchen hatte ihn in seinem Blut liegend gefunden und mit ihrem Geschrei die Urlauber der vierten Etage in helle Aufregung versetzt. Rasend schnell verbreitete sich die Nachricht unter den Hotelgästen. Der Hotelmanager wurde alarmiert, der bei dieser Hiobsbotschaft totenbleich wurde und im Geiste bereits seine Einkünfte der gesamten Saison dahinschwinden sah. Er benachrichtigte die Polizei, die ihrerseits umgehend einen Rettungswagen zum Unglücksort beorderte. Eine halbe Stunde später traf Steeler in Begleitung eines jungen Kollegen ein. Als sie die Hotellobby betraten, schlug ihnen ein vielschichtiges Stimmengewirr entgegen. Die Gäste standen in Gruppen zusammen und diskutierten aufgeregt darüber, dass innerhalb weniger Tage der zweite Hotelgast ermordet worden war. Ein Mann mit einem neunmalklugen Gesichtsausdruck äußerte die Vermutung, dass unter ihnen ein Serienmörder sein Unwesen trieb, was bei den umstehenden Urlaubern Bestürzung auslöste. An der Rezeption diskutierte ein älteres Ehepaar mit dem Angestellten, weil sie ihren Urlaub aus Angst vor neuen Attentaten abbrechen wollten und das Geld für die restlichen fünf Tage zurückverlangten. Der Hotelmanager ging von einer Gruppe zur anderen und versuchte vergeblich, die Gäste zu beruhigen. Als sein Blick auf die beiden herannahenden Männer in dunklen Anzügen fiel, eilte er auf sie zu. Er wirkte erleichtert, als ob sich seine Probleme mit der bloßen Anwesenheit der Polizei in Luft auslösen würden.

Zehn Minuten später stand Steeler vor Erics Leichnam. Der Arzt begrüßte ihn und bescheinigte ihm Erics Tod durch Kopfschuss. Die Luft im Zimmer war stickig und erfüllt vom kupfernen Geruch des Blutes. Steeler wischte sich den ausbrechenden Schweiß von der Stirn. Er musste sich an der Wand abstützen. Es war natürlich nicht sein erster Mord und für gewöhnlich brachte ihn der Anblick eines Toten nicht aus dem Gleichgewicht. Aber zum ersten Mal kannte er das Opfer und es war beklemmend anzusehen, wie Eric im eigenen Blut lag, die Beine krampfhaft über einem umgekippten Koffer verdreht. Vor wenigen Tagen hatten sie noch zusammen in der Bar gesessen und Bier getrunken. Jetzt lag Eric vor ihm, ein Auge zerschossen, das andere starrte gespenstisch leer zur Decke. Das Blut war wie dunkelrote Fäden über die rechte Gesichtshälfte gelaufen, an der Haut angetrocknet und hatte die Haare verklebt. Auch die Wunde war mit verkrustetem Blut überzogen, was darauf hindeutete, dass Eric bereits seit mehreren Stunden tot war. Steeler wandte sich vom Leichnam ab und rieb sich gedankenverloren das Doppelkinn. Er hatte nicht die geringsten Anzeichen eines Kampfes entdecken können. Demzufolge wurde Eric von dem Täter überrascht. Zwei Fragen drängten sich in ihm auf: Wer hatte ein Interesse daran, Eric zu töten? Und warum war Eric überhaupt nach Maui zurückgekommen?

Die Kollegen von der Spurensuche trafen ein. Nach einer flüchtigen Begrüßung begannen sie mit der routinemäßigen Arbeit. Steeler verließ den Raum. Er wurde hier nicht mehr gebraucht und seine Anwesenheit würden die anderen nur als störend empfinden. Auf dem Gang blieb er stehen und drehte sich zu seinem Begleiter.

»Hör mal zu, Gary. Ich möchte, dass du dir jeden Hotelgast unter die Lupe nimmst. Verschaff dir einen ersten Eindruck. Finde heraus, ob jemand Eric gesehen hat oder jemandem etwas aufgefallen ist.«

Der Angesprochene nickte eifrig. Er kam frisch von der Uni und brannte darauf, seine erste

Aufgabe zu meistern. »Geht klar. Es wird eine Weile dauern, bis ich hier durch bin. Wie viel Zeit gibst du mir?«

Steeler überlegte kurz. »Ich schicke dir Ben. Zu zweit solltet ihr bis morgen Abend fertig sein.«

Die beiden Männer durchquerten den Gang und blieben vor dem Fahrstuhl stehen.

Steeler sagte: »Lass dir vom Hotelmanager eine Liste über alle Gäste geben. Auch von denen, die bereits abgereist sind.«

Eine Viertelstunde später verließ Steeler das Hotel. Er wollte zurück zum Police Department, um von seinem Arbeitszimmer aus Erics Angehörige zu informieren. Er hasste Telefonate dieser Art und gab sie gern an seine Kollegen ab. Aber dieses Mal war es anders. Er wusste, Eric hätte es so gewollt.

***

Nach dem Frühstück steuerte Riona den Jeep zum Flughafen. Schuldbewusst blickte sie zu ihrer Mutter, die neben ihr saß.

»Macht es dir wirklich nichts aus, wenn ich hierbleibe? Ich komme mir so egoistisch vor.«

»Mach dir darüber keine Gedanken«, sagte Marie. »Ich werde auch ohne dich zurechtkommen.«

»Hättest du Lore nicht, wäre ich mitgekommen. Das musst du mir glauben.«

»Ich weiß, Rini. Es ist nur schade, dass du nicht mehr von Hawaii siehst als Maui.«

»Mir gefällt Maui.«

»Dir gefällt Maui, weil du diesen Künstler getroffen hast. Aber unser Urlaub ist fast vorbei. Bald fliegen wir nach Haus. Und dann?«

»Wann müssen wir abreisen?« , fragte Riona.

»Am Donnerstag.«

Riona schwieg betroffen. Wieder wurde ihr bewusst, dass die Tage auf Maui gezählt waren. Sie hatte einfach ausgeblendet, dass die Zeit mit Argon einmal ein Ende nehmen würde. Schon bald musste sie ihn verlassen. Was kam dann? Würde alles aus und vorbei sein? Sie straffte ihren Oberkörper. Nein, sie wollte jetzt nicht daran denken. Vor ihr lag ein wundervolles Wochenende. Alles andere würde sich schon finden.

Sie wurde in ihren Gedanken unterbrochen, als Marie wieder zum Sprechen ansetzte: »Hältst du es auch ohne mich aus? Zwei Nächte so allein im Hotelzimmer?«

»Ich bin kein Baby mehr.«

»Ich hoffe, du machst keine Dummheiten«, sagte Marie im mütterlichen Tonfall.

»Kommt darauf an, was du darunter verstehst«, erwiderte sie scherzend.

»Du weißt schon, was ich meine«, betonte Marie.

»Ich hab keine Ahnung.« Riona lenkte den Jeep vor die Eingangshalle des Flughafens und stoppte.

Marie beugte sich zu ihr rüber und gab ihr einen Kuss auf die Wange. »Dann sehen wir uns in zwei Tagen.«

»Guten Flug und viel Spaß auf O'ahu.«

Marie und Lore stiegen aus und gingen in die Eingangshalle. Eine Stunde später traf Riona wieder im Hotel ein. Erst dann erfuhr sie von Erics Tod. Der Schock saß tief. Sie ging aufs Zimmer, legte sich aufs Bett und starrte zur Decke. Der zweite Mord auf Maui und auch dieses Mal kannte sie das Opfer. Er war der Polizist gewesen, der sie während des Verhörs laufend angesehen und mit Fragen provoziert hatte. Wer hätte damals schon ahnen können, dass ihm jemand ein paar Tage später das Licht ausbläst? Sie hatte ihn nicht sonderlich gemocht, aber einen derartigen Abgang aus dem Leben hatte sie ihm trotzdem nicht gewünscht.

Ihre Gedanken schwenkten zu Argon. Heute Abend würde sie ihn wiedersehen. Eine freudige Erregung stieg in ihr auf. Sie schloss die Augen und gab sich ganz den Erinnerungen an die schöne Zeit mit ihm hin. Ihr fiel wieder der Abend ein, als sie ihn zum ersten Mal am Strand gesehen hatte. Wie hätte sie da ahnen können, was sich daraus entwickeln würde? Ungewollt schlief sie ein und Argon begleitete sie in ihren Träumen.

Zwei Stunden später wachte sie auf und sah zum Wecker. Es wurde höchste Zeit, sich auf das Treffen vorzubereiten. Sie schlüpfte aus dem Bett. Vor dem geöffneten Kleiderschrank überlegte sie, in welche Tasche sie ihre Sachen verstauen könnte. Es war einfach lächerlich, mit dem sperrigen Reisekoffer zu ihm zu fahren. Er könnte noch auf die Idee kommen, sie wollte gleich bei ihm einziehen. Ihr Blick schweifte durchs Zimmer auf der Suche nach einer Alternative und blieb an der Badetasche hängen. Sie zog die Tasche unter dem Stuhl hervor und inspizierte das Innenleben. Der

Boden war voller Sand, er steckte in jeder Falte. Anscheinend hatte sie den halben Strand angeschleppt. Kurz entschlossen ging sie ins Bad und schüttelte den Sand in die Wanne.

Es klopfte an der Tür. Mit einem kräftigen Schwung warf sie die Tasche aufs Bett und öffnete. Vor ihr stand ein Fremder. Mit seinem marinefarbenen Konfirmandenanzug und den sorgfältig gescheitelten Haaren wirkte er auf sie wie Mamas Liebling.

»Gary Brunner vom Police Department auf Maui«, stellte er sich vor und hielt ihr wichtigtuerisch seine Dienstmarke vor die Nase.

»Aha«, sagte sie.

»Und Sie sind …«, er schielte auf seine Liste. »Riona Gendt?«

»Mmmh.«

»Es geht um den Mordfall. Routinemäßig werden alle Gäste befragt. Haben Sie das Opfer in Mordnacht gesehen oder ist Ihnen etwas aufgefallen?«

Riona musste unwillkürlich grinsen. Dieser Typ kam sich mächtig wichtig vor. Dabei konnte er nicht viel älter als sie selbst sein.

»Nein und nein,« sagte sie.

»Wie nein und nein?«

»Nein, ich habe ihn nicht gesehen, und nein, mir ist nichts aufgefallen.«

»Könnte ich kurz reinkommen, damit wir uns unterhalten können?«

Sie verschränkte die Arme vor der Brust und lehnte sich gegen den Türpfosten. Ihre auffallend blauen Augen blitzen ihn herausfordernd an, was ihn sichtlich nervös machte. »Geht leider nicht. Ich habe meiner Mutter versprochen, keine Dummheiten zu machen. Und einen Fremden in das Zimmer zu lassen, ist eine Dummheit. Finden Sie nicht auch?«

Gary glaubte, sich verhört zu haben.

»Oder haben Sie einen Durchsuchungsbefehl?«, setzte sie noch einen drauf.

Gary schluckte. »Wo ist eigentlich Ihre Mutter?« Seine Augen überflogen die Liste, um den passenden Namen zu suchen. Er fand ihn nicht sofort, was ihn noch nervöser machte.

»Sie heißt Marie Gendt«, sagte Riona.

Gary ließ das Blatt sinken. »Ich muss auch Ihre Mutter befragen. Wo ist sie?« Der Versuch, seiner Stimme mehr Tiefe zu geben, misslang.

»Weg.«

»Wie weg?«

»Verreist.« Sie kniff die Lippen zusammen, um ein aufkommendes Glucksen in der Kehle zu verhindern.

»Ich beantworte auch gleich Ihre nächste Frage. Sie ist erst in zwei Tagen zurück.« Sie drehte sich zur Seite und huschte ins Zimmer, um sofort wieder mit zwei Äpfeln in der Hand zu erscheinen.

»Möchten Sie einen? Sie sind ganz frisch. Die gibt es gratis an der Rezeption.« Sie streckte den Arm aus und bot ihm einen davon an. »Kann ich wirklich empfehlen.«

Gary starrte zuerst auf den Apfel, dann in Rionas Gesicht.

»Nein, danke. Ich bin im Dienst.«

»Wieso? Der ist ohne Alkohol.« Sie biss

herzhaft in den einen hinein und warf den anderen in Richtung Bett. Dort rollte der Apfel über beide Schlafplätze und landete auf dem Boden.

»Autsch, das gibt eine Druckstelle«, sagte sie. Erneut bezog sie Position am Türpfosten.

»Übrigens können Sie sich den Weg zum Zimmer 213 sparen. Da wohnt Lore … soundso, und die ist auch weg.«

»Mit Ihrer Mutter?«

»Mit der Frau, die hier in diesem Zimmer wohnt.« Sie biss wieder in den Apfel.

»Wollen Sie mich auf den Arm nehmen?« Gary hob eine Augenbraue.

»Würde ich nicht wagen«, sagte sie mit vollem Mund.

Gary überlegte, wie er die Antwort werten sollte. Ehe er zu einem Ergebnis kommen konnte, hatte Riona wieder das Wort ergriffen: »Warum hat dieser Eric ein Zimmer im Hotel gebucht, wenn er doch auf Maui wohnte?«

»Mr. Johnson wohnte nicht auf Maui.« Es bereitete ihm eine innere Genugtuung, diese vorlaute Person belehren zu können.

»Wohnte er nicht? Wo kam er her?«

»Aus Honolulu.«

»Und warum war er hier?«

»Das wissen wir noch nicht.«

»Ob er seinen Mörder gekannt hat?«

Garys Gesicht verfinsterte sich. »Damit das klar ist, noch stelle ich hier die Fragen.«

»Die ich nicht beantworten kann, weil ich nichts weiß.« Sie presste die Lippen aufeinander, um nicht laut loszulachen. Dieser Möchtegern von einem Polizisten hatte den Spruch bestimmt in einem Kriminalfilm aufgeschnappt und kam sich dabei cool vor. Trotz angehaltenen Atems ließ sich das Glucksen in der Kehle nicht mehr verhindern. Es klang wie ein unterdrückter Rülpser.

»Entschuldigung, ich hab zu viel Wasser mit Kohlensäure getrunken«, sagte sie.

Gary starrte sie fünf Sekunden lang an, als müsste er das Gesagte erst verdauen. Unbeholfen fingerte er eine Visitenkarte aus der Innenseite seines Jacketts hervor und reichte sie ihr.

»Falls Ihnen noch etwas einfallen sollte. Unter der angegebenen Nummer können Sie mich erreichen.« Er lächelte sie vielsagend an. »Auch wenn Sie einmal Lust auf einen Kaffee haben.«

Riona atmete zweimal tief ein und aus – okay, der Lachanfall war weg. »Tut mir leid, ich trinke keinen Kaffee.« Sie schlüpfte ins Zimmer und stieß mit dem Fuß die Tür zu. Was für ein Trottel, spottete sie in Gedanken. Sie warf die Visitenkarte in den Mülleimer und sah wieder zum Wecker. Du meine Güte, schon kurz nach drei, durchfuhr es sie. In zwei Stunden wollte sie bei Argon sein. Sie musste sich verdammt sputen, um noch rechtzeitig einzutreffen. In Windeseile überlegte sie, was sie anziehen sollte. Geplant war ein Essen in einem Restaurant. Eine gute Gelegenheit, sich schick zu machen. Mit einem Blick überflog sie den Inhalt des Kleiderschranks. Sie zerrte das schwarze Kleid mit weißen Bordüren vom Haken und musterte es mit ausgestreckten Armen. Auch das noch, es musste unbedingt gebügelt werden. Sie legte das Kleid aufs Bett und breitete den unteren Teil fächerförmig aus. Das Reisebügeleisen stand unter dem Schreibtisch, doch der notwendige Adapter fehlte. Im Kleiderschrank war er nicht. Sie eilte zur Kommode, zog eine Schublade nach der anderen auf und kramte darin herum.

»Wo ist dieses blöde Ding«, fluchte sie vor sich hin. Bislang war ihr der Stecker völlig egal, denn ihre Mutter war für das Bügeln zuständig. Sie hob das Kleid vom Bett und checkte, inwieweit die Falten als Edelknitter durchgehen konnten. Keine Chance, ohne Bügeln ging gar nichts. Ihr Blick wanderte durch den Raum und fiel auf den Nachttisch ihrer Mutter. Sie ging zu ihm, kramte darin herum und fand das Gesuchte unter einem Stapel Taschentücher. Eilig bügelte sie das Kleid, packte die Badetasche und huschte unter die Dusche.

Neunzig Minuten später verließ sie den Hotelparkplatz im Jeep. Die Hektik, die eben noch in ihrem Inneren getobt hatte, legte sich allmählich. Im Gegenzug begann ihr Bauch zu kribbeln. Es wurde stärker und stärker, als ob sie einen Ameisenhaufen löffelweise verschluckt hätte. So aufgeregt war sie das letzte Mal vor der mündlichen Abiprüfung gewesen. Sie wusste, dieses Mal würde das Treffen mit Argon anders verlaufen. Zwei Nächte in seinem Haus. Nichts war vorhersehbar, alles war möglich.

Die kleine Bucht kam ihr bereits vertraut vor, als sie den Jeep am gewohnten Platz abstellte. Minuten später stand sie auf der Veranda und öffnete die Tür.

Als Erstes entdeckte sie den Mungo auf der Couch. Wie ein kleiner Zinnsoldat hockte er auf seinen Hinterbeinen, das geschiente Bein wie ein Bajonett abgespreizt, und musterte sie mit seinen Knopfaugen.

»Argon? Hallo Argon, bist du da?«, rief sie. Es blieb still. Sie stellte die Tasche ab und sah sich unschlüssig um. Dann wandte sie sich wieder dem Mungo zu, der mittlerweile zu einer Statue erstarrt war.

»Hör mal zu, Tenzing. Ich finde es gar nicht nett, wie du das schöne Sofa beschmutzt«, tadelte sie im mütterlich-strengen Tonfall. »Ein bisschen dankbarer könntest du dich schon zeigen.« Sie kramte aus der Tasche einen Apfel heraus und wedelte damit in der Luft herum. »Ich hab ein Leckerli für dich. An einer Seite ist eine Druckstelle. Schmeckt aber trotzdem.« Sie kauerte sich auf den Boden und gab dem Apfel einen Schubs, so dass er quer durch das Wohnzimmer kullerte. Den Mungo beeindruckte das nicht. Er thronte auf der Couch und starrte zu ihr rüber. Sie erhob sich und stemmte die Arme in die Hüfte.

»Jeder Hund wäre jetzt hinterhergelaufen. Okay, du bist kein Hund. Hältst dich wohl für etwas Besonderes. Trotzdem runter da.« Sie klatschte in die Hände.

Der Mungo piepste auf und preschte unter den Schrank. Riona sah auf ihre Armbanduhr. Es war halb sechs und Argon war noch immer nicht hier. Sie entschied sich, das Badezimmer aufzusuchen, durchquerte das Wohnzimmer und schritt die Treppe hinauf. Einen Augenblick lang verharrte sie auf der letzten Stufe und schaute sich um. Die mittlere Tür auf der linken Seite ging zum Bad.

Verborgen hinter der gegenüberliegenden Tür lag das mysteriöse Zimmer. Sie konnte sich selbst nicht verstehen, warum ihre Schritte sie gerade dorthin führten. Wie angewurzelt blieb sie vor der Tür stehen. Einem Alptraum gleich zog der Vorfall an ihrem geistigen Auge vorbei. Sie sah sich in dem Raum eingesperrt, spürte nochmals ihre Angst und hörte ihre Rufe. Unvermittelt fuhr sie sich mit der Handfläche über die Stirn, als ob sie damit die schauerlichen Gedanken wegwischen könnte. Sie wandte sich um und ging ins Bad.

Als sie es verließ, fiel ihr Blick instinktiv wieder auf die Tür gegenüber. Irgendetwas in ihrem Inneren drängte sie fast zwanghaft, die Tür genau jetzt zu öffnen und reinzusehen. Sie ging darauf zu, atmete tief durch und drückte die Klinke herunter. Die Tür gab nicht nach. Als ob sie es nicht wahrhaben wollte, drückte sie die Klinke ein weiteres Mal herunter, und noch einmal. Die Tür war verschlossen, schützte gleich einer Festungsmauer das geheimnisvolle Zimmer. Sekundenlang starrte sie auf die Tür und drehte sich dann um. Erschrocken fuhr sie zusammen. Argon stand vor ihr – hochaufgerichtet, regungslos. Seine schwarzen Augen starrten sie an.

»Wolltest du herumschnüffeln, Riona?« Seine Stimme klang fast schon feindselig. Seine gesamte Erscheinung wirkte auf Riona wie ein einziger großer Eisblock.

»Äh, nein.« Der Schreck war ihr blitzartig durch den Körper gefahren und ließ die Beine schlottern. Sie rang nach Worten: »Ich, ich war nur im Bad und, und wollte gerade runtergehen.«

»Gut, dann gehen wir.« An seinem Gesichtsausdruck war nicht zu erkennen, was in ihm vorging. Riona spürte seinen Kuss auf ihrer Stirn wie den Abdruck eines Eiskristalls. Sein Arm wog schwer auf ihren Schultern, als er sie von der Tür fortzog.

»Du kommst spät«, sagte sie aus dem Bedürfnis heraus, vom Thema Tür abzulenken.

»Ich hatte noch etwas zu erledigen«, sagte er.

»Deine Haustür war nicht verschlossen. Keine Angst vor Einbrechern?«

»Das fragst du schon zum zweiten Mal«, sagte er leicht spöttisch. »Warum sollte ich Angst haben? Wir Meeresjäger beklauen uns nicht gegenseitig. Nur ihr Menschen müsst euch vor euren eigenen Artgenossen schützen.«

Als sie das Wohnzimmer betraten, fiel Argons Blick auf die vollgestopfte Badetasche.

»Möchtest du zuerst dein Zimmer beziehen?«

Sie schüttelte den Kopf. In dem Moment hatte sie den Wunsch, umgehend das Haus zu verlassen.

»Das kann ich später machen. Ich möchte lieber essen gehen.«

»Okay, fahren wir zum Restaurant.« Er nahm ihre Hand und führte sie aus dem Haus. Während sie die Treppe herunterschritten, versuchte sie, vor Argon unbefangen zu wirken.

»Zur Abwechslung könnten wir mal zum Auto springen«, witzelte sie.

Er verzog keine Miene. »Nicht heute.«

Sie bestiegen den Jeep und fuhren los. Argon lehnte sich mit der Schulter gegen die Fensterscheibe. Seine Augen waren auf Riona gerichtet, sein Gesichtsausdruck wirkte verschlossen. Sie hatte das Gefühl, als ob sein intensiver Blick ihre Haut durchdringen und bis in ihr Innerstes vorstoßen könnte. Sie fühlte sich nicht ganz wohl dabei und rutschte auf den Sitz hin und her.

»Irgendwelche Kritikpunkte?«, fragte sie.

»Nein. Mir gefällt dein Kleid an dir.«

»Wirklich? Ich habe es auf einem Basar in Indien gekauft. Warst du schon mal in Indien?«

»An der Südspitze.«

»Mit eurem Schiff?«

»Ja.«

Seine kurzangebundene Art behagte ihr nicht. Sie warf ihm einen Seitenblick zu.

»Du bist heute so ganz anders. Ist es, weil du mich vor diesem Zimmer gesehen hast?«

»Das ist es nicht.«

»Was ist es dann?«

Er wandte sich von ihr ab und sah durch die Windschutzscheibe auf die Straße. Ihr kam es so vor, als ob er vor sich hin grübelte. Etwas später sah er wieder zu ihr.

»Wenn du jemandem etwas versprochen hast, würdest du dann zu deinem Wort stehen?«, fragte er.

»Natürlich«, erwiderte sie spontan.

»Um jeden Preis?« Er drehte seinen Kopf zu ihr und taxierte sie.

Sie dachte kurz nach. »Nein, nicht um jeden Preis. Ich würde mein Versprechen brechen, wenn ich einem anderen damit schaden könnte. Warum willst du das wissen?«

Anstelle einer Antwort presste er die Lippen aufeinander. Eine Vermutung stieg in ihr auf, die sie frösteln ließ. Konnte es sein, dass er jemandem solch ein Versprechen gegeben hatte? Sie schwankte, ob sie ihn danach fragen konnte oder es lieber lassen sollte. Was wäre, wenn er es als aufdringlich empfand? Vielleicht würde sie damit sogar den ganzen Abend ruinieren. Trotzdem, sie musste es wissen.

»Hast du jemandem mal etwas Derartiges versprochen?«

Sein Blick ruhte noch immer auf ihr, aber er begann jetzt zu lächeln. »Nein, das habe ich nicht.«

Sie glaubte ihm aufs Wort und war erleichtert. Dennoch kam während der restlichen Fahrt kein Gespräch mehr zwischen ihnen zustande.

Das Restaurant lag am Rande eines verträumt wirkenden Örtchens, in das sich selten Urlauber verirrten. Hier schienen sich die Uhrzeiger langsamer zu drehen und die Welt heil und friedlich zu sein. Die Terrasse im Obergeschoss lag hoch über dem Meer. Das Lokal war gut von Einheimischen besucht. Neugierig musterten sie die Fremden. Argon ging zu einem freien Tisch in der hintersten Ecke und Riona folgte ihm. Sie setzten sich einander gegenüber. Riona legte einen Arm auf die Holzbrüstung. Ihr Blick glitt über den schier endlosen Ozean. Die Sonne hatte sich bereits von der Insel verabschiedet. Gemächlich klatschten die Wellen gegen die Felsblöcke.

Der Kellner brachte die Speisekarten und nahm die Getränkebestellung auf. Argon entschied sich für ein Glas Wasser ohne Kohlensäure und Riona schloss sich ihm an. Sie nahm die Speisekarte zur Hand und blätterte darin herum.

»Ich nehme ein Steak mit Pommes«, entschied sie.

Argon stützte die Ellenbogen auf den Tisch und verschlang die Hände ineinander. Die Karte lag unangerührt vor ihm.

»Du isst Fleisch?«, fragte er.

»Klar«, erwiderte sie. »Blutige Steaks. Fette Schweinshaxe. Panierte Koteletts.« Sie sah ihn prüfend an. »Und du?«

Ehe er darauf antworten konnte, war der Kellner mit den Getränken zurück, die er vor ihnen abstellte.

»Haben Sie sich bereits für das Essen entschieden?«, erkundigte er sich höflich.

»Für mich bitte das Steak, aber medium«, sagte Riona.

Der Kellner wandte sich zu Argon. »Und für Sie?«

»Ich nehme zwei Fische. Roh und ungewürzt.«

»Wie bitte?«

»Sie haben richtig gehört«, sagte Argon im ruhigen Tonfall, ohne den Blick von Riona abzuwenden.

Als sie das verdutze Gesicht des Mannes sah, fügte sie schnell hinzu: »Mein Freund steht auf Sushi.«

»Wir haben kein Sushi«, sagte der Kellner.

Argon richtete seine Augen auf ihn. »Deshalb nehme ich auch nur den Fisch.« Er sah wieder zu Riona, die zu grinsen begann.

»Roh?«, fragte der Kellner.

»Das sagte ich bereits.«

»Ohne Beilage?«

Riona konnte sich ein Lachen kaum noch verkneifen. Doch Argon ließ sich nicht aus der Ruhe bringen.

»Kein Reis. Kein Gemüse. Nur zwei Fische.«

Der Kellner schien es endlich zu begreifen, nickte wortlos und ging davon. Riona schaute ihm hinterher, bis er hinter einer Tür verschwand. Ihr Blick wanderte durch den Raum und blieb an einem Mann im grauen Hosenanzug mit schneeweißen Haaren hängen. Er stand neben dem Eingang und sah in ihre Richtung. Ihr kam es so vor, als würde er sie schon die ganze Zeit über anstarren. Als er ihren Blick bemerkte, drehte er sich um und ging. Einen Moment lang überlegte sie, wo sie ihn schon einmal gesehen hatte, konnte sich aber nicht mehr daran erinnern.

Argon beugte sich über den Tisch und umfasste ihre Hände. »So, ich mag also Sushi.«

»Das war doch eine gute Ausrede, oder?« Sie merkte, wie seine Augen belustigt funkelten.

»Du hast einen Artgenossen angelogen«, sagte er scherzhaft.

»Machst du das nicht?« Sie neigte den Kopf leicht zur Seite.

»Nicht, wenn es sich vermeiden lässt.«

»Es ließ sich nicht vermeiden«, sagte sie. »Die Wahrheit hätte ihn glatt umgehauen.«

Argon lachte in sich hinein und lehnte sich gegen die Rückenlehne.

Riona wechselte das Thema: »Hast du schon von dem Mord gehört?«

»Wer wurde ermordet?«, fragte er leichthin.

»Einer von den Polizisten, die mich vor ein paar

Tagen verhört haben. Er kommt aus Honolulu und übernachtete in unserem Hotel. Man fand ihn heute früh in seinem Zimmer. Erschossen.« Sie griff zum Wasserglas, trank einen Schluck und fuhr fort: »Die Polizei tappt noch im Dunkeln. Alle Urlauber wurden gefragt, ob sie etwas gesehen haben. Bei mir war auch jemand.«

Argons Augenbrauen hoben sich.

»Was hast du ihm gesagt?«

»Dass ich nichts weiß.« Dann verzog sie das Gesicht. »Das Ganze ist schon merkwürdig. Zuerst verschwindet dieser Martin und man findet nur noch einen Arm von ihm. Und jetzt wird ausgerechnet der Polizist ermordet, der wahrscheinlich die Untersuchung geleitet hat.« Vergeblich forschte sie in seinem Gesicht nach einer Gefühlsregung und fragte dann: »Findest du es nicht seltsam?«

»Es ist nichts Neues, dass sich die Menschen die Köpfe einschießen«, erwiderte er.

Sie verdrehte die Augen. »Es ist zwecklos, mit dir darüber zu reden. Du änderst deine Meinung über uns wohl nie.«

Er öffnete die Lippen und wollte etwas erwidern. Völlig unerwartet für Riona erstarrte sein Gesicht plötzlich. Er wandte sich dem Ozean zu, aber sein Blick ging ins Leere. Sie hatte das Gefühl, er würde lauschen. Der Tag trat in ihre Erinnerung, an dem sie mit ihm vor dem Wasserfall im Gras gelegen hatte. Damals hatte er sich genau so verhalten. Was hatte das zu bedeuten? Sie fand dafür keine Erklärung. Ihr blieb nichts anderes übrig, als abzuwarten.

Während Argon selbstvergessen zum Wasser

starrte, betrachtete sie sein Seitenprofil. Alles an ihm war makellos – die perfekt geformte Nase, die geschwungenen Lippen, das ausdrucksstarke Kinn. Kein Bildhauer hätte ein begehrenswerteres Kunstwerk erschaffen können. Doch hinter der schönen Fassade verbarg sich ein Meeresjäger voller Geheimnisse und Facetten. Sein Wesen erschien ihr manchmal so unheimlich wie ein tiefes, dunkles Grab. Aber das Zusammensein mit ihm war prickelnd und berauschend zugleich. Endlich trat wieder Leben in seinen Körper und er sah zu ihr.

»Was war das eben?«, wollte sie wissen.

»Mein Vater hat mir gesagt, ich soll vorsichtig sein. Die Polizei schnüffelt überall herum.«

»Er hat zu dir gesprochen?«

Als Argon merkte, wie erstaunt sie darüber war, begann er zu erklären: »Wir haben unsere eigene Art der Verständigung. Ihr Menschen nennt es Telepathie.«

»Dann kriecht jeder in den Kopf des anderen und erfährt seine intimsten Geheimnisse?«

»Nein, so ist es nicht«, erklärte er. »Jeder bestimmt selbst, ob er einen Gedanken weiterleitet oder nicht. Unser Gehirn ist wie eine Schaltzentrale. Eine Art Gedankenübertragung per Knopfdruck.«

»Das ist unglaublich«, sagte sie. »In welcher Entfernung könnte ihr euch so verständigen?«

»Sehr weit, weiter als du gerade vermutest.«

Es war ihr anzusehen, dass sie beeindruckt war. Es dauerte eine Weile, bis sie wieder zum Sprechen ansetzte. Ihre Stimme klang nachdenklich.

»Du hast einmal gesagt, Ihr Meeresjäger seid

uns Menschen überlegen. Damals wusste ich nicht, was du damit ausdrücken wolltest. Inzwischen verstehe ich es. Ihr könnt unfassbar weit springen, verständigt euch telepathisch, seid unglaublich schnell und stark.«

Sie sah ihn forschend an. »Hab ich etwas vergessen?«

»Nichts, was dir bekannt ist«, erwiderte er.

Sie beugte sich halb über den Tisch und schaute ihm voll ins Gesicht. »Also gibt es noch ein weiteres, ungelüftetes Geheimnis?«

Er atmete tief durch. »Du solltest dich nicht mit etwas belasten, was du nicht ändern kannst.«

»Du wirst es mir nicht sagen, nicht wahr?«

Sein Schweigen wirkte auf sie wie eine Bestätigung. Sie zog sich von ihm zurück und lehnte sich mit dem Rücken an die Stuhllehne. Während beide einen Schluck Wasser tranken, musterten sie sich über den Glasrand hinweg. Erst als der Kellner mit dem Abendessen kam, verflog die Anspannung, die zwischen ihnen lag. Rionas Blick fiel auf ihr Steak. Es hatte die Größe einer Schuhsohle. Pommes und grüne Bohnen gab es hier anscheinend schaufelweise. Auf Argons Teller lagen zwei Fische, die mit Salatblättern verziert waren. Sie waren roh. Der Koch hatte ihnen nur den Bauch aufgeschlitzt und die Innereien herausgeholt. Die toten Augen wirkten auf Riona wie Glaskugeln.

»Na dann, guten Appetit«, sagte sie. Mutig stach sie mit dem Besteck auf das Riesensteak ein.

»Danke, das wünsche ich dir auch.« Er entfernte die Blätter vom Fisch, schnitt ein Stück ab und schob es sich in den Mund. Riona beobachtete, wie er genüsslich zu kauen begann. »Schmeckt es?«, fragte sie.

»Ja, sehr gut.« Mit der Messerspitze hob er ein Fischauge aus der Höhle.

Sie sah es und verzog unwillkürlich das Gesicht. Sie ahnte, was jetzt kommen würde. »Sag jetzt nicht, du willst das essen.«

»Natürlich, Fischaugen sind für uns eine Delikatesse. Du kannst sie mit euren Pralinen vergleichen.« Er steckte sich das Auge in den Mund. Unter seinen Zähnen knackte es. Riona richtete ihren Blick lieber auf die Bohnen, die auf dem Teller wie ein Haufen grüner Bleistifte aussahen.

»Probier doch mal eine davon«, schlug sie vor. Als er abwehrte, bohrte sie nach: »Warum nicht? Stirbst du daran?«

Argon war gerade damit beschäftigt, das zweite Fischauge auszuhöhlen.

»So leicht bringt mich nichts um«, sagte er. »Aber Gemüse schmeckt mir nun mal nicht.«

Ein Gedanke schoss ihr durch den Kopf, und sie begann zu grinsen. »Wenn du mich gern hast, isst du eine davon.«

Argon warf einen abschätzenden Blick auf die Bohnen und streckte dann seine Gabel mit dem Auge zu ihr herüber. »Okay, mach ich. Aber nicht ohne Gegenleistung.« Er presste die Lippen aufeinander, um ein Lachen zu verkneifen.

Riona sah auf die wässrig schimmernde Kugel vor ihrer Nase. Der Anblick löste einen leichten Anflug von Ekel aus. Sie wollte aber vor Argon nicht zimperlich erscheinen und nahm das Auge mit zwei Fingern. Unwillkürlich hielt sie die Luft an, als es in ihrem Mund lag. Hastig kaute sie daran herum, was sich als schwierig gestaltete. Sie hatte das Gefühl, sie müsste eine überaus salzige und glitschige Nussschale zerbeißen, die obendrein auch noch nach Fisch stank. Endlich hatte sie es geschafft und würgte alles herunter. Mit einem kräftigen Zug aus dem Wasserglas spülte sie die Reste herunter. Sie beendete ihre Aktion mit einem triumphierenden Blick auf Argon. Er beugte sich lässig über den Tisch, griff zu einem Stapel Bohnen und aß es auf.

»Zufrieden?«

»Ja, aber mein Auge war ekliger als dein bisschen Gemüse.«

»Das hängt von der Sichtweise des Betrachters ab. Wir Amphibienmenschen mögen alles am Fisch.«

»Frösche sind auch Amphibien und die mögen Fliegen«, entgegnete sie trocken.

»Dann wünschen wir ihnen einen guten Appetit.« Er nahm seine Gabel zur Hand und widmete sich wieder dem Essen.

Ein Gedanke blitzte in ihr auf, der ein Glucksen in ihrer Kehle auslöste. Sie setzte eine Unschuldsmiene auf.

»Meeresjäger und Frösche sind doch artverwandt, stimmt's?«

»Ja, im weitesten Sinne schon.« Er hob den Kopf und sah sie prüfend an. »Worauf willst du hinaus?«

»Ich musste gerade an dich denken, als du noch ein Baby warst. Sahst du im Frühstadium wie eine Kaulquappe aus?«

»Das ist nicht witzig.« Sein Gesicht verfinsterte sich zusehends.

»Heißt das ja?« Sie begann zu kichern.

Zwischen seinen Augenbrauen bildete sich eine tiefe Einkerbung.

»Sich auf Kosten anderer zu amüsieren, zeichnet dich nicht gerade aus.«

»Ich weiß, ich weiß«, sagte sie lachend. »Ich habe einen bösen Humor. Er ist tiefschwarz. Meine Mutter hat sich oft genug darüber aufgeregt.«

»Was anscheinend nichts gebracht hat«, bemerkte er trocken.

»Doch, hat es«, sagte sie noch immer lachend. »Ich habe mich schon gebessert. Aber menschliche Schwächen lassen sich nicht so einfach abstellen. Ich verzeichne Rückschläge.«

Seine Gesichtszüge glätteten sich und er lächelte. »Dann gibt es also noch Hoffnung?«

»Ja, gibt es. Ich schwöre es bei meinem Leben.« Sie hob ihre rechte Hand und streckte zwei Zeigefinger in die Luft.

Sein Lächeln erstarb. »Dein Leben solltest du nicht leichtfertig ins Spiel bringen. Man kann es schnell verlieren.«

»Wieso? Willst du mich heute Nacht abmurksen?« Sie blickte ihn schelmisch an.

Er schob sich ein Stück Fisch in den Mund, kaute und schluckte es herunter.

»Das nicht gerade«, sagte er. »Aber denk nur an deinen toten Polizisten. Er hätte jetzt lieber auf der Couch gelegen als in einer Holzkiste.« Mit einem Kopfnicken wies er auf ihren Teller. »Du solltest dein Essen nicht erkalten lassen.«

Riona begann wieder zu essen. Etwas später war das Steak auf die Größe eines Taubenschenkels geschrumpft. Sie schob den Teller zur Seite, stemmte die Ellenbogen auf den Tisch und legte das Kinn auf die Handrücken. Ihre Augen waren auf Argon gerichtet. Sie verfolgte das Heben und Senken seines Armes, wenn er die Gabel füllte und zu seinen Lippen führte. Er trank aus dem Glas, als ob dieses Wasser das Köstlichste der Welt wäre. Nach dem Essen kam der Kellner wieder, entzündete die Kerze auf dem Tisch und räumte das Geschirr ab.

Inzwischen hatte sich die Abenddämmerung auf die Insel gelegt, die Terrasse war in ein fades Licht getaucht. Es war windstill und mild. Das Geplätscher des nahen Ozeans mischte sich mit dem Gemurmel der Menschen. Das Leben auf der Insel schien sich mit Einbruch der Dunkelheit zu entspannen.

Argon hatte sich an die Rückenlehne gelehnt und seine Augen ruhten auf Riona.

»Jetzt bin ich an der Reihe, Fragen zu stellen«, sagte er.

»Okay, was willst du wissen?«

»Welchen Moment in deinem Leben würdest du als magisch bezeichnen?«

»Als ich dich zum ersten Mal am Strand gesehen habe«, sagte sie spontan. »Du hast dich umgedreht und zu mir gesehen.«

Erst jetzt schien ihr bewusst zu werden, wie viel von ihren Gefühlen sie preisgegeben hatte. Sie spürte, wie sich ihre Wangen röteten, und sah auf ihre Hände herab. Sekunden später hob sie den

Kopf und schaute zu ihm. Im gelben Schein des Kerzenlichts wirkte sein Gesicht weich und sanft.

»Wann warst du am glücklichsten?«, fragte sie.

»An dem Tag, als wir zusammen unter dem Wasserfall badeten.«

Intuitiv hatte sich ihre Stimmlage der seinen angepasst. Sie sahen sich tief in die Augen und schenkten sich ein Lächeln. Er beugte sich zu ihr, umfasste ihre rechte Hand und zog sie zu sich heran. Seine Lippen berührten ihre Fingerspitzen. Riona fühlte sich erregt und gleichzeitig beglückt. Ihre Sinne waren nur noch auf ihn gerichtet, die Außenwelt zählte nicht mehr. Sie schob ihre andere Hand zu ihm hinüber.

»Was hast du gedacht, als du mich das erste Mal gesehen hast?«, fragte sie.

»Dass du die Richtige bist«, sagte er wahrheitsgemäß. Seine Finger glitten über ihre Hände, streichelten ihre Arme.

»Ich hab dich gesucht und gefunden.«

»Du willst nur mich?«, fragte sie.

»Ich will nur dich und keine andere.« Seine warme Stimme schmeichelte ihren Ohren. »Du bist mir sehr wichtig. Ich brauche dich.«

Seine Worte wirkten auf sie wie ein ruhig fließender Strom, wie das sanfte Säuseln des Windes. Sie konnte nicht wissen, dass er sie tatsächlich brauchte – für sein Experiment.

An jeder Stelle, die er berührte, spürte sie ein wohliges Kribbeln, das sich auf ihren gesamten Körper ausbreitete.

»Du kennst mich doch kaum«, sagte sie.

»Das macht nichts. Mir gefällt, was ich über

dich weiß. Wir lernen uns noch kennen.«

»Aber mein Temperament geht manchmal mit mir durch.«

»Auch das mag ich an dir.« Er lächelte verführerisch.

»Und meinen schrägen Humor?«

Er führte ihre linke Hand an seine Lippen und küsste die Innenfläche. Im Schein des Kerzenlichts funkelten seine Augen wie die eines Raubtiers, das in der Nacht Ausschau nach Beute hält.

»Wir sollten gehen«, sagte er plötzlich.

***

Die Nacht war kalt und still. Eine Wolkenbank lag bleiern über der Insel Maui und verhinderte die Sicht auf den Sternenhimmel.

Hoch oben auf einer Felsklippe des Haleakala-Gebirges stand Narla. In ihrer schwarzen Kleidung verschmolz sie mit der Dunkelheit, wurde eins damit. Ihr Overall schmiegte sich wie eine Schlangenhaut an ihren Körper. Der Wind blähte ihren Umhang auf und ließ ihn wie mächtige Vogelschwingen erscheinen. Als sie den Kopf senkte und auf die Insel herabblickte, wirkte sie wie eine Herrscherin, die von einem Turm aus ihr Reich inspizierte.

Ihr Herz war von Eifersucht zerfressen. Es sehnte sich nach Argon, der sie nicht mehr wahrnahm und nur noch Augen für eine andere hatte. Sie hatte sich geschworen, nicht kampflos aufzugeben. Darum hatte sie einen teuflischen Plan geschmiedet. Heute Nacht war es soweit. Heute

Nacht wollte sie damit beginnen. Ihre Beinmuskeln spannten sich. Sie stieß sich vom Felsen ab und sprang in die Finsternis hinein.

***

Riona stand im Gästezimmer und stellte die Badetasche aufs Bett. Die Ereignisse der letzten halben Stunde zogen an ihrem geistigen Auge vorbei. Alles war sehr schnell gegangen. Argon hatte im Restaurant die Rechnung beglichen, sie waren losgefahren und zu seinem Haus zurückgekommen. Hand in Hand waren sie die Treppe zum oberen Stockwerk hinaufgegangen. Er hatte sie in dieses Zimmer geführt, sie ein letztes Mal umarmt und war gegangen.

Sie setzte sich aufs Bett und starrte zur gegenüberliegenden Wand. Sie hatte sich den Ausgang des Abends anders vorgestellt. Im Restaurant hatte es zwischen ihnen eine knisternde Spannung gegeben. Riona hatte sich wie im Rausch befunden, sie hatte sich geliebt und begehrt gefühlt. Während der Rückfahrt hatte sich Argon immer mehr in sich zurückgezogen, als hätte ihn die kühle Nacht wieder zur Besinnung gebracht.

Im Raum nebenan tat sich etwas. Sie hob den Kopf und blickte zur Tür, die zum gemeinsamen Badezimmer führte. Sie lauschte den dumpfen Geräuschen. Es konnte nur Argon sein. Ein kurzer metallischer Laut verriet ihr, dass er die Duschkabinentür öffnete. Gleich darauf hörte sie das nächste Geräusch, das an Regen erinnerte, der gegen eine Fensterscheibe prasselte. Nach dem

Restaurantaufenthalt war er nicht mehr ins Wasser gegangen. Wahrscheinlich brauchte er ein Bad, um seine Haut zu befeuchten. Ein Gedanke schoss ihr in den Kopf, der ihr Herz schneller schlagen ließ. Noch bevor sie mögliche Folgen abwägen konnte, war sie schon bereit, es in die Tat umzusetzen. Sie erhob sich, streifte in Windeseile ihre Kleidung ab und ließ sie achtlos auf den Boden fallen. Mit nackten Füßen tapste sie zur Badezimmertür und öffnete sie.

Ihr schlug eine schwüle Wärme entgegen. Hinter dem milchigen Glas der Duschkabine waren Argons Umrisse nur schemenhaft zu erkennen. Sie machte einige Schritte darauf zu und blieb stehen. Ihr Herz klopfte wild und ihr Atem ging schnell. Ihre Augen waren konstant auf die Kabinentür gerichtet, die jetzt zur Seite geschoben wurde. Da stand Argon. Mit einer Hand stützte er sich an der Glaswand ab. Während das Wasser auf seinen Rücken prasselte und von seinen Schultern perlte, musterte er sie mit wachem Blick. Eine nasse Haarsträhne fiel ihm über die Stirn und gab ihm einen verwegenen Ausdruck. In seinem Gesicht war nicht zu erkennen, was in ihm vorging. Eine männlich-sinnliche Aura umhüllte ihn, der sich Riona nicht entziehen konnte. Ihre Wangen wurden heiß.

»Nur wenn du es auch möchtest«, sagte sie. »Nur wenn du es möchtest.«

Er sagte kein Wort und regte sich nicht. Seine Augen erschienen ihr noch schwärzer und geheimnisvoller als sonst. Sein Blick war starr auf sie gerichtet, als wollte er tief in ihre Seele sehen.

Endlich fiel die Starre von ihm ab. Er beugte sich zu ihr vor, umfasste ihre Taille und zog sie in die Kabine. Seine Arme waren stark und drängten sie an eine Stelle der Wand, wo das Wasser wie ein warmer Sommerregen auf sie herabrieselte.

Seine Hände fuhren über ihr Gesicht und strichen ihre Haare zurück. Sie sahen sich tief in die Augen. Dann spürte sie seine Lippen.

***

Wie eine Katze lag Narla auf dem Dach von Argons Haus. Über ihr war der nachtschwarze Himmel. Es war so finster, dass ein Mensch nicht seine Hand vor Augen hätte sehen können. Aber Narla störte das nicht. Sie lauschte in das Hausinnere hinein. Als alles still blieb, hob sie den Kopf. Minutenlang verharrte sie regungslos. Dann krabbelte sie in einer unfassbaren Geschwindigkeit auf Händen und Füßen zum Dachrand. Ihre Bewegungen in der schwarzen Kleidung erinnerten an eine Tarantel. Am Rand angekommen, glitt sie lautlos herab und stand auf der Veranda.

Das Haus machte einen verschlafenen Eindruck, alles blieb ruhig, nirgends brannte Licht. Narla stieß sich vom Boden ab und sprang zum nächstgelegenen Fenster. Ihre Hände klebten an der Scheibe, während sie in das Rauminnere hineinstarrte. Sie nahm sich ein Fenster nach dem anderen vor, fand aber nicht das, wonach sie suchte. Ihr Gesichtsausdruck wurde verkniffener, ihre Bewegung hektischer. Sie sprang um die Ecke zur Seitenfront des Gebäudes. Nun war das Fenster ganz oben ihr Ziel. Wieder klebten ihre Hände an der Scheibe und ihre Augen weiteten sich blitzartig. Sie hatte es gefunden und konnte es nicht fassen. Das durfte nicht wahr sein. Sie schüttelte den Kopf, um den Alptraum zu verscheuchen, und sah erneut durch die Scheibe. Es war kein böser Traum, sondern bittere Realität. Ihr Herz verkrampfte sich. Argon lag unbekleidet im Bett und neben ihm die Frau. Sie hatten sich die Gesichter zugewandt, die Beine ineinander verschlungen, hielten sich an den Händen. Sie schliefen vereint wie ein sich liebendes Paar. Sie sahen zufrieden aus und glücklich.

Narla sprang zurück auf die Veranda und lehnte sich mit dem Rücken an die Hauswand. Mit stumpfem Blick schaute sie zum Ozean. Sie hörte nicht das Klatschen der Wellen, spürte nicht den Wind, der um das Haus fegte. Ihre Gedanken kreisten nur um das eben Gesehene. Ihre Befürchtungen waren eingetroffen. Und sie hatte es kommen sehen, gleich als sie die Frau zum ersten Mal gesehen hatte. Ihr Oberkörper straffte sich. Sie musste handeln. Aber nicht jetzt. Der richtige Zeitpunkt würde noch kommen. Sie sprang auf das Dach, auf den Felsen, in die Nacht hinein.

***

Ein Sonnenstrahl stahl sich durch die Fensterscheibe und kitzelte Rionas Wange. Sie öffnete die Augen und sah direkt in Argons Gesicht. Es war so dicht vor ihr, sie hätte es mit ihrer Nasenspitze berühren können. Seine Augen waren geschlossen und seine Mimik entspannt. Erst jetzt wurde ihr bewusst, in welchem Bett sie sich noch immer befand, und sie lächelte. Sie winkelte den rechten Ellenbogen an, hob den Kopf und stützte sich auf der Handfläche ab. Ihr Blick wanderte über jede Stelle seiner Gesichtszüge, als würde sie ihn zum ersten Mal betrachten. Wie schön er ist, dachte sie und spürte dabei ein heftiges Verlangen, seine Lippen zu küssen.

»Ich weiß, dass du mich ansiehst, Riona.« Er öffnete die Augen und streckte seinen linken Arm nach ihr aus.

»Hallo«, sagte sie. Ihr Kopf sank auf seine Schulter.

»Wie hast du geschlafen?«, fragte er.

»Wie ein Bär im Winterschlaf. Und du?«

»Ausgezeichnet mit dir an meiner Seite.«

Ihre Finger glitten über seinen Arm, der sie umschlungen hielt. Argons Haut fühlte sich so ganz anders an als bei einem Menschen. Seine Haut war straff und lag fest über den Muskeln, als ob sie jemand gespannt hätte. Leberflecken fehlten vollkommen, als wäre alles mit einer durchsichtigen Schicht überzogen.

»Du bist in der Nacht gar nicht ausgetrocknet«, stellte sie fest.

»Ich war zweimal im Ozean.« Seine Hand streichelte ihre rechte Schulter.

»Ich hab gar nicht gemerkt, dass du aufgestanden bist.«

»Ich war vorsichtig und wollte dich nicht wecken.«

»Wir rücksichtsvoll von dir«, sagte sie und

schmiegte sich an ihn. Ihre Finger malten Kreise auf seinen nackten Oberkörper. Noch nie hatte sie sich so wohl gefühlt. Noch nie war sie so glücklich wie an diesem Morgen.

»Am liebsten würde ich jetzt schnurren wie eine Katze«, sagte sie.

»Wie hört sich das an?«, fragte er gutgelaunt.

»Krrrrrr«, machte sie.

»Klingt eher nach unserem ausgehungerten Tenzing. Willst du damit andeuten, dass Frühstückszeit ist?«

»Nein, nein«, beeilte sie sich mit der Antwort. »Das kann noch warten.« Sie legte den Kopf auf die Stelle seines Brustkorbs, an der sie sein Herz vermutete. Das Geräusch glich keinem gewöhnlichen Herzschlag. Es war derart kraftvoll, als wenn jemand rhythmisch eine Pauke schlug. Sie holte Luft, wollte zum Sprechen ansetzen – im letzten Moment unterließ sie es, als ihr einfiel, dass Argon ihr gegenüber immer menschlich erscheinen wollte. Ihre Finger wanderten über seinen Körper, erkundeten seine Brustwarzen, befühlten seine Muskeln und glitten hinauf zum Hals. Sie tastete nach der Kette, die ihr schon gestern nach dem Duschen aufgefallen war. Einen Augenblick lang zögerte sie, ob er ihr Handeln billigte. Da er keine Reaktion zeigte, wanderten ihre Finger den Hals entlang auf der Suche nach dem Anhänger, der irgendwo zur Seite gerutscht war. Erneut sah sie zu Argon. Er hatte die Augen geschlossen, als ob er schliefe. Dennoch war sie sich sicher, dass er jede ihrer Bewegungen genau registrierte.

Endlich fand sie das Gesuchte und betrachtete es

voller Neugier. An einem schwarzen Band hing ein Stab aus Glas, halb so lang wie ihr Ringfinger. Das Innere fesselte ihre Aufmerksamkeit. Es war zur Hälfte mit mikroskopisch kleinen Steinen gefüllt, die an Strandsand erinnerten. Sie drehte den Stab um und der Sand rieselte die Glaswände entlang.

»Was ist das?«, wollte sie wissen.

Argon bewegte sich leicht. »Es stammt von Kuro.«

»Von deiner Insel?«

Ohne die Augen zu öffnen, nahm er ihr den Anhänger aus der Hand. Seine Finger glitten über das Schmuckstück.

»Das ist alles, was mir von meinem früheren Leben blieb. Der Sand und meine Erinnerungen.« Nach einer Pause fuhr er fort: »Jeder Meeresjäger erhält nach seiner Geburt solch eine Kette – ein Geschenk, das wir niemals ablegen.«

Sie hob den Kopf und sah ihn an. Sein schönes Gesicht wirkte entspannt. Noch nicht einmal die Augäpfel bewegten sich unter seinen Lidern.

»Du hast die Kette nicht getragen, als wir unter dem Wasserfall gebadet haben.«

»Ich wollte nicht, dass du mich danach fragst«, erwiderte er im gleichmäßig ruhigen Tonfall. »Damals hatte ich noch keine Antworten für dich. Aber ich habe die Kette nur dieses eine Mal abgelegt.«

Seine Worte bewegten sie. Daran erkannte sie Argons Liebe zu der Heimat, die er für immer verloren hatte. Sie musste daran denken, was er ihr über das schreckliche Erlebnis erzählt hatte. Ihr Herz füllte sich mit Mitleid für ihn, weil er sein

Kind verloren hatte, weil er heimatlos war, weil er ein neues Zuhause suchte, weil er keine Wahl hatte. Er öffnete die Augen und konnte an ihrem Gesicht ablesen, was sie empfand. Seine Hand glitt zärtlich über ihre Wange. Dann küsste er ihre Lippen. Sie liebten sich ein zweites Mal.

Erst als die Sonne hoch am Himmel stand, saßen sie am Frühstückstisch. Darunter hockte der Mungo, angelockt vom Geruch der Speisen. Von seiner schattigen Deckung aus wartete er geduldig, ob etwas Essbares herunterfallen würde. Im Wohnzimmer duftete es nach frisch gebrühtem Kaffee. Argon hatte vorsorglich eine Unmenge an Speisen für Riona eingekauft. Sie begnügte sich mit einem Spiegelei und etwas Toast mit Honig. Vor Argon standen ein Glas Wasser und ein Teller mit rohem Fisch.

»Schmeckt er ohne Gewürze?«

»Es schmeckt unverfälscht«, sagte er.

Sie griff zur Tasse und trank einen Schluck.

»Warum versuchst du es nicht mal mit Kaffee? Der ist wirklich gut.«

»Meeresjäger und Kaffee passen nicht zusammen.« Er schluckte ein Stück Fisch herunter.

»Du bist doch ein halber Mensch«, wandte sie ein.

Kopfschüttelnd legte er das Besteck beiseite und griff zu einer Banane.

»Du irrst dich. Ich bin kein Mensch und ich werde auch niemals einer sein.«

Während er das Obst von seiner Schale befreite, warf er einen kurzen Blick auf Riona. »Du solltest lieber mit dem Thema Essen aufhören. Sonst komme ich wirklich noch auf die Idee, Kaffee zu trinken.«

An seinem Tonfall erkannte sie, dass seine Worte eher spaßig als ernst gemeint waren. Daraufhin begann sie zu grinsen. »Das möchte ich sehen. Darf ich dir deinen ersten Kaffee kochen?«

Unweigerlich musste Argon daran denken, dass seine Tage auf Maui gezählt waren. Der Gedanke erfüllte ihn mit Sorge um Riona, jedoch ließ er sich nichts anmerken. Sie durfte nicht wissen, dass er eine Entscheidung treffen musste – die Entscheidung seines Lebens. Aber nicht jetzt. Er löste sich von dem Gedanken, brach ein Stück Banane ab und ließ es auf den Boden fallen. Innerhalb von Sekunden verschwand es unter dem Tisch. Ein Schmatzen war zu hören.

Riona presste die Lippen aufeinander, als Argon noch immer nicht auf ihre Frage reagierte. Im Moment wünschte sie sich nichts sehnlicher, als dass ihr die Worte wieder zurück in den Mund schlüpfen könnten. Sie hatte eine Nacht in seinem Haus verbracht und schon redete sie vom gemeinsamen Kaffeekochen. Was sollte er nur von ihr denken? Dass sie ein Klammeraffe ist? Schnell wechselte sie das Thema: »Hast du etwas für heute geplant?«

»Ja, es wird eine Überraschung.«

»Eine Überraschung? Mal ganz was Neues. Wirst du mich dieses Mal in Angst und Schrecken versetzten?«

»Nein«, sagte er schmunzelnd, »ich erfülle dir einen Wunsch.«

»Meinen größten Wunsch hast du bereits erfüllt.

Ich bin bei dir.« Das musste jetzt raus. Egal, ob es taktisch klug war oder nicht.

Er beugte sich über den Tisch, ergriff ihre Hand und drückte sie leicht. »Schön, dass du es so siehst. Ich bin froh, dass du hier bist.« Seine Augen waren so fest auf sie, sie hätte sich von seinem Blick unmöglich losreißen können, wenn sie es gewollt hätte. Er wiederholte seine Äußerung vom Vorabend: »Du bist mir wichtig.«

Ihr Herz begann heftig zu pochen. Ich bin ihm wichtig, jubelte sie in Gedanken. Das konnte nichts anderes heißen, als dass er sie mochte, vielleicht sogar in sie verliebt war. Sie schenkte ihm ein Lächeln.

Nach dem Frühstück ging Argon ins Wasser. Die Sonne hatte den Zenit bereits überschritten, als sie mit dem Jeep in Richtung Haleakala-Gebirge fuhren. Das Wetter war einfach perfekt für einen Ausflug, stellte Riona fest. Der Himmel war strahlendblau und die hauchzarten Wölkchen wirkten darauf wie getupft.

Sie war in Hochstimmung. Noch nicht einmal ein deftiger Regenguss hätte jetzt ihre gute Laune trüben können. Sie machte sich keine Gedanken über die menschenleere Straße. Die Gegend wirkte so einsam, als ob die Zivilisation vor diesem unwirtlichen Teil der Insel Halt machte. Nur die umliegenden Gesteinsbrocken, die im Sonnenlicht wie Rohdiamanten schillerten, waren ihre Weggefährten. Vereinzelt ragten Grasbüschel unter dem Geröll hervor. Die Halme waren geduckt, als ob die Last der Sonnenstrahlen sie auf den Boden drückte. Irgendwann waren sie verschwunden.

Während der Fahrt redeten sie kaum, obwohl Riona eine Quasselstrippe war. Schon längst hatte sie erkannt, dass Argon eher der ruhige und besonnene Typ war, und sie akzeptierte es. Es gefiel ihr sogar. In seiner gefassten Art wirkte er auf sie so unerschütterlich wie ein Fels in der Brandung.

Sie bogen in einen Seitenweg ein und parkten den Jeep am Rand einer schier unendlichen Geröllwüste. In der Ferne ragte der Vulkankegel hoch in den Himmel. Sie stiegen aus und gingen aufeinander zu. Erwartungsvoll sah sie zu ihm. Er hob den Kopf und blickte kurz zum Vulkan.

»Hör mir gut zu, Riona. Was wir jetzt machen, ist eine einmalige Sache und als solche solltest du es auch betrachten.«

»Okay«, sagte sie, obwohl sie nicht wusste, worauf er aus war.

»Wir werden es in dieser Form nicht wiederholen.« Seine Worte klangen bedeutungsvoll.

»Okay.«

»Ich möchte, dass du einfach das tust, was ich dir sage.«

Sie nickte mit dem Kopf. Sie spürte die aufkommende Spannung, die zwischen ihnen lag. Er machte einen Schritt auf sie zu und stand so dicht vor ihr, dass sich ihre Körper berührten.

»Ich nehme dich jetzt auf meinen Rücken. Leg deine Arme ganz fest um meinen Hals und lass auf keinen Fall los.« Damit drehte er sich um und wartete.

Ihr Herz schlug ihr bis zum Hals hinauf. Sie ahnte, was gleich kommen würde, und sie hoffte es auch. Ohne weitere Fragen zu stellen, tat sie, was er von ihr verlangte. In dem Moment, als sie seinen Hals umschlang, spannte er die Muskeln an. Riona zuckte zusammen, als sie keinen Boden mehr unter den Füßen verspürte. Wir springen, durchfuhr es sie. Ihr Inneres geriet in ein Strudelbad von Emotionen. Die Angst zu fallen ließ ihre Knie weich wie Butter werden. Am Ende siegten die Freude und der Jubel über etwas, was sie nicht für möglich gehalten hätte. Sie konnte nichts sehen. Sie spürte nur den Wind, der an ihrem Körper vorbei pfiff und ihren Atem zum Stocken brachte. Ihre Haarspange löste sich, so dass die Strähnen herumwirbelten. Auf Argons Rücken kam sie sich wie eine Puppe vor.

Seine Füße setzten auf dem Boden auf, aber nur, um sofort wieder loszuspringen. Immer weiter ging es quer durch das Gebirge. Er stoppte vor einem Felsen. Es folgte ein Sprung hoch in die Luft. Seine Handflächen hafteten kurz an einer Felswand, dann ging es weiter hinauf. Nach zwei weiteren Sprüngen gelangten sie auf die Bergspitze. Riona glitt von seinem Rücken. Ihre Wangen waren gerötet und sie war noch etwas durcheinander von dem Erlebten.

»Geht es dir gut?«, fragte Argon aus einer gewissen Besorgnis heraus.

»Ja, mir geht es prima. Es war unglaublich. Ich hätte nicht gedacht, du würdest einmal mit mir zusammen springen.«

Er zupfte ihr T-Shirt zurecht, dass verrutscht war. »Das war eine Ausnahme. Ich wollte dir nur einen Wunsch erfüllen.« Er umfasste ihre Taille und hob ihren Körper etwas an. Dann drehte er sich mit ihr um neunzig Grad nach links und stellte sie wieder ab. Die Aussicht verschlug ihr den Atem. Sie standen auf einer Klippe, Lavafelsen unterschiedlicher Größe ragten aus der Geröllwüste heraus. Der Himmel war von einer blauen Reinheit, die Luft frisch und klar. Sie konnte bis zum Ozean sehen. Riona hatte das Gefühl, auf dem Dach der Welt zu stehen.

»Die Menschen nennen den Haleakala das Haus der Sonne«, sagte er.

»Eine schöne Bezeichnung. Woher stammt sie?«

»Von einer Sage«, erklärte er. »Sie besagt, dass die Sonne früher viel schneller über die Insel hinweg zog. Die Tage waren kurz und die Nächte lang. Daher hatten die Menschen nicht genügend Zeit, um Fische zu fangen und ihre Felder zu bestellen. Auch die Früchte hatten keine Zeit zu reifen. Die Menschen waren traurig. Um ihnen zu helfen, fing eines Tages der Halbgott Maui die Sonne mit einem Netz ein und fesselte sie.«

Riona hatte interessiert zugehört. »Und dann?«

»Maui hielt die Sonne solange fest, bis sie ihm versprach, jeden Tag länger zu scheinen. Das tat sie dann auch. Somit machte Maui die Menschen glücklich.«

»Was für eine schöne Sage.«

Argon legte seinen rechten Arm um ihre Schulter. Schweigend blickten sie in die Ferne.

»Wir kommen oft hierher«, sagte er. »Von hier aus hat man den besten Blick über die Insel. Bei Anbruch der Dunkelheit sind wir allein im Gebirge. Kein Mensch ahnt, was sich hier oben abspielt.« Er sah zu ihr.

»Du bist die Einzige, die von unserer Existenz weiß.«

Sie erwiderte seinen Blick. Ihr wurde die volle Tragweite seines Handelns bewusst. Er hatte sie in ein Geheimnis eingeweiht und ihr damit gezeigt, wie sehr er ihr vertraute. Es war nicht auszudenken, was geschehen konnte, wenn sie jemandem davon erzählte. Bestimmt hatten die anderen Meeresjäger keine Ahnung, dass sie hier stand. Dass sie alles wusste. Wie würden sie darauf reagieren? Was würden sie mit Argon anstellen? Als ob er ihre Gedanken erraten hätte, drückte er sie fest an sich.

»Es spielt keine Rolle mehr. Du sollst alles von mir wissen. Gibt mir noch etwas Zeit, dann wirst du mein letztes Geheimnis erfahren.«

Sie war glücklich, einen größeren Liebesbeweis konnte er ihr nicht geben. Eng aneinandergeschmiegt standen sie auf dem Felsen hoch über der Insel Maui.

***

Den Rest des Tages ließen sie sich treiben. Sie streiften durch die Natur und gingen Hand in Hand an einem einsamen Stand spazieren. Am Abend aßen sie in einem Restaurant. Erst mit Einbruch der Dämmerung kehrten sie zum Haus zurück. In den Sesseln auf der Veranda machten sie es sich bequem und genossen den Anblick des Ozeans. Auf Rionas Bitten hin erzählte Argon von seinem früheren Leben auf der Insel Kuro und von den Traditionen der Meeresjäger. Sogar über seine tote

Mutter sprach er. Er sagte, dass sie Kassiana hieß. Aber seinen verstorbenen Sohn ließ er unerwähnt. Riona wusste, es würde ihn zu sehr schmerzen. Später liebten sie sich in Argons Zimmer.

Am nächsten Morgen entschlossen sie sich, in der Bucht zu bleiben. Jedem genügte die Anwesenheit des anderen, mehr brauchten sie nicht. Sie gingen nackt im Meer baden. Sie lagen am Stand in der Sonne, sie neckten und berührten sich. Riona war in der vollkommenen Abgeschiedenheit der Bucht glücklich. Sie vergaß die Außenwelt, den Trubel in den Urlaubszentren, sogar ihr früheres Leben mit dem täglichen Einerlei. Die Bucht erschien ihr wie eine keimfreie Zone, niemand konnte eindringen. Es gab nur noch Argon und sie. Aber so sehr sie es sich auch wünschte, die Zeit möge anhalten, sie lief erbarmungslos weiter. Nichts ist von Dauer, das Leben holte sie wieder ein. Es war kein Abschied für lange, denn den nächsten Abend wollten sie sich wiedersehen. Dennoch würde ab sofort alles anders sein. In den letzten zwei Tagen war etwas mit Riona geschehen. Sie hatte Argon nicht nur körperlich gespürt, sondern er hatte sie auch tief in ihrem Inneren berührt. Er gab ihr das Gefühl, dass sie das letzte fehlende Puzzleteil zu ihrem Lebensglück gefunden hatte.

Riona lehnte sich mit dem Rücken an den Jeep und wartete auf ihn. Er verstaute ihre Tasche in den Kofferraum und kam zu ihr. Mit einer Hand umfasste er ihre Taille und zog sie zu sich.

»Wir sehen uns morgen Abend«, sagte er.

»Dann bis morgen.«

»Es war schön mit dir.«

»Es war schön mit dir«, wiederholte sie. Sie gab ihm einen sanften Schubs. »Ich muss los, sonst komme ich noch zu spät zum Flughafen.«

Er gab sie frei und öffnete die Fahrertür. Sie stieg ein und startete den Motor. Dann sah sie zu ihm und lächelte.

»Ich werde heute Nacht an dich denken«, sagte er. »In meiner Welt – in Blue World.« Schwungvoll schloss er die Tür und sie fuhr an. Bevor sie um die Kurve bog, schaute sie in den Rückspiegel. Er hatte seine Hände in den Hosentaschen vergraben und begleitete den Jeep mit seinem durchdringenden Blick.

Lange Zeit blieb er dort stehen, obwohl Riona schon längst nicht mehr zu sehen war. Er wusste selbst nicht, waren es nur Minuten oder schon Stunden, seit sie gefahren war? Gedankenverloren fuhr er sich durchs Haar. Er drehte sich zum Ozean und ging darauf zu. Er stand so dicht am Meer, dass das Wasser seine Schuhe benetzte. Weit draußen peitschte der Wind die Wellen auf und formte Figuren. Es kam ihm so vor, als ob die Wellen Hände nach ihm ausstreckten und ihn zu sich winkten.

Er dachte daran, wie lange er schon unterwegs war, seit er Kuro verlassen hatte. So viele Inseln lagen hinter ihm. So viele Meere. War es nicht Zeit, einen neuen Anfang zu machen? Endlich von vorn zu beginnen? Sein Gesicht verzog sich schmerzerfüllt. Er dachte an das Experiment. Konnte er sich ein neues Leben aufbauen, wenn er dafür ein anderes Leben zerstörte? Er war an ein

Versprechen gebunden, das er seinem Volk gegeben hatte. Wollte er der Liebe wegen zum Verräter werden? Seine Gedanken schwenkten zu Riona. Noch immer konnte er den Duft ihrer Haut auf seinen Lippen schmecken. Sollte er die Liebe verdrängen, wenn sie ihm hier auf Maui begegnete? Oder sollte er sie annehmen, weil Ariches sie ihm schenkte? Er hob den Kopf und sah hinauf zum Himmel.

»Ariches, wo bist du?«, flüsterte er. »Im Wind? Im Ozean? Komm und zeig dich. Sag mir, was ich tun soll.«

***

Riona kehrte später als geplant zum Hotel zurück. Sie hatte die Zeit mit Argon bis zuletzt ausgekostet. Jetzt musste sie sich beeilen, die Spuren der letzten beiden Tage vor ihrer Mutter zu verwischen. Im Zimmer angelangt, kippte sie den Inhalt der Tasche aufs Bett und stopfte sie unter einen Stuhl. Mit hastigen Bewegungen verstaute sie ihre Sachen im Schrank und blickte sich im Zimmer um. Als alles zu ihrer Zufriedenheit ausfiel, eilte sie zur Tür hinaus.

Das Flugzeug setzte gerade zur Landung an, als Riona eintraf. Sie parkte den Jeep direkt vor der Eingangshalle. Das war zwar nicht erlaubt – ein Schild wies ausdrücklich darauf hin – aber sie hatte auch nicht vor, dort Wurzeln zu schlagen. Minuten später kam eine Menschentraube aus dem Flughafengebäude, die sich auf dem Vorplatz in alle Richtungen verteilte. Als Riona ihre Mutter und

Lore aus der Tür kommen sah, stieg sie aus und winkte ihnen zu. Freudestrahlend ging Marie zu ihr.

»Das klappt ja prima.« Marie stellte die Tasche ab und umarmte Riona. »Wie geht es dir, Rini? Alles in Ordnung?«

»Ja, alles bestens«, erwiderte Riona. Gleich darauf begrüßte sie Lore. Die Frauen bugsierten ihr Gepäck in den Kofferraum und stiegen ein. Marie saß wie üblich auf dem Beifahrersitz und öffnete den obersten Knopf ihrer Bluse.

»Meine Güte, ist das heute heiß.« Sie warf einen prüfenden Blick zu Riona, die routiniert wie ein Profifahrer den Jeep aus dem Flughafengelände steuerte.

»Du bist in den zwei Tagen ziemlich braun geworden, Schatz«, stellte sie fest. »Wie war es denn so ohne mich?«

»Gut.«

»Warst wohl mit dem Künstler am Strand?«

Riona nickte, ohne den Blick von der Fahrbahn zu wenden.

»Argon und ich waren baden und sahen uns die Insel an.«

»Und nachts auf dem Zimmer? War es nicht gruselig, so ganz allein?«

»Ich bin keine sieben mehr.« Schnell wechselte sie das Thema: »Wie war es in Honolulu?«

»Fantastisch«, sagte Marie. »Die Strandpromenade von Waikiki ist absolut sehenswert mit den vielen Geschäften und Bars. Du hättest mitkommen sollen, es hätte dir gefallen.«

»Was habt ihr sonst so gemacht?«, fragte Riona.

Marie begann, in lebhaften Worten ihre Eindrücke von der Reise zu schildern. Lore, die sich wie ein unscheinbares Mäuschen auf den Rücksitz verzogen hatte, beugte sich nach vorn und wurde gesprächig. Ihre leuchtenden Augen zeigten, wie sehr ihr der Ausflug gefallen hatte. Sie fuchtelte mit den Händen in der Luft herum, um das Gesagte zu bekräftigen. Die halbstündige Fahrt zurück zum Hotel war schnell verflogen.

Die klimatisierte Luft in der Hotellobby schlug Riona wie ein eisgekühltes Handtuch ins Gesicht, als sie Lore und ihrer Mutter durch die Tür folgte. Nach einigen Schritten entdeckte sie hinter der Rezeption Gustav, der sich gerade mit einem Gast unterhielt.

»Ich hole uns ein paar Äpfel«, sagte sie zu ihrer Mutter.

»Aber mach nicht wieder so lange.«

Riona ging zur Porzellanschale und begutachtete das zu einer Pyramide aufgestapelte Obst. Zwischendurch warf sie einen Blick auf Gustav.

»Hallo Gustav«, rief sie ihm zu.

Der Angestellte begann, über das gesamte Gesicht zu strahlen. »Hallo Riona.« Er verabschiedete sich von dem Gast und kam zu ihr. »Suchen Sie sich ruhig den schönsten Apfel aus.«

Riona hatte allerdings keine große Wahl, wollte sie nicht das gesamte Bauwerk zum Einsturz bringen. Sie griff zu den drei obersten Äpfeln und biss in einen hinein. Während sie kaute, sagte sie:

»Ich dachte, Sie arbeiten nachts. Hat sich schon wieder Ihre Schicht geändert?«

»Ich tauschte nur mit einer Kollegin, weil sie

heute nicht kann.« Die kleine Pause und das Gespräch mit Riona schienen ihm willkommen zu sein. Ab und zu warf er ihr einen flüchtigen Blick zu und nutzte die Zeit, um seinen Dienstanzug zu mustern und einige Fussel von seinem Ärmel zu entfernen. Dabei wurde er redselig. »Ich arbeite sowieso lieber am Tag. Wegen meiner Frau. Damit sie abends nicht allein zuhause sitzt, wo jetzt unser Jüngster gerade ausgezogen ist.«

»Am Tag ist auch mehr los«, sagte Riona, »und Sie kriegen alles mit, was im Hotel so passiert.«

»Ja, so ist es.« Er blickte sich nach beiden Seiten um und beugte sich halb über den Tisch. Unwillkürlich senkte er die Stimme, als er sagte: »Mir wäre sonst auch entgangen, dass das FBI heute bei uns eingecheckt hat.«

»Das FBI?«, rief Riona aus.

»Psst«, machte Gustav mit dem Zeigefinger am Mund. »Erschrecken Sie bloß nicht unsere Gäste, wo sie sich gerade wieder beruhigt haben.«

»Was wollen die hier?« Jetzt flüsterte sie auch.

»Die kommen natürlich wegen der beiden Mordfälle. Das kann ich Ihnen sagen: Wenn sich schon das FBI einschaltet, dann stimmt etwas nicht.«

Rionas Gesicht wurde kreidebleich, sie musste sofort an Argon denken. Als ihre Hände zu zittern begannen, legte sie die Äpfel auf den Tisch. »Was wollen Sie damit sagen?«

Gustavs Blick streifte den angebissenen Apfel, der direkt vor seiner Nase lag, und seine Stirn runzelte sich. »Bitte, nicht auf den teuren Mahagonitisch. Die Fruchtsäure, verstehen Sie?«

Schnell hob sie die Äpfel wieder auf. Gustav machte ein zufriedenes Gesicht und fuhr fort: »Wir haben auf Maui unsere eigene Polizei. Ohne wichtigen Grund geben die keinen Fall ab. Also muss an der Sache etwas faul sein.«

»Vielleicht ist ein Mord eine Nummer zu groß für die Polizei«, sagte sie. »Vielleicht wird das FBI bei so etwas immer eingeschaltet.« Sie hoffte, er würde ihr jetzt zustimmen.

Aber Gustav verneinte kopfschüttelnd, so dass seine graue Lockenpracht hin und her wippte.

»Diese Leute tauchen nicht ohne weiteres hier auf«, sagte er. »Das waren bestimmt keine gewöhnlichen Morde. Glauben Sie mir, da steckt mehr dahinter.« Nachdenklich kratzte er sich die Stirn. Sein Gesichtsausdruck verwandelte sich von freundlich zu argwöhnisch. »Erzählen Sie es auch keinem weiter? Ich will keinen Ärger bekommen.«

»Nein, das mach ich nicht«, beteuerte sie. »Woher wissen Sie, dass die Leute vom FBI sind?«

Erneut blickte er sich um, dann beugte er sich noch weiter hinüber. »Ich musste zum Büro unseres Hotelmanagers. Da saßen diese Männer. Die Tür war nicht richtig verschlossen. Ich konnte alles hören. Rein zufällig, versteht sich. Ich wollte nicht lauschen.«

Riona begann zu taumeln. Das flaue Gefühl in der Magengegend, das während des Gespräches aufgekeimt war, verstärkte sich.

»Ist Ihnen nicht gut?«, fragte Gustav besorgt.

»Nein, nein. Es ist nichts.« Sie drehte sich nach ihrer Mutter um, fand sie aber nicht. Anscheinend war sie schon aufs Zimmer gegangen.

»Ich muss los«, sagte sie mit Blick auf Gustav. »Meine Mutter wartet auf mich.«

»Erzählen Sie niemandem von unserem Gespräch«, hörte sie seine Stimme hinter ihrem Rücken, als sie sich von der Rezeption entfernte.

Sie torkelte fast zur nächstgelegenen Sitzgruppe und ließ sich in einen Sessel fallen. Um sie herum nahm sie nichts mehr wahr. Ihre Gedanken waren nur noch mit dem eben Gehörten beschäftigt. Das FBI war gekommen und suchte nach den Mördern. Sie würden überall herumforschen und dabei die ganze Insel umkrempeln. Womöglich würden sie dabei auf die Meeresjäger stoßen. Riona hatte schon genug amerikanische Filme gesehen, in denen das stahlharte Vorgehen der Agenten eindrucksvoll gezeigt wurde. Aber konnten sie die Meeresjäger überhaupt so einfach finden? Und Argon, was würde dann aus Argon? Die Sorge um ihn schnürte ihre Kehle zu. Sie musste versuchen, klar und logisch zu denken. Argon konnte heute Nacht nichts Schlimmes passieren. Wahrscheinlich befand er sich schon in seiner Welt tief im Ozean. Kein Mensch würde dort nach ihm suchen. Bei dem Gedanken fühlte sie sich schon etwas erleichtert. Morgen würde sie ihm alles erzählen, nahm sie sich vor. Allmählich beruhigte sich ihr Pulsschlag.

Sie stand auf und ging zum Fahrstuhl. Wenig später stand sie vor der Zimmertür und klopfte. Ihre Mutter öffnete, warf ihr einen bösen Blick zu und ging zum Wandspiegel neben dem Schreibtisch. Riona folgte ihr. »Entschuldige die Verspätung, Ma. Dieser Gustav an der Rezeption hat mich mit seiner Familiengeschichte aufgehalten. Ich kam einfach nicht von ihm weg.«

Marie drehte den Oberkörper vor dem Spiegel hin und her und begutachtete ein neuerstandenes Kleid. Auf dem Bett lagen zwei T-Shirts. Riona stellte sich neben sie.

»Das Kleid sieht toll aus. Das Rot passt zu deinen blonden Haaren.«

»Findest du? Ist es um die Hüften herum nicht zu eng?« Marie sah an ihren Körper herunter.

Riona hatte ganz andere Probleme als dieses Kleid, doch sie durfte sich nichts anmerken lassen. Mit zur Seite gelegtem Kopf musterte sie die Taille ihrer Mutter. »Nein, es ist okay. Aber dicker solltest du nicht gerade werden.«

»Ich hab es doch gewusst, es ist zu eng.« Etwas verstimmt zog Marie das Kleid aus und warf es aufs Bett.

»Nein, ist es wirklich nicht«, beteuerte Riona. »Vielleicht solltest du darunter Spanx tragen.«

Inzwischen hatte Marie eins ihrer neuen T-Shirts aufgehoben, hielt es mit ausgestreckten Armen vor sich in die Luft und begutachtete es.

»Du meinst doch nicht diese komischen Schlüpfer, die so eng sind, dass man darin keine Luft bekommt?«

Riona setzte sich auf den Schreibtisch und ließ die Beine baumeln. »Die sind total praktisch. Damit kriegst du jeden Bauch kaschiert. Das tragen sogar die Superstars.«

»Nun gut«, sagte Marie und ließ die Arme sinken, »ein Versuch kann ja nicht schaden. Vielleicht kriege ich sie morgen irgendwo zu kaufen.«

Sie sah zu Riona. »Es ist übrigens das letzte Mal, das wir shoppen gehen. Brauchst du noch etwas?«

Der Gedanke an die bevorstehende Heimreise machte Riona traurig. Darüber hatte sie mit Argon noch gar nicht gesprochen. Ganz bewusst hatte sie es nicht erwähnt, weil sie es selbst nicht wahrhaben wollte.

»Ich hab fast alles. Mir fehlt noch ein Geschenk für Argon.«

Marie streifte sich das T-Shirt über und betrachtete sich vor dem Spiegel.

»Was willst du ihm denn schenken?«

»Ich weiß es noch immer nicht.« Riona machte ein verdrossenes Gesicht. »Es ist wahnsinnig schwer. Es soll etwas Besonderes sein. Und es muss ihn an mich erinnern.«

»Ja, so ist es nun mal im Leben.« Marie lächelte wissend. »Der Urlaub kommt und geht und es bleiben nur die Erinnerungen.«

»Bitte Ma, nicht auch noch dieser Spruch.« Rionas Gesicht verfinsterte sich.

»Wieso? Stimmt er etwa nicht?«

Anstelle einer Antwort starrte Riona betroffen zu Boden. Am Wochenende hatte sie in einer Traumwelt gelebt, aus der sie nicht mehr aufwachen wollte. Die Äußerung ihrer Mutter hatte sie zurück in die Wirklichkeit katapultiert. Die Tatsache, dass sie Argon vielleicht nie wiedersehen würde, traf sie schwer.

Marie war Rionas Veränderung nicht entgangen. Sie ging zu ihr und nahm sie in die Arme.

»Ich habe befürchtet, dass es so kommen wird«, sagte sie. »Du hast dich verliebt und jetzt musst du ihn wieder verlassen. Eine Urlaubsromanze ohne Zukunft.«

»Aber woher willst du wissen, dass es keine Zukunft gibt?«

Riona fühlte sich plötzlich ganz elend. Ihr Kopf sank auf die Schulter ihrer Mutter.

»Weil ich ein Realist bin«, sagte Marie. »Du in Hamburg und er auf Maui. Wie soll das auf Dauer funktionieren?« Sie wiegte Rionas Körper hin und her, als wollte sie ein Kleinkind trösten.

»Ich könnte herziehen«, sagte Riona etwas kleinlaut. »Und arbeiten könnte ich hier auch. Sogar als Flugbegleiterin.«

»Sei doch vernünftig«, wandte Marie ein. »Im Urlaub sieht man alles durch eine rosarote Brille. Aber der Alltag sieht auch auf Maui anders aus. Und du kennst ihn kaum.«

Riona wollte sich damit nicht zufriedengeben. Alles in ihr bäumte sich dagegen auf. »Trotzdem wäre es möglich. Ich könnte hier leben.«

Marie löste die Umarmung, ging zum Bett und begann, ihre Kleidungsstücke zu ordnen. »Es bringt ohnehin nichts, wenn wir darüber reden, was sein könnte und was nicht.« Unwillkürlich schlug sie einen lehrerhaften Ton an, als sie weitersprach: »Wenn du zuhause bist, sieht alles anders aus. Du siehst deine Freunde, hast deine Arbeit, bist abgelenkt. Mit etwas Abstand wirst du den Urlaub mit anderen Augen sehen, und deine kleine Romanze wird dir in schöner Erinnerung bleiben.«

Riona presste die Lippen aufeinander. Ihre Liebe zu Argon sollte letztendlich nicht mehr sein als ein Urlaub voller schöner Erinnerungen? Die Liebe kennt keine räumliche Trennung, es gab immer einen Weg – wenn Argon es auch wollte. Als sie den Kopf hob, war sie schon etwas optimistischer. Morgen wollte sie mit Argon darüber reden.

***

Am nächsten Abend konnte sich Riona erst mit Einbruch der Dunkelheit von ihrer Mutter loseisen. Sie hatten den Vormittag gemeinsam am Strand verbracht und waren dann shoppen gegangen.

Urplötzlich hatte es zu regnen angefangen, aber genauso schnell hörte es auch wieder auf. Die nasse Fahrbahn spiegelte sich im Scheinwerferlicht. Nervös trommelte sie mit den Fingern auf dem Lenkrad und blickte zum gefühlt zwanzigsten Mal in den Rückspiegel. In ihrer Vorstellung sah sie die FBI-Leute in jedem Auto sitzen, das hinter ihr fuhr. Sie atmete auf, als die Fahrzeuge aus ihrem Blickfeld verschwanden. Allmählich reduzierte sich der Verkehr und irgendwann war kein anderes Fahrzeug zu sehen. Sie lenkte den Jeep auf den Platz am Rande der Bucht, stieg aus und ging zum Haus.

Argon stand am Küchentisch und war gerade damit beschäftigt, Tenzings Fressnapf mit Obst zu füllen. Bei Rionas Eintreffen hob er den Kopf. Er stellte den Napf auf den Boden, ging zu ihr und küsste sie.

»Wie geht es Tenzing?«, fragte sie mit Blick auf den Mungo, der bereits mit seinem Köpfchen über dem Fressen hing. Riona schmunzelte.

»Erstaunlich gut«, erwiderte er. »Seine Schiene

kann bald ab. Dann geht es für ihn zurück in die Freiheit.«

Riona umschlang Argons Körper und sah zu ihm auf. »Wie du ihm geholfen hast, das war echt toll.«

»Ich wünschte, meine Hilfe wäre nicht notwendig gewesen.«

Sie nickte zustimmend, löste ihre Arme von ihm und ging zwei Schritte in den Raum hinein. Dann drehte sie sich um und sah ihn unsicher an.

Er musterte sie kurz und hob die Brauen. »Was ist los? Irgendetwas stimmt doch nicht.«

»Ich muss mit dir reden.«

»Okay, dann schieß los.«

»Wir sollten uns lieber setzen.« Ohne seine Antwort abzuwarten, ging sie zur Couch und nahm Platz. Während sie zusah, wie er zu ihr kam, trommelte sie mit den Füßen auf den Boden herum. Es erschien ihr vollkommen unmöglich, ruhig zu bleiben. Er setzte sich neben sie. Sein Blick heftete sich zuerst auf ihre Füße, dann auf ihr Gesicht.

»Warum machst du eine Miene, als ob gleich das Haus zusammenkracht?«, scherzte er.

»Weil ich etwas erfahren habe, was mir angst macht.«

Sie begann, das Gespräch mit dem Hotelangestellten wiederzugeben. Ihre Blicke waren unruhig und ihre Hände ruderten in der Luft herum, während die Worte aus ihr heraussprudelten. Er ließ sie die ganze Zeit über nicht aus den Augen. Sein Gesichtsausdruck und seine lässige Körperhaltung zeigten, dass ihn das Auftauchen des FBI in keiner Weise beeindruckte.

Riona sagte abschließend: »Das FBI kann doch

nur hier sein, um die beiden Morde zu klären.«

Er verschränkte die Arme hinter dem Kopf und dehnte einen Moment lang seinen muskulösen Körper.

»Dann wünschen wir ihnen viel Erfolg dabei.«

Sie sah ihn entgeistert an, während sie sich fragte, ob er die drohende Gefahr für sich tatsächlich nicht erkannte – oder wollte er sie einfach nicht sehen? Sie musste unbedingt versuchen, ihm den Ernst der Lage zu erklären.

»Die Leute vom FBI werden überall herumschnüffeln. Sie könnten dich hier entdecken.«

»Sie werden mich nicht finden«, sagte er.

Ihre Stimme wurde eindringlicher. »Argon, überleg doch mal. Die brauchen doch nur den Weg zur Bucht folgen. Die interessiert dein Verkehrsschild nicht. Und schon haben sie dich.«

Ganz offensichtlich amüsierte es ihn, wie sehr sie sich ins Zeug legte.

»Warum haben sie mich? Ich habe mit der Sache nichts zu tun.«

Sie umfasste seinen Arm und drückte ihn derart, dass ein normaler Mensch aufgeschrien hätte. Er zeigte keine Regung.

»Das ist diesen Typen scheißegal, die nehmen jeden in die Mangel«, sagte sie. »Die würden schnell herausfinden, dass du nicht menschlich bist. Du darfst hier nicht mehr herkommen, solange die auf Maui sind.«

Behutsam löste er ihre Hand von seinem Arm, führte sie kurz an seine Lippen und küsste die Fingerspitzen.

»Wirklich süß, wie du dich um mich sorgst.

Aber das brauchst du nicht. Ich kann mich wehren, wenn ich mich bedroht fühle.«

»Bist du dir ganz sicher?«

»Vollkommen. Ich kenne meine Stärken.«

Sie glaubte ihm sofort. Der Schrecken, den Gustav ihr mit seinem Gerede über das FBI verpasst hatte, fiel wie Ballast von ihr ab.

Argon wechselte ganz bewusst das Thema. »Ich habe vorhin Tenzing gemalt«, sagte er.

»Was?« Ihr Blick wanderte durchs Zimmer. »Wo ist das Bild?«

»Im Atelier. Es ist bestimmt schon trocken.«

Sie erhob sich. »Ich muss es unbedingt sehen.«

Als sie wenig später das Atelier betrat, fiel ihr Blick sofort auf das überdimensional große Bild, das auf der Staffelei steckte. Sie ging darauf zu, betrachtete es und begann zu lachen.

Auf dem Bild thronte der kleine Mungo auf der Couch. Er hockte auf zwei Hinterbeinen, das geschiente Bein spreizte er von sich ab. In einer Pfote steckte ein Zepter. Das goldene Krönchen auf dem Kopf war zur Seite gerutscht und saß keck auf einem Ohr. Mit neugierigen Augen schaute er in die Welt hinaus und schien mit seinem Schicksal vollkommen zufrieden zu sein. Aber es war noch mehr als das: Argon hatte auf sein Gesicht ein breites Grinsen gemalt, von einem Ohr zum anderen.

»Wie gefällt dir unser Tenzing?« Argon stand plötzlich neben ihr.

»King Tenzing«, sagte sie lachend und konnte sich kaum noch einkriegen. Sie rang nach Atemluft. »Das ist unglaublich. Besser hättest du ihn nicht malen können.«

»Ich habe es für dich gemalt«, sagte er. »Als Erinnerung an unsere Rettungsaktion.«

»Du schenkst mir das Bild?« Sie fiel ihm um den Hals. »Vielen Dank, Argon. Das ist ein tolles Geschenk. Ich werde immer daran zurückdenken, wenn ich es mir ansehe.«

Sie löste die Arme von ihm, drehte sich wieder zum Bild und betrachtete es eingehend.

»Du kannst unglaublich gut malen. Ich wünschte, ich hätte solch ein Talent. Das Einzige, was ich kann, ist Stricken.« Sie sah ihn schelmisch von der Seite an. »Geht das auch als Talent durch? Es ist nur eine Handarbeit und mit deiner Kunst nicht vergleichbar.«

»Du irrst dich. Es kommt nicht darauf an, etwas Großartiges zu machen. Wichtig ist, dass du dir von anderen nicht alles vorsetzen lässt. Dass du deinen eigenen Stil entwickelst und kreativ bist.«

Ihre Augen begannen zu leuchten. »Ja, das sehe ich auch so. Weißt du, die meisten Frauen unserer Art können von Accessoires nicht genug haben.«

Sie sah ihn mit einem verschmitzten Lächeln an. »Du könntest das jetzt als menschliche Schwäche bezeichnen.« Als sie merkte, dass er entgegen ihren Erwartungen mal nicht amüsiert den Mund verzog, sondern interessiert zuhörte, sprach sie weiter: »Die Sachen in den Geschäften finde ich echt langweilig. Immer der gleiche Einheitsbrei. Darum wollte ich es selbst machen, nach meinen eigenen Vorstellungen.«

Sie zuckte mit den Achseln. »Verkaufen kann ich meine Handarbeiten natürlich nicht, so wie du das mit deinen Bildern machst.«

»Warum nicht? Ich kann mir vorstellen, dass sie auch anderen Menschen gefallen.«

»Denkst du das wirklich?«

»Ja, du solltest es ausprobieren.« Ohne weiter an die Zukunft zu denken, schlug er vor: »Ich kann dir dabei helfen, wenn du möchtest.«

Von einer Sekunde auf die andere wich aus ihrem Gesicht die Fröhlichkeit. »Ja, weißt du, Argon. Mein Urlaub, ich fliege übermorgen nach Haus.«

»Möchtest du nach Haus?« Er sah sie fest an.

»Ich habe keine andere Wahl. Mein Urlaub geht zu Ende und der Urlaub meiner Mutter auch. Ich muss mit ihr zurückfliegen.«

Er begann zu lächeln, während seine Finger ihre Wange streiften.

»Ich habe dich nicht gefragt, was du machen musst, sondern was du möchtest.«

»Ich möchte nicht zurückfliegen«, stieß sie hervor. »Ich möchte bei dir sein. Ich möchte dich nicht verlieren.«

Er schlang die Arme um ihre Taille und drückte sie an sich. »Dann komm zu mir zurück. Ich werde auf dich warten.«

Riona war glücklich. Argon hatte das gesagt, was sie sich erhofft hatte. Er liebte sie und er wollte mit ihr zusammen sein.

»Und du willst bestimmt, dass ich zurückkomme?«, fragte sie.

»Mehr als alles andere«, raunte er in ihr Ohr.

In dem Augenblick wurde ihm bewusst: Er hatte eine Entscheidung getroffen. Er würde das Versprechen brechen, das er seinem Vater gegeben hatte. Wahrscheinlich würde sein Vater ihn dafür hart bestrafen, aber er würde das schon irgendwie durchstehen. Rionas Liebe gab ihm die Kraft, sogar mit zehn Haien gleichzeitig zu kämpfen – so hoffte er. Seine Finger begannen, mit ihren Haaren zu spielen. Den Rest des Abends sprachen sie über ihre gemeinsame Zukunft, über die kurzzeitige Trennung und Rionas Rückkehr nach Maui. Sie war bereit, ihre Heimat für immer zu verlassen, um sich mit Argon ein neues Zuhause aufzubauen. Sie wollte jetzt nicht daran denken, wie ihre Mutter und ihre Freunde das Vorhaben aufnehmen würden. Der Abend war zu schön und zu perfekt, um ihn mit Problemen zu verderben.

Als sie vier Stunden später zum Hotel zurückfuhr, strahlte ihr Gesicht in einem besonderen Glanz. Sie konnte sich nicht vorstellen, dass irgendjemand auf der Welt glücklicher sein konnte, als sie es war. Auf dem Rücksitz lag das Gemälde. Sie wollte es mit nach Hamburg nehmen, auch wenn sie nicht beabsichtigte, dort allzu lange zu bleiben. Trotz allem würde es einige Wochen dauern, bis alles geregelt war. Während dieser Zeit sollte das Bild einen Platz in ihrem Zimmer finden, wo sie es betrachten und sich an den Abend erinnern konnte. Sie hatte Argon noch ein weiteres Geschenk abgeluchst. Ein ganz persönliches, das sie immer mit ihm in Verbindung bringen würde – sein schwarzes Hemd. Kommentarlos hatte er es ausgezogen und ihr gegeben, als sie darum gebeten hatte. Morgen war ihre vorerst letzte Begegnung. Sie wollte sich einiges überlegen, um das Treffen für Argon unvergesslich zu machen.

***

Der Zeitpunkt war gekommen. Narla hatte einen teuflischen Plan geschmiedet, den sie heute in die Tat umsetzen wollte. Dazu brauchte sie einen Verbündeten und ihre Wahl fiel auf ihre Mutter.

Sie fand Maline im Zimmer ihres verschwundenen Bruders auf einem Stuhl sitzend. Ihre geröteten Augen zeigten Narla, dass sie geweint hatte. Ihre Mutter war deutlich abgemagert, die Wangenknochen traten hervor und die Haare fielen wirr herab. Seit dem vermutlichen Tod ihres Sohnes ließ sich Maline gehen. Sie sonderte sich von den anderen ab und aß kaum noch etwas. Narla schien es, als ob ihre Mutter noch nicht einmal begriff, dass sie neben ihr stand. Sie setzte eine mitfühlende Miene auf.

»Wie geht es dir, Mutter?«

Maline fuhr aufgeschreckt zusammen. Erst nach fünf Sekunden schien sie ihre Tochter zu erkennen. Offensichtlich war es für sie bedeutungslos. Es folgte weder ein Lächeln noch eine Geste mütterlicher Zuneigung. Stattdessen wandte sie ihr Gesicht von Narla ab. Ihr Blick wanderte durch den Raum und heftete sich für einen kurzen Moment lang auf jedes einzelne Möbelstück.

»In diesem Zimmer fühle ich mich mit deinem Bruder verbunden. Hier kann ich seine Stimme hören.«

Narla fasste sich an die Stirn und war überzeugt, dass ihre Mutter jetzt vollkommen übergeschnappt war. Als ob Maline die Gedanken ihrer Tochter lesen könnte, sah sie zu ihr. »Du musst ganz ruhig sein, dann hörst du ihn auch.«

»Er ist nicht hier. Toran ist tot. Begreif es doch endlich, Mutter.«

»Nein, nein. Ich höre ihn doch. Er ist nur sehr weit weg. Toran lebt, ich fühle es tief in mir.«

Narla hatte genug von den Hirngespinsten und wollte ihnen ein Ende setzen. Sie nahm Malines Gesicht in beide Hände und hob es an.

»Sieh mich an, Mutter. Toran ist tot, aber ich bin noch immer da – deine Tochter. Warum willst du nicht wissen, wie es mir geht?«

Es dauerte eine Weile, bis Maline aus ihrer Traumwelt erwachte.

»Dir geht es doch gut.«

»Mir geht es gut?« Narla lachte bitter auf. Jäh zog sie die Hände zurück

»Nein, mir geht es ganz und gar nicht gut.«

Sie deutete auf ihre Augenklappe. »Wie sollte es auch nach allem, was passierte.«

»Das ist deine eigene Schuld.«

Narlas Augen funkelten wütend.

»Nein, die Schuld trägt Argon. Er hat mich verraten.«

Maline ließ der Ausbruch ihrer Tochter unberührt. »Er hat richtig gehandelt. Du hast uns in Gefahr gebracht.«

Narla machte einige Schritte rückwärts, damit ihre Mutter sie besser ansehen konnte.

»Aber was ist aus mir geworden? Ein Monster mit einem entstellten Gesicht. Ich war einmal schön und begehrenswert. Das bin ich nicht mehr. Ich lasse Argon nicht ungestraft davonkommen!«

»Das darfst du nicht.« Marline schüttelte heftig den Kopf. »Wir Meeresjäger üben keine Rache. Du brichst unser oberstes Gesetz. Kein Meeresjäger bricht ein Gesetz.«

Instinktiv fühlte Narla, dass sie zu weit gegangen war. Ihre Stimme wurde sanfter, als sie sagte: »Das will ich auch nicht. Ich will ihm nur einen Streich spielen. Es ist ganz harmlos.« Sie trat wieder an ihre Mutter heran und berührte ihre Schulter. »Ich möchte, dass du mir dabei hilfst. Das bist du mir schuldig. Du hast Toran immer mehr geliebt als mich. Wir haben nie darüber gesprochen, aber ich habe es immer gefühlt. Bitte zeig mir, dass du auch für mich da bist.«

Maline antwortete nicht sofort, sondern schien über Narlas Worte nachzudenken.

»Was hast du vor?«, fragte sie dann.

Narlas Mund kam dicht an Malines Ohr und sie flüsterte ihr etwas zu, was nur für sie beide bestimmt war.

***

Der letzte Tag mit Argon. Riona stand im Badezimmer vor dem Spiegel und föhnte sich die Haare. Sie trug ein Kleid in frischen Sommerfarben, dazu passende Sandalen. Ihr Gesicht war perfekt geschminkt. Heute wollte sie für Argon besonders hübsch aussehen, obwohl sie wusste, dass er auf Äußerlichkeiten keinen Wert legte. An den beiden Tagen in seinem Haus hatte sie keinen Gedanken an Lippenstift und Mascara verschwendet. Heute erschien es ihr wie ein geliebtes Ritual, sich besonders sorgfältig auf das vorerst letzte gemeinsame Treffen vorzubereiten. Lange hatte sie überlegt, was sie ihm zum Abschied schenken könnte. Sie hatte das eine oder andere erwogen, aber alles kam ihr so unbedeutend vor gegenüber dem, was sie von ihm erhalten hatte. Beim gestrigen Shoppen war ihr ein Kristallherz in der Auslage eines Juweliergeschäfts aufgefallen. Sie hatte es nun gekauft und der Händler hatte in geschwungenen Buchstaben ihren Vornamen eingraviert. Jetzt lag das Herz verpackt in einer Schmuckschatulle, die mit frischen Orchideenblüten dekoriert war.

Sie legte den Föhn beiseite und begann, ihre Haare in Form zu bürsten. Ihre Gedanken weilten bei dem Abend, an dem sie Argon zum ersten Mal gesehen hatte. Er hatte allein am Strand gestanden, sich dann zu ihr umgedreht und sie angesehen. Unweigerlich musste sie schmunzeln.

Sie warf die Haarbürste in die Kosmetiktasche und drehte den Kopf vor dem Spiegel hin und her. Mit einem zufriedenen Lächeln betrat sie das angrenzende Zimmer.

Marie stand vor dem Schreibtisch, hatte die Arme verschränkt und begutachtete das Mungobild. Riona hatte es dort an die Wand gestellt – der würdevollste Platz im Zimmer, wie sie fand.

Marie schüttelte verständnislos den Kopf.

»Dein Künstler malt ungewöhnliche Bilder. Glaubst du, er kann damit punkten?«

Riona stellte sich neben sie und betrachtete das Kunstwerk.

»Das Bild ist echt süß«, sagte sie.

»Einen ramponierten Mungo mit einer Krone zu malen, ist schon seltsam.«

Marie musterte nochmals das Bild.

»Nimm es mir nicht übel, Rini. Aber der Mungo sieht schwul aus.«

Riona prustete laut los vor Lachen. »Deine Fantasie ist echt schräg. Das Bild hat eben eine ganz spezielle Bedeutung und die verstehe nur ich.«

Sie neigte sich zu ihrer Mutter und gab ihr einen Kuss auf die Wange. »Ich will dann mal.« Sie griff zur Handtasche, in der die Schatulle mit dem Geschenk sicher aufbewahrt war, und durchquerte das Zimmer. Kurz vor der Tür drehte sie sich nochmals um.

»Du brauchst nicht auf mich zu warten. Es wird heute spät.«

***

Argons Wohnzimmer wirkte wie verzaubert. Es schien sich über Nacht in einen Garten Eden verwandelt zu haben. Zu beiden Seiten der Fensterfront ragten Palmenwedel hoch bis zur Decke. Weiße Orchideenblüten umrahmten die Couch wie ein Geschmeide den Hals eines Mädchens. Auch die Küchenzeile war mit einem Meer aus Orchideen geschmückt. Blutrote Hibiskusblüten lagen verstreut auf dem Fußboden und erinnerten in ihrer Schönheit an Rubine. Die Luft war erfüllt von einem sinnlichen und berauschenden Duft, der aus tausend Blütenblättern strömte.

Mitten in der Pracht hockte Argon auf dem Boden und war damit beschäftigt, den Mungo an die Leine zu legen, damit er nichts ramponierte. Er hatte dieses Paradies nur für Riona erschaffen. Der Abend sollte für sie unvergesslich werden. Plötzlich vernahm er eine Stimme – seine Bewegungen erstarrten. Wie eine Flut von Gedanken strömten die Worte auf ihn ein, die ihn riefen und um seine Hilfe baten. Es war Maline. In einem hektischen Redeschwall gab sie ihm zu verstehen, dass sie schwer verletzt im Haleakala-Gebirge lag und nicht mehr imstande war, allein zum Schiff zurückzukehren.

»Ich komme zu dir«, sagte er, wobei sich seine Lippen in keiner Weise bewegten.

»Sag mir genau, wo du bist«, wies er sie an. Sekundenlang verharrte er regungslos und lauschte. Dann richtete er sich auf – groß, kraftvoll und entschlossen. Das Blut seiner Vorfahren regte sich in ihm. Alles um ihn wurde nebensächlich. Im Wohnzimmer stand ein Meeresjäger, der sich jetzt auf den Weg machte, einem anderen Meeresjäger zu helfen.

***

Hinter Argons Holzhaus erstreckte sich eine Felswand. Im Laufe der Zeit hatte der Passatwind den steinigen Boden mit fruchtbarer Erde bedeckt. Gräser und Büsche hatten sich angesiedelt. Jetzt schmückte ihn sogar eine kleine Palmengruppe.

Versteckt hinter den Bäumen lauerte Narla. Voller Ungeduld wartete sie auf Argons Verschwinden.

Endlich war er fort. Sie trat hervor, ging auf die Felsklippe zu und blieb stehen. Ihre Füße ragten so weit über das Gestein hinaus, dass ein normaler Mensch in die Tiefe gestürzt wäre. Ihr Blick wanderte über den Strandabschnitt, der friedlich und verträumt am Fuße des Ozeans lag. Sie senkte den Kopf und sah auf das Haus herab. Ihre Mundwinkel verzogen sich zu einem verschlagenen Lächeln. Der Zeitpunkt war gekommen. Niemand konnte sie noch aufhalten.

***

Rionas Jeep passierte Argons Warnschild und bog in den Seitenweg ein. Nach der nächsten Biegung konnte sie bereits den Platz sehen, auf dem sie gleich parken würde. Ein letztes Mal würde sie ihren Jeep dort abstellen, ein letztes Mal würde sie sich im Rückspiegel abchecken. Ihr wurde ganz wehmütig ums Herz. Alles hatte ein Ende, dachte sie, auch die Fahrten in dieser Klapperkiste. Aber der Jeep hatte ihr gute Dienste geleistet und sich als verlässlicher Partner gezeigt. Sie tätschelte das Lenkrad, als würde sie einem alten Kumpel auf die Schulter klopfen.

***

Dem Sprung folgte ein dumpfer Aufprall und Narla stand auf der Veranda. Sie blickte sich nach allen Seiten um und lauschte. In der Ferne war das gleichmäßige Rauschen der Wellen zu hören, die auf die Bucht zurollten und dann über die Steine liefen. Sonst war es still. Narla drehte sich zum

Haus. Vermutlich saß die Frau auf der Couch und wartete auf Argons Rückkehr. Ich werde der Kleinen schon die Langeweile vertreiben, höhnte sie in Gedanken. Sie ging auf die Tür zu und stieß sie auf. Sekundenschnell durchsuchte ihr Blick den Raum, dann hatte sie die Situation erfasst. Das Menschlein war nicht hier. Aber Argons Wohnzimmer – Narla war wie betäubt. Man hatte es auf wundervolle Weise hergerichtet, mit einer Fülle von roten und weißen Blüten, als ob jemand ganz Besonderes erwartet würde. Völlig verzaubert davon trat sie ein. Sie ging bis zum Tisch, blieb stehen und sah sich erneut um. Wie wundervoll, wie einzigartig, dachte sie. Sie hob eine Blüte vom Tisch auf, führte sie an die Lippen und atmete den Duft ein.

Das war Argons Werk, schoss es ihr in den Kopf. Aber er hatte es nicht für sie getan. Es war für eine andere bestimmt. Ihr Gesicht verzog sich zu einer schmerzverzerrten Grimasse. Er hatte es für eine andere getan. Für eine andere. Ihr Seelenschmerz steigerte sich in Wut. Mit einer heftigen Bewegung schleuderte sie die Blüte von sich weg. Rein zufällig fiel ihr Blick auf den kleinen Mungo, der an einem Schrankbein angeleint auf den Hinterbeinen hockte und sie neugierig musterte. Als er Narlas einziges Auge auf sich gerichtet sah, sprang er auf die Pfoten und preschte schutzsuchend unter den Schrank. Unbeeindruckt von der Anwesenheit des Tieres wandte sie den Kopf. Ihr Blick fiel auf die Couch. Sekundenlang starrte sie auf das Blumenarrangement. Sie stieß einen unartikulierten Laut aus, hastete darauf zu und fegte mit einer Armbewegung alle Blüten von der Lehne. Sie landeten auf dem Boden, aufgetürmt wie ein Häufchen Abfall. Ihr nächstes Ziel hatte sie bereits anvisiert: die Küchenzeile. Sie wollte darauf zuzueilen, als ihr feines Gehör ein Motorengeräusch wahrnahm. Wie angewurzelt blieb sie stehen und horchte. Das Geräusch kam immer näher, dann verstummte es. Kurz darauf schlug eine Autotür. Auf Narlas Gesicht trat ein Lächeln, aber ihre Mundwinkel verzogen sich dabei nach unten.

»Komm nur«, zischelte sie.

***

Argon hatte Maline gefunden, die auf dem Boden lag. Um sie herum türmten sich Felsen des Haleakala-Gebirges. Er hockte sich neben sie. Auf den ersten Blick konnte er keine Verletzung feststellen.

»Wie geht es dir?«, fragte er.

»Ich, ich weiß es nicht«, stotterte sie. »Ich bin gestürzt. Eine Unachtsamkeit. Mein … mein Rücken. Ich kann mich kaum bewegen.«

»Ist schon gut, ich bin jetzt bei dir.« Seine Arme schoben sich unter ihre Taille. Er hob sie mit einer Leichtigkeit auf, als wäre sie eine Feder.

»Wir müssen vorsichtig sein«, ermahnte er sie. »Überall sind Touristen unterwegs. Ich werde nur leicht vom Boden abheben.«

Wortlos stimmte sie ihm zu. Während er über das Lavagestein sprang, beobachtete er die Umgebung ganz genau. In diesem Teil des Gebirges hielten sie sich niemals auf. Es war das

Gebiet der Menschen, die bepackt mit Decken und Fotoapparaten täglich herkamen, um einen Vulkan aus nächster Nähe zu sehen. Argon benötigte viel Zeit, einen Felsen nach dem anderen zu umrunden, immer auf der Hut vor ungewollten Beobachtern. Er atmete auf, als sie endlich den Ozean erreichten. Wenig später tauchten sie in das Schiff ein. Mit Maline im Arm schritt er den Gang entlang.

»Es tut mir leid, was mit Narla geschehen ist«, sagte er. »Ich wollte nicht, dass es so kam.«

Sie hüllte sich in Schweigen, doch durch ihren Körper ging ein Zittern.

»Ich hatte keine andere Wahl«, beteuerte er. »Die anderen mussten erfahren, was vorgefallen war. Nur so können wir uns schützen.« Seine Stimme klang bedrückt: »Ich wünschte, das alles wäre nicht passiert.«

Er betrat einen Raum, den sie das Laboratorium nannten. Den Mittelpunkt bildeten vier Steinklötze, so groß, dass ein Mensch bequem darauf liegen könnte. Dunkle Holzbottiche standen aufgereiht vor einer Wand. Behutsam legte er Maline auf eine Trage. Sein Lächeln wirkte aufrichtig.

»Ich rufe meinen Vater. Kann ich sonst noch etwas für dich tun?«

Sie regte sich, hob den Oberkörper etwas an und stützte sich mit dem Arm ab, als hätte sie die Verletzung vergessen. Auf Argons Gesicht spiegelte sich grenzenlose Überraschung wider.

»Was hat das zu bedeuten?«, stieß er aus.

Maline setzte sich auf und sah ihn mit einem unsicheren Blick an. Zugleich schossen ihr die Tränen aus den Augen.

»Es war Narlas Idee.« Ihr Körper begann zu zittern, als würde sie jemand durchschütteln.

Argon horchte auf. »Narla? Was wollte sie von dir?«

»Ich wollte es nicht«, erwiderte sie kopfschüttelnd. »Das musst du mir glauben. Aber sie redete auf mich ein, bis ich zustimmte.« Ihre Stimme brach ab und sie begann, vor sich hinzuwimmern.

Er musterte die Meeresjägerin, die mit eingezogenen Schultern und den Blick auf den Boden gerichtet wie ein Häufchen Elend wirkte. Sogar das Kleid schien dem abgezehrten Körper zu groß geworden zu sein. Er setzte sich neben sie und berührte ihren Arm.

»Beruhige dich zuerst, dann erzählst du mir alles von Anfang an.«

Seine warme Stimme und seine fürsorgliche Art verfehlten ihre Wirkung auf Maline nicht. Allmählich kam sie zur Ruhe. In abgehackten Sätzen begann sie schließlich zu berichten: Narla war zu ihr gekommen. Sie hatte ihm, Argon, die Schuld an ihrem Schicksal gegeben. Sie hatte gemeint, dass es nur gerecht wäre, ihm dafür eins auszuwischen. Es sollte ganz harmlos sein. Narlas Idee war gewesen, seine Bilder zu stehlen, die für den Galeristen bestimmt waren. Dafür sollte sie, Maline, einen Unfall vortäuschen und ihn um Hilfe rufen. Somit könnte Narla ungehindert in das Haus gehen und alles regeln.

An dieser Stelle ihrer Erzählung schüttelte Maline heftig den Kopf. Sie wollte es nicht tun, beteuerte sie. Sie fand den Vorschlag sogar kindisch. Aber Narla hatte gesagt, dass eine Bestrafung nur gerecht wäre. Narla hatte solange auf sie eingeredet, bis sie irgendwann zugestimmt hatte.

»Ich wollte es nicht«, sagte sie erneut und ihre Augen flehten ihn an. »Das musst du mir glauben. Wir üben untereinander keine Rache. Das habe ich ihr auch gesagt.«

Sie schluchzte auf. »Sie hat mir ins Gewissen geredet, weil ich Toran immer mehr geliebt habe als sie. Ich habe gedacht, ich müsste ihr beweisen, dass ich sie auch liebe.«

Argon hatte konzentriert zugehört und nur ab und zu mit dem Kopf genickt, um sie zum Weiterreden zu bewegen.

»Warum hast du dich entschlossen, mir die Wahrheit zu sagen?«, wollte er schließlich wissen.

Sie senkte den Blick, schien zu überlegen und sah wieder zu ihm. »Du bist sofort gekommen, als ich dich um Hilfe rief. Deine Augen sahen mich so besorgt an. Da wusste ich, du würdest immer für mich da sein.« Ihre Finger krallten sich an seinem Handgelenk fest. »Narla ist gerade in deinem Haus. Sie wird deine Bilder stehlen.«

»Sie wird keine vorfinden«, beruhigte er sie. »Meine Bilder sind bereits auf dem Weg nach Los Angeles.«

Er stutzte. Narla wusste darüber Bescheid. Erst vor kurzem hatte sie ihn ausgefragt. Es musste somit einen anderen Grund geben, warum sie unbemerkt ins Haus eindringen wollte. In plötzlicher Erkenntnis weiteten sich seine Augen.

»Riona!«, stieß er hervor.

Im Bruchteil einer Sekunde hatte er den Raum verlassen. Wie ein Blitz schoss er den Gang entlang Richtung Ausgang. Er musste sich beeilen. Riona war in Gefahr.

***

Die Autotür fiel mit Schwung ins Schloss. Riona stand neben dem Jeep und zog die Sandalen aus, die für den Gang durch den Sand völlig ungeeignet waren. Zu der Erkenntnis war sie bereits im Hotel gelangt. Doch die hauchzarten Riemchenschuhe passten zum Kleid und heute sollte alles perfekt sein. Auf der Treppe wollte sie wieder hineinschlüpfen. Sie durchquerte den Strandabschnitt. In der linken Hand trug sie die Sandalen und über der rechten Schulter hing die Tasche, in der das Geschenk für Argon steckte. In Gedanken malte sie sich aus, wie wohl die Abschiedsszene verlaufen würde. Wahrscheinlich würde sie sogar feuchte Augen bekommen – ganz bestimmt sogar. Auch eine Steigerung wäre denkbar, denn in entscheidenden Augenblicken konnte sie schon mal losheulen wie ein Schlosshund. Schnell verwarf sie den unliebsamen Gedanken. Warum schon jetzt an den Abschied denken, wo doch der ganze Abend vor ihr lag? Es würden wundervolle Stunden mit Argon werden. Da war sie sich sicher.

Nur wenige Meter trennten sie vom Haus, als plötzlich die Tür aufgestoßen wurde und eine junge Frau die Veranda betrat. Sie schien in Rionas Alter zu sein und alles war an ihr irgendwie seltsam. Ungeachtet des heißen Sommertages trug sie ein schwarzes Kleid mit langen Ärmeln und einem hohen Stehkragen, der bis unter das Kinn reichte.

Das Kleid wirkte ausgesprochen elegant, wie es sich eng an die Taille schmiegte. Der untere Teil war fächerförmig ausgestellt. Es war aus edlem Stoff gefertigt, der an feines Leinen erinnerte. Die pechschwarzen Haare waren streng nach hinten gekämmt und zu einem Knoten gewunden. Am auffälligsten aber war die Augenklappe. Das freie Auge war schmal und schräg geformt und es war starr auf Riona gerichtet.

Die junge Frau trat aus dem Schatten der Veranda heraus. Langsam stieg sie die Treppe herunter, wobei ihr Blick nicht eine Sekunde von Riona abließ.

Ein eiskalter Schauer lief über Rionas Rücken. In dem Augenblick wusste sie, wen sie vor sich hatte. Es war eine Meeresjägerin. Unwillkürlich blieb sie stehen. Irgendetwas in ihrem Inneren ermahnte sie zur Vorsicht. Warum war die Meeresjägerin hier? Was hatte sie in Argons Haus zu suchen? Sie warf einen raschen Blick zur Tür von der Hoffnung getrieben, er möge jeden Moment dort erscheinen.

Narla war der Blick nicht entgangen. Sie verharrte auf der Treppenmitte, ihre Mundwinkel verzogen sich zu einem kalten Lächeln.

»Er ist nicht hier«, sagte sie mit ihrer tiefen, klangvollen Stimme. »Und er wird auch nicht kommen.«

Sie lügt, dachte Riona. Argon würde kommen. Er hat sich nur verspätet. Er musste kommen. Heute war doch ihr letzter gemeinsamer Tag.

Narla nahm eine weitere Stufe und blieb stehen.

»Er braucht dich nicht mehr. Du hast alles getan,

was er von dir verlangte,« sagte sie kalt.

Was er von ihr verlangte? In Rinas Kopf schien ein Chaos zu herrschen, ein Wirrwarr verschiedener Gedankengänge, die alle keinen Sinn ergaben. Irgendetwas stimmte hier nicht und sie musste auf der Stelle erfahren, was das alles zu bedeuten hatte. Aber würde die Meeresjägerin die Wahrheit sagen? Schnell überlegte sie, wie sie vorgehen sollte. Sie musste etwas Unverfängliches sagen, um die angespannte Situation zu lockern.

»Wie heißt du?« Riona konnte das leichte Zittern in der Stimme nicht verhindern und hoffte, es bliebe unbemerkt.

Narla betrat die nächste Treppenstufe und blieb stehen.

»Es spielt keine Rolle, wie ich heiße, sondern wer ich bin.«

»Okay. Wer bist du?«

»Argons Frau. Oder wie ihr Menschen es auch immer nennt.« Es klang wie ein Triumph.

Die Antwort traf Riona wie ein Faustschlag ins Gesicht.

»Du lügst«, stieß sie hervor und bemerkte zugleich, dass die Meeresjägerin davon völlig unbeeindruckt blieb.

Narla hob den Kopf und blickte in die Sonne, ohne zu blinzeln. Dann richtete sie ihr einziges Auge wieder auf Riona.

»Natürlich ist das wahr«, sagte sie mit harter Stimme. »Argon und ich haben dich schließlich zusammen ausgesucht. Für das Experiment.«

»Was für ein Experiment?« Riona spürte, wie jetzt auch ihre Beine zu zittern begannen.

»Kleines, dummes Menschlein. Begreifst du denn gar nichts?« Narla hob spöttisch die Brauen. Sie bewegte sich weiter und stand nun auf der untersten Treppenstufe.

»Nun«, sagte sie leichthin, »dann muss ich wohl deinen geistigen Horizont etwas erweitern.« Mit kaltem Blick musterte sie ihre Rivalin. Sie begutachtete Rionas Kleidung, die Sandalen in der Hand und die Tasche. »Wir sehen aus wie Menschen, aber der Schein trügt.«

»Das weiß ich längst«, warf Riona ein. »Ich weiß, dass ihr Meeresjäger seid. Und ich weiß, dass ihr eine Fischhaut und eine Menschenhaut habt.«

Narlas einziges Auge verengte sich zu einem Schlitz und wirkte dadurch noch schräger.

»Argon hatte keine Berechtigung, dir das zu erzählen«, sagte sie spitz. Sofort fand sie zu ihrer süffisanten Sprache zurück. »Aber erzählte er dir auch, dass er dich braucht?«

»Was willst du damit sagen?« Riona war verwirrt, was Narla sofort bemerkte.

»Nicht wahr? Er sagte dir, er braucht dich«, hakte sie nach. Als Riona darauf nicht reagierte, bog sie den Kopf nach hinten und brach in ein kurzes, schrilles Gelächter aus. »Hör mal gut zu, du Menschlein. Du hast überhaupt keine Ahnung, was hier läuft.«

»Dann sag es mir«, rief Riona aus. Ihre Wangen hatten sich gerötet und ihr Herz überschlug sich förmlich.

Narla stand gelassen auf der Treppe und fixierte Riona mit ihrem Auge. »Er hat dich nur das sehen lassen, was du sehen solltest. Aber Argon liebt nur mich. Ich bin die Mutter seines toten Sohnes.«

Riona öffnete den Mund, als wollte sie etwas herausschreien. Sie brachte keinen Ton hervor. Unbewusst ließ sie die Sachen in den Sand fallen.

»Bist du nun bereit für die ganze Wahrheit?« Narla beugte ihren Oberkörper etwas vor.

»Möchtest du wissen, warum du Teil unseres Experiments bist?« Als Riona nichts sagte, sondern sie nur mit weitaufgerissenen Augen anstarrte, sagte sie leichthin:

»Natürlich möchtest du es wissen.« Narla baute sich kerzengerade auf der Treppenstufe auf und wandte den Kopf in Richtung Ozean. Mit einer Hand strich sie sich über die Haare, obwohl sich keine Strähne aus dem enggeschlungenen Knoten lösen konnte. Es schien, als wollte sie die Spannung bis zuletzt auskosten. Sie richtete ihr Auge wieder auf Riona.

»Wir Meeresjäger lebten von der Außenwelt verborgen auf unserer Insel. Argon, unser Sohn und ich waren eine glückliche Familie. Aber dann kamt ihr. Ihr habt unsere Frauen und Kinder getötet. Ihr habt Argon und mir den Sohn genommen.« Sie machte eine Pause, um das Gesagte auf Riona wirken zu lassen. Dann sprach sie weiter:

»Nur drei Meeresjägerinnen überlebten den Angriff: meine Mutter, Minja und ich. Wir beiden jüngeren waren so schwer verletzt, dass wir keine Kinder mehr bekommen können. Und meine Mutter ist dafür schon zu alt.« Voller Hass blickte Narla auf Riona herab.

»Verstehst du, was ihr uns angetan habt? Ohne Kinder gibt es für uns keine Zukunft mehr. Wir Meeresjäger werden aussterben.«

Völlig erstarrt stand Riona da, unfähig etwas zu sagen. Ihr Blick war auf Narla gerichtet.

Die Meeresjägerin fuhr fort: »Wir sind nicht wir ihr, wir töten nicht aus Rache. Ich selbst finde diese Einstellung falsch, wir hätten eine Ausnahme machen müssen.« Ihr Gesicht nahm einen triumphierenden Ausdruck an.

»Also musste ich allein handeln. Ich habe den Tod meines Sohnes, den Tod meines Bruders, den Tod unserer Familien gerächt. Und es hat gut getan.«

Riona hatte das Gefühl, den Boden unter den Füßen zu verlieren. Ihre Knie begannen zu zittern.

»Du warst es? Du hast die Menschen auf Hawaii getötet?«, fragte sie.

»Ja, das war ich«, erwiderte Narla. »Das war mein Sieg über euch. Und natürlich braucht der Sieger eine Trophäe. In diesem Fall war es eure Haut. Ich schnitt sie aus meiner Beute heraus und war gespannt, was sich darunter befindet. Silbrige Fischhaut würde es wohl nicht sein. Aber was macht euch so einzigartig?« Narlas Augen funkelten höhnisch.

»Wie erbärmlich ihr darunter ausseht. Nur blutiges Fleisch.« Sie holte tief Luft und sprach weiter:

»Meine Geschichte ist noch längst nicht beendet. Nachdem uns klar wurde, dass das Fortbestehen unserer Spezies auf dem Spiel stand, suchten wir nach Auswegen. Letztendlich sahen wir nur einen Weg: Ihr müsst uns das zurückgeben, was ihr uns genommen habt: Kinder. Wir brauchen Kinder, gezeugt von Meeresjägern und Menschen, die die Gene beider Spezies in sich vereinen. Kinder sind die Lösung unseres Problems. In diesen Kindern wird ein Teil von uns weiterleben.«

Narla betrachtete mit einem zufriedenen Lächeln Rionas Gesicht, das inzwischen aschfahl geworden war.

»Jetzt kommst du ins Spiel. Argon erhielt den Auftrag, eine geeignete Frau auszusuchen und ein Kind zu zeugen. Für uns war es ein Experiment mit ungewissem Ausgang. Aber wir hoffen, dass es möglich ist, aus der Vereinigung zwischen Mensch und Meeresjäger eine neue Spezies entstehen zu lassen.«

Ihr Auge begann zu leuchten. »Natürlich wurde Argon für das Experiment bestimmt. Er ist so schön, so faszinierend. Alle Frauen würden auf ihn stehen.« Sie blickte Riona forschend an.

»Dir erging es doch ebenso, nicht wahr? Du hast doch gespürt, wie wundervoll er ist? Mein Argon.«

Narla gab Riona keine Chance zu antworten und redete weiter in einem gleichmäßigen und leichten Ton, als ob sie über die banalste Sache von der Welt sprechen würde. »Argon wollte nicht allein eine Frau aussuchen. Ich sollte entscheiden, weil er mich so sehr liebt. Meine Wahl fiel auf dich. Und den Rest kennst du ja.«

Noch einmal lachte sie auf. »Vorhin hat er sich darüber ausgelassen, wie sehr du auf ihn reingefallen bist. Hast vorletzte Nacht in seinem Bett gelegen und konntest seine Hand nicht wieder loslassen.«

So plötzlich, wie ihr Lachen ausgebrochen war, versiegte es auch wieder.

»Du Närrin!« Ihre Stimme war wie klirrendes Eis.

Vor Riona begann sich alles im Kreis zu drehen. Die Meeresjägerin kannte zu viele Details, um nicht die Wahrheit zu sagen. Ein Fakt reihte sich an den anderen wie ein Puzzle, aus dem am Ende ein Bild entsteht. Doch diese Fakten ergaben kein Bild, an dem man sich erfreuen konnte. Sie führten zu einer Erkenntnis, die so grausam und schockierend war, dass sie Riona den Atem raubte. Sie brach zusammen, hockte keuchend am Boden, ihrer Peinigerin ausgeliefert.

Langsam bewegte sich Narla auf Riona zu. Sie blieb hinter ihr stehen und reckte den Oberkörper wie eine Kriegerin, die die Schlacht gewonnen hat. Dann senkte sie den Kopf und blickte verächtlich auf Riona herab.

»Glaubst du wirklich, wir hätten dich jemals wieder gehen lassen? Argon hat ein spezielles Zimmer für dich eingerichtet. Ganz für dich allein. Es wird Zeit, dass du es kennenlernst.«

»Ich kenne das Zimmer«, erwiderte Riona, noch immer keuchend.

Narla verzog spöttisch das Gesicht. »Ach, du kennst es bereits? Weißt du Neunmalkluge auch, was dir bevorsteht, wenn wir beide gleich in dieses Zimmer gehen?«

Riona öffnete den Mund, doch sie war außerstande zu sprechen.

Narla holte mit einem Fuß aus und stieß ihn in Rionas Rücken. »Weißt du es?«, wiederholte sie mit rauer Stimme. Riona holte tief Luft in einer verzweifelten Bemühung, endlich wieder sprechen zu können. Sie kam aber nicht mehr dazu, denn etwas packte sie von hinten. Wie Zangen umschlangen Narlas Arme ihren Körper und, ohne dass sie sich wehren konnte, hatte die Meeresjägerin sie durch den Sand geschleift und die Treppe hinaufgezogen. Sie hing einer Schaufensterpuppe gleich in Narlas Armen – unfähig, den blitzartigen Übergriff abzuwehren. Sie spürte keinen Schmerz, als ihre Fußsohlen auf jeden einzelnen Holzbalken aufschlugen, die Haut aufplatzte und zu bluten begann.

In dem Moment, als Narlas Hand auf der Türklinke lag, geschah etwas Unerwartetes. Über ihren Köpfen brach das Holzdach ein. Die Balken krachten in sich wie Streichhölzer zusammen. Holzstücke wirbelten durch die Luft. Abrupt drehte Narla sich um und ließ dabei ihr Opfer fallen. Ihr Oberkörper streckte sich nach vorn und ihre abgespreizten Arme signalisierten, sie war zu allem bereit. Sie durchfuhr ein Schreck, als sie sah, wer durch das zerklüftete Loch im Dach herunterschoss. Gleich darauf stand Argon vor ihr. Hastig überlegte sie, wie sie sich darauf einstellen sollte.

Argon hatte sein Gesicht Riona zugewandt, die sich mühsam erhob. Riona hob den Kopf und ihre Blicke trafen sich.

Narla hatte nicht mit Argons vorzeitigem Eintreffen gerechnet. Irgendetwas musste schiefgelaufen sein. Sie konnte nicht ermessen, wie er die vorgefundene Situation auffassen würde. Sie musste retten, was noch zu retten war. Regungslos beobachtete sie ihn, der nur Augen für Riona hatte. In seinem Blick lag die Sorge um jemanden, den er auf ganz besondere Weise liebte. In Narla flammte tödlicher Hass auf – auf ihn, den sie niemals mehr haben konnte. Mit einem Schrei stürzte sie sich auf ihn. Ihre Körper prallten aufeinander, schossen gegen die Holzbrüstung, durchbrachen sie und stürzten auf den Sand. Blitzschnell lösten sie sich voneinander, um sofort übereinander herzufallen. Ihre Hände krallten sich in den Körper des anderen und versuchten, den Hals zu fassen. Wie Bestien, denen nichts Menschliches anhaftete, wälzten sie sich im Sand, der in Fontänen nach allen Seiten spritzte. Der Kampf glich einem Wirbelsturm und es war nicht erkennbar, wer ihn gewinnen würde.

Mit gewaltigen Sprüngen hoben beide vom Boden ab. Einen Augenaufschlag lang standen sie sich in der Luft gegenüber, aber sofort verkeilten sich ihre Körper. Sie überschlugen sich rollend immer wieder in der Luft, bis sie über dem Ozean angelangt waren. Das alles dauerte nur wenige Sekunden, dann prallten sie auf die Oberfläche des Ozeans und spritzten Wasser hoch in den Himmel. Minutenlang war von ihnen nichts zu sehen. An einer Stelle bäumte sich das Wasser auf, als ob darüber ein Orkan hinwegfegte. Kurzzeitig war Argons Kopf zu sehen, dann Narla, die bis zu den Hüften aus dem tosenden Wasser herausragte. Sofort war sie wieder untergetaucht, als ob sie in die Tiefe gezogen würde. Weitere Minuten vergingen, dann endlich kam das Wasser zur Ruhe und die Wellen fanden zu ihrem ursprünglichen Rhythmus zurück. Der Kampf war beendet.

Riona stand völlig regungslos auf der Veranda. Sie war nach vorn bis zur ramponierten Brüstung getreten. Eine Hand umklammerte den Stützpfeiler. Ihre vor Entsetzen weit aufgerissenen Augen hatten die Szene verfolgt. Nun starrte sie auf das Meer hinaus in Erwartung dessen, was folgen sollte.

Ein Kopf erhob sich aus dem Wasser, dann Schultern. Die schwarze Kleidung war eindeutig erkennbar. Aber noch immer war nicht klar, wer von den beiden Meeresjägern auf den Strand zustrebte. Mit jedem Schritt ragte der Körper weiter aus dem Wasser heraus, seine Konturen verschärften sich – es war Argon, der aufgebahrt in seinen Armen Narla hielt.

Er erreichte den Strandabschnitt. Behutsam, als könnte er seiner Artgenossin nach dem Tod noch immer Schmerzen zufügen, legte er sie in den Sand. Er hockte sich neben sie und sah ihr ins Gesicht. Sonnenstrahlen tänzelten auf Narlas nassen Haut und verliehen ihr einen goldigen Schimmer. Er richtete sich auf und sah zur Veranda, auf der Riona noch immer wie angewurzelt am Pfeiler stand. Ihre Blicke trafen sich – kein Lächeln, kein fröhliches Zuwinken. Es war plötzlich sehr still, als wenn die Welt ihren Atem anhielte.

Mit einem Sprung stand er auf der Veranda, die einem Trümmerhaufen glich. Riona löste sich vom Pfeiler und drehte sich zu ihm. An seiner Haut klebte die nasse Kleidung und zeichnete jeden Muskel ab. Aus den Haaren lief Wasser über sein Gesicht und perlte den Hals entlang. Er machte einen Schritt auf sie zu, blieb aber stehen, als sie warnend die Hand hob.

»Ich weiß alles«, sagte sie mit kaum hörbarer Stimme. »Sie hat mir alles erzählt.«

»Was hat dir Narla gesagt?« Seine innere Anspannung war unverkennbar.

»Das Experiment. Du hast mich nur benutzt.« Die Worte kamen ihr schwer von den Lippen.

Er wischte sich das Wasser aus dem Gesicht, das die Stirn heruntergelaufen war und die Augen benetzte.

»So ist es nicht gewesen. Lass es mich erklären. Ich wollte …«

Wieder hob sie die Hand, diesmal, um ihn zu unterbrechen. »Hast du mich ausgesucht, weil du mit mir ein Experiment durchführen wolltest? Hast du deshalb gesagt, dass du mich brauchst?«

»Hör mir bitte zu, Riona!« Seine Stimme klang fordernd. Er bemerkte es und senkte sie bewusst, als er weitersprach: »Anfangs ging es mir darum. Das Experiment war unsere einzige Möglichkeit, unser Fortbestehen zu sichern. Denk daran, wir waren nicht diejenigen, die das alles anzettelten. Wir wollten euch noch nicht einmal begegnen.«

Sein Gesicht verhärtete sich. »Ihr habt uns unsere Heimat genommen. Ihr habt unsere Familien getötet. Uns blieb nur dieser eine Weg.« Er stoppte seine Ausführungen und sein Gesicht nahm einen sanften Zug an. »Aber ich würde dich niemals …«

Wieder unterbrach sie ihn: »Nach dem Experiment – was sollte danach mit mir geschehen?«

»Wir hätten dir nichts getan, so sind wir nicht.

Lass es mich erklären. Bitte Riona, hör mir endlich zu.« Sie ignorierte seine Bitte und deutete auf die oberste Fensterfront des Hauses.

»Dieses Zimmer, war es für mich? Wolltest du mich darin festhalten?«

»Bitte Riona.« Seine Stimme wurde eindringlicher. »Gib mir die Chance, alles zu erklären, und urteile dann.«

Ihr Herz raste, als würde es gleich den Brustkorb sprengen. Sie hatte das Gefühl, keine Luft zu bekommen.

»Okay«, erwiderte sie schwach. »Sag mir, was du zu sagen hast.«

Noch einmal startete er einen Versuch, auf sie zuzugehen, unterließ es aber, als sie abwehrte.

»Gleich als ich dich zum ersten Mal sah, entschied ich, mit dir das Experiment durchzuführen«, sagte er. »Das bestreite ich auch nicht. Aber dann kam alles anders. Wir waren viel zusammen und du hast mir gezeigt, was für ein wundervoller Mensch du bist. Ich habe gelernt, dich zu schätzen. Und ich liebe dich.« Er machte eine Pause, um sich zu sammeln, und fuhr fort:

»An dem Abend, als wir im Restaurant saßen, wollte ich dich. Aber als wir wieder hier waren, entschied ich mich dagegen. Es war nicht, weil ich dich nicht anziehend fand – ganz im Gegenteil. Ich glaubte, es nicht zu können, ohne dabei ständig an das Experiment zu denken. Es verfolgte mich wie ein Alptraum. Ich wollte mit dir zusammen sein und dich lieben, aber es sollte nichts zwischen uns stehen.«

»Wir waren doch zusammen«, warf sie ein..

»Weil du zu mir kamst.« Sein Gesicht glättete sich. »Und ich bin froh darüber, dass du es getan hast.«

Riona wandte sich von ihm ab und versuchte, über das eben Gehörte nachzudenken, es einzuordnen und zu werten. Aber die Gedanken ließen sich nicht kontrollieren – nicht hier, nicht jetzt.

»Ihr missbraucht uns Menschen«, sagte sie, und in ihrer Stimme schwang Trauer mit.

»So darfst du es nicht sehen«, betonte er. »Es ist nicht das, was wir wollen.«

Sie drehte sich zu ihm und sah ihn fest an. »Was willst du dann?«

»Ich möchte, dass du mir vertraust.«

»Warum sollte ich dir vertrauen, wo unsere Beziehung auf eine große Lüge gebaut ist?« Sie ging auf ihn zu und blieb vor ihm stehen.

»War diese Meeresjägerin deine Frau? Hast du sie geliebt?«

»Ich habe sie nie geliebt.«

»Aber ihr hattet ein gemeinsames Kind.«

Argon atmete tief durch. Riona sah ihm an, wie schwer es ihm fiel, darüber zu sprechen.

»Das war das Ergebnis einer einzigen Nacht. In dieser Nacht setzte sie alle Verführungskünste ein, mich zu bekommen. Ich ließ mich darauf ein, was ich am nächsten Tag bereute. Wir kamen erst viel später als Paar zusammen, als feststand, dass sie schwanger war. Ich wollte sie nicht allein lassen. Aber ich habe sie nie geliebt. Ich liebte nur unseren Sohn, er war alles für mich.«

Argon fuhr mit der Hand über die Stirn, als wolle er die Erinnerung daran wegwischen. »Nach dem Überfall trennte ich mich von Narla. Aber in meinem Herzen war ich noch nie mit ihr zusammen.«

Sekundenlang herrschte Schweigen. Dann sagte Riona:

»Du hättest mir alles erzählen müssen. Warum hast du mir nicht die Wahrheit gesagt?«

»Ich konnte es nicht. Ich wusste nicht, wie du darauf reagierst. Ich wollte dich nicht verlieren. Bitte glaub mir.«

»Ich weiß nicht, ob ich dir noch glauben kann«, erwiderte sie. »Ich erkenne dich nicht mehr und wahrscheinlich habe ich dich auch nie wirklich gekannt.« Sie schluchzte einmal auf. »Innerhalb einer Stunde hat sich alles auf den Kopf gestellt«, sprach sie weiter. »Und das, was ich erfahren habe, macht mich fertig.« Tränen rannen über ihr Gesicht. Sie fühlte ihre Kräfte schwinden, sie fühlte sich vollkommen ausgelaugt.

»Ich muss gehen«, sagte sie. »Ich brauche Zeit, um über alles nachzudenken.«

Sie drehte sich um und ging mit müden Schritten zur Treppe. Sie hörte seine Stimme, die ihr zurief: »Komm zu mir zurück!« Sie reagierte nicht darauf. Im Sand verstreut lagen die Sandalen und die Tasche, die sich durch den Sturz geöffnet hatte. Das Geschenk war herausgefallen. Sie hob alles auf, doch das Geschenk ließ sie liegen – es hatte seine Bedeutung für sie verloren. Sie schenkte ihrer Umgebung keine Beachtung mehr. Sie wollte nur noch weg. Mit mechanischen Bewegungen lenkte sie den Jeep zurück nach Kihei. Sie fuhr wie in Trance. Allmählich geriet sie immer mehr auf die Gegenfahrbahn, dann auf den Sandstreifen, hinter dem sich die Steilküste erstreckte. In letzter Minute schreckte sie auf und stieß intuitiv mit einem Fuß auf die Bremse. Räder quietschten, Sand wirbelte durch die Luft, der Wagen kam zum Stehen. Ihre Hände umklammerten das Lenkrad, als wollte sie es nie mehr loslassen. Ihr Kopf sank herab. Sie atmete stoßweise und zitterte am ganzen Körper. Sie schloss die Augen und wartete, bis das Zittern nachließ. Dann richtete sie sich auf und öffnete die Tür. Sie kroch förmlich aus dem Wagen und irgendwie schaffte sie es zur Klippe. Sie war allein. Vor ihr lag das Meer. Es wird bestimmt unser schönster Urlaub, hatte ihre Mutter im Flugzeug gesagt. Sie sank auf die Knie und stieß einen langgezogenen Schrei aus.

***

Im Korallenschiff herrschte atemlose Stille. Alle Meeresjäger hatten sich im Laboratorium hinter einem Steinblock versammelt, auf dem Narlas Leichnam aufgebahrt lag. Ihre Blicke wanderten zwischen Argon und Karlef hin und her, die sich in der Raummitte gegenüberstanden. Etwas Unfassbares war geschehen, ein Verbrechen war verübt worden: Ein Meeresjäger hatte einen anderen Meeresjäger getötet.

Argon hatte in klaren Worten berichtet, was sich in der Bucht zugetragen hatte. Er hatte ausführlich den Verlauf des Kampfes geschildert, aber mit keiner Silbe Rionas Anwesenheit erwähnt – einzig und allein zu ihrem Schutz. Er konnte nicht einschätzen, was ihn jetzt erwartete, doch er rechnete mit einer harten Bestrafung.

Karlefs Gesichtsausdruck wechselte von konzentriert zu höchst misstrauisch. »Was sollte Narla veranlasst haben, deine Bilder zu stehlen?«

Argon warf einen kurzen Blick auf Maline, die sich etwas abseits von den anderen an die Wand drückte, als wollte sie dort hineinkriechen. Sie tat ihm leid.

»Ich habe dafür keine Erklärung«, log er.

»Du warst mit Narla allein?« Karlefs Stirn furchte sich.

»Ja, Vater.«

»Weißt du genau, dass sich kein Mensch in der Bucht aufhielt?«

»Uns hat niemand gesehen.«

»Und die Frau?«

Nur ein kurzes Zucken der Lider verriet Argons innere Anspannung. »Die Frau ist nicht gekommen.« Er hielt dem bohrenden Blick seines Vaters stand und ergänzte: »Ich habe sie seit dem Wochenende nicht mehr gesehen.«

»Hast du das Experiment durchgeführt?«

Argons Blick glitt an Karlef vorbei in den Raum hinein. Unweigerlich musste er an die beiden Nächte mit Riona denken. Sie hatte sich ihm in einer berauschenden Weise hingegeben, wie er es nicht für möglich gehalten hätte. Rionas Leidenschaft war wie eine Flamme gewesen, die ihre nackten Schenkel erhitzte. Er war in sie eingetaucht und hatte ihre Seele berührt. Er war mit ihr hinabgestiegen in die immerwährende Nacht von Blue World und sie hatte aufgestöhnt vor Lust, vor

Verlangen nach ihm. Argon wischte sich mit einer Hand übers Gesicht und sah zu seinem Vater.

»Es war nicht möglich. Sie hatte zu mir kein Vertrauen.«

»Du hast somit versagt.« Karlef schnaubte auf. »Ich habe nicht erwartet, dass mein Sohn versagt. Du hast mich enttäuscht. Wir werden zu einem späteren Zeitpukt darüber sprechen. Im Augenblick geht es nur um den unsinnigen Kampf zwischen Narla und dir.«

Karlefs massiger Körper setzte sich in Bewegung. Er ging auf die Trage zu und blieb am Fußende stehen. Er senkte den Kopf und sah auf die tote Meeresjägerin herab.

Narla lag auf dem Rücken, die Hände übereinandergelegt und die Lider geschlossen, als ob sie schliefe.

»Wir Meeresjäger bestehlen uns nicht«, sagte Karlef, »und wir bekämpfen uns nicht. Unsere Gesetze wurden vor langer Zeit beschlossen. Sie haben hier und heute weiterhin Gültigkeit.« Er drehte sich zu den Anwesenden, die dies mit einem Kopfnicken bestätigten.

Karlefs stählerne Augen richteten sich wieder auf Argon. »Ungeachtet dessen, was Narla auch vorhaben mochte, hast du mich schwer enttäuscht, mein Sohn.«

Er machte eine Pause, um seinen Worten die angemessene Bedeutung zu verleihen, und fuhr fort: »Einen Kampf auszutragen um ein paar Bilder zeugt nicht von geistiger Reife. Aber ein Kampf, der den Tod eines anderen Meeresjägers zur Folge hat, ist unverzeihlich und verabscheuungswürdig.«

Im Raum war zustimmendes Gemurmel zu hören, das sofort abbrach, als Karlef die Hand hob. Jeder Ton seiner Stimme war so kraftvoll wie ein Donnerschlag. »Die Strafe wird entsprechend hoch ausfallen. Sie soll dich lehren, was es heißt, einen Artgenossen zu töten. Hiermit ordne ich an, dass du bis zur Urteilsverkündung in deinem Zimmer bleibst. Mangolf wird aufpassen, dass du uns nicht entkommst.

Hochaufgerichtet stand Argon vor den Meeresjägern. Kein Muskel seines Gesichts verriet, was in ihm vorging. Für einen Augenblick nahm es einen schmerzverzerrten Zug an, dann hatte er sich wieder unter Kontrolle. Karlefs Worte, er sollte ab sofort im Zimmer bleiben, hallten in seinem Kopf wider. Er dachte an Riona. Seit sie von ihm weggefahren war, war sie die ganze Zeit über in seiner Gedankenwelt. Morgen würde sie die Insel verlassen. Er musste sie sehen und mir ihr sprechen. Sie sollte wissen, wie sehr er sie liebte.

Er wandte sich zu den Meeresjägern, die aufgereiht hinter dem Steinblock einer schwarzen Mauer glichen. In ihrer Mitte sah er seinen Freund Rawen und Minja, die ihm aufmunternd zulächelte. Argon begann zu sprechen:

»Ich möchte euch sagen, dass es mir leidtut. Ich hätte nicht kämpfen dürfen und habe es dennoch getan. Ich habe eure Bestrafung verdient.«

Unter den Meeresjägern entstand Bewegung. Einige nickten mit den Köpfen, andere raunten ihren Nachbarn etwas zu.

Argon drehte sich wieder zu Karlef. »Vater, ich habe eine Bitte. Erlaube mir, nochmals mein Haus aufzusuchen, bevor ich die Strafe antrete. Ich verspreche dir, ich bin morgen zurück, wenn die Sonne im Zenit steht.«

»Warum sollte ich es dir gestatten?«

Argon überlegte kurz. Unter keinen Umständen durfte er die Wahrheit sagen, um Riona nicht in Gefahr zu bringen.

»In meinem Wohnzimmer befindet sich ein Mungo. Ich habe sein kaputtes Bein geschient. Er würde verhungern, wenn ich ihm nicht die Freiheit schenke.«

»Rawen soll sich darum kümmern.«

»Bitte, Vater, lass es mich tun. Ich komme morgen zurück.«

Karlef hob die rechte Hand, um zu signalisieren, dass das Gespräch für ihn damit beendet war. Im gleichen Atemzug teilte sich die schwarze Mauer der Meeresjäger, um den Weg für Mangolf frei zu machen. Er stand in der hintersten Reihe, war aber wegen seiner enormen Größe nicht zu übersehen. Mangolfs Augen fixierten Argon, dann kam er auf ihn zu.

***

Irgendwann versiegten Rionas Tränen und ließen in ihr eine vollkommene Leere zurück. Bis zum Einbruch der Dämmerung starrte sie auf den Ozean hinaus, dann fuhr sie zum Hotel zurück. Ihrer Mutter teilte sie in abgehackten Sätzen mit, es sei alles aus, aber sie könnte jetzt nicht darüber reden. Für den Rest des Abends vergrub sie sich unter der Bettdecke und war nicht mehr ansprechbar.

Marie war entsetzt, zeigte sich jedoch von ihrer verständnisvollen Seite und behandelte Riona wie eine Schwerkranke. Immer wieder trat sie ans Bett, bot ihr etwas zu trinken an oder strich ihr über den Kopf – ohne Gegenreaktion.

In der Nacht konnte Riona keinen Schlaf finden. Nachdem sie sich unzählige Male in ihrem Bett herumgewälzt hatte, stand sie auf und schlich im Dunkeln auf den Balkon. Über zwei Stunden verbrachte sie an der frischen Luft, vergrub sich im Sessel und starrte über die Metallbrüstung ins Leere. Wie eine Filmrolle zog das Erlebte in Einzelbildern an ihrem geistigen Auge vorbei. War der Film abgespult, begann er von vorn. Sie fühlte sich von ihren ständig wechselnden Gefühlsregungen wie zerrissen. Narlas Offenbarungen hatten sie bis ins Mark getroffen und ihre Seele verletzt. Alles deutete auf eines hin: Argon hatte sie nie geliebt. Er hatte sie für sein elendes Experiment benutzt. Dennoch gab es einen Punkt, der allem widersprach: Er hatte um sie gekämpft und sich dabei selbst in Gefahr gebracht. War das nicht ein Beweis seiner Liebe zu ihr?

Sie musste daran denken, was Argons ihr über den Vorfall auf der Insel Kuro erzählt hatte. Menschen hatten seine Artgenossen getötet. Um sich selbst zu retten, wollten sie das Experiment durchführen. Sie handelten nicht aus Rache, sondern weil sie über die Menschen zu wenig wussten. Aufgrund des tragischen Vorfalls auf der Insel Kuro betrachteten sie die Menschen als niedere Kreaturen, die weniger wert waren als ein Tier. Sie hatten nie versucht, Kontakt aufzunehmen. Sie verfolgten nur ein Ziel: eine neue Insel zu finden, auf der sie ungestört und abgeschieden von der Menschheit leben konnten. Dennoch war ihr Handeln nicht zu entschuldigen. Erst sie, Riona, hatte Argon die Augen geöffnet. Sie hatte ihm gezeigt, dass er sich ein falsches Bild von den Menschen gemacht hatte. Aber nun war alles zu spät.

Draußen war es noch stockdunkel, als der Wecker am Bett ihrer Mutter klingelte. Es musste jetzt drei Uhr sein. In vier Stunden würde sie der Flieger von der Insel fortbringen. Riona raffte sich auf und betrat das Zimmer. Marie betätigte die Nachttischlampe, räkelte sich im Bett und gähnte. Sie hob den Kopf, als sie ihre Tochter im matten Licht erkannte.

»Du bist schon auf«, sagte sie verduzt.«

»Ich geh duschen«, erwiderte Riona tonlos und verschwand gleich darauf im Badezimmer.

Als das Wasser über die aufgeschrammten Stellen ihrer Füße lief, spürte sie einen brennenden Schmerz. Unweigerlich trat die alptraumhafte Szene wieder in ihre Erinnerung und ihr Herz verkrampfte sich. Schnell verscheuchte sie die Bilder. Sie durfte nicht daran denken, jedenfalls heute nicht. Vor ihr lag ein langer Flug mit ihrer Mutter. Sie musste stark sein und den Rest an Energie aufbringen, um sich zusammenzureißen. Es hatte keinen Sinn, ihrer Mutter etwas vorzuheulen und ihr damit den Rückflug nach Hamburg zu vermiesen. Bald trennten sich ihre Wege. Danach würde ohnehin alles wieder in ihr aufbrechen.

Inzwischen war Marie aufgestanden und hatte die Bettdecken ordentlich zusammengelegt. Riona trat mit einem Handtuch um die Hüften aus dem Badezimmer.

»Wie fühlst du dich?«, fragte Marie.

»Es geht schon«, erwiderte Riona schwach.

Marie blickte in das übernächtigte Gesicht ihrer Tochter und bemerkte die Ringe um die Augen.

»Komm mal her, Rini.« Sie breitete die Arme aus, in die sich Riona regelrecht hineinflüchtete. Es war schön, ihre Mutter zu spüren. Auf einmal fühlte sie sich wieder als Kind, geborgen und aufgehoben in den Armen seiner Mutter.

»Ich hab dich lieb, Rini«, sagte Marie.

»Ich dich auch, Ma.«

Während Marie ins Badezimmer ging, zog Riona sich an. Ihr Blick fiel auf den gepackten Koffer und das daran gelehnte Mungobild. Ihre Mutter hatte es in Packpapier eingehüllt und mit einem Band verschnürt. Nichts konnte ihre Rückreise behindern, alles verlief nach Plan. Doch der Schein trog. Riona hatte das Gefühl, ihr Leben sei aus den Fugen geraten. Plötzlich und unerwartet waren alle ihre Wünsche und Träume wie eine Seifenblase zerplatzt. Trotz alledem war ein kleiner Funken Hoffnung geblieben, der letzte Nacht auf dem Balkon aufgeglimmt war und sich in die hinterste Ecke ihres Herzens gesetzt hatte. Es war nur ein Gedanke, aber er beschäftigte sie ununterbrochen: Wenn Argon sie wirklich liebte, konnte er sie so einfach gehen lassen? Würde er nicht alles versuchen, noch einmal mit ihr zu reden? Er wusste, wann ihr Flug ging, und er konnte sich ausrechnen, wann sie das Hotel verlassen musste. Würde er vielleicht in der Lobby auf sie warten?

Sie sah wieder zum Bild. Argon hatte es für sie gemalt. Je länger sie darüber nachdachte, desto zuversichtlicher wurde sie. Bis zum Abflug blieb ihnen ausreichend Zeit, um noch einmal über alles reden. Argon musste einfach kommen. Es war doch seine letzte Chance, seine Liebe zu beweisen.

***

Die ganze Nacht über war Argon ruhelos im Zimmer herumgewandert, während die anderen auf der Jagd waren. Ihn hatten sie zurückgelassen zusammen mit Mangolf. Der Meeresjäger hatte seinen Posten vor Argons Zimmer bezogen und war seitdem nicht von dort gewichen. Krampfhaft hatte Argon nach einer Lösung gesucht, wie er vom Schiff fliehen konnte. Er musste unbedingt Riona sehen, bevor sie Maui verließ. Es schien aber keinen Ausweg zu geben. Auch sein Plan, Mangolf in ein Gespräch zu verwickeln und ihn somit auf seine Seite zu ziehen, war gescheitert. Er hatte es schon vorher gewusst und es trotzdem versucht. Mangolf war Karlef stets treu ergeben. Er diente ihm wie ein personifizierter Roboter. Sein Boss fütterte ihn mit einer Aufgabe und er erledigte sie kommentarlos.

Nun war es vier Uhr morgens. Argon blieben nur noch drei Stunden bis zu Rionas Abflug. Bald würden die anderen zurückkommen. Er sah noch eine letzte Möglichkeit, um hier herauszukommen: Er brauchte einen Verbündeten. Aber wer würde schon seine Liebe zu einem Menschen verstehen? Wen konnte er in alles einweihen? Außerdem quälte ihn eine weitere Frage: Sollte er überhaupt jemandem zumuten, Karlefs Anweisungen zu missachten? Derjenige würde sich selbst einer harten Bestrafung aussetzen, falls es herauskam. Die Wahrscheinlichkeit, erwischt zu werden, war erheblich größer als ein Erfolg. Aber Argon hatte keine andere Wahl und er hatte soeben entschieden, wen er um Hilfe bitten wollte.

***

Es war kurz vor vier. Das Hotel machte einen verschlafenen Eindruck. Sogar die Angestellte hinter der Rezeption unterdrückte ein aufkommendes Gähnen. Wahrscheinlich war ihre Nachtschicht in zwei Stunden beendet und Marie eine von den wenigen Gästen, die um diese Uhrzeit zum Auschecken kamen. Riona stand mitten in der Lobby zwischen den beiden Koffern. Ihr Blick schweifte suchend durch die Halle. Argon war nicht gekommen. Fassungslos starrte sie auf die Eingangstür von der Hoffnung getrieben, er möge jeden Moment dort erscheinen. Er musste einfach kommen, dachte sie, er konnte sie nicht einfach so fortlassen. Wenn er sie wirklich liebte, dann wollte er sie noch einmal sehen, bevor sie in das Flugzeug stieg.

Einen Moment lang erfasste sie der Gedanke, Narla könnte die Wahrheit gesagt haben, doch sie verwarf ihn schnell wieder. Nein, Argon liebte sie, er hatte sich nur verspätet. Auf einmal fiel ihr ein, er könnte am Flughafen auf sie warten. Natürlich, so wird es sein. Es machte auch mehr Sinn, gleich dorthin zu kommen. Nach dem Einchecken blieb ihnen wesentlich mehr Zeit zum Reden als hier in dieser Lobby, wo ihre Mutter auf eine Abfahrt drängen würde.

Marie hastete auf Riona zu. Auf ihren Wangen hatten sich rote Flecken gebildet.

»Du meine Güte ist das schon spät«, sagte sie. »In einer Stunde müssen wir einchecken und wir hocken noch immer hier rum. Den Jeep müssen wir auch noch abgeben.« Kurz darauf eilten beide bepackt mit Taschen, Koffern und dem Mungobild aus dem Hotel

***

Die Meeresjäger waren zum Schiff zurückgekommen. Argon stoppte seine Wanderung durch das Zimmer und lauschte. Ganz deutlich drangen ihre Schritte zu ihm, er vernahm ihr Lachen und Schwatzen. Anscheinend hatten sie einen großen Fang gemacht. Dann wurde es still. Sie hatten sich in ihre Privaträume zurückgezogen. Argon wusste, er musste sich noch gedulden, bis sie sich in der Kristallgrotte schlafen legten. Der Zeitpunkt für seine Flucht war in unmittelbare Nähe gerückt.

***

Riona fuhr mit überhöhter Geschwindigkeit auf der menschenleeren Straße zum Flughafen. Ab und zu schielte Marie auf den Tacho, hielt sich aber mit einem Kommentar zurück. Ihre Angst, den Flug zu verpassen, war anscheinend größer als die Befürchtung, im Straßengraben zu landen.

Die Abgabe des Jeeps lief reibungslos. Jetzt standen sie inmitten der Schlange vor dem Check-in-Schalter. Riona wandte sich suchend nach allen Seiten um. In dem Gedränge war es unmöglich, Argon zu entdecken. Sie musste sich gedulden – wahrscheinlich wartete er vor der Passkontrolle auf sie. Endlich waren sie an der Reihe. Marie reichte einer freundlich lächelnden Frau die Flugpapiere und Reisepässe. Unterdessen bugsierte Riona die Koffer auf das Laufband. Die Frau hinter dem Schalter verrichtete ihre Arbeit.

»Was ist mit dem Sperrgut?« Sie deutete auf das Paket am Boden, das sich Riona zwischen ihre Beine geklemmt hatte, damit es nicht umkippte.

»Es ist ein Bild«, sagte Riona. »Ich nehme es als Handgepäck.«

Das Gesicht der Frau drückte Bedauern aus, behielt aber das einstudierte Lächeln bei.

»Das ist wegen der Größe leider nicht möglich. Sie müssen es als Sperrgut aufgeben.«

»Nein, ich nehme es als Handgepäck«, sagte Riona. »Ich weiß, wie die Gepäckstücke herumgeschmissen werden. Das übersteht mein Bild nicht.«

Die Angestellte verlor ihr Lächeln. »Ich sagte Ihnen bereits, Ihr Bild ist zu groß für ein Handgepäck. Geben Sie es als Sperrgut auf.«

Riona schüttelte den Kopf. »Ich nehme es mit in den Flieger. Ich bin Flugbegleiterin und weiß, wie ich das Bild unter den Sitzen verstauen kann.«

»Wenn Sie Flugbegleiterin sind, dann müssten

Sie wissen, was als Handgepäck durchgeht und was nicht. Und Ihr Bild ist eindeutig zu groß.«

»Was ist denn los?«, mischte sich nun Marie in das Gespräch ein. Aufgrund ihrer geringen Englischkenntnisse hatte sie nichts verstanden.

Riona sah mit einem verzweifelten Blick zu ihr. »Ich soll mein Bild als Sperrgut aufgeben.«

»Ja, und? Dann mach es doch endlich.« Marie blickte auf ihre Armbanduhr und wurde noch nervöser.

»Ich kann es nicht als Sperrgut aufgeben. Es wird beschädigt«, rief Riona aus.

Die Reisenden in der Warteschlange hinter Riona und Marie gaben in lauten Worten ihren Unmut über die Verzögerung zu verstehen.

»Ich habe keine Zeit für überflüssige Diskussionen«, sagte die Angestellte im scharfen Tonfall. »Entweder Sie geben es als Sperrgut auf, oder Ihr Gepäckstück bleibt auf Hawaii.«

Riona gab sich geschlagen. Wortlos legte sie das Bild auf das Laufband.

Die Frau versah es mit einem nummerierten Klebestreifen und reichte Marie die Papiere. »Guten Flug«, sagte sie, wobei sie wieder ihr Lächeln aufsetzte.

***

»Wach auf, Minja.«

Die Meeresjägerin hob die Lider und lauschte. Alle in der Grotte schienen zu schlafen. Nur das melodische Blubbern der Wasserbläschen unter den ausgestreckten Körpern unterbrach die Stille.

»Minja, wach auf.«

Jetzt hatte sie die Worte deutlich vernommen und wusste, wer zu ihr sprach.

»Hallo Argon«, sagte sie, ohne die Lippen zu bewegen. »Geht es dir gut?«

»Ich brauche deine Hilfe.«

Sie atmete tief durch. »Ich weiß nicht, wie ich dir helfen könnte.«

»Ich muss aus dem Schiff raus, aber Mangolf bewacht mein Zimmer. Du musst ihn ablenken.«

»Du brauchst dich nicht um den Mungo zu sorgen«, gab sie ihre Gedanken an Argon weiter. »Rawen hat sich schon um ihn gekümmert.«

»Ich werde mich bei ihm bedanken. Jetzt geht es nicht um den Mungo. Es geht um viel mehr.«

Minja machte ein erstauntes Gesicht. »Wie meinst du das?«

In schneller Wortfolge begann er, seine Treffen mit Riona zu schildern. Minja schloss die Augen wieder, um sich darauf zu konzentrieren. Als ein Strom von Gedanken flossen seine Worte durch ihren Kopf.

Sie zeigte sich überrascht. Nie wäre ihr in den Sinn gekommen, ein Meeresjäger könnte sich in eine dieser menschlichen Kreaturen verlieben. Dennoch rührte sie die Geschichte, die seine starken Gefühle zu einer Frau zeigte. Eine Liebe, um die er trotz aller widrigen Umstände kämpfen wollte. Minja mochte Argon und insgeheim bewunderte sie ihn. Er war schon immer seinen eigenen Weg gegangen und stand hinter dem, was er tat. Jetzt bat er zum ersten Mal um ihre Hilfe. Sollte sie ihn jetzt im Stich lassen?

»Ich habe keine Zeit für weitere Erklärungen«, vernahm sie seine Stimme. »Ich muss zu ihr, sonst ist alles zu spät.«

»Was soll ich tun?« , fragte sie.

»Du musst Mangolf weglocken, damit ich mein Zimmer verlassen kann.«

Sie dachte darüber nach. Sein Vorhaben war riskant. Was war, wenn es nicht funktionierte? Aber konnte sie seine Bitte so einfach abschlagen? Wenn sie ihm jetzt nicht half, würde er seine Liebe verlieren. Wollte sie diese Schuld auf sich nehmen? »Kommst du auch ganz bestimmt zurück?«

»Ich bin zurück, bevor die anderen aufwachen. Versprochen. Du musst dann Mangolf nochmals beschäftigen, damit ich wieder in mein Zimmer komme.«

»Okay, ich versuche es. Ich geb dir Bescheid, wenn es soweit ist.« Sie glitt so wendig wie eine Schlange aus dem Becken. Mit einer Armbewegung durchbrach sie den Kreis sprudelnder Bläschen. Umgehend sackte alles in sich zusammen und verschmolz mit dem übrigen Wasser. Ihr Blick wanderte von einem Becken zum anderen, in denen ihre Artgenossen schliefen und anscheinend nichts bemerkt hatten. Dann schlich sie zur Raumöffnung, schlüpfte hinaus und durchquerte den Gang.

Mangolf stand mit verschränkten Armen vor Argons Zimmer und stierte auf die gegenüberliegende Wand. Er wirkte wie ein Titan, mit dem nicht zu spaßen war. Minja stellte sich vor ihn und musste den Kopf in den Nacken legen, um in sein Gesicht sehen zu können.

»Hallo Mangolf«, sagte sie in einem freundlichen Tonfall.

Er senkte den Kopf zu ihr herab und brummte etwas Unverständliches. Sie ließ sich davon nicht beeindrucken.

»Mein Korallenbecken funktioniert nicht mehr. Ich bin schon ganz ausgetrocknet. Kannst du es reparieren?« Sekundenlang wartete sie auf eine Reaktion von ihm, doch es kam nichts.

»Die anderen schlafen. Ich möchte niemanden wecken.«

Anstelle einer Erwiderung stierte der Meeresjäger sie nur mit seinen gelbgrünen Augen an. Hastig überlegte sie, wie sie weiter vorgehen sollte. Der rettende Einfall kam sofort. Ihr Tonfall änderte sich und wurde bestimmend. »Karlef hätte gewollt, dass du mir hilfst. Ich werde es ihm sagen, wenn du es nicht machst.«

Endlich regte er sich, was Minja als Zustimmung wertete, sodass sie sich umdrehte und zurückging. Erst kurz vor der Grotte blickte sie über ihre Schulter. Sie atmete erleichtert auf, als er auf sie zukam.

»Du kannst gleich rauskommen«, gab sie Argon zu verstehen.

»Danke. Ich werde nicht vergessen, dass du mir geholfen hast.«

»Schon gut. Mir reicht es, wenn du zurückkommst, ohne Aufsehen zu erregen. Pass auf dich auf und viel Glück!«

Argon lugte durch die Zimmeröffnung und spähte nach beiden Seiten. Als niemand zu sehen war, trat er heraus. Wie ein Pfeil schoss er durch den Gang in Richtung Ausgang. Wenig später verließ er das Schiff und tauchte in den Ozean ein.

Der Wind strich über das Wasser hinweg und haschte nach den Wellen, um sie aus ihrem rollenden Takt zu bringen. Er konnte aber gegen die Naturgewalt des Ozeans nichts ausrichten. Tief im Wasser war es so still wie im Grab. Die Sonne erreichte nur die oberen Schichten. Die Strahlen verwandelten das Wasser in flüssiges Kristall. Fische zogen ihre Bahnen auf der Suche nach Nahrung. Geschickt wichen sie einer Familie von Schildkröten aus, die ihren Weg kreuzte. Es schien heute ein friedlicher Tag in Blue World zu werden.

Auf einmal raste etwas Schwarzes auf einen Schwarm fingergroßer Fische zu, die panisch in alle Richtungen auseinanderstoben. Es war Argon, der im Morgengrauen den Ozean durchquerte. Sein Ziel war Maui. Noch war es nicht zu spät. Wenn er sich beeilte, konnte er Riona erreichen, bevor sie die Insel verließ. Immer weiter schwamm er auf das Festland zu. Seine Arme waren nach vorn gestreckt und seine ganze Kraft bündelte er in den Beinen, die das Wasser durchfurchten und ihn vorwärtstrieben. Er musste es schaffen. Riona durfte ihn nicht so einfach verlassen. Er musste noch ein letztes Mal mir ihr reden.

Endlich erreichte er die Insel. In einer abgeschiedenen Gegend entstieg er dem Ozean. Er blieb stehen, um sich zu orientieren. Das Wasser floss ihm aus der Kleidung und versickerte im Sand. Mit beiden Händen strich er sich die Haare über die Stirn nach hinten. Sein Blick glitt nach links. In der Ferne sah er die Häuser der Stadt

Honokowai, und dort war auch der Flughafen. Mit einem Sprung war er auf der Straße, die er mit dem nächsten Sprung überquerte. Es trieb ihn über ein unbebautes Feld, wo ihn kein Mensch beobachten konnte. Jeder seiner Sprünge war perfekt, seine Beinmuskeln strotzten vor Kraft. Nicht einen Moment lang geriet er außer Atem. Als vor ihm ein langgestrecktes Gebäude auftauchte, blieb er stehen. Den Rest des Weges musste er laufen, denn einen weiteren Sprung stufte er als zu riskant ein. Die Menschen könnten ihn dabei beobachten, und das würde fatale Folgen für ihn und alle Meeresjäger nach sich ziehen. Er lief mit einer Geschwindigkeit, als ob seine Füße kaum die Erde berührten. In sicherer Entfernung vor dem Hauptgebäude reduzierte er das Tempo.

Trotz des frühen Morgens herrschte auf dem Vorplatz reger Betrieb. Eine Urlaubergruppe wartete vor einem Reisebus auf ihr Gepäck. Taxen fuhren vor und luden ihre Insassen ab. Durch die Eingangstür strömten Neuankömmlinge auf der Suche nach Bussen, die sich auf der gegenüberliegenden Seite aufgereiht hatten. Jeder schien mit sich selbst beschäftigt zu sein. Niemand achtete auf Argon, obwohl er viel zu schnell an ihnen vorbeihuschte. Hin und wieder wischte sich einer von ihnen verblüfft Wasserspritzer aus dem Gesicht. In der Eingangshalle des Flughafens setzte sich der Trubel fort. Vor den Schaltern hatten sich lange Menschenschlangen geformt. In einem unentwegten Strom entfernten sich Paare und Familien in Richtung Passkontrolle, während andere zu den Wartenden hinzustießen. Ab und zu wurde das

Stimmengewirr übertönt von Kindergeschrei und dem schallenden Gelächter einer Schar junger Leute.

Argon stoppte vor der Anzeigetafel und sein Blick schnellte über die Abflugzeiten. Umgehend hatte er gefunden, wonach er suchte. Seine Augen weiteten sich schreckerfüllt. Dann lief er los, quer durch die Halle, mitten durch das Menschengewusel. Er stieß jeden zur Seite, der seinen Weg kreuzte und ignorierte die Proteste und Flüche. Minuten später erreichte er eine Fensterfront, die eine ungehinderte Sicht auf das dahinterliegende Rollfeld gewährte.

Ein Flugzeug rollte über die Startbahn, gewann an Kraft und hob ab. In einem steilen Flug schoss es in den Himmel hinauf und tauchte in ein Meer aus Wolken ein.

***

Der Himmel öffnete seine Schleusen, es begann heftig zu regnen. Die Wassertropfen prallten vom asphaltierten Boden des Flughafengeländes ab und hüpften einen Zentimeter in die Höhe. Zwei Arbeiter in orangefarbenen Overalls standen neben einem Gepäckwagen und waren in ein Gespräch vertieft. Beim aufkommenden Unwetter liefen sie schutzsuchend in Richtung des nächstgelegenen Gebäudes. Einer von ihnen hob den Kopf und warf einen Blick auf die Fensterfront. Er stutzte, als er hinter der Glaswand einen jungen Mann stehen sah, der beide Hände über den Kopf geschlagen hatte und auf das Rollfeld starrte. Das Gesicht des jungen Mannes wirkte gequält. Jetzt öffnete er die Lippen. Es hatte den Anschein, als ob er immer wieder ein und dasselbe Wort schrie. Tränen liefen ihm über die Wangen. Aber vielleicht war es auch nur der Regen, der das Fenster herabrann. So genau konnte es der Arbeiter nicht erkennen.

Er wandte den Blick ab. Was interessierte ihn schon das Schicksal der fremden Menschen, die alltäglich hinter dem Fenster standen? Er zog seinen Kopf zwischen die Schultern und lief weiter.

***

Wie versteinert saß Riona auf ihrem Platz in der ersten Reihe der Economy-Klasse. Bis zuletzt hatte sie auf die Tür gestarrt und verzweifelt gehofft, Argon würde kommen und sie holen. Mit dem Abflug hatten sich ihre Mundwinkel verkrampft, als spürte sie einen heftigen Schmerz. Seitdem hatte sich nichts geändert. Ihre Gesichtszüge wirkten wie eingemeißelt. Sie war ganz still und reagierte nicht auf die warmen Worte ihrer Mutter, die ihr ab und zu über den Kopf strich.

In Rionas Inneren sah es anders aus. Tief in ihr tobte ein Orkan. Ihre Gedanken glichen Schreie einer zutiefst gequälten Seele. Es war alles aus. Ihr Traum war zerplatzt. Der letzte Funke Hoffnung war erloschen. Argon wollte sie nicht. Er hatte sie nie gewollt. Sie hatte ihm vertraut, sie hatte ihm ihre Liebe geschenkt. Aber seine Worte waren auf einer großen Lüge aufgebaut – und die Erkenntnis war ein Schock, als würde ihr Herz brechen. Sie fühlte sich wie eine Ertrinkende in einem reißenden Fluss und niemand war da, um sie zu retten.

Irgendwann versiegten die inneren Schreie, an ihre Stelle trat Leere. Sie aß nicht und trank nicht.

Stunden später fiel sie in einen traumlosen Schlaf.

***

Fünf Reihen hinter Riona saßen eine Frau und ein Mann, die sich nicht zu kennen schienen. Die Frau hatte sich zum Mann gedreht und versuchte, ihre Nervosität zu überbrücken, indem sie auf ihn einredete. Sie sprach von ihrer Tochter, die mit einem Deutschen verheiratet war und ihr erstes Kind bekommen hatte. Sie schwatzte drauf los, wie sehr sie sich auf ihren Enkel freute und hoffentlich kommt das Flugzeug auch unbeschadet an, wo doch immer mal wieder eins abstürzt. Mitten im Satz brach sie ab, als der Mann sie noch immer keines Blickes würdigte. Er saß kerzengerade auf dem Platz, seine Unterarme ruhten auf den Lehnen. Anscheinend hielt er es für überflüssig, ihr gegenüber in irgendeiner Weise höflich zu erscheinen.

Die Frau wischte sich den Schweiß von der Stirn. Sie zögerte, dann überwand sie sich und sagte: »Würden Sie bitte so freundlich sein und die Deckenlüftung zu mir stellen?«

Der Angesprochene wandte den Kopf zu ihr und zwei eisblaue Augen starrten sie an. Er musste Mitte dreißig sein, stellte sie fest.

Wortlos erhob er sich, drehte am Knopf und

nahm wieder seine Ausgangsposition ein. Sein Blick bohrte sich in die Lehne des Vordersitzes, als wollte er alles durchdringen, was ihm im Weg war – bis zur ersten Reihe.

Die Frau bedankte sich höflich bei ihm. Er schwieg, als ob er sie überhört hätte. Ungehobelter Kerl, dachte sie leicht verärgert und musterte ihn aus den Augenwinkeln heraus. Er wirkte gepflegt. Sein dunkelgrauer Hosenanzug zeigte keine einzige Knitterfalte und er war perfekt frisiert. Seit wann haben Männer in seinem Alter derart weiße Haare? Jetzt fiel ihr seine Hand auf, die auf der Lehne lag. Die Haut war vollkommen weiß, als ob sämtliche Pigmente fehlten.

In plötzlicher Erkenntnis weiteten sich ihre Augen. Der Fremde war ein Albino.

Fortsetzung:
Die Legende von Blue World
Band 2

ISBN 978-3-7531-7076-3
9 783753 170763
www.epubli.de